Newton Compton Editores

*A Isabelle Broom, con mi agradecimiento
por sus* post-its *alucinantes y tantas cosas más.*

Capítulo 1

Clio

De las tantas veces en que Clio se había imaginado matar a su marido, ninguna había sido como esta. Siempre evitaba pensar en lo que sucedía a continuación, evitando las imágenes truculentas que acompañarían al clic de un gatillo o el grito que seguiría a la caída de su cuerpo tras ser empujado por un acantilado. A fin de cuentas, nunca se había tomado en serio esas ensoñaciones, todo el mundo lo sabía; solo eran bravatas, su típica forma de quejarse de Gary. A los demás les resultaba divertido; la semana anterior su equipo de dardos hasta había colocado su foto en la diana para la partida de los viernes por la noche. Y Clio obtuvo una puntuación que condujo a la primera victoria de las Raging Bullseyes frente a las Dart Vaders desde hacía más de un año. Increíble lo que se puede llegar a conseguir con un poco de motivación extra.

Pero Clio no deseaba matarlo de verdad. Solo quería que se hiciera justicia: recuperar su casa, que la mitad de la empresa que habían creado juntos volviese a ser suya, que le devolviera hasta el último centavo que se había llevado. Pero no algo así. Ni siquiera Gary se merecía ese final. Se obligó a mirarlo de nuevo, totalmente inmóvil en medio del viento que rugía alrededor de la caravana en lo alto del acantilado y que se había convertido a la fuerza en su hogar. Mientras las ventanas de plástico duro traqueteaban, ahí estaba él, tumbado, la cabeza girada hacia un lado, los brazos extendidos en el último peldaño. Al pálido brillo de la luz de seguridad sobre la frágil puerta de entrada vio su pelo entre moreno y cano, el grueso cuello que asomaba de su camisa a cuadros, los anchos hombros bajo la chaqueta de cuero que siempre le había hecho pensar, equivocadamente, que le daba la apariencia de un recluta de *Top Gun*. La sangre, espesa, formaba un charco a su alrededor, un halo macabro que teñía el peldaño de rojo.

Clio sabía lo que tenía que hacer. Durante su época como actriz ocasional, cuando tenía veintipocos años, había interpretado a una *runner* que descubría un cadáver en un episodio de *Casualty*, y ahora repitió lo que había hecho ante la cámara, forzándose a mover unas extremidades que no parecían dispuestas a cooperar. Se arrodilló, ignorando el fuerte crujido de sus rótulas, y apartó la cadena de oro que llevaba él para poder ponerle los dedos en el cuello.

Sintió una mínima esperanza, a pesar de lo evidente de la escena.

–¿Gary?

Buscó el punto donde debería notarle el pulso. No sintió nada. Ni ritmo ni vida.

Estaba muerto.

Incapaz de aceptarlo, apretó más, la muñeca contra la barbilla de él para girarle la cabeza más hacia el peldaño y alejando así su rostro ladeado. Por un instante se quedó sin aliento al ver la nuca empapada en sangre, el hueso partido que asomaba, astillas blancas claramente visibles contra la madera.

Echó un vistazo más, comprobó, rezó, por si acaso era otro de sus sueños provocados por la ansiedad, uno de esos de los que se despertaba a las «mátame de una vez en punto», sudando, maldiciendo y más caliente que el centro de la Tierra. Pero el frío que sentía ahora en la piel le dijo que aquello no era un sueño. Eran las 5:30 h del día en que cumplía los cuarenta y cinco, y su marido, al que odiaba, estaba muerto ante su puerta. Y, peor aún, no se trataba de un accidente. Alguien lo había matado, lo había asesinado y lo había llevado allí.

Ahora que el *shock* iba disminuyendo, se le estaba empezando a revolver el estómago. Se alejó del cuerpo y se apoyó contra la caravana. Los pensamientos le daban vueltas como remolinos en la cabeza. Al ir allí dando tumbos, aquello era lo último que hubiera esperado ver. Por un instante se preguntó si no podía haberlo matado ella misma. Quizá las margaritas letales de Amber la habían llevado al límite; que alguien te prepare un cóctel mientras baila la Macarena siempre supone un riesgo.

Se relamió los labios salados e intentó recordar. Sabía que había salido de la caravana durante la estridente interpretación de Jeanie de *Wuthering Heights*, impulsada tanto por la necesidad de tomar el aire como por la incapacidad de afinar de su amiga. Se había dirigido hacia la playa; quería sentir cómo la espuma del mar le rociaba el rostro ardiente, y esperaba llegar antes de estallar en llamas. Pero a partir de ese momento, nada: como le sucedía tantas veces últimamente, un agujero negro ocupaba el lugar donde debería haber un recuerdo.

Lo único que sabía con seguridad era que había llegado a su destino, ya que se había despertado hacía media hora de bruces en una duna y con un paquete de patatas vacío a su lado. Todo un milagro: a pesar del viento, la oscuridad y un nuevo récord de nivel de alcohol en sangre, había logrado mantenerse en el estrecho camino que seguía el borde del acantilado y evitar los peligros de la Caída de la Muerte, que tenía el dudoso honor de ser el lugar preferido para suicidarse de todo el sur de Inglaterra.

Haber sobrevivido a todo eso solo para encontrarse ahora ante aquel panorama era más que increíble. Pero ahí estaba ahora, con el cadáver de su marido a sus pies. Hasta entonces creía que dislocarse un hombro mientras se ponía el sujetador iba a pasar a la historia como el peor cumpleaños de todos los tiempos, pero estaba claro que la vida siempre te guarda nuevas sorpresas.

Tembló, apenas consciente de que un pijama de Miss Traviesa no era el vestuario ideal para descubrir un cadáver una mañana tormentosa de febrero. Sus amigas también los llevaban dentro de la caravana; era una de las tradiciones de sus cumpleaños, igual que el karaoke y los ganchitos de queso de la tienda de la esquina que hacían que los dedos les brillaran en la oscuridad. Deseó poder viajar atrás en el tiempo y quedarse en la caravana, ser solo la «jovencita» cumpleañera que presencia una interpretación abominable del clásico de Kate Bush, la mujer traicionada que reconstruye su vida a base de un horroroso trabajo temporal tras otro. Ahora, en cambio, era la posible asesina ante el cuerpo del hombre que le había quitado todo lo que tenía. La policía no iba a dudar más de diez segundos en esposarla y encerrarla.

¿Podía haberlo hecho ella? A pesar de la niebla que tenía en la cabeza, lo recordaría. Se examinó las manos; no encontró marcas, moratones ni sangre. Miró a su alrededor; no vio ningún arma. Pero quería asegurarse, tener una explicación preparada para el inevitable interrogatorio de la policía en alguna sala infernal con la clase de iluminación que le haría parecer candidata a una residencia de ancianos.

Se cubrió la cabeza con las manos, escuchó el golpeteo rítmico de las olas muy abajo y se concentró en dar con alguna pista, con algún momento, con el destello de algo que pudiese absolverla.

Tenía la mente tan vacía como la cuenta del banco. Para el caso, podía comprarse una camiseta que dijera PRINCIPAL SOSPECHOSA. Para la policía la historia sería muy sencilla: una esposa agraviada que descubre el cadáver de su marido y dice no recordar dónde estaba cuando lo mataron. Iban a tirar la llave.

Casi oyó el clanc de las puertas de la cárcel. Se esforzó por respirar, pero sentía cada vez más náuseas. Se levantó y vomitó, compartiendo la mayoría de los margaritas de la noche anterior con la maceta de narcisos tempranos que había traído Jeanie para «alegrar la entrada».

Pero después de que ya no le quedase nada en su interior siguió encorvada, con las manos en las rodillas. Sucedía algo extraño. Durante todas las noches que había pasado odiándolo e insultándolo, nunca se había imaginado cómo se sentiría si Gary muriera, cómo quizá se le llenarían los ojos de lágrimas y desfilarían en su mente, uno tras otro, los buenos momentos, dejando de lado los malos.

Volvió a temblar un segundo, a punto de echarse a llorar. Pero entonces oyó un crujido, que quizá fuese una pisada, en el camino de gravilla que cruzaba el centro del aparcamiento de caravanas. Se le erizó el vello de la nuca y escudriñó la oscuridad. No vio a nadie, pero no llevaba las gafas, así que eso no quería decir mucho.

El día anterior, en la ducha, había cogido la botellita equivocada y se había exfoliado el pelo por accidente.

El pulso se le disparó. Tenía que hacer algo antes de que quien fuera viese el cadáver. Por mucho que estuviera en un extremo del aparcamiento, escondida tras los contenedores de basura, en cualquier momento podía aparecer alguien. Con la gente de por allí nunca se sabía. La semana anterior, la mujer de la nueve se había puesto a revolver en el contenedor a las seis de la mañana, por lo visto en busca de su pasaporte. Por tanto, Clio no podía quedarse ahí parada: tenía que hacer algo rápidamente, antes de que la viesen con el muerto y llamaran a la policía. Nunca saldría de la cárcel. Moriría allí, desdentada, lamentándose, sola. «Mi madre era una asesina –diría Nina, su hija adolescente, mientras vendía su cuerpo en las calles para costearse una adicción creciente a la droga–. Era inevitable que yo acabara así».

Por supuesto, Clio sabía que lo que debería hacer era entrar en la caravana, buscar el teléfono y llamar a emergencias. Pero en su mente floreció una alternativa, que le daría tiempo a averiguar qué había hecho las últimas horas, tiempo de demostrar –al mundo y a sí misma– que no había matado a Gary Goode.

Ese era el problema: estaba muerto a la entrada de su casa. Y dado que ella estaba en paradero desconocido cuando apareció el cuerpo y dado todo lo que había sucedido entre ellos, ¿quién diablos iba a creerse que no había sido Clio quien lo había dejado allí?

La lluvia eligió justo ese momento para empezar a caer con fuerza. Perfecto.

Se irguió.

–Feliz puto cumpleaños, ¿eh, Gary?

Se tambaleó un momento; la sangre le subió a toda velocidad a la cabeza. Tenía un plan, pero aunque se encontrara perfectamente le hubiese resultado difícil llevarlo a cabo. No quería arrastrar a sus amigas, pero necesitaba ayuda. Necesitaba cómplices en plena forma física y mental. Necesitaba a James Bond, a Luther y a un montón de Avengers.

Pero lo que tenía a mano era un par de cuarentonas borrachas roncando en el suelo de su casa. Tenía a Amber y a Jeanie.

Tendría que arreglárselas con ellas.

Pasó por encima del cadáver de su marido y entró a despertar a sus amigas.

Capítulo 2

Gary

8:30 h. Diecinueve horas antes de morir

El día en que iba a morir, Gary Goode se despertó sintiéndose más complacido consigo mismo de lo habitual. Esperó un momento antes de abrir los ojos y se concentró en cómo las sábanas de seda le besaban la piel y en el aroma de los lirios que le llegaba desde el majestuoso jarrón de bronce que reposaba en la repisa del hogar de piedra, a su izquierda. Había llegado lejos. Se había saltado todos los obstáculos, como siempre, y había aterrizado en una cama con dosel, en un hotel de campo tan lujoso que iban a dedicarle un documental. Gary siempre supo que tenía el mundo a sus pies. ¿Qué más pruebas necesitaba?

Se estiró y deseó poder presumir abiertamente del lugar en el que se encontraba. Pero debía mantenerlo en secreto, así que en vez de eso se dedicó a contemplar satisfecho la espesa cabellera, del color de la miel, de la mujer que dormía a su lado. Cherie era una fantasía hecha realidad, con su metro setenta y cinco, toda curvas, piernas largas y piel morena; en cuanto la conoció, seis meses atrás, decidió que tenía que hacerla suya. Qué importaba si su marido, Marshall Fernandez, era con mucho su cliente más adinerado. Qué importaba si Gary ya vivía con otra, Denise. O que aún estuviera casado con Clio, alias su peor error, porque no estaba dispuesta a aceptar las cláusulas de un muy razonable acuerdo de divorcio. Él era Gary Goode, y supo que no tardaría en conseguir a Cherie.

Como siempre, estuvo en lo cierto. Una de las muchas ventajas de tener clientes ricos era la cantidad de tiempo que pasaban bebiendo champán en primera clase. Al poco Marshall salió del país

15

por negocios, y le encargó que llevara a Cherie los nuevos retoques del proyecto de remodelación de su casa. Gary no tardó ni una hora en aprovechar la ausencia del empresario para beneficiarse a su esposa encima de la mesa de diez mil libras de la cocina.

Por supuesto, Cherie quiso repetir, como todas, y él no tuvo ningún problema en aceptar. Ahora, mientras pasaba un dedo explorador por la mejilla de ella, miró el elegante reloj de pared con ristras de hojas de hiedra y querubines dorados. Le quedaban treinta minutos antes de tener que acudir a su primera cita del día. Tiempo de sobra. Sería una lástima, casi criminal, desaprovechar la ocasión.

Cherie seguía con los ojos cerrados, así que volvió a intentarlo. Esta vez su mano le resiguió la curva de la cadera hasta el muslo. Se inclinó a besarlo.

Eso sí despertó su atención.

—Buenos días. —Esa sonrisa dormida, unos labios amplios, la lengua rosa asomando tras los dientes de un blanco deslumbrante.

—Buenos días, *Chérie*. —Pronunciaba el nombre de ella en francés: le encantaba presumir de su lado cosmopolita.

Ella lo miró con sus grandes ojos de color verde claro. Hasta sus bostezos resultaban de lo más sexi.

Siguió acariciándole la sedosa cadera. Estaba claro que todas esas lociones en envases de tapón dorado que llevaba ella en su neceser de Chanel funcionaban. Clio nunca se había tomado la molestia, por mucho que él le insinuara delicadamente que estaba descuidando su aspecto. Mientras Cherie se arqueaba hacia él, Gary se preguntó cuánto le costarían todos sus productos y tratamientos de belleza. Desde luego, podía permitírselo: era diseñadora de una de las marcas de ropa deportiva más vendidas, casada con su novio de juventud, que a su vez y de forma totalmente casual había creado de la nada su propia empresa también de ropa deportiva, Printz. Su mansión valía diez millones de libras, sin contar cocheras, cabañas y establos esparcidos por el terreno. Cuando consiguió su primera reunión con Marshall, Gary supo que trabajar con él sería su pasaporte a la clase de clientes que anhelaba. Por fin alcanzaría el destino para el que había nacido;

haría de gurú de diseño para los ricos hasta llegar un día a ser uno de ellos.

Clio seguía insistiendo en que había conseguido el contrato gracias a ella, que lo decisivo habían sido sus ideas, pero eso era muy típico de ella: siempre intentaba quitarle méritos a Gary. La verdad era que él llevaba años planeando todo aquello. De adolescente, sentado en su pequeño dormitorio, contemplando aquel horrible edredón azul marino y blanco de segunda mano, siempre supo que llegaría a lo más alto. Comprendía que el adosado mohoso que sus padres llamaban alegremente hogar no era más que la pista de despegue para el adulto en el que él se convertiría; no era más que algo que mantener en secreto, no era más que un lugar del que huir.

Cierto, le costó un poco encontrar su camino, pero fue por culpa de sus padres, siempre tan felices, contentos con sus vidas de trabajo duro y té y *fish and chips* los viernes; les encantaba encajar, ser «normales», tener la clase de ocupaciones en las que no se fija absolutamente nadie. Su padre limpiaba carreteras. Su madre estaba empleada en una peluquería en la que nadie dejaba propina. Cuando murieron, uno seis meses después que el otro, Gary ni siquiera lloró. A fin de cuentas, no tenía nada en común con ellos. Eran su pasado.

Las mujeres como Cherie eran su futuro.

–Cariño…

Volvió al presente: sábanas de seda y la luz del sol y una mujer que era la protagonista del anuncio de televisión de su propia línea de trajes de baño.

–¿Sí?

Ahora tenía toda la mano en ella y movía los dedos con un ritmo constante; modestia aparte, se la estaba trabajando a fondo. La noche anterior Cherie se había demostrado más que capaz de hacer lo propio. Y no solo eso, sino que también le había ofrecido cotilleos de lo más jugosos. Durante los últimos meses, esas indiscreciones de ella le habían resultado muy útiles: le había hablado de amigas insatisfechas en busca de nuevos diseñadores y perspectivas, lo que le ofreció una ventaja respecto a su competencia a la hora de deslumbrarlas con sus ideas. No eran líderes, desde luego, pero iban a compensar a largo plazo, o como fuera que lo decía Clio.

—Gary… —susurró Cherie, su espalda aún arqueada, claramente a punto de correrse.

—¿Sí?

Empezaba a dolerle el dedo medio, pero podía seguir, era lo bastante hombre. Debería haber máquinas de gimnasio para eso, con pesas pequeñitas, para aumentar la resistencia. Tenía que darle vueltas en serio a la idea; podía ser su próximo imperio. ¿Cómo lo llamaría? ¿«El toque mágico»? Algo así. Incluso ahora, mientras daba placer a todo un bellezón, no podía dejar de lado su espíritu empresarial.

—Gary…

—¿Sí? —Deseó que Cherie se callara de una vez. El tiempo pasaba. Era totalmente partidario de la igualdad, y eso significaba que después le tocaba a él.

Ella lo besó.

—Creo que tendríamos que poner un acuario. Al lado de los fogones, bajo los azulejos sicilianos. Me encantaría ver nadar a los pececillos mientras cocino.

Gary suspiró para sus adentros. Él dedicándole todos sus esfuerzos, y Cherie solo quería hablar de trabajo. Apartó el dedo y lo movió en círculo para desentumecerlo.

—Esa es una gran idea.

No lo era. ¿Peces al lado de los fogones? Se iban a morir a la primera que alguien se pusiera a freír. Pero quizá pudiera poner el acuario en algún otro lugar. Intentó recordar cuáles eran los planes actuales. En ese momento se estaba encargando de cinco proyectos, todos clientes ricos con una lista de deseos infinita. Uno de ellos hasta se había hecho traer una encimera de mármol de Asia bendecida por el dalái lama o alguna gilipollez por el estilo.

Volvió a mirar el reloj. Se le acababa el tiempo, y no podía perderse esa reunión. Otro día, otro cliente millonario; esta vez era el hermano de Marshall, Johnny, que quería ampliar y rediseñar del todo el interior de su nueva casa. Las conversaciones previas habían sido positivas, y Gary no tenía dudas de que acabaría recibiendo el encargo formal. Y lo necesitaba: sin el depósito, los plazos que había marcado la semana anterior se irían al garete. Pero sabía que podía conseguirlo. Su empresa, Looking Goode, tenía un gran futuro. Chúpate esa, Clio.

Su pareja suspiró y se retorció un rizo con una de sus uñas de color rosa brillante y que él había confiado que a esas alturas Cherie le estaría bajando por la espalda. Pero, en fin, el deber es el deber. Primero los negocios, después el placer: tenía un imperio que construir.

–¿Te gusta? Lo sabía. –Su voz grave era digna de una línea erótica. Gary tenía autoridad para afirmarlo, después de los años pasados en mitad de la nada con Clio y su odiosa costumbre de solo-una-vez-por-semana. No había sido culpa suya tener que buscar en otras partes.

–Me encanta. –Ya se le ocurriría algo–. En el despacho lo incorporaré a los planos. –Le dedicó una última mirada, pero ella estaba contemplando el techo, siguiendo a peces imaginarios. En fin, cada uno tiene sus gustos, eso lo sabía desde hacía mucho.

Dedujo que en ese momento no iba a obtener lo que deseaba, así que se incorporó, dispuesto a sacar las piernas de la cama. Una ducha y el excelente café turco del hotel lo arreglarían todo: la forma casi perfecta de comenzar la jornada.

Pero entonces aparecieron las manos que tiraron de él para que volviera a acostarse, deseosas, necesitadas. Le quedaba tiempo para una faena rapidita. Sabía adaptarse a las circunstancias, tenía una solución para todo. Era capaz de arreglar cualquier problema, de superar cualquier reto. Nada podía hundirlo durante mucho tiempo.

La besó apasionadamente. Al separarse vio en ella la sonrisa que decía «ven aquí», «sí» y «ahora mismo», todo a la vez. Las yemas de los dedos en su piel. Las piernas que se abrían mientras él bajaba. Le frotó el cuello con la nariz a modo de juegos previos. Le dio placer oír cómo ella se quedaba sin aliento.

Estaba tan ocupado en su propio placer que no oyó el susurro de las cortinas detrás mientras lo enfocaba la cámara de vídeo de un móvil. Y un minuto más tarde tampoco vio la silueta que desaparecía silenciosa por entre la pesada seda, salía por la ventana y bajaba por la cañería del desagüe hasta el parterre de rosas.

Gary Goode estaba demasiado ocupado gobernando su mundo propio como para fijarse en nada más. Tenía una mujer guapa que suspiraba su nombre. Tenía un negocio próspero y con mucho futuro. Se había recuperado de una catástrofe financiera que hubiese hecho tirar la toalla a cualquier otro. Así que siguió cabalgando hacia la gloria, ajeno a la persona que ahora se dirigía discretamente, sonriendo mientras comprobaba la grabación, al coche que le esperaba.

Gary Goode iba a morir aquel día, pero estaba muy ocupado haciendo de protagonista de su propia historia como para prestar atención.

Capítulo 3

Jeanie

–Jeanie.

Jeanie se dio la vuelta, apartándose de la voz. Unas horas más de sueño. O días. Era lo único que necesitaba para volver a ser humana.

–Jeanie. –La llamaban en voz baja, urgente, lo contrario de los gritos taladrantes de sus mellizos; debían de estar bien, para variar, así que ella podía volver a dor…–. JEANIE. TE NECESITO.

–Siquepasacomopuedoayudartequepuedohacer.

Se incorporó como impulsada por un resorte y se quedó sentada, preguntándose por qué tenía un micro de karaoke en la mano. Le acudieron vagos recuerdos de cantar *Reach* a pleno pulmón, de hacer su imitación de Vanilla Ice, de comer palomitas de microondas y reírse con los peinados adolescentes de un viejísimo libro anual del instituto.

Y hubo también… ¿tequila? Soltó un gruñido. No era de extrañar que se sintiese como a las puertas de la muerte. En sus tiempos era capaz de beber hasta que todos los demás acabaran por los suelos, pero ahora la que acababa por los suelos era ella.

Dormir más. Volvió a tumbarse.

–JEANIE.

Ahora una mano la sacudía. Abrió los ojos y contempló la expresión de Clio. Al instante le cogió la mano, ignorando la sensación de náusea en la boca del estómago, los gritos de piedad de su cabeza.

–¿Qué pasa?

–Es Gary.

Nunca había visto a Clio tan pálida, ni cuando Gary se lio con Denise, la periodista jovencita a la que habían mandado a entre-

21

vistarlos a los dos para el periódico local, ni cuando Clio descubrió que Gary había pedido una segunda hipoteca sobre la casa sin decírselo, ni siquiera cuando Gary consiguió que el consejo de dirección la despidiera de Looking Goode, la empresa que habían creado los dos con el dinero de ella.

Jeanie entrelazó los dedos helados de Clio con los suyos. Su amiga estaba empapada y temblando.

–¿Por qué estás tan fría? –Clio agitó la cabeza. Las lágrimas le hacían brillar los ojos azules–. ¿Qué pasa, querida?

Silencio. Eso era una mala señal. Clio siempre tenía algo que decir. Era especialista en soltar sus verdades por poco que el mundo estuviese dispuesto a escucharlas.

Le arregló un mechón de pelo color escarlata que le caía a su amiga, recogiéndoselo detrás de la oreja. Las puntas azules se habían vuelto negras con la lluvia.

–Vale. –Empezaba a despertarse de verdad. Los mellizos la habían acostumbrado a pasar del sueño a la histeria en apenas un minuto–. Muéstrame qué es lo que ha hecho ahora.

–Yo… –Pero Clio no supo cómo seguir la frase.

Jeanie se dio impulso para ponerse en pie. Tuvo que agarrarse al hombro de Clio porque la habitación le daba vueltas.

–Por Dios, ¿cuánto bebimos anoche?

–Demasiado.

–Cierto. –Jeanie se apretó las sienes–. ¿Lo que sea que haya hecho Gary está fuera?

–Sí, pero…

Jeanie dudó.

–No será en la playa, ¿verdad? Porque el viento suena muy fuerte y no me veo capaz de llegar…

Clio negó con la cabeza.

–No. Está en la entrada. Quiero decir, que…

–Vale, voy a mirar.

Jeanie fue dando tumbos hasta la puerta.

Clio intentaba frenarla; le estaba clavando sus gruesos anillos de oro en los dedos.

–No, sería demasiado fuerte para ti. Tengo que…

–No pasa nada. –Jeanie estaba segura de poder enfrentarse a lo que fuese. Y Clio tenía tendencia a ser muy dramática, producto de sus años haciendo de secundaria en culebrones de la tele y de actuar en las obras navideñas del *pub*.

–Pero…

–Tú muéstramelo y ya está.

El estómago de Jeanie empezaba a protestar. Vio las botellas vacías en la pila y le dieron ganas de vomitar. A juzgar por el estado de su columna aquella noche había bailado mucho, y el cuello le dolía tanto que le costaba mirar abajo.

Se detuvo.

–¿Dónde está Amber?

–No lo sé. –Clio se encogió de hombros–. Igual se ha ido.

–Lo dudo. –Joanie asió el pomo–. Cuando saliste se puso a cantar *Wired for Sound*, y eso solo lo hace cuando va muy pasada de vueltas. Puede que haya salido a dar un paseo.

Abrió la puerta, pero el viento volvió a empujarla hacia dentro.

Volvió a intentarlo. Esta vez alcanzó el peldaño superior. No había más que oscuridad.

–¿Qué se supone que tengo que ver?

La lluvia caía con tal fuerza que apenas distinguía la punta de su propia nariz.

Clio fue a su lado y señaló hacia abajo.

–Ahí. Mira.

–¿El qué? ¿Dónde?

–¡Abajo!

Jeanie le siguió el dedo. El dolor del cuello la obligó a inclinarse para ver el peldaño inferior. Al momento deseó no haberlo hecho.

–Dios mío. –Ahora sí que iba a ponerse mala–. Es…

–Sí.

Clio bajó de un salto y empezó a caminar en círculos. Jeanie se disculpó mentalmente con los narcisos y vomitó. Clio parecía ignorar la lluvia que la envolvía.

Jeanie se limpió la boca con la mano.

–Es Gary.

—Sí.

Jeanie tembló.

—Y está…

No fue capaz de volver a mirar.

—Muerto, sí.

—Dios mío.

—Sí.

—Pero ¿quién…? —Jeanie intentó erguirse, pero la cabeza le daba vueltas. Gary estaba tan inmóvil, tan cubierto de sangre…—. ¿Cómo? ¿Quién…?

—¿Quién ha sido? No lo sé. Quizá yo. —Clio soltó una risita aguda, histérica—. No tengo ni idea. No recuerdo nada.

—¡Chiiist! No digas eso. —Jeanie se dio la vuelta en el peldaño, para darle la espalda al cadáver, tratando de aparentar que tenía el control de sí misma—. Alguien podría oírte.

—Pero puede que haya sido yo. En serio.

Jeanie notó el pánico en la voz de su amiga y deseó tranquilizarla. Tenía que ignorar su propio cuello, ignorar la resaca. Tenía que ayudar. Consiguió incorporarse del todo y posó una mano en el hombro de su amiga.

—Esto no lo has hecho tú, Clio.

—¿Y tú cómo lo sabes? Yo misma no lo sé. —El pánico brillaba en sus ojos—. No recuerdo dónde estaba, Jeanie. Y él está aquí, donde vivo, así que quizá…

Jeanie la abrazó. Fue lo único que se le ocurrió. La verdad es que ella también necesitaba unas manos que la rodearan. Contacto humano. Normalidad.

Al separarse vio que Clio se estaba mordiendo el labio como siempre hacía, con voracidad, una ardilla con una nuez recién cogida. Jeanie se sabía todos los gestos típicos de su amiga. Las tres —Clio, Amber y ella— eran amigas desde que habían compartido horas y horas cuando en el colegio nadie las elegía para su equipo. Cinco años paradas al frío helado, sintiéndose invisibles. Cinco años haciendo como si no les importase lo que el mundo pensara de ellas y viendo solo lo mejor la una de las otras. La clase de trío que nada ni nadie podría separar.

Acabada la escuela, de una forma u otra las tres regresaron a Sunshine Sands, que tenía la deprimente distinción de ser el pueblo costero del Reino Unido con más lluvias. Tras unas cuantas proclamaciones a gritos adolescentes de irse a América a vivir las vidas de lujo que veían en los programas que devoraban en la tele por cable, no llegaron a hacerlo nunca. No se fueron a Los Ángeles, no se toparon con Leonardo DiCaprio y no se casaron con él como habían planeado. «Él se lo pierde –se decían entre risitas mientras tomaban té y patatas en la cafetería de la playa y los veinte se convirtieron en los treinta y los treinta en otras décadas que preferían no mencionar–. Podría habernos tenido a nosotras, pero solo ha conseguido una supermodelo tras otra y un Oscar. Pobre Leo».

–En serio, Jeanie, igual he sido yo.

Contempló aquella masa de huesos y sangre. No sabía mucho de nada, pero sí que Clio era incapaz de matar a nadie.

–No. Te conozco. Es imposible que esto lo hayas hecho tú.

Clio se apoyó en ella.

–¿Estás segura?

–Sí. –Pensó un momento–. A ver, estabas tan borracha que casi ni podías cantar, y mucho menos hacer esto. –Señaló el cuerpo a sus pies–. Además, eres como eres. Coges a las arañas y las sacas de casa. Reciclas. Das clases gratis de zumba en el centro comunitario. No eres una asesina.

–Pero sí que estaba fuera cuando pasó. Debí de quedarme inconsciente. Va a parecer que sí que fui yo. –Andaba en círculos cada vez más rápidos.

–No. Vamos a llamar a emergencias, vendrá la policía y ya averiguarán ellos qué pasó.

Iba a sacar el móvil, y entonces se dio cuenta de que no lo llevaba encima.

–No. –Clio negó con la cabeza. Las gotas de lluvia dejaban regueros en sus mejillas–. No llames aún.

–¿Y por qué no?

–Porque… –Su expresión era desesperada. Le recordó a cuando se había puesto de punta en blanco para el baile del instituto, solo para ver cómo el chico que le gustaba le metía mano por debajo de la falda a la encargada de material durante la primera canción–... porque tengo que esconder el cadáver.

–¿Qué? –Jeanie se llevó una mano a la oreja; debía de haber oído mal.

Clio gritó:

–¡Que tengo que esconder el cadáver!

Ah, pues no había oído mal.

–¿Por qué?

–Porque me van a encerrar, Jeanie. Necesito tiempo para demostrar que yo no fui, y...

–No. –Jeanie tenía que acabar con aquella idea–. No podemos esconderlo, Clio. Entonces sí que cometeríamos un delito. –Necesitaba convencerla–. Mira, entiendo que la situación es todo un *shock*, pero esconder el cadáver sería una locura.

Clio seguía muy tensa, respirando a bocanadas muy cortas.

Jeanie volvió a intentarlo.

–Llamemos a emergencias. Ya.

Clio negó de nuevo con la cabeza.

–No puedo. Necesito más tiempo.

–No. –Jeanie odiaba llevarles la contraria a sus amigas: siempre era la que se quedaba para una última copa que no le apetecía, o la que conducía kilómetros para ir a ver una peli que sabía que no le iba a gustar; pero aquello era demasiado–. No podemos, Clio. Nos meteríamos en problemas de todo tipo. Y tengo a los mellizos, así que...

–¡Y yo tengo a Nina! –Clio echó la cabeza hacia atrás, con el mismo gesto teatral que cuando interpretó a Éponine en una función de *Los miserables* en el instituto, sin dejar de cantar mientras las débiles barricadas caían literalmente detrás de ella–. ¡Es por eso mismo, Jeanie! O sea, Nina me necesita. No puedo dejarla, sobre todo después de lo que le hizo Gary.

Al cerebro de Jeanie le costó seguir el hilo: que ella supiera, Nina, la hija de Clio, ya no mantenía ningún contacto con su padre adoptivo, Gary.

–¿A Nina? ¿Qué le hizo?

—Ayer supe que él… —Pero agitó la cabeza y empezó a arremangarse el pijama empapado, preparándose para ponerse en acción—. Bueno, ¿vas a ayudarme o no?

Jeanie miró a su amiga y sintió como si la atravesara una punzada de amor. Clio era toda una miniserie en sí misma, pero también indómita y leal, y absolutamente siempre había estado ahí cuando ella la había necesitado. Fue Clio quien la llevó a la última visita de la fecundación *in vitro*, la única que creyó que por fin iba a salir bien. Y fue Clio quien perdió todos sus ahorros, la casa y el trabajo por culpa —y pidió perdón mentalmente por hablar mal de los muertos— del cabrón de Gary. Y ahora hasta podía perder la libertad.

—Yo…

—Voy a moverlo. —Clio se situó frente al cadáver—. ¿Me ayudas?

Jeanie intentó ganar tiempo.

—¿Qué tenemos que hacer?

—No lo sé. ¡Nunca he hecho algo así! Mi coche. Metámoslo dentro.

Jeanie frunció el ceño.

—¿Va a caber? Es un poco grande para un Fiat 500.

Sintió una explosión de adrenalina en el estómago, normalmente reservada a cuando los mellizos se caían por las escaleras. No podía hacerlo.

—Pues vamos a tener que hacer que quepa. Por favor, Jeanie. —Le tembló la voz.

El miedo en los ojos de Clio. Eso fue lo que la hizo decidirse. Nunca había visto a su amiga aterrorizada. Alzó los brazos.

—Vale, vale.

Tenía que ayudarla. Clio y Amber eran sus amigas del alma. Habían compartido cumpleaños, travesuras de adolescentes, lamentos y lloros por cuestiones de tíos, de padres, de jefes arrogantes, de tetas que se caían y culos que se ensanchaban. Habían comido juntas, vomitado juntas, viajado juntas con el Interrail, compartido vestuarios, errores, tranquilizantes y curas para la resaca. Las tres eran un equipo. Una familia.

Y Gary Goode no iba a volver a arruinarle la vida a Clio. No si Jeanie podía hacer algo al respecto.

–Muy bien. Yo lo cojo por la… –miró la cabeza y se echó atrás– por las piernas.

Se acercó a estas, temiendo desmayarse. La lluvia le aplastaba el pelo contra los ojos, y quizá mejor que así fuera.

–Vale. –Clio se situó sobre la cabeza machacada–. Gracias.

–De nada.

Jeanie bajó las manos hacia los tobillos de Gary. De repente se le ocurrió que ojalá hubiese bebido aún más. Temblaba y el terror le consumía los pensamientos. Pero, caramba, había dado a luz. Dos veces. Seguidas. Podía con lo que fuera.

Un trueno resonó en la lejanía. Qué apropiado.

Clio se puso en cuclillas.

–A la de tres. Una, dos…

–¡ALTO!

Las dos se quedaron paralizadas. Reconocieron la voz.

Esperaron con las cabezas gachas mientras Amber salía y se unía a ellas.

Capítulo 4

Gary

9:30 h. Dieciocho horas antes de morir

Del todo ajeno a las imágenes que acababan de filmar de él por la espalda con las manos en la masa, Gary, duchado, vestido y embadurnado de Boss, llegó a tiempo a la reunión con Johnny Fernandez. Tras pasar por las puertas de la verja metálica detuvo el coche y tecleó un mensaje en el pequeño móvil gris antes de apagarlo y devolverlo a su escondrijo. Sonrió, satisfecho. Aquel mismo día iba a tener el dinero. No eran ni las diez de la mañana y ya estaba a punto de triunfar.

Las ruedas de su MG rojo pisaron la gravilla blanca del sinuoso camino. Pasó junto a un seto esculpido con la forma de un elefante a tamaño real y siguió hasta «El Magisterio», una enorme casa parroquial del siglo XVII que parecía rogarle que la pusiera al día. Era como un lienzo deshilachado: hiedra que se había extendido por todo el lado este, hojas verdes contra paredes del color de la miel, ristras de rosas de invierno por las columnas que se estrechaban a medida que subían a ambos lados de los impresionantes peldaños frontales. Lo primero que iba a hacer era arrancar todas esas plantas para crear las líneas claras y limpias que prefería. Quizá también podría cambiar la entrada por una de cristal, para mayor impacto. En fin, ya exploraría más las posibilidades en cuanto Johnny, el propietario, firmara en la línea de puntos aquel mismo día.

Antes de salir del coche contempló su reflejo en el retrovisor. Se sintió orgulloso de lo que vio. Desde que había alcanzado la cuarentena, hacía más tiempo del que estaba dispuesto a admitir, era muy puntilloso en cuanto a conservar su buen aspecto, algo más importante que nunca desde que era el único dueño de Looking Goode, sin Clio que lo agobiara con sus molestas naderías, ese pelo tan rebelde y su gusto tan terrible en cuanto a pañuelos. Se ajustó el cuello de la camisa. Su imagen ayudaba a que las presentaciones fueran memorables, igual que la flotilla de furgonetas de la empresa –que aún no había pagado– y el equipo que había contratado para diseñar recorridos virtuales como el que iba a mostrar al cabo de un rato. Ahora que se había sacado de encima a Clio, la empresa merecía contar con todo lo mejor. Era una inversión que acabaría proporcionándole grandes dividendos.

Subió por los anchos escalones. Se sentía poderoso con su traje azul marino preferido. Al alcanzar la imponente puerta principal negra sintió como si lo estuvieran observando y se volvió de repente, intentando coger por sorpresa a quienquiera que fuese. Un gato atigrado caminaba por el capó del coche, rayando con sus garras la pintura que Gary enceraba en persona cada domingo por la tarde; era su equivalente de asistir a misa.

Murmuró un taco. Nadie tocaba ese capó excepto él mismo. Era terreno sagrado, como el estadio de Wembley o las pistas de Wimbledon.

–¡Quita de ahí! –le siseó al animal, que se resistió a moverse.

Bajó los escalones y lo levantó por el pescuezo cuando oyó una voz.

–Gary, hooola. –El hombre alargó esa última palabra hasta que pareció tener diez sílabas.

Gary tomó nota mental: acento de pijo de colegio privado. Se volvió y ofreció su mayor sonrisa.

–Hola, Johnny.

–¿Qué haces con mi gato? –Se cruzó de brazos, los ojos ocultos tras gafas oscuras de aviador.

Era muy diferente a su hermano Marshall: delgaducho, mientras que el otro tenía el ancho de un culturista; vestido con una camiseta blanca ajustada, mientras que el otro llevaba siempre camisas con dibujos extravagantes. Aunque también había parecidos: las mejillas, el anillo de los Fernandez en el meñique, la forma en que exudaba dinero desde sus caros zapatos hasta su ostentoso reloj

Carrera. Debía de estar muy bien eso de vivir de una herencia; el padre de Gary solo le había legado sus pecas y la alergia a la hierba recién cortada.

Para ser justo, Johnny también había tenido momentos malos, no solo buenos. Había arruinado la empresa de transportes de su padre, para resurgir después como inventor del chip Fernandez, usado actualmente en *smartphones* del mundo entero. Las acciones de su compañía, Fernandez Tech, no dejaban de subir en la Bolsa. Johnny era la clase de cliente que necesitaba Gary, la clase de cliente que merecía Looking Goode.

Se dio cuenta de que Johnny estaba esperando una respuesta a su pregunta, con una ceja alzada.

–Estaba saludándolo. –Intentó acariciarlo, pero el animal soltó un maullido tan fuerte que él no pudo evitar dar un paso atrás, tropezar y caer de rodillas detrás del coche, fuera de la vista de Johnny. Iba a darle un buen tortazo al gato cuando oyó otra voz.

–Papá…

Johnny lo cortó.

–Ahora no, Christian.

Gary se quedó inmóvil, con las rodillas contra la grava, escuchando. Nunca se sabe lo que puede acabar resultándole útil a uno.

Christian volvió a hablar.

–He cogido…

–Más tarde, ¿vale?

–Pero solo quería decirte… –Su tono se volvió más agudo, como un lamento.

–Christian. –La voz de Johnny fue categórica como la hoja de una guillotina–. Más tarde. ¿No tienes que ir al trabajo? ¿O es que ya te han despedido?

–No. O sea, sí, no me han echado, pero…

–Pues ve. Sea lo que sea, puede esperar. Nos vemos más tarde.

Gary se levantó y vio el pelo castaño peinado hacia atrás y los hombros hundidos de Christian, que fue caminando pesadamente hacia la hilera de coches aparcados a un lado de la casa. Sabía todo lo que había que saber sobre el hijo de dieciocho años de Johnny a pesar de su ausencia en la cuidadosamente mantenida

31

página de Instagram de su padre, que estaba repleta de fotos #bendicion de Johnny, su segunda esposa y la niña de un año de ambos. Pero Gary había investigado, y sabía que Christian había sido expulsado recientemente de uno de los colegios más prestigiosos de Inglaterra. También sabía que no era la primera vez que eso había sucedido.

—Bueno, ¿vienes o no?

Johnny hizo un gesto con el brazo, cogió al gato (ahora angelical y ronroneante) y dio un paso atrás para dejar pasar a Gary. El recibidor era cavernoso, con suelo oscuro de caoba y un papel pintado floral verde digno de un *remake* de alguna obra de Jane Austen. Había anchas escaleras de caracol a ambos lados; sabía por los planos que llevaban a una planta con cinco habitaciones, que se sumaban a las otras cinco del ala sur.

Tenía planes ambiciosos para la casa de Fernandez: iba a derribar todas las paredes de abajo y crear un gigantesco espacio que haría que su empresa saliera en *Ideal Home*. Era un diseño totalmente de Gary; su arquitecto, Angus, había presentado la dimisión en una muestra de lealtad equivocada hacia Clio. No lo echaba de menos: aquello le había hecho encontrar su vocación. Siempre había sido más que un constructor, y ahora, sin Clio, no había nadie que lo frenase. Pronto la estética Looking Goode iba a imponerse en todo el país.

—Por aquí.

Gary siguió a Johnny pasando junto a imponentes espejos y puertas que daban a sofás de color crema, mesas oscuras y enormes centros florales. Por fin llegaron a la cocina, donde vio a la esposa de Johnny, Vivienne, en pie en un rincón y mirando el móvil mientras jugueteaba con su pelo con una mano. La mujer habló sin ni siquiera volverse hacia ellos; sus palabras sonaron atropelladas e impacientes.

—Cariño, acaba de llamar otra vez. Es la tercera vez esta semana. Es como… —Agitó la cabeza, sin dejar de mirar la pantalla—. Tenemos que hacer algo con él.

Johnny carraspeó, fue hacia ella y le dio un beso tranquilizador.

—Querida, ha venido Gary.

—Oh.

Ella se volvió por fin. ¿Hizo por un instante una mueca de disgusto? Gary prefirió no pensar en eso. Ni ella ni Johnny podían saber lo que tramaba; había ocultado todo rastro muy bien.

Enseguida la mujer sonrió.

—Perdona. Hablaba de nuestro jardinero. Ya sabes cómo son.

—Desde luego. —Pero no tenía ni idea. Los jardineros eran tirar el dinero. Mejor cubrirlo todo con cemento y listos.

—Soy Vivienne.

Fue como flotando hacia él, todo fragancia y piernas envueltas en vaqueros negros ajustados y con una camisa blanca impoluta. En su garganta brilló un collar. Gary supo que era de diamantes genuinos. Sus largos cabellos caían en cascada por la espalda, tal como a él le gustaba. Él le dedicó una de sus sonrisas más humildes, a la vez que se pasaba una mano por su corto pelo moteado de canas.

—Encantado de conocerte, Vivienne. Gracias por invitarme.

—Cómo no. —La mujer levantó las comisuras de sus labios rojos—. Nos morimos de ganas de conocer tus planes definitivos.

Le refulgieron los ojos oscuros, y él tuvo la repentina sensación de estar atrapado, de que si se volvía hacia la puerta de la cocina esta se cerraría de repente y lo dejaría solo entre víboras o arañas o —Dios no lo quisiera— con la que pronto sería su exesposa. Debía de estar más nervioso de lo que creía. A fin de cuentas, aquel día se jugaba mucho. Si Johnny no le hacía la transferencia del depósito…, en fin. No quiso seguir por ese camino. Lo tenía todo controlado.

—Ven, siéntate y te traigo un café. —La voz cavernosa de Vivienne hizo que la frase sonara como si lo estuviese invitando a un reservado para hacerle un *striptease*. Gary se sentó a la larga mesa de roble con tazas de color naranja de Fernandez Tech y la clase de galletas tan caras que solo se podían comprar en las tiendas más selectas. Contempló la curva de las caderas de Vivienne mientras ella abría el grifo Quooker para llenar la *cafetière*, y se preguntó si algún día también acabaría en la cama de ella. Le gustaría; desde luego que le gustaría. Mucho.

Sacó el iPad, dispuesto a vender el atrevido e innovador diseño

33

que les iba a cambiar la vida. Modestia aparte, era oro puro, y mostraba a las claras que, de quedarse con su proyecto, las fiestas de la pareja iban a salir a doble página en las revistas más finas del corazón, y que cada uno de sus días sería maravilloso gracias a la visión de él.

–Vale, te escuchamos.

Johnny y Vivienne se sentaron frente a él, junto a un monitor de bebé que mostraba una pequeña silueta despatarrada en una cuna.

–Bear. –Ella siguió la mirada de Gary–. Nuestra pequeña.

–Es preciosa.

No soportaba a los bebés: gritones, tontos y siempre pidiendo. Su limitada experiencia como padre adoptivo de Nina le había mostrado que las adolescentes tampoco le gustaban demasiado.

La pareja se quedó embobada mirando al monitor tanto tiempo que Gary se preguntó si acabarían dándole un abrazo al aparato. Se forzó a sonreír.

–Bueno, ¿empezamos?

–Vale. –Johnny lo miró a los ojos.

Gary cogió aire.

–Seguro que cuando Bear crezca va a querer vivir en una casa que refleje vuestras ambiciones para ella. –Conectó los dos temas a la perfección. Qué bueno era, caramba–. Permitidme mostraros lo que tengo en mente.

Empezó a soltar su discurso, con palabras altas y rápidas. Ellos escucharon con sus rostros inexpresivos. Demasiado inexpresivos. Mientras compartía sus planes de claraboyas y rincones encantadores, de calefacción bajo el suelo y cornisas, notó que algo iba mal. No le estaban transmitiendo nada. Se esforzó aún más, elevando la voz al llegar al final.

–Y esto es todo. Moderno pero clásico, lujoso pero acorde con la historia. El nuevo Magisterio, solo para vosotros.

–No estoy seguro. –Johnny se recostó en su silla y bostezó–. Es un poco básico, ¿no?

Gary apretó discretamente los puños.

–No, no lo es. –Su diseño era brillante; eso le había dicho su chica, Denise–. Son planes ambiciosos, de acuerdo con vuestro estilo de vida. Tendréis una piscina infinita con vistas a los Downs, un solárium, dos torres y una terraza de trescientos sesenta grados. –Se inclinó hacia delante, sin dejar de sonreír, aunque por dentro el pánico le estaba acelerando el pulso. Necesitaba el depósito ese mismo día. Tenía que pagar sueldos y otras cosas.

Johnny se encogió de hombros.

–No sé. Parece un poco Ikea.

Gary casi escupió el café.

–¿Que qué?

Johnny suspiró.

–Solo es que esperábamos un poco más de ti.

Él se esforzó en no levantar la voz.

–Pero aprobasteis los diseños iniciales que os envié. Creía que ibais a pagar hoy el depósito para poder ponerlo todo en marcha. Tengo trabajadores esperando.

–No podemos decidir ahora mismo. –Vivienne ya había cogido su móvil y estaba navegando por las redes–. Quizá cuando volvamos.

–¿Cuando volváis de…?

–De Londres. Esta noche tenemos un evento de gala.

–Pero… –Gary tenía que salvar la situación–. Me he gastado… –Se detuvo. Por un momento deseó tener a Clio a su lado; ella siempre convencía a todos de cualquier cosa. Pero no. Lo último que necesitaba era a esa desgraciada. Se humedeció los labios resecos–. ¿Y si vuelvo a última hora, después de que hayáis podido pensároslo?

–Te lo hemos dicho: tenemos que irnos. –Johnny se levantó–. Ya te avisaremos.

–¿Cuándo? –Gary sonó como un adolescente necesitado rogando una cita.

–Cuando podamos.

Se acabó el café y se dirigió a la puerta.

Gary tragó saliva. Se recordó a sí mismo que era él quien tenía el poder. Sabía el secreto de Johnny; podía hundirlo solo con una llamada de teléfono. Pero se trataba de la opción nuclear; aún no había llegado a ese punto. Lo que necesitaba era un plan B.

Sin el depósito iba a verse muy presionado. Las cuentas corrientes de la empresa estaban vacías, no tendría dinero para pagar ese mismo día a los empleados, y encima tenía a varios proveedores persiguiéndole y enarbolando facturas muy atrasadas. Necesitaba unos cien mil en total para tapar agujeros, una nadería para alguien como Johnny, y con eso iba a poder mantenerlo todo a flote hasta conseguir más clientes.

Pero lo que tenía ahora no era un agujero, sino un abismo. Lo que tenía era un problema.

—En fin, gracias por vuestro tiempo. —Se colocó el iPad bajo el brazo—. Por favor, tenedme informado.

De repente le acudió a la vista el rostro de Marg, cuyo pelo gris y chaquetas de punto de cachemir parecían contradecir su fama de castigar sin piedad a cualquiera lo bastante temerario como para no pagarle a tiempo. La semana anterior le había concedido a Gary un préstamo a un interés brutal del cincuenta por ciento. Él tenía hasta las seis de la tarde para hacerle el primer pago, diez mil libras de las que no disponía en absoluto.

Al menos de momento.

Tenía trabajo que hacer.

—No hace falta que me acompañéis a la puerta.

—Adiós, Gary. —Vivienne había cogido una revista y la estaba hojeando. Quedaba clarísimo lo dura que le resultaba la situación—. Mira, es BooBoo —le dijo a Johnny con un gritito—. Una vez hicimos juntas una sesión para *Vogue*.

Gary avanzó por el pasillo con el corazón acelerado. Aquello era un obstáculo, pero tenía que mantener la cabeza bien alta. Era Gary Goode. Podía arreglar la situación si actuaba rápido. Se subió al coche y fue hasta la verja de entrada, deteniéndose y sacando la foto obligatoria para su *feed* de Instagram. Escribió un breve texto para sus trescientos cincuenta seguidores sobre nuevas oportunidades. Pronto tendría más. Miles más. Solo era cuestión de tiempo.

Pisó el acelerador y dio la vuelta a la esquina levantando una nube de polvo, tan perdido en sus pensamientos que ni vio el viejo Mini que se le acercaba ni a la persona de pelo oscuro que lo conducía. El coche giró para esquivarlo, pero a Gary no le importaba estar en el carril incorrecto. No le importaba nada excepto cómo conseguir el dinero que necesitaba.

Sin ni tan solo frenar, levantó el dedo medio hacia el Mini y aceleró aún más. Era Gary Goode, y el mundo entero tenía que dejar de interponerse en su camino de una maldita vez.

Capítulo 5

Amber

A menudo Amber sentía como si el mundo fuese a desmoronarse si ella se atrevía a desconectar durante más de un nanosegundo. Aquella mañana no era una excepción.

Después de haberse quedado varias horas encerrada en el lavabo de la caravana de Clio no estaba del mejor humor. Que sus dos amigas no la hubieran oído resultaba casi tan increíble como que la vejiga de Jeanie no la hubiese hecho correr al baño en todo ese tiempo. Amber acabó quedándose dormida, y ahora, tras conseguir por fin romper el cierre y escapar, se apartó la lluvia de los ojos e intentó comprobar que no siguiera borracha, o, más bien, que no estuviera tan borracha como para estar sufriendo visiones.

No. De verdad que iban a ser tan idiotas.

–¡PARAD!

Jeanie y Clio se quedaron inmóviles, sus manos peligrosamente cerca de lo que parecía un cadáver. Amber cerró los puños con fuerza y se juró en silencio no volver a beber nunca más. No podía dejar solas a esas dos. Ni por un segundo.

–¡Atrás, tías!

Las dos obedecieron, las cabezas gachas, los hombros hundidos.

Amber se inclinó para ver quién era el fiambre.

–Mierda. –Su mano le voló a la boca–. ¿¡Gary!? Dios mío. ¿Qué diablos ha pasado?

Se metió la mano en el bolsillo de la sudadera y sacó un par de guantes de látex.

Jeanie se sobresaltó.

–¿Para qué llevas eso? Hace semanas que dejaste la policía.

–Por si me sale una noche de pasión. –Por un segundo Amber se permitió una sonrisa.

–¿En serio? –Jeanie abrió los ojos como platos.

–No. –Se los puso y se agachó a examinar el cadáver, aunque la lluvia intentaba con todas sus fuerzas impedirle la tarea–. Digan lo que digan, sigo siendo investigadora. Y ahora contadme qué ha pasado.

Le contestaron de inmediato. Hablando las dos a la vez. Como siempre.

–Clio quería mover el cuerpo y no pude negarme, aunque sabía que no debíamos hacerlo, sabía…

Mezclado con:

–Creo que puede que haya sido yo. Solo quería un poco de tiempo para demostrar que no. No puedo morirme en la cárcel, Amber. Está Nina, y…

–Esperad un momento.

Amber contempló la sangre, el hueso fracturado, la posición del cuerpo. Tenía que memorizar todo lo que pudiera antes de que la lluvia y el viento estropearan por completo la escena del crimen. Archivó las imágenes en su mente para procesarlas más tarde.

Enseguida empezaron a acudirle ideas. Y preguntas. No parecía un crimen premeditado: todo estaba demasiado descuidado, había demasiada sangre. Pero ¿por qué estaba ante la caravana de Clio? ¿Lo había hecho el asesino para implicarla? ¿Por qué estaba boca arriba, si parecía que le habían golpeado por detrás? ¿Qué otros elementos relacionados podía haber? ¿Una bebida con droga, un mensaje de texto convocándolo allí? ¿Dónde estaba su móvil? Escudriñó el suelo. Nada. Rebuscó en los bolsillos de él. No había ningún teléfono.

–He comprobado el pulso. Está definitivamente… –Clio no acabó la frase.

Amber la miró a la cara. Vio *shock*. Pánico. Superó su aversión de toda la vida a los abrazos y abrió los suyos.

Un segundo después estaban las dos contra ella, como polluelos. Su familia.

Respiró hondo mientras se apretaban más. Proximidad. Era capaz de superarlo.

—¿Cómo estáis las dos?

Clio temblaba dentro de su pijama empapado, Jeanie estaba llorando.

—Yo... —a Clio le castañeteaban los dientes—... estoy bien.

Aunque la forma en que se pegaba a Amber indicaba lo contrario.

—Yo también —mintió Jeanie, secándose las lágrimas.

—No pasa nada. Yo me encargo. —La cabeza le latía. Tenía el vago recuerdo de haber bailado haciendo el egipcio. Por Dios bendito—. Yo cuidaré de vosotras.

Les dio un apretón final, se separó y volvió a concentrarse en Gary. No tenía nada en las manos, no había ningún arma por ahí cerca. Examinó el suelo en busca de huellas, pero la lluvia era tan feroz que sin duda lo había borrado todo. Necesitaba averiguar con quiénes había hablado Gary durante los últimos días, tenía que ver sus cuentas bancarias, sus mensajes, su diario. Podía ir ese mismo día a casa de él y empezar a hacer preguntas. Podía dedicar una sala al caso, como había hecho mil veces antes, montar el tablero de los sospechosos, dar instrucciones a su equipo.

Excepto que..., se dio cuenta de repente: ya no era policía. Acababan de despedirla. Y no solo la habían echado, también la habían humillado, haciéndole entregar la placa y la tarjeta de acceso a plena vista del equipo con el que había trabajado durante años. Marco la había convertido en un ejemplo porque ella nunca había seguido el juego, porque siempre decía lo que pensaba, aunque a sus superiores no les gustara. Habían hecho como si fuese por lo otro, pero lo de la negligencia grave era de risa teniendo en cuenta lo que estaba intentando. Sabía que simplemente habían encontrado una excusa para sacársela de encima e hicieron encajar la acusación con calzador. Cabrones.

—¿Amber? —Los ojos de Clio parecían enormes.

Amber volvió al presente.

—Clio, no puedes mover el cadáver.

—Pero... —El pecho le subía y bajaba a toda velocidad.

Aquello se iba a convertir en un drama griego si Amber no actuaba enseguida. Se puso en jarras.

–¿Qué pasaría entonces? Si movéis el cuerpo, digo. ¿Habéis pensado en eso? –Clio empezó a tartamudear una respuesta, pero ella la interrumpió–. Aunque consiguierais llevarlo a otro sitio, os quedaríais atadas al cadáver para siempre, aterrorizadas cada vez que vieseis a un *runner* pasar cerca. Además, Jeanie no puede cavar con su espalda fastidiada, ya lo sabes. Es una idea absurda.

Clio hizo pucheros.

–Pero si no lo ocultamos, yo…

Basta. Amber abandonó la lógica y decidió apelar al disgusto que sentía Clio por cualquier clase de problema.

–¿Recuerdas cuando hiciste la mudanza en el Mini?

–Sí.

–Esto sería mucho peor. Es grande y pesado. Y tu coche es muy pequeño.

–Oh. –Clio pensó en ello. Aquella mudanza duró dos días, y ella necesitó cien cafés y la ayuda de los bomberos cuando chocó contra un muro al dar marcha atrás–. Entonces, ¿qué hago?

Amber volvió a agacharse y examinó el suelo alrededor de Gary, maldiciendo en silencio la lluvia, que estaba haciendo justo lo que el asesino, fuese quien fuese, desearía: eliminar todo rastro de su presencia.

–Tenemos que llamar a la policía, Clio. Se nos llevarán a las tres para interrogarnos. Tú di la verdad. No mientas, ¿vale?

–Yo nunca miento.

–Bueeeno… –Amber volvió a levantarse.

–No miento. Exagero.

Amber dejó estar el tema. Tenía cosas más importantes de las que ocuparse.

Clio le apretó el brazo.

–Entonces, ¿les digo que no recuerdo dónde estaba yo cuando lo mataron?

–Si es la verdad, sí. –Sabía que lo que su amiga necesitaba oír eran certezas–. Verán que no hay pruebas contra ti y encontrarán al verdadero asesino.

–¿Sí?

–Sí.

La miró a los ojos.

–Pero tú decías que Marco, el inspector, decías que es… –cerró los ojos fuerte para recordar las palabras–… «un cabrón egoísta que no tiene ni idea de investigar».

Amber hizo un breve gesto como de dolor.

–No iba en serio. Lo dije antes de la terapia hormonal. –Una vez más experimentó el dolor de tener que dejar el trabajo que amaba por culpa de un tío al que consideraba idiota. Ahora se pasaba el día sentada, sintiéndose inútil. Quería ayudar tanto como necesitaba ayuda ella misma. Y, como persona que estaba cerca durante aquel asesinato, la foto de ella podía acabar en el tablero de los sospechosos. Eso empeoraría aún más su reputación profesional, ya tóxica.

Volvió a concentrarse en su amiga.

–Van a seguir las pistas, Clio, y no van a conducir hacia ti.

–¿Estás segura?

Amber le apretó el brazo.

–Sí, estoy segura. Mira, no se trata solo de Marco, ¿vale? No trabaja solo. Es un equipo entero. Y si no dan enseguida con el verdadero culpable, seguramente pedirán más gente, más inves-tigadores, más forenses, toda la *troupe*. Seguro que hay alguna grabación de una cámara de seguridad o un testigo que haya visto al asesino, sea quien sea. El crimen perfecto no existe. Siempre hay algún error. Siempre.

–Eso espero. --Clio miró el cadáver con expresión patética–. Entonces, ¿digo que salí a tomar el aire, me desmayé y lo encontré al volver?

–Exacto. –Amber intentó ordenar las preguntas, que se api-ñaban a toda prisa en su mente–. ¿Así que no oíste ningún co-che?

Clio negó con la cabeza.

–¿No hablaste con Gary?

–No. Estaba muerto. O sea, que ya lo estaba. Entré y desperté a Jeanie. ¿Dónde estabas tú?

–Encerrada en el baño.

Clio asintió.

–Ah, sí. El cierre no va muy bien. Tendrías que haber despertado a Jeanie.

–Pues mira, no fue por no intentarlo. –Amber apretó los dientes–. Voy a llamar.

A Clio se le descompuso del todo la expresión.

–¡No!

–Sí. –La asió por los hombros–. Eres inocente. Yo lo sé. Jeanie lo sabe. Y, en el fondo, tú también lo sabes.

Clio sacudió la cabeza. Las lágrimas le caían por las mejillas.

–Pero ¿y si la policía se equivoca? Como les pasó contigo. Que te echaron sin que hubieras hecho nada malo.

Amber suspiró. El tiempo pasaba.

–Eso es diferente.

–No, no lo es. Te quedaste sin trabajo. Te encantaba tu trabajo.

Amber tuvo que hacerla volver al tema que las ocupaba en ese momento.

–Voy a llamar, Clio. Cada segundo que perdamos es un segundo que puede aprovechar el culpable para ocultar su rastro. No quiero que pase eso. ¿Por qué no entras a calentarte mientras llamo?

Clio puso cara de disgusto. De nuevo.

–Pero hay algo que…

–Por favor. –Amber la miró fijamente–. Confía en mí. Yo me encargo. Cuidaré de ti.

Tenía que conseguir que Clio se metiera en la caravana, que se alejara de Gary, de la sangre que descendía por los peldaños.

–Bueno…, vale. –Aunque poco convencida, se volvió, dispuesta a entrar.

Amber volvió a concentrarse en el cadáver. El cerebro empezaba a despertársele. Aquellas últimas semanas sin empleo se le habían hecho interminables. Pero ahora tenía ante sí un enigma, y seguro que sería capaz de resolverlo. Tenía que hacerlo para salvar a su amiga. Se agachó y usó la linterna de su móvil para ver si había algo, cualquier cosa, cerca: un trozo de papel, una colilla. Una pista.

Nada. Le dio la vuelta al teléfono, pero justo al marcar el último número volvió a oír la voz de Clio. Se volvió y se apartó la lluvia de los ojos.

–Amber, de verdad que tengo que decirte una cosa. Para que lo sepas todo. Antes de que llegue la policía.

Ella frunció el ceño.

–¿Tiene que ser ahora mismo?

–Sí –asintió Clio–. Es muy importante.

Amber suspiró.

–Sé rápida, ¿vale?

Subió los peldaños y entró de nuevo en la caravana. El olor de dentro no le mejoró los latidos de la cabeza: una mezcla densa de patatas, alcohol y calor corporal. El aire estaba preñado de resaca. Las pertenencias de Clio estaban tiradas por todas partes: había un sujetador colgando de la lámpara blanca encima de la mesita de café de color rojo deslumbrante, y alrededor de una mochila con lentejuelas había esparcidos viejos guiones, libros y recibos.

Se secó el agua de la cara y cogió una nota apoyada contra la tetera.

¿Cuándo nos vamos bien lejos juntos, mi increíble Nina? x

–Es de D. J. –Clio había seguido la mirada de Amber–. Solo llevan juntos cinco minutos, pero ya se han enamorado y ahora se la quiere llevar. Adora el suelo que ella pisa. Los amores de juventud, ¿eh?

Amber la interrumpió.

–Espera. ¿Dónde está Nina? No va a venir y ver el cadáver, ¿no?

–No, gracias a Dios. Está en casa de D. J. Dijo que no volvería hasta después de comer. –Clio se tumbó en el sofá de cuero que marcaba el borde de la sala de estar, y abrió los brazos sobre los almohadones–. Me duele todo. Necesito té.

–Hago lo que puedo, Clio. –Jeanie estaba rebuscando en los armaritos, sus largos cabellos rubios goteando sobre la espalda, su pijama de color rosa ahora casi negro por el agua–. Intento encontrar la tetera.

–Está aquí, pero no funciona, y aún no he comprado otra. –Amber vio que Clio estaba a punto de echarse a llorar de nuevo–. Por Dios, no podemos ni hacer té.

Amber volvió a intentarlo.

–Clio, dímelo ya. Tengo que…

Su amiga se mordió el labio.

–Necesito una tetera. Y hasta que cobre estoy arruinada. Los abogados de divorcios son tan caros… –De repente pareció desesperarse aún más–. Espera. Ay, Dios, otra razón por la que todos van a pensar que lo maté yo: para cobrar lo que me debía. –Se hundió en el sofá–. Estoy acabada. ACABADA.

Al menos Clio-la-melodramática seguía presente. Jeanie se le acercó en silencio y le dio un tarro de Nutella y una cuchara, que ella hundió frenética en la pasta para después llevársela a la boca.

–Aaah. –Miró a los ojos a Amber–. Así está mejor.

Ella alzó una ceja, esperando.

Clio tragó.

–Ayer pasó algo.

–¿Con Gary?

–Sí. Supe que había hecho algo muy malo, y…

–¿Y qué? –Amber sintió una punzada de miedo al notar algo tras el maquillaje de su amiga, corrido por el agua–. ¿Por eso tienes ese arañazo en la cara?

–Sí. –Clio adelantó la mandíbula–. Le hizo daño a Nina. Esa fue la gota que colmó el vaso.

Amber soltó un lento bufido y trató de borrar la sensación de desastre que se estaba formando en su interior. Clio nunca era muy estable, pero aún menos en todo lo que hiciera referencia a su hija. Siempre había sido así: gritos e insultos a la entrada de la escuela cuando una niña osó comerse por error el almuerzo que había llevado Nina, protestas ante los profesores por ser demasiado estrictos si le pedían por favor que Nina entregara los trabajos a tiempo, el primer novio de Nina que acabó llorando cuando Clio lo vio por el pueblo con otra chica, que resultó ser su hermana. Era una mamá osa. Si Gary le había hecho daño a Nina, a saber cómo habría reaccionado.

Amber bajó el móvil. Tenía que oír esa historia antes de que viniera la policía.

–Cuéntanoslo, Clio.

Y, con voz temblorosa, Clio empezó a hablar.

Capítulo 6

Gary

11:30 h. Dieciséis horas antes de morir

La razón principal por la que Gary le había pedido a Denise que se fuera a vivir con él era que le hacía sentirse como un rey. Le encantaba cómo a ella se le iluminaban los ojos al verlo, el ansia con la que le desabrochaba el cinturón, su expresión de gran interés tras preguntarle cómo le había ido el día. Siempre tenía tiempo para escuchar, para comprender, y se mostraba orgullosa de estar a su lado en convenciones y eventos del trabajo y en las cenas con los clientes. Para Denise, Gary era lo primero, como a él le gustaba.

Por ejemplo, aquel mismo día: un mensaje de texto y ahí estaba ella, esperándolo para tomar un café en el Copper Kettle, en la plaza del mercado. Ella trabajaba en el periódico del pueblo, en el que cobraba una miseria por encargarse de las «noticias» locales, lo que significaba que tenía una agenda flexible, perfecta para quedar de día. Gary aún recordaba cuando ella fue a entrevistarlos a él y a Clio a ese mismo local, hacía poco más de dos años, cuando Looking Goode había sido nombrada candidata a un premio de diseño. Lo acabó ganando una cretina vaca que importaba los accesorios que usaba, supuestamente ecológicos, desde el culo del mundo, Tailandia, pero, en el fondo, el verdadero premio fue Denise. Clio tuvo que irse pronto a recoger a Nina, pero Gary se quedó. El café de la tarde dio paso a un *prosecco* que a su vez dio paso a mucho más.

La buscó mientras avanzaba por entre el calor denso de la cafetería.

–Aquí, cariño –le dijo ella, alzando un brazo.

Tan solo verla le hacía sentirse más seguro, más triunfador, al contrario de lo que le ocurría con Clio y su trasero que no paraba de crecer. La cola de caballo rubia de Denise le llegaba hasta la cintura, y tenía las esbeltas piernas enfundadas en unos *leggings* negros brillantes que acababan dentro de unas zapatillas deportivas blancas de plataforma. Las palabras «Me gustas» formadas con diamantitos de bisutería en la parte delantera de su sudadera, una frase con la que él sabía que la mayoría de los hombres del local estarían de acuerdo.

Gary se abrió camino hacia ella, pasando por entre gente que protestaba en voz baja por tener que hacer cola para conseguir una triste taza de té, clientes diurnos del mercado despeinados por el viento, gabardinas mojadas y zapatos que goteaban; pasando baristas que sudaban en nubes de vapor mientras trabajaban con sus grandes cafeteras plateadas; sorteando a una mujer que no conseguía decidirse entre una tarta roja como de terciopelo y otra con salsa de limón por encima. Por fin, Denise lo rodeó con los brazos. Al contacto con ella, los problemas de dinero de Gary pasaron a un segundo plano. Ya conseguiría el dinero, estaba seguro. Bajó una mano y le estrujó el trasero, firme, perfecto. ¡Vaya chica, su Denise! La besó y volvió a sentirse el rey del mundo.

—¿Qué tal el viaje, cariño? Te he echado de menos. —Ella volvió a sentarse en una silla marrón de cuero y empezó a darle vueltas a la pajita de su café helado. Para él había encargado su preferido: un expreso doble con una jarrita de leche.

—Genial. —Tomó un sorbo antes de añadir el líquido blanco.

Denise se inclinó hacia delante, las largas uñas rosas posadas sobre los muslos.

—He intentado llamarte un montón de veces, pero no te he encontrado. ¿Dónde estabas?

A Gary le costó un momento recordar qué mentira le había dicho para poder pasar la noche con Cherie.

—Lo siento. Después de la convención fui al bar del hotel. Me puse a hablar con unos clientes y se hizo demasiado tarde para llamarte. Ya sabes cómo son esas cosas.

—En realidad no, no lo sé. —Enlazó sus dedos con los de él—. Yo estuve en una reunión municipal. Montones de jubilados quejándose por los contenedores. –Soltó un ligero bufido por entre sus dientes blancos perfectos–. De verdad, mi jefa me tiene manía. Me encarga todos los trabajos de mierda. Solo quiero un artículo al que me pueda dedicar en serio.

Sus ojos almendrados brillaron con la frustración del sentimiento de injusticia de una veinteañera a la que se le niega un capricho. Gary hizo unos pocos ruiditos comprensivos, esperando que pronto volvieran a hablar de él.

–Seguro que a finales de año estarás escribiendo para el *Times*.

–Qué va. –Ella negó con la cabeza–. Nadie lee esa mierda. Lo que mola es el *Mail Online*. Las noticias de sociedad, claro.

–Claro.

Gary se fijó en las agujas del horroroso reloj con forma de tetera de la pared. ¿Tan tarde era? Sacó el móvil y consultó su cuenta de PayPal.

Ningún pago aún. Sintió un zarpazo de pánico.

Denise se inclinó aún más hacia delante.

–Cariño…

–¿Sí?

–¿Lo conseguiste? Lo de Johnny. La reconstrucción.

–Hum…, sí, claro. –Asintió, seguro–. Se está haciendo el difícil, pero ya casi hemos cerrado el trato.

–Genial. Es mucho dinero, ¿no?

Sin fijarse en la pareja de ancianos con jerséis a rayas rojas y blancas a juego que compartían una porción de tarta en la mesa contigua, Denise empezó a pasarle la mano por el muslo. Se levantó y fue al lado de él de la mesa, se sentó y lo besó con su cálida boca. Gary estaba empezando a ponerse alegre cuando ella se echó hacia atrás, con una expresión de extrañeza.

–¿Qué es ese olor? –Le olisqueó el cuello. Mierda. Gary creía que con la ducha había eliminado todo rastro de Cherie–. Huele a… –volvió a aspirar–… huele a La Vie.

–¿Qué es La Vie?

El señor y la señora Jersey los observaban, con sus tenedores sobrevolando el bizcocho.

–Clio usa La Vie –dijo Denise con voz ominosamente calma–. ¿Por qué hueles al perfume de Clio, Gary?

Jersey y Jersey ni se molestaron en fingir que no estaban escuchando. Sus ojos pasaban de Denise a Gary, como espectadores en Wimbledon.

Denise frunció el ceño.

–No me estarás engañando con ella, ¿verdad?

–¿Con Clio? No, por Dios. –Al menos eso era cierto.

Ella lo examinó de arriba abajo.

–Será mejor que no me estés mintiendo.

–No te miento. –Gary levantó las manos con las palmas abiertas–. Hace semanas que no sé nada de ella.

–¿De verdad?

Jersey y Jersey parecían haberse quedado sin respiración. Gary pensó en cogerles su tarta en pago por el gran espectáculo que él y Denise les estaban ofreciendo.

Se cruzó de brazos, muy serio.

–De verdad.

–Entonces, ¿por qué está viniendo hacia nosotros ahora mismo?

–¿Qué? –Él se volvió; por un segundo pensó si no podía salir corriendo para esconderse–. ¿Dónde?

Ahora el señor Jersey lo miró con una expresión parecida a la lástima.

Gary vio a Clio. Su esposa, la desgraciada, con uno de esos vestidos horrorosos que parecían hechos con una cortina y que él no soportaba. ¿Y qué diablos se había hecho esta vez en el pelo? ¿Rojo? ¿Y azul? Joder.

Llegó a su lado, sus brillantes labios rojos en una mueca de disgusto.

–¡Cabrón!

Gary intuyó de qué iba todo aquello.

–¿Cómo has sabido que estaba aquí?

Clio se llevó una mano al pecho de forma melodramática.

–Porque te sigo, obviamente. Todo el rato. No puedo controlarme. –Ahora se llevó la mano a la frente–. No consigo superar lo nuestro, Gary Goode.

–¿En serio? –Él no pudo evitar sonreír.

–Por Dios, no. –Clio negó con la cabeza–. Tu secretaria me dijo que estabas aquí.

Maldita zorra. Iba a tener que despedirla.

Se cruzó de brazos.

–Bueno, y ¿qué es lo que quieres?

–¿Dónde está el dinero de Nina?

–¿Qué dinero? –Gary cambió de postura en su asiento.

–Ya sabes tú qué dinero. –Clio tenía los puños cerrados, con los nudillos en blanco y sus grandes y refulgentes anillos–. La cuenta con el dinero para la universidad de Nina. La que le abrí cuando nació. –Se acercó un paso más. El señor y la señora Jersey decidieron hábilmente mirar a otro lado y hacerse los suecos–. La cuenta en la que metí todas mis propinas como camarera, todo lo que me quedaba de mi herencia, todos mis ahorros, los intereses. La que tenía unas veinticinco mil libras.

Gary intentó escaquearse.

–¿Y por qué me lo preguntas a mí?

–Porque la cuenta está vacía, Gary. Y tú eres el único que podías hacer eso. Olvidé que tenías acceso a ella; soy idiota. –Hizo una mueca de furia con los labios. Por su expresión, él iba a necesitar más que una cucharilla para defenderse–. ¿Sabes qué? Tengo una línea roja, y tú acabas de cruzarla. –La cola de caballo empezaba a soltársele. Al tener a su esposa casi encima, Gary vio las líneas que se le habían formado en la frente. Clio estaba desencadenada–. Me has hecho daño. Has cogido mi dinero y lo has usado para montar una empresa de la que ahora me has despedido, me has echado de nuestra casa para que esta se vaya a vivir contigo. –Le dirigió a Denise un gesto despreciativo con la mano–. He sobrevivido a todo eso. Pero esto, dejar a Nina sin futuro, sin sus sueños de hacerse doctora… Ya es oficial: has ido demasiado lejos.

Gary fijó la vista en el suelo; lo que fuese con tal de no tener que mirar a Clio a los ojos. El día en que vació la cuenta sintió una punzada de culpabilidad. Hacía un mes de eso; era típico del caos en el que vivía ella que no lo hubiera notado hasta ese momento. La inmediatez en la que vivía y sus olvidos cada vez más frecuentes le habían resultado útiles. Y no era que se hubiese aprovechado de ella, claro: si no estaba al tanto de las cosas, no era culpa de él, ¿no?

Y no, claro que no era su culpa. Se había visto obligado a coger el dinero. La montaña de sueldos y facturas no dejaba de crecer y no podía pagarlas, y el presupuesto de publicidad se le iba de las manos en su intento de expandir la empresa ahora que Clio no estaba. Gary recordó aquella cuenta en el último momento; la verdad es que fue una inspiración genial.

—Voy a devolver el dinero, Clio. Pronto.

No era capaz de mirarla a los ojos. Lo que hizo fue acabarse el café y pensar brevemente en la chica que había sido su hija adoptiva, sus pómulos marcados, su pelo negro rizado, su risa estridente.

Clio le presentó con pulso tembloroso una palma abierta, como esperando que él le pusiera el dinero al contado.

—No voy a permitirte hacer esto. Devuélveme el dinero ahora mismo o voy a…

Denise intervino:

—¿Vas a qué?

La pareja Jersey estaba fascinada. Aquello era mejor que el culebrón de la tarde.

Clio parpadeó.

—O voy a cogerlo yo.

Denise se rio.

—¿Ah, sí? ¿Cómo?

A Clio le brillaron los ojos. En cierta forma retorcida, a él le ponía un poco verla así.

Su esposa se acercó más, como para hablarle solo a él. Tras ellos, un niño pequeño se echó a lloriquear. Gary compartió el sentimiento.

—Devuélvemelo.

Él tragó saliva.

—No puedo. Hoy no. Pero pronto.

—Devuélvemelo ahora.

El rostro de Clio era pura furia, las aletas de la nariz abiertas, la mandíbula cerrada fuerte. Cogió un cuchillo de la mesa de los

Jersey y lo alzó al aire. Tenía las mejillas rojas como un buzón; Gary se preguntó si no tendría alguna especie de enfermedad cardíaca.

—Estás haciendo el ridículo, Clio.

Ella le llevó el cuchillo a la cara, a pocos milímetros.

—O me devuelves el dinero ya mismo, o juro que te mato.

Gary se levantó, intentando recuperar el control de la situación.

—¿Que vas a hacer qué?

Denise se le unió.

—¿Vas a matarlo? ¿Con un cuchillo de mesa? —Se echó a reír de nuevo—. Qué gran plan, Clio.

—Tú cállate. —Dejó caer el cuchillo, que resonó contra el suelo—. A ti también te va a arruinar la vida. Seguro que ya tiene a alguien más. ¿Le has encontrado un móvil de prepago? Ahí empieza el rastro.

—Estás alucinando. —Denise se echó la cola de caballo atrás con un gesto teatral y sacó pecho.

Clio se había echado a temblar; ella era la prueba viviente de que el yoga no funciona. Paz interior, y un cuerno.

—Gary, estamos hablando de mi hija. Es su futuro, su sueño. Sabes lo mucho que significa para ella. —Tenía los dientes tan apretados que apenas le salían las palabras—. Por favor. Diré que sí a todo, a toda la mierda que pides en el divorcio. Firmaré lo que sea. Pero, por favor, devuelve el dinero de Nina.

—No puedo.

Y entonces Clio se precipitó sobre él, gritando, arañándolo.

—¡Eres un cabrón! ¡Un cabrón total! —medio sollozó—. ¡Esta vez has ido demasiado lejos!

Gary se encogió tratando de protegerse mientras ella seguía con los gritos y los arañazos. Un nuevo golpe hizo que Denise se sumara a la pelea. Él sintió dolor en una cadera. Odiaba estar haciéndose maduro.

—¡Aparta! —Denise clavó las uñas en la cara de Clio.

—¡Esto no va contigo, Denise! —Clio escupió las palabras a breves intervalos mientras las dos forcejeaban—. ¡Se trata de mi hija!

Denise le tiró de la bufanda.

—¡Nadie le hace daño a mi Gary!

Una parte de él estaba disfrutando de la escena, aunque otra se daba cuenta de que aquello no contribuía precisamente a solucionar su problema. Y encima, justo entonces le vibró el móvil. Mientras las dos mujeres seguían peleándose, y aún encogido, miró a ver si era la notificación de PayPal de que había recibido un pago.

Pero no era PayPal. Era Adam, el que le llevaba la web, un tío que solo escribía para dar malas noticias. Y esta no era una excepción.

No ha cobrado nadie. Otra vez. WTF?

Mierda.

Otro zumbido. Número oculto. Un mensaje aún peor.

Nos vemos a las 18 h. Ya sabes para qué. Tu casa, no la mía.

Le dio un vuelco el estómago mientras por encima de él manos y brazos se atacaban. Apenas se fijó en que una camarera se había sumado e intentaba valerosamente separar a las otras dos; lo único que recibió por sus molestias fue un puñetazo en la cara. Gary sintió aún más pánico al ver los anillos de Clio peligrosamente cerca de su propio rostro. Tenía que salir de allí. Tenía que arreglar aquel asunto.

Y entonces se le encendió una bombilla sobre la cabeza. Una inspiración perfecta. La solución ideal.

Ahora sabía qué hacer, cómo salir de aquel lío y volver al camino hacia la gloria. Mientras las dos mujeres seguían golpeándose y arañándose, a Gary Goode se le dibujó una lenta sonrisa de satisfacción. Estaba a pocas horas de morir, pero nunca se había sentido tan vivo, tan osado, tan merecedor de ocupar un lugar en los libros de historia.

Capítulo 7

Clio

A menudo Clio se había preguntado si existiría algo capaz de preocupar de verdad a Amber. Como agente de policía desde hacía más de veinte años había visto de todo: cadáveres, peleas, bebés abandonados en cocheras de autobuses. Fuese lo que fuese aquello con lo que tuviera que lidiar, Amber mantenía siempre la compostura.

Hasta entonces.

Estaba sentada en el sofá con la cabeza entre las manos.

–¿De verdad, Clio? ¿Le amenazaste con matarlo, arma en mano?

–Hum… –Clio intentó suavizar la historia–. Era un cuchillo de mesa, casi no tenía filo…

–¿Y te peleaste con su amiga?

–Bueno, más bien forcejeamos. Y ella me atacó primero.

Amber negó con la cabeza.

–Esa no es la cuestión.

–¿Ah, no? –Clio frunció el ceño.

–No. –La expresión de su amiga no encajaba en absoluto con el dibujo infantil de Miss Traviesa en su pijama–. ¿E hiciste todo eso en la Copper Kettle, llena de clientes?

Clio frunció el ceño de nuevo.

–Hum… –Intentó encontrar otra forma de decirlo, pero no se le ocurrió nada–. Pues sí. Por eso me pareció que tenía que contártelo. Por si te hacía cambiar de idea. –Miró hacia la puerta–. Sobre lo de esconder el cadáver.

–No vamos a esconder el cadáver. –Lo dijo con su voz de decisión inapelable. No había nada más que decir.

–¿En qué estabas pensando, Clio?

Amber se pasó una mano por su pelo oscuro corto.

–Gary había cogido el dinero de Nina. –La ira ardía en su interior . Por supuesto que estaba furiosa ¿Qué iba a hacer?

Amber resopló.

–No lo sé, Clio. Quiero decir… –Se levantó y empezó a caminar a pasos cortos. La caravana no era precisamente espaciosa, así que tenía que dar la vuelta cada cuatro pasos. Todo su cuerpo exudaba desaprobación–. ¿Qué pasó con eso de respirar hondo?, ¿qué pasó con lo del yoga?

–Lo que pasó fue Gary. –Clio bajó la cabeza–. Sé que hice mal, pero la indignación me pudo. Tenía que intentar recuperar el dinero. No quería que Nina tuviera que pagar por mi error. O sea, yo era la razón por la que él tuvo acceso a la cuenta; olvidé darlo de baja como titular. –Las lágrimas se acumulaban en sus ojos y dejó que fueran cayendo–. Lo siento.

Jeanie apareció al instante, y Clio se abrazó a ella. El hombro de Jeanie era un lugar seguro en un mundo inseguro, un lugar donde ocultarse cuando de adolescentes sus parejas iban diciéndoles a todos que ella era un desastre en la cama, o cuando su madre le dijo que no le sorprendía que no hubiese conseguido entrar en las clases de interpretación, que siempre le había faltado un poco de imaginación; el hombro de Jeanie era como su hogar.

Habló con la voz ahogada por la lana sintética rosa.

–Estoy tan furiosa… No puedo evitarlo.

Amber había dejado de caminar. Posó brevemente una mano en la cabeza de Clio.

–Es la menopausia. Toda una pesadilla. Cuanto antes dejes de negártelo y busques ayuda, mejor.

Clio sollozó.

–Ay, Dios, la menopausia. Y yo que creía que el día no podía empeorar más.

–Tranquila, tranquila. –Jeanie la acunó como a un bebé–. ¿Más Nutella?

–Sí, por favor.

–Aquí tienes. –Le ofreció una cucharada llena. Clio estaba metiéndose en la boca el paraíso chocolateado cuando oyó decir a Amber:

—Policía.

—¡No! —Volvió la cabeza. Su amiga estaba al teléfono. El fin del mundo estaba cerca. Se le acababa el tiempo. Pronto su vida consistiría en ir esposada y ser desnudada para que la registraran unas mujeres terroríficas de dientes negros y cubiertas de tatuajes.

Jeanie le susurró:

—Estás en el pozo, ¿verdad?

—¿Cómo lo has sabido?

—No respiras. Es una buena pista. —Cogió la cuchara y volvió a hundirla en el tarro—. Más.

Obediente, Clio se tomó la medicina.

Amber hablaba con voz tranquila.

—Sí. Hombre, de unos cuarenta, a la entrada del número 15 del aparcamiento de caravanas de Sunshine Sands, en Beach Road. Muerto aparentemente por un golpe en la cabeza. Lo vio mi amiga hace diez minutos. No hemos encontrado nuestros móviles hasta ahora; ayer tuvimos una noche un poco movida.

Fuera, el viento rugía, y la caravana se agitaba de lado a lado como si estuviese a punto de venirse abajo; una metáfora perfecta de la vida de Clio. Por un momento deseó que su madre estuviera allí; era un espíritu libre y caprichoso que olía a rosas, no creía en llevar zapatos y ahora vagaba por las colinas de la isla griega de Zacinto en busca de flores que usar en los perfumes que vendía en Etsy. Nunca intentó ocultar el odio que sentía por Gary; seguramente hasta aplaudiría su muerte.

Pero, como siempre, la madre de Clio no estaba allí. Pero sí sus amigas, y eso era lo único que importaba. Miró a Amber.

—¿Y ahora qué hacemos?

—Esperar. No tardarán. —Observó el estado en el que se encontraban las tres—. Y quizá tendríamos que cambiarnos.

—Buena idea —soltó Jeanie, y fue al lavabo.

Salió unos segundos después y les lanzó unas toallas. Clio se quitó el pijama y se puso manos a la obra. Jeanie fue al dormitorio, enrollándose sus largos cabellos, y a su vez tiró a sus amigas algo de ropa, la de la noche anterior, es decir, hacía cien años. Clio se estaba pasando su vestido verde por la cabeza cuando oyó ruedas

57

en la gravilla y el chirrido de frenos; un coche debía de haber aparcado a la vuelta de la esquina del camino principal.

Venían a por ella.

–Tengo miedo, Amber.

–Lo sé. –Le sonrió–. Solo tienes que decir la verdad, nada más.

–¿Seguro? O sea, podría decirles otra cosa, como… –Se le empezó a disparar la imaginación, pero Amber levantó un brazo.

–No. Mentir, malo. Verdad, bueno. ¿Vale? También va por ti, Jeanie.

–¿Por mí? –Se llevó de inmediato la mano a la boca–. ¡Pero si estaba durmiendo! No van a querer hablar conmigo.

–Sí que van a querer. Al principio también te considerarán sospechosa. Después decidirán que no.

–¿Ah, sí? –Ahora la que no respiraba era Jeanie.

–Sí. Estabas aquí cuando él murió, así que… –Amber miró por la ventana–. Un momento.

–¿Qué?

Su amiga intentaba ver mejor.

–No es la policía.

Jeanie ahora no paraba de dar vueltas alrededor de la mesa mientras retorcía el micro del karaoke en las manos.

–Dios mío. Yo, sospechosa.

Amber elevó la mirada al cielo.

–Una sospechosa a la que enseguida van a descartar, Jeanie. ¡La leche! La policía no es idiota del todo, ¿sabes?

Clio vio que se había acabado la Nutella. Bajó la cucharilla.

–¿Quién hay ahí fuera, Amber?

–Eso es lo que trato de ver. Tranquilicémonos todas, ¿vale? –Fue hacia la puerta de entrada y abrió–. Es…, mierda.

Clio sentía una opresión tan fuerte en el pecho que se preguntó si su siguiente sorpresa de cumpleaños iba a ser un infarto.

–Es…

Jeanie abandonó toda pretensión de calma.

–¿QUIÉN ES, AMBER? –Frunció el ceño–. ¿POR QUÉ ESTOY HABLANDO TAN ALTO?

58

—Apaga el micro del karaoke. —Clio se lo cogió y lo depositó con suavidad en el sofá.

Amber se volvió.

—Es Denise.

—¿QUÉ? —Clio pensó en serio que iba a explotar—. ¿Qué diablos hace aquí?

Las tres miraron cómo la mujer avanzaba por la gravilla y veía al hombre con el que vivía muerto en el primer peldaño. Se detuvo, con el *shock* profundamente grabado en su rostro, y cayó de rodillas, soltando un grito como de película de terror.

A pesar de todo, Clio sintió deseos de confortarla.

—Tengo que…

Empezó a moverse, pero Amber se interpuso y abrió la puerta del todo.

—No. Ya voy yo.

Los lamentos de Denise ahogaron el viento.

—Dios mío. —Se llevó la mano a la boca—. DIOS MÍO. ¿Gary? —Y se arrodilló junto al cuerpo—. ¡Gary, cariño!

Iba a tocarlo, pero Amber se lo impidió, inclinándose e intentando apartarla con suavidad. Clio miraba desde la puerta, con la mano de Jeanie posada en su hombro. La exagente tuvo que alzar la voz para hacerse oír entre el viento y la lluvia.

—Lo siento, pero no puedes tocarlo. Esta es la escena de un crimen.

—Pero…

A Denise le caían las lágrimas por las mejillas. Clio ni siquiera había considerado que a ella le importara Gary; creía que todo era por la gran casa y el estatus que le daba estar con él.

Denise se apartó de Amber y volvió a extender el brazo.

—Es mi Gary. Quiero tocarlo, abrazarlo; quiero…

Amber la contuvo.

—Lo siento, Denise. No puedes.

A la chica la lluvia le estaba aplastando el pelo, y aun así parecía una modelo perfecta de revista.

—Lo estaba buscando —dijo entre sollozos—. Olía a perfume, así que vine aquí. Ayer iba a quedarse en casa conmigo, pero desapareció sobre las seis. Al final me quedé dormida. Cuando me desperté, Gary tenía el móvil apagado. –Se irguió, aún de rodillas. Se le veía claramente el sujetador negro bajo la camiseta blanca empapada–. Pensé que estaría aquí, con… –su voz pasó a un tono de desprecio–… con ella. –Se inclinó de nuevo hacia delante, entre llantos–. No puedo creerme que ya no esté.

Amber se quedó a su lado, dándole incómodas palmaditas en la espalda mientras ella lloraba, hasta que Denise se volvió a erguir de repente, el rostro húmedo por las lágrimas y la lluvia, y señaló a Clio.

–Has sido tú, ¿verdad?

Dentro de la caravana, Jeanie dio un empujón a su amiga, echándola atrás e interponiéndose.

–Agáchate. Yo te protejo.

Clio sintió gratitud y obedeció.

Denise se puso en pie con dificultad.

–¡Clio! ¡No puedes esconderte de mí! –Avanzó hacia la caravana, tratando de ver más allá de Jeanie. Clio vio la intención asesina en su mirada–. ¡No creas que vas a salirte con la tuya! ¡Te oí en la cafetería, te vi amenazarlo con un cuchillo! ¡Yo y medio pueblo!

Clio bajó la cabeza. Vio que a Jeanie le temblaba una pierna pero no se movía.

Amber intentó agarrar a Denise para que no pudiera llegar hasta Clio, pero ella estaba como poseída.

–¡Sal de ahí, vaca cobarde!

Basta ya. Clio se levantó.

–Yo no he sido, Denise.

Quería explicarse, aclararlo todo. Se movió a la derecha. Jeanie también. Se movió a la izquierda. Su amiga también. Joder, visto desde fuera debía de parecer que estaban bailando en línea.

Vale, pues entonces tendría que gritar.

–¡Yo no lo maté, Denise!

–¡Sí, lo mataste tú!

–¡No, no lo maté!

Denise señaló a Gary.

–¿Y entonces cómo es que está ahí muerto?

–No lo sé. –Clio abrió los brazos–. Volví y… ahí estaba.

–¿Volviste de dónde?

–No lo sé.

–¿¡Que no lo sabes!? –El volumen de su voz era como para romper cristales–. ¿Eso es lo mejor que se te ocurre?

–Es la verdad. –Ella misma se daba cuenta de lo patética, lo culpable que sonaba. Pero Amber le había dicho qué hacer, y en general sus consejos siempre le habían ido bien, además de que no hacerle caso era justo lo que la había metido en este lío: hasta el mismo día de la boda le había rogado que se lo pensara mejor.

Ahora las narices de Denise y Jeanie casi se tocaban.

La amenazó con el dedo.

–Voy a por ti, Clio. Haré que vean que fuiste tú.

–Y yo haré que vean que fuiste tú. Bueno, a lo mejor. –Se dio cuenta de que en su agitación estaba empezando a alucinar–. Puede que hayas venido a borrar tu rastro. Puede que lo hayas matado tú para hacerme cargar con el… muerto. Puede que…

–¡Cállate, Clio! –Amber señaló hacia un agente de uniforme que se acercaba a la caravana.

Una ambulancia se detuvo, y salieron dos paramédicos que fueron hacia Gary. Denise se volvió hacia el cadáver y una vez más se dejó caer de rodillas, cubriéndose el rostro con las manos, la luz reflejándose en el anillo que llevaba en el dedo medio. Ver eso le dio una idea a Clio, una que podía salvar el futuro de Nina.

Corrió a abrir el mueble de debajo de la tele y metió la mano hasta el fondo, detrás de DVD de series de los noventa que sabía que nunca iba a volver a ver: *The O.C., Sensación de vivir, One Tree Hill*. El alivio la inundó al encontrar lo que buscaba. Se volvió hacia Jeanie.

–¿Puedes esconder esto? En la cabaña. –Le mostró la gastada caja azul a su amiga–. Por favor.

–¿Es…?

–¿El de verdad? Sí.

Jeanie parpadeó.

–¿Por qué yo?

–Porque puede que me registren, y también la caravana. Está

claro que van a pensar que soy culpable. Y esto es todo lo que me queda para darle a Nina, para que pueda ir a la uni. Y tú llevas en el bolso todas esas cosas de madre. Quizá… –pensó a toda velocidad a la vez que hablaba–… quizá puedas esconderlo en ese tarro de crema para el culito que llevas siempre. A lo mejor no miran ahí. –El corazón le golpeaba el pecho como un martillo–. ¿Puedes hacerlo por mí, Jeanie?

Sacó el anillo de refulgentes diamantes de la cajita y se lo ofreció.

–Claro. –Jeanie cogió el bolso y sacó el gran tarro. Lo abrió y hundió en él el anillo, cubriéndolo con la crema como si fuera nata sobre un pastel–. Listo. –Y volvió a guardar el envase.

–Gracias. –Clio le apretó el hombro. Estaría a punto de conocer la sensación de llevar esposas, pero al menos tenía buenas amigas–. Preparaos, chicas, que llega la caballería.

Oyó pasos rápidos en los peldaños. Un segundo más tarde se vio cara a cara con Marco, el hombre que había despedido a su mejor amiga. Sintió que volvía a enfurecerse. Si alguien merecía estar muerto a la puerta de la caravana era él.

–Buenas tardes. Soy el inspector jefe Marco Santini. –Su abrigo azul goteaba en el suelo, tenía el pelo rizado negro despeinado por la tormenta. Sus ojos marrones examinaron de inmediato la caravana, sin perderse detalle. Parecía concentrado y alerta, al contrario que ellas tres. Fue directo al grano–: ¿Quién encontró el cadáver? –Se fijó en Amber, que ahora estaba al lado de Clio con unos vaqueros negros ajustados y una camisa roja–. Ah, eres tú.

Amber adoptó una postura desafiante y se cruzó de brazos.

–¿Es que me echabas de menos?

–No mucho. –Siguió examinando el caos de la salita de estar. Se le pusieron los ojos como platos al ver el sujetador que colgaba de la lámpara. Apartó la vista e insistió–: ¿Quién encontró el cadáver?

Clio levantó un brazo, como una niña al fondo de la clase.

–Yo.

Intentó ir hacia él. Tenía las piernas como de gelatina; casi acabó dándose de bruces contra el suelo. Amber y Jeanie se colocaron una a cada lado de ella, con las manos entrelazadas tras ella para ayudarla a avanzar.

—Clio.

A Marco se le iluminaron los ojos. La había conocido en el *pub*, cuando él y Amber aún se llevaban bien. Le había contado anécdotas de sus tiempos en la academia de policía, para más tarde lloriquearle en el hombro sobre lo mucho que echaba de menos a sus dos hijos ahora que su exesposa se los había llevado a Escocia. Ahora ella deseaba no haberle dejado arruinarle la camisa de seda; era una de sus preferidas.

—¿Tú encontraste el cuerpo?

—Sí.

—Ajá.

Clio casi veía los engranajes dando vueltas en la cabeza de él, y sabía a qué conclusiones iba a llegar. Próxima parada, la cárcel.

—¿Puedes acompañarme fuera? Tengo que hacerte unas preguntas.

Consumida por el pánico, ella miró a Amber. Necesitaba mentir, necesitaba huir. Pero su amiga solo le dijo, moviendo los labios sin emitir ningún sonido: «Di la verdad».

No tenía otra que confiar en ella, así que salió hacia el cadáver, intentando prepararse para lo siguiente.

Capítulo 8

Amber

Mientras Marco salía con Clio, Amber alzó un dedo medio a su espalda.

–Amber –le susurró Jeanie con pánico–. Para. Podría verte.

–Me da igual.

Se acercó a los peldaños, concentrándose en escuchar qué le estaba preguntando Marco a su amiga pese al rugido de la tormenta y vigilando qué le contestaba Clio mientras alzaba los brazos al aire.

Jeanie fue a su lado.

–Ya sé que tenéis vuestras diferencias, pero…

Amber hizo un gesto de desprecio.

–Esa es una forma de decirlo. Si te refieres a que me despidió sin ningún motivo, sí, tenemos serias diferencias. –Dudó un segundo, consciente de que no estaba contando la historia completa.

Jeanie le posó una mano en el brazo.

–Pero Clio es la que ha encontrado el cadáver de su ex. Quizá no sea el mejor momento para enfrentarse a él.

Amber respiró hondo. Tenía que rebuscar en lo más profundo de su interior y reunir fuerzas para mantener la calma y proteger a Jeanie y a Clio. Ella no necesitaba ayuda: estaba más que acostumbrada a cuidar de sí misma, su infancia se había encargado de ello.

–Tienes razón. Lo intentaré.

Un joven agente se acercó a ellas, la chaqueta reflectora con la cremallera a medio cerrar, su gorra negra de la policía protegiendo su pálida cara de la lluvia.

–Por favor, sepárense. No hablen entre ustedes.

Jeanie levantó las manos y se adelantó unos pasos por la gravilla. Siempre seguía las reglas. Amber fue tras ella.

64

—No pasa nada. No lleva pistola.

Jeanie soltó un chillido.

—¿Pistola? ¡Dios mío!

El agente frunció el ceño.

—Les he pedido que no hablen. —Vaya cabroncete más puntillo-so—. No hasta que les hayamos hecho unas cuantas preguntas a cada una. —Miró a Jeanie—. Vaya allí, hacia la pared. Y usted —ahora era el turno de Amber— diríjase hacia los contenedores.

A ella se le retorció el corazón al ver cómo una lágrima descendía por el rostro de su amiga. No se movió.

—Venga ya, Rylan. No puedes decirlo en serio. —Tan solo ocho semanas atrás ella era quien le firmaba las hojas de las horas ex-tra. Rylan Redwood, agente transferido desde Bristol el verano anterior. Joven, hambriento y cumplidor estricto de las reglas—. ¿De verdad que nos vas a hacer esto?

Él se rascó su irrisorio proyecto de barba.

—Sí. Y ahora muévete, por favor.

Jeanie alzó un tembloroso pulgar en dirección a su amiga, di-ciéndole en silencio: «Piensa en Clio».

Amber se tragó la rabia y fue a donde le habían indicado, al lado de los contenedores, mientras veía cómo a Denise, los hombros cubiertos con una mantita, se la llevaba una agente. Marco dejó a Clio con Rylan y se quedó parado en silencio contemplando la escena; todo detalle era importante para la caza del asesino. Amber sintió una punzada de envidia tan fuerte que la dejó sin aliento.

Le cayó agua al cuello desde el canalón que había encima de ella, y miró indignada al cielo. La lluvia borraba cada minuto montones de pruebas: huellas de pies, de neumáticos, ADN. De estar ella a cargo haría que todo fuera mucho más rápido. Ya habrían montado una tienda de campaña forense para proteger la escena y ocultar el cuerpo al grupito de mirones que ya se estaban congregando, atraídos por la sirena de la ambulancia y las luces azules intermitentes de los coches patrulla. De estar ella a cargo, ya habrían alejado a la gente colocando cinta policial y…

–Amber. –Marco apareció a su lado. Se le acercó tanto que sintió el olor a té que salía de su boca mientras él le habló al oído–. ¿Qué ha pasado?

Lo dijo con tono formal, y eso a ella le dolió, como si le hubiesen echado vinagre sobre una herida abierta. Aquel hombre la conocía. Había trabajado con ella durante veinte años. Joder, él había sido su mentor. Le había enseñado todo lo que sabía y, a cambio, ella había resuelto más casos que nadie de la brigada. Había estado en su boda y le había llevado cervezas y escuchado sus divagaciones alcohólicas cuando se divorció. Y entonces, una nadería y la despidió. Tendría que haberla defendido, cuidado de los suyos.

Que le dieran.

Habló sin dejar de apretar los dientes.

–Me quedé encerrada en el baño de la caravana de Clio, me quedé dormida y al despertarme conseguí romper el candado. Puedes comprobarlo si quieres. Salí y vi a Clio y a Jeanie con el cuerpo. Os llamé. Fin de la historia.

–¿Y nada más? –Él le escudriñó el rostro. Sabía que Amber habría seguido su instinto y mirado, examinado, registrado la escena.

–Nada más. –Se cruzó de brazos.

–Si tú lo dices… –Marco entonces les gritó a los agentes que estaban acordonando el lugar–: Que vengan los forenses. Y tenemos que montar una tienda y ponernos a buscar huellas.

Ellos se dispersaron, las gorras caladas, los hombros hundidos para protegerse de la lluvia.

Marco volvió a mirar a Amber.

–Os vamos a interrogar formalmente a las tres. Nos iremos en cinco minutos, ¿vale?

Ella negó con la cabeza.

–¿Por qué formalmente? Estábamos durmiendo. Esto no tiene nada que ver con nosotras.

–Eso dices tú. –Alzó el mentón–. Pero es un poco demasiada coincidencia, ¿no?, teniendo en cuenta lo que nos ha dicho Denise sobre lo que Clio hizo ayer en la Copper Kettle. Amenazarlo, y cuchillo en mano…

Mierda. Era como si las dos tuviesen trece años de nuevo: Clio perseguida hasta el cole por un grupo de niñas que querían robarle el dinero del almuerzo, y Amber esperando tras la oficina de Correos acompañada por su último hermano adoptivo, que medía más de dos metros y tenía unos bíceps enormes y muchas ganas de darles una lección a las ladronas.

Esta vez también iba a protegerla.

–No era en serio. Tiene las hormonas descontroladas. Dice muchas tonterías.

–Eso no es excusa para una amenaza de muerte.

Volvió a intentarlo.

–Tenía un mal día.

–El asesino también, ¿no te parece? –Señaló el estado de la cabeza de Gary.

Amber podía ver el caso desde la perspectiva de Marco: una esposa furiosa y borracha que golpea a su marido en la cabeza; caso cerrado. Pensó en Clio tras los barrotes. Clio en el banquillo de los acusados. Clio derrotada para siempre por un único error: enamorarse de la clase de tío que se queda con todo lo que tienes y después alguien va y lo mata y lo deja en tu puerta.

Iba a tener que tragarse su orgullo para ayudar a su amiga.

Intentó una sonrisa amistosa. Marco pareció asustarse y dio un paso atrás. Posó una mano sobre el hombro de él, que la apartó. Estaba claro que Amber no acababa de dominar lo de comunicarse con los demás.

–Ella no fue, Marco. Te lo prometo.

–Tenemos que seguir los indicios. Ya sé que eres su amiga, pero…

Amber insistió una vez más.

–Si quieres, puedo ayudarte. Con la investigación, digo. Informalmente, claro. Sé que ella no fue y…

–No. –Él se sacó la libreta del bolsillo sin molestarse en mirarla a la cara.

La ira volvió a burbujear en su interior. Marco la necesitaba. Era la mejor.

–Pero…

–No, Amber. No puedes ayudarnos. Ya sabes por qué. Te han despedido.

Por detrás ella vio cómo llevaban a Clio a un coche de la policía. Subió a él con el rostro pálido y una expresión de terror. Deseó correr hacia ella y decirle que todo iba a ir bien.

–Y no eres objetiva. Ya has descartado a la principal sospechosa. –Miró su reloj–. Espera aquí. Un agente te llevará a comisaría.

–¿Me vas a hacer ir en un coche patrulla? ¿En serio? –Frunció el ceño–. Venga ya, Marco. Puedo ir yo solita. Trabajaba allí. Por favor, no me hagas esto. Es…

Él negó con la cabeza.

–Es lo que hacemos con todos los sospechosos de asesinato. Un interrogatorio formal. Es el procedimiento. No puedo tratarte de forma diferente, ya lo sabes. Tú harías lo mismo si estuvieras en mi lugar.

Ella abrió la boca para replicar, pero se dio cuenta de que su excompañero tenía razón.

–¡Amber! ¿Dónde está mamá?

No podía ser. Se volvió de golpe y vio los oscuros rizos de Nina y sus Dr. Martens avanzando hacia ella. Se adelantó. La hija de Clio no tenía que ver aquello.

–Quédate aquí, Amber.

Marco intentó cerrarle el paso, pero ella fue demasiado rápida. Lo esquivó y corrió hacia Nina, ocultándole a la vista el cadáver con su cuerpo.

–Ten un poco de corazón, Marco –dijo, sin volverse–. Danos solo un minuto.

Levantó una mano, y Nina y su novio, D. J., se detuvieron. Compartían un poncho blanco de plástico, muy juntitos, cogidos fuerte de la mano.

Amber les habló con tono calmado.

–No sigáis.

–¿Qué pasa? –D. J. miró por encima del hombro de ella, hacia la escena del crimen–. ¿Están filmando una serie o algo así? –Le dio un suave codazo a Nina–. Mola. Podemos quedarnos y tomarnos unas birras.

Amber eligió con cuidado sus siguientes palabras.

–Me temo que esto es de verdad.

–No fastidies. ¿El fiambre es de verdad? –D. J. acercó más a Nina, protector; la melena le caía por la cara. Rebuscó bajo el poncho en sus shorts habituales, que llevaba a pesar de que estaban a tres grados bajo cero. Le dio un clínex–. No pasa nada, amor, no pasa nada. Yo te cuidaré.

Nina soltó un sollozo por única respuesta.

Amber la cogió de la mano.

–No tengo mucho tiempo, pero has de saber que…

–¿Qué? –A la joven le temblaba la boca.

Amber se armó de coraje.

–Es Gary. Está muerto.

–¿Qué? –D. J. parpadeó–. ¿Gary? ¿El ex de Clio?

–Dios mío.

A Nina le fallaron las largas piernas, una Bambi con botas. D. J. la atrapó y empezó a frotarle la espalda lentamente mientras la ayudaba a incorporarse.

–No pasa nada, te tengo.

A pesar del poncho, el exuberante pelo negro de Nina empezaba a verse aplastado por la lluvia. Amber se preguntó qué hacía allí. ¿No iba a quedarse en casa de D. J. hasta después de comer? Y era muy temprano para que estuvieran despiertos; normalmente no aparecían hasta el mediodía.

–No puedo creérmelo –dijo Nina con un hilo de voz–. ¿Gary está… muerto?

–Sí. –Amber no tenía ni idea de cómo encarar el tema. En sus revisiones anuales siempre decía «tiene que mejorar en sus dotes a la hora de transmitir malas noticias»–. Parece que lo han asesinado.

–¿Qué? –Nina se quedó boquiabierta.

–Mieeeeeerda. –D. J. agitó la cabeza–. Qué flipe.

Nina tropezó, y ella y su novio estuvieron a punto de caer. Amber los agarró, aunque los dedos le resbalaron en el poncho de plástico empapado.

Se volvió y vio que Marco daba golpecitos en su reloj.

Amber habló rápido.

–Nina, como han encontrado su cuerpo aquí, a la entrada de la caravana de tu madre, y las tres estábamos dentro anoche, tienen que llevarnos a comisaría para hacernos unas preguntas.

–¿Cómo? ¿Es que creen que fue mamá? –El pánico se dibujó en el rostro de Nina, que se mordía el interior de la mejilla como si fuera chicle.

–No será mucho rato. –Amber deseó estar en lo cierto.

–Pero yo solo quería... –Nina no acabó la frase, y se quedó enrollándose un rizo en un dedo.

–¿Solo querías qué? –La mujer la miró; aquello empezaba a despertar su curiosidad.

D. J. apretó más a Nina contra sí.

–Quiso volver para prepararle a su madre el desayuno. Por su cumpleaños. Me despertó supertemprano. No nos esperábamos nada de esto.

–Ya es suficiente, Amber. –Marco fue hacia ellos–. Acompáñame, por favor.

Nina estalló.

–No fue mi madre. No pueden detenerla. No...

Amber pensó que ojalá Clio pudiera oír el amor y la fiereza con la que estaba defendiéndola.

Marco no dijo nada, mantuvo sus ojos oscuros ocultos tras la gorra, así que ella llenó el silencio.

–No pasa nada, Nina. Esto es solo una formalidad.

–No. –La joven empezó a agitar la cabeza. Su voz se convirtió en un aullido mientras Marco apartaba a Amber–. ¡No!

D. J. la envolvió entre sus brazos, de modo que pudo ocultar la cara sobre su pecho.

–Chiiist. No pasa nada, amor. Estoy aquí.

Amber iba a tener que dejarlos. No podía hacer nada más.

–Por favor, ve con Rylan –insistió Marco.

Ella lo miró con rabia, pero sabía que no tenía alternativa. A su alrededor los agentes se dispersaban por la zona y empezaban a hablar con los mirones que, en sus pijamas y sudaderas, se daban empujones entre ellos y estiraban el cuello para ver mejor.

Cuando entró en el coche, a Amber le ardía la cara por la humillación. La puerta se cerró, atrapándola dentro. Al mirar por la ventanilla sintió la seguridad absoluta de una cosa: iba a salvar a su amiga e iba a mostrar a todo el cuerpo de policía lo estúpidos que habían sido por despedirla.

Resolvería el caso antes que Marco.

Ese cabrón se iba a enterar.

Capítulo 9

Gary

13.30 h. Catorce horas antes de morir

Una vez que Denise salió a visitar el hospital local para un artículo, Gary se dirigió a la caravana desastrada en la que ahora vivía Clio. Por el camino tuvo que soportar varias llamadas iracundas de un multimillonario al que le estaban rediseñando el ala sur de su mansión y se quejaba de que no había nadie de Looking Goode supervisando. Mientras ponía excusas, Gary escribió con una sola mano un iracundo mensaje de texto a Adam, exigiéndole que estuviera por la labor y enviara a alguien allí enseguida. La respuesta fue que estaban muy ocupados sentados en el *pub* esperando a cobrar, y Gary replicó con una serie de tacos, a la vez que se preguntaba si él era el único de la empresa con visión de futuro.

Iba a pagar a sus empleados, y todos ellos lo sabían. Siempre acababa pagándoles. Y ahora, después de la escenita en la Copper Kettle, que acabó con Clio saliendo con la cola entre las piernas para irse a su último trabajo temporal, era el momento de sacar el conejo de la chistera. Aparcó junto a la caravana. No era raro que ella se sintiera tan mal: el lugar era un estercolero, con la pintura verde gastada, las ventanas blancas de plástico llenas de moho, los escalones de la entrada casi desintegrados y colmados de ofrendas de las gaviotas que daban vueltas en el cielo gris.

En fin, esas eran las cosas que pasaban cuando alguien dejaba tirado a Gary Goode. Y nadie como Clio para hacer salidas dramáticas. Durante un tiempo la amó de verdad, en 2018, cuando se conocieron y ella estaba loca por él. Después recibió una herencia, y casarse fue el lógico siguiente paso. Pero resultó ser como todas las demás: pedía demasiado, exigía ser la única para él. Y Gary no había nacido para la fidelidad. Tenía demasiado que ofrecer.

Cerró con llave la puerta del coche aunque no fuera a alejarse más que unos pasos. Aquel lugar no le gustaba nada. Entre las filas y filas de caravanas viejas había algunos personajes de lo más sospechoso: un hombre con una camiseta en la que decía AMNISTÍA y que parecía estar trenzándose la barba mientras escuchaba *heavy metal*, y una mujer en una especie de bata de estar por casa que iba pegando carteles sobre un gato desaparecido en todas las superficies que encontraba. Vaya mierda de sitio. Casi sentiría lástima por Clio si no fuese porque acababa de amenazarlo con un cuchillo.

Sacó el móvil e hizo como si contestara a una llamada apoyado contra el capó, esperando a que no hubiese moros en la costa. En cuanto todo quedó despejado, se dirigió por el crujiente camino de gravilla hasta la caravana de Clio. Se puso de puntillas para echar un vistazo dentro. A través de las mugrientas ventanas vio unas grandes bragas grises sobre el calentador en lo que su mujer llamaría ambiciosamente la «sala de estar». Llevaba allí desde julio, hacía ya seis meses, y aquello seguía siendo un basurero. Vio también los restos de una comida de microondas en la mesilla, una pila de vajilla en el fregadero y una botella de vino vacía en equilibrio precario sobre una lata de galletas.

Por Dios, ¿es que Clio se había apuntado a todos los topicazos sobre las mujeres cuarentonas? Gary negó con la cabeza; era obvio que sin él estaba perdida. Sacó del bolsillo su tarjeta de crédito para forzar con ella la entrada, que era un truco que le había enseñado un trabajador al principio de su carrera.

–Clio ha salido.

Gary se volvió. Un hombre alto con un polo verde y vaqueros se dirigía hacia él con un martillo.

–Hola, Bez.

Gary volvió a guardarse la tarjeta y le ofreció la mano al otro ex de Clio, el padre de Nina. Bez no se la estrechó. Volvió a intentar comunicarse con él.

–¿Cómo va todo?

Bez ni siquiera sonrió.

–¿Por qué estabas intentando forzar la entrada de la caravana de Clio? –Los bíceps le crecieron al cruzar los brazos sobre el pecho.

–Bueno… –improvisó Gary–, he venido a dejar algo.

–¿Ah, sí? ¿Qué?

Gary hizo como si rebuscara en sus bolsillos.

–Vaya, amigo. –Le dedicó su sonrisa más patética–. Me parece que me lo he dejado.

–No soy tu amigo. –Un músculo se le acercó peligrosamente a la mejilla–. Sobre todo desde que robaste el dinero de mi hija. –Dio un paso adelante, y Gary vio que le brillaban los ojos tras las gafas.

Cambió de postura para apoyarse sobre el otro pie. Ahora tenía a Bez tan cerca que le tapaba la luz. Y era más grandote de como lo recordaba. ¿Habría estado haciendo ejercicio?

El hombre se pasó el martillo de una mano a la otra.

–Tendría que machacarte por robar a mi Nina.

Gary tragó saliva. Normalmente no tendría ningún problema en enfrentarse con él, por supuesto, pero había tenido un mal día y quizá ese no fuera el mejor momento.

–Lo devolveré.

–Mejor que así sea. –Su mirada era amedrentadora de verdad–. Porque aún hago *kick-boxing*, y sería una lástima que mi pie chocara accidentalmente con tu cráneo.

Gary había empezado a sudar. Rogó que alguien le llamara al móvil o que sonara una sirena de la policía, cualquier cosa que lo ayudara a salir de allí.

Bez ladeó la cabeza.

–Bueno, ¿qué? ¿Vas a simular que tienes algo que hacer por aquí o vas a largarte de una puta vez de mi terreno?

–¡BEZ! –Un grito agudo interrumpió la conversación–. Te necesito. ¡AHORA! El agua ha vuelto a cortarse y tengo que lavar la ropa interior.

El hombre pareció encoger de repente. Ya no era un tiarrón musculoso con un martillo en la mano; se había convertido en el dueño de un *camping* de caravanas de mierda sobre un precipicio cada vez más erosionado y con vistas fantásticas a los barcos oxidados varados en el mar.

Aun así, lo señaló con el martillo.

–Lárgate de aquí, ¿vale? Antes de que haga algo de lo que después me arrepienta.

–Voy a hacer lo que me dé la gana, gracias. –Ahora era Gary el que se estaba viniendo arriba–. Ve, que te están esperando esas bragas.

Bez cerró los puños, pero volvió a sonar el grito apremiante.

–¡BEZ! ¡Te necesito AHORA!

Y se fue. En cuanto dobló la esquina, Gary sacó de nuevo la tarjeta de crédito. Bez sería una amenaza, pero Marg era aún más peligrosa. Sabía de la reputación de ella y no deseaba perder una extremidad. Pocos segundos después estaba dentro de la caravana, intentando contener el asco por el olor a pies y a ropa húmeda. Tenía que encontrar el anillo, el único de los de Clio que valía algo o, en realidad, mucho. Si ella podía amenazarlo con un cuchillo, él tenía todo el derecho a cogérselo. Era de plata, con joyas engarzadas que él había dado por supuesto que eran falsas hasta que lo vio un viejo amigo suyo joyero, hacía un par de años. Le explicó que no era plata sino platino, que las piedras eran de verdad y que, de hecho, el anillo valía unas veinte mil libras.

Y ahora a Gary le iban a venir muy bien esas veinte mil. Un arreglillo momentáneo. Una inyección de fondos. En la cafetería había observado que Clio no lo llevaba puesto. Por eso él estaba allí en ese momento. Aquello iba a hacerle ganar unos días más. Una solución para cada problema, ese era su estilo.

Empezó por la cocina, sabedor de que Clio guardaba cualquier cosa importante en su «cajón aburrido», entre espátulas sin usar, termómetros para la carne, manuales de instrucciones de hornos y las reglas de lo que Gary llamaba «Gordos anónimos» y que sabía que ella nunca iba a cumplir. Encontró un billete de diez libras, que se guardó, pero no el anillo. Vio un libro de autoayuda titulado *Calma interior* y se rio. Ya. Clio tenía tanta calma interior como un volcán en plena erupción.

Después fue hasta el dormitorio, cuyo estado le hizo temblar:

ropa sobre la cama, por el suelo, en la silla con una pata más corta. En el rincón estaba embutido un tocador minúsculo. Encima de la almohada había un tampón, aún envuelto, gracias a Dios. Echó un vistazo por la ventanilla: Bez no estaba por ninguna parte. Empezó a revolver en los cajones, conteniendo el aliento al tocar la ropa, sus horribles caftanes y sus enormes sujetadores. En serio, ni él mismo entendía qué había visto en ella. Y entonces, cuando creía que iba a tener que mirar debajo de las bragas, lo encontró. El anillo. Por fin. En su estuche aterciopelado, escondido dentro de una vieja caja de pantis de Marks & Spencer. Lo sacó y lo examinó contra la luz, maravillado por los reflejos de las piedras preciosas.

Ahí estaba. La solución a sus problemas. El billete para el camino de vuelta.

Y así, Gary Goode se guardó la cajita en el bolsillo, salió a hurtadillas de la caravana y cerró la puerta tras de sí. No vio a nadie, y pronto estuvo de vuelta en su coche, camino de pasar otra página en su vida. Solo una visita más y estaría a salvo. Además, claro, en cualquier momento iba a llegarle el dinero por PayPal; solo tenía que ejercer un poco más de presión. Frenó, sacó el pequeño móvil gris de su escondrijo, lo encendió y tecleó.

Sonrió mientras pulsaba «enviar». Listos. Encendió la radio justo cuando empezaba a sonar *We Are the Champions*. Se recostó en el asiento y cantó en voz alta, el pie en el acelerador, orgulloso una vez más de su genio y de lo hábilmente que se estaba labrando su brillante futuro.

Capítulo 10

Interrogatorio grabado
06:31 h. 5 de febrero de 2023

Lugar: comisaría del paseo marítimo de Sunshine Sands.
Realizado por: inspector jefe Marco Santini, inspectora Sian Hayes.

M. S.: ¿Hola? ¿Señorita Martin?

J. M.: Zzzzzz. ¿Sí? ¿Qué? Lo siento, creo que me he quedado dormida. Qué vergüenza.

M. S.: Por favor, diga su nombre.

J. M.: Jeanie Martin.

M. S.: Gracias. Y su dirección completa.

J. M.: 16A, The Rise, Sunshine Sands. O sea, el 16A, la casita rosa, no el 16, que es una grande con columnas griegas. Lo de los números en nuestra calle es una locura. En fin, ya saben que…

M. S.: ¿Cuál era su relación con la víctima?

J. M.: Relación, relación, no tengo. O sea, soy la mejor amiga de su mujer, Clio. ¿Se refiere a eso? Por Dios, es como si estuviera de nuevo en el cole, contestando mal todas las preguntas, y…

M. S.: Está bien, gracias. ¿Puede decirnos dónde estuvo exactamente anoche entre las 2:30 horas y las 5:30 horas?

J. M.: Me encantará contárselo todo, pero tengo un problemilla…

M. S.: Por favor, responda a la pregunta.

J. M.: Sí, pero antes necesito que me traigan mi…

M. S.: ¿Dónde estuvo anoche, Jeanie?

J. M.: Oh, no. ¿Ve lo que pasa? El top se me… No puedo evitarlo.

Es la hora de darles de mamar, ¿sabe? Lo lamento, pero ¿podrían traerme mi sacaleches?

M. S.: ¿¡Su qué!?

J. M.: Rápido, por favor. Prometo que después contestaré a todas sus preguntas.

M. S.: Buf.

Interrogatorio suspendido a las 06:35 h.

Capítulo 11

Jeanie

Mientras Jeanie se preparaba para celebrar el cumpleaños de Clio, no podía imaginarse que apenas unas horas más tarde iba a salir de una comisaría para ir a forzar un vestuario en la playa. A ver: tenía una mopa eléctrica, hacía ejercicios para fortalecer el suelo pélvico; tenía una vida demasiado aburrida para meterse en un lío como aquel.

Se detuvo ante el paso de cebra de la calle mayor y miró atrás para ver si la estaba siguiendo la policía, aunque, después de que se le disparara accidentalmente la leche al techo de la sala de interrogatorios, seguramente la considerarían demasiado incompetente para ser una asesina. La calle estaba vacía excepto por un barrendero que limpiaba disgustado vómito del asfalto a la entrada de Sandy's, el único club nocturno del pueblo. Mientras ella lo contemplaba, un hombre totalmente despeinado y sin abrigo apareció y empezó a rebuscar en un contenedor lleno hasta los topes, con la pasión de una gaviota picoteando una cesta de pícnic.

Jeanie fue hacia él y le dio las monedas que llevaba en el bolsillo antes de seguir su camino hacia la playa. Oyó el rugido de las olas y empezó a sentir el cosquilleo del pánico. Después de aquel horrible día en la piscina, empezaba a hiperventilar en cuanto se acercaba a cualquier superficie acuática más grande que una bañera.

No estaba hecha para esas cosas. Le gustaba vivir sin salirse de las líneas, con la tranquilidad de seguir las reglas. La rebeldía siempre había acabado mal para ella. Una vez, debido a una apuesta, intentó robar una Fanta en la tienda de la esquina, pero se le cayó mientras trataba de salir con disimulo. La tendera, inapropiadamente llamada Joy, «alegría», se «alegró» de obligarla a fregar los suelos durante el resto del año como castigo. Mentir tampoco se le daba muy bien: apenas logró contenerse al decirle a su compañero Tan que todo iba genial con los mellizos, cuando apenas unos minutos antes había estado buscando niñeras en Google entre sollozos.

Durante el interrogatorio no había dejado de sentirse culpable, a pesar de no haber hecho absolutamente nada malo. Marco y su compinche, sentados frente a ella, sin sonreír en ningún momento (¿dónde quedaba lo de «poli bueno, poli malo»?), no pararon de hacerle preguntas sobre lo que había pasado, insistiéndole en que lo repitiera, les diera más detalles, recordase…, mientras ella solo deseaba estar tumbada boca abajo en un arroyo de montaña hasta que se le pasara la resaca.

Podría ir a hacerlo en cuanto escondiera el anillo, en cuanto la última posesión de Clio estuviese a salvo. Negó con la cabeza al recordar cómo su amiga había puesto hasta el último penique de su herencia en Looking Goode, durante los primeros tiempos de su pasión (o su «encoñamiento», como lo llamaban en secreto Jeanie y Amber) por Gary. Las dos le habían rogado que fuera prudente cuando su abuela le dejó cien mil libras en herencia y de repente él se le declaró dos días después. Pero el horroroso gusto de Clio en cuanto a los hombres se mantuvo inamovible; siempre se enamoraba de cualquiera que llevara una chaqueta de cuero o supiera tocar un par de acordes en la guitarra. Gary cumplía las dos condiciones, así que el mundo entero tenía que echarle pétalos de rosa y cantar *I Will Always Love You* en bucle.

Al menos Clio no adoptó el apellido de él, pensó mientras doblaba la esquina por la casa de apuestas (que, como siempre, tenía una ventana rota), dejando atrás la calle mayor, y pasó contenedores y pintadas por el estrecho callejón que hacía de atajo hasta el paseo marítimo. Al llegar al final se vio reflejada por un momento en el escaparate oscuro de The Frying Squad, que presumía de ofrecer «los mejores rebozados del pueblo». La imagen no le gustó: un fantasma regordete con una gabardina beis típica de madre (montones de bolsillos), rizos que le salían disparados de la cara como si fuesen el resultado de una explosión, la piel casi traslúcida en el cristal. En los *thrillers* históricos que devoraba constantemente antes de tener hijos, la gente implicada en asesinatos siempre era guapa, en un mundo de pillastres encantadores y tiaras de diamantes, de abanicos que se abrían y cerraban con un gesto de la muñeca y cejas que se alzaban. En la realidad, Jeanie iba dando tumbos por calles apenas iluminadas entre un viento azotador, sintiéndose como el culo (y con el mismo aspecto).

Echó otro descorazonador vistazo. Un año antes estaba radiante, su piel tenía tono, sus cabellos eran sedosos, mientras posaba la mano en el bulto que hacía tantos años que había estado buscando desesperadamente. Los conductores de autobús le sonreían, en las cafeterías le regalaban tarta, las mujeres le preguntaban de cuánto estaba y le cedían el asiento en el tren. Ahora, en cambio, era invisible, una madre exhausta más camino de a-quién-le-importa-dónde.

Agitó la cabeza y reemprendió el paso. Tenía que dejar de ser tan negativa. Además, dado lo que estaba haciendo en ese momento, lo de ser invisible era lo mejor. También estaba bien sentir, por una vez, que tenía un objetivo claro, algo que tachar de una lista. No recordaba cuándo se había sentido así de segura por última vez sobre cómo hacer de mamá de Yumi y Jack.

Se preguntó qué diría su compañero Tan de eso cuando se lo contara más tarde…, eso si llegaba a tener la ocasión de hablar con él. Siempre parecía ansioso por salir de casa cuando ella quería hablar. Siempre otra llamada, otro caso, otra urgencia que solo él podía solucionar. Y resultaba difícil discutírselo: trabajaba para una organización de albergues de caridad, es decir, que literalmente sacaba a la gente de las calles. Así, gran parte de la baja por maternidad de Jeanie la había pasado hablándole a la puerta de entrada mientras esta se cerraba, con la vista nublada por las lágrimas mientras daban dibujos animados en la zona cero que poco tiempo antes había sido su sala de estar.

Suspiró al cruzar la calle. Le encantaba ser madre, por supuesto, pero se le daba tan mal… Yumi y Jack aún no dormían de un tirón a pesar de tener casi un año, y cada vez que iba al grupo de madres se encogía cuando el resto hablaba de cómo el pequeño

Jonty ya corría maratones mientras sus mellizos estaban sentados en un rincón mordiendo coches de juguete. Y después estaba lo de los lloros, los lloros constantes: antes de que les diera de mamar, después de que les diera de mamar, antes de cambiarlos y después de cambiarlos. Cada día se sentía morir un poquito ante su incapacidad total para hacerlos parar, de ser la madre que ellos necesitaban, una que inspirase sonrisas y risitas más que vómitos y lamentos.

Para ser sincera, cuando más sentía que quería a los gemelos era cuando dormían; entonces el camino lleno de baches que era criarlos se volvía liso como las mantitas que les daban calor. Cuando dormían, ella era la mejor madre del mundo. Y cuando se despertaban todo volvía a ser una carrera de obstáculos.

Al acercarse a la playa aceleró el paso. Sintió en la garganta el olor a sal y a algas. Estaba más lejos de lo que recordaba. Últimamente Sunshine Sands estaba creciendo, empezando por la parte del este, bajo los acantilados, donde había una urbanización a medio hacer compuesta por quinientas pequeñas casitas. Pasó rápidamente junto a las obras rodeadas por una verja metálica de espinos, con excavadoras silenciosas y grandes hoyos en el suelo, temiéndose a cada rato que de repente una mano se le posara en el hombro.

Ya casi había llegado. Dio la vuelta a la esquina casi corriendo y pasó por la parada de autobús en la que se dio el primer beso, con Tony, de noveno, y que acabó con un corte en la lengua que le duró semanas. Después giró a la derecha en el viejo cine que ahora era un bingo en verano y un lugar donde pincharse en invierno. Bajó los peldaños de piedra hasta la playa también de piedrecillas.

Miró nerviosa las olas de crestas grises y cruzó con determinación la parte alta de la playa, pasando junto a restos de madera y montones de algas marrones, hacia la colorida hilera de casetas de playa que se adentraban en la tierra marrón y los arbustos llenos de pinchos del acantilado. Se dirigió directamente a la de Clio, como tantas veces antes. De adolescentes, aquel refugio a rayas de los colores del arcoíris y con guirnaldas de luces fue donde las tres conocieron a Bez y a sus amigos y se dedicaron a beberse el alcohol barato que la madre de Clio nunca parecía echar de menos después. Ya veinteañeras, se juntaban allí a cotillear durante las noches de verano, comiendo patatas fritas y tomando a gollete vino blanco de a solo tres libras la botella. Y más tarde, a los treinta, era donde tomaban cócteles y se quejaban de sus trabajos o su vida amorosa o discutían cuestiones importantes como cuáles eran sus tres canciones pop preferidas de todos los tiempos.

Desde que habían llegado los mellizos, hacía ya casi un año, Jeanie apenas había ido por allí, pero sintió cierto alivio al ver que todo seguía exactamente igual. El pomo de la puerta todavía estaba manchado de pintura rosa y las manchas blancas confirmaban que las gaviotas aún usaban el techo como lavabo. Recordó que siempre dejaban la llave enterrada bajo el búho rojo de cerámica a la derecha de la puerta y se puso a escarbar con los dedos helados, rogando que tampoco eso hubiera cambiado.

Así fue. Cogió la llave, aún en el llavero de la torre Eiffel que le había traído Jeanie a Clio del horrible intercambio en Francia en el que la anfitriona le había encogido toda la ropa interior. Al levantarse sonrió recordando cómo se vio obligada a llevar los ridículos pololos que le prestó la abuela de la mujer.

Pero la expresión le cambió al ver que el candado colgaba abierto. Sintió un subidón de adrenalina. ¿Había alguien allí? Al abrir lo cogió y lo mantuvo en su puño cerrado, por si necesitaba un arma. A fin de cuentas, había un asesino suelto.

La puerta se deslizó con un crujido. Al entrar tropezó con unos cubos de plástico y cayó en la hamaca en la que Clio había perdido la virginidad con Bez. Le dio un poco de grima, aunque, claro, de aquello hacía muchos años. Buscó a tientas la linterna que siempre había en el alféizar de la ventana, y entonces volvió a caerse, esta vez al suelo, pinchándose con lo que parecían las puntas de un pequeño rastrillo.

—Ay.

Ahora todo su cuerpo la odiaba. Vaya mañanita. Se sentó contra la pared y respiró el olor a cerrado, a veranos pasados, preguntándose cómo diablos sus vidas habían dado un giro tan inesperado. El día anterior a la misma hora estaba preocupada por siestas y pañales y por si iba a tener tiempo alguna vez para lavarse el pelo;

ahora Gary estaba muerto y ella iba a esconder un anillo que era todo lo que le quedaba a Clio para el futuro. Encendió la linterna y vio telaraña y partículas de polvo flotando, trozos viejos de cuerda y una barbacoa requemada que debía de haberse usado por última vez antes de que naciera Nina. Recordó a Clio sacándola al sol, su barriga embarazada brillante por el bronceador entre las dos piezas del minúsculo bikini rojo, riendo mientras encendía el aparato para cocinar salchichas y hamburguesas. Amber había preparado una ensalada, y todos cantaron mientras Bez tocaba *Yesterday* con la guitarra. Hubo un tiempo en el que fueron jóvenes, libres.

Una lágrima le cayó por la mejilla al pensar en el angosto túnel en el que se había convertido su vida. Pero no tenía que dejarse llevar por la melancolía; no había tiempo para eso. Abrió el bolso y sacó el tarro de crema. Rebuscó dentro, cogió el anillo y lo limpió en una manga. Lo guardó bajo el listón suelto del suelo, el mismo en el que antes escondían paquetes de Marlboro Light y latas de sidra. Al volver a colocar el listón, su mano topó con algo. Sintió el tacto frío del metal y apuntó el haz de luz, que pareció danzar sobre una superficie plateada. Era un trofeo, de plata, una copa con dos asas sobre una base cuadrada de pino.

Y también vio algo más, que le hizo soltar un taco silencioso.

No podía ser.

Miró más de cerca. No se había equivocado. El miedo le cortó el aliento. A la luz de la linterna vio una mancha roja en la madera oscura de la base. La examinó, paralizada. En el medio había unos pelos negros y canos.

¿Pelos de Gary?

–¡No!

Dio un salto que la hizo llegar al otro extremo de la caseta, casi desnucándose por el camino al tropezar de nuevo con la hamaca. Se apoyó contra la frágil pared, gimoteando mientras la cabeza le daba vueltas. Ojalá Amber estuviese con ella, pero seguía en la comisaría. Jeanie estaba sola. ¿Qué hacer?

–Oh-Dios-oh-Dios-oh-Dios-oh-Dios.

Por debajo del pánico, algo helado empezó a crecer en su interior. Sabía quién había estado el día anterior en la caseta, y sabía que no tenía el menor aprecio por Gary. Lo que había pasado era obvio. Por imposible que le resultara seguir la trama de *Line of Duty*, hasta Jeanie era capaz de comprender aquello.

Siguió gimoteando. Se llevó la mano a la boca. Ahora todo cobraba sentido.

Sabía quién había sido.

Capítulo 12

Interrogatorio grabado
07:45 h. 5 de febrero de 2023

**Lugar: comisaría del paseo marítimo de Sunshine Sands.
Realizado por: inspector jefe Marco Santini, inspectora Sian
Hayes.**

M. S.: Por favor, diga su nombre al micrófono.

A. N.: Ya sabes mi nombre.

M. S.: Por favor.

A. N.: Amber Nagra.

M. S.: ¿Dirección completa?

A. N.: Ya sabes mi dirección completa.

M. S.: De nuevo, por favor, dígala al micrófono.

A. N.: Pebble Drive 15, Sunshine Sands.

M. S.: ¿Cuál era su relación con la víctima?

A. N.: ¿En serio?

M. S.: Sí, en serio.

A. N.: Su esposa Clio es una de mis mejores amigas.

M. S.: ¿Y dónde estuvo usted anoche?

A. N.: No tengo tiempo para esto.

M. S.: Por favor, responda a la pregunta.

A. N.: Estaba en la caravana de Clio celebrando su cumpleaños.
Canté, preparé margaritas, intenté bailar la conga. Después me
quedé encerrada por accidente en el lavabo y me dormí.

M. S.: Gracias. ¿Podría hablarme de los eventos que precedieron
a la muerte del señor Goode?

A. N.: Por Dios.

M. S.: Por favor, responda a la pregunta.

A. N.: Sin comentarios.

M. S.: Señorita Nagra, no juegue así. Es usted mejor que eso.

A. N.: Sin comentarios.

M. S.: Venga ya.

A. N.: Sin comentarios.

M. S.: Buf.

Interrogatorio suspendido a las 07:52 h.

Capítulo 13

ÚLTIMA HORA: Asesinato en el aparcamiento de caravanas

Un asesinato brutal ha sacudido hoy nuestra tranquila comunidad. Un prominente diseñador, cuya empresa apareció recientemente en la revista House and Home, ha sido hallado muerto, con el cráneo completamente fracturado, a la entrada de la vivienda de su esposa. La pareja estaba en mitad de un agrio divorcio, y la mujer ha sido conducida a comisaría, donde será interrogada. "La vi amenazarlo con un cuchillo", nos manifestó una testigo presencial. "Parecía capaz de hacer cualquier cosa".

El inspector jefe Santini, que ha iniciado la investigación, no ha querido hacer declaraciones.

Más información pronto. Haga clic en "me gusta" y "seguir" para mantenerse al corriente.

Comentarios

@BarryWhiteNotThatOne
Esto va a mostrarles a esos pringados del Guardian que no somos el pueblo costero más aburrido del país, eh!?

Compartido: 500   **Me gusta:** 1.650

Capítulo 14

Clio

Después de ser interrogada por Marco durante lo que le pareció una eternidad, Clio no pudo evitar fijarse en todas las cosas que no le gustaban de él. Estaba lo de la forma en que se sentaba, con las piernas abiertas, el bulto del paquete bien a la vista, las manos apoyadas en las rodillas a pesar de tener una mesa perfectamente válida. Estaba lo de su voz, baja y monótona, más apropiada para una app de meditación que para un interrogatorio, lo que a ella le hizo tener que esforzarse de verdad por mantenerse despierta, cosa ridícula dadas las circunstancias. Y también estaba lo de su tendencia a inclinarse hacia delante, que provocaba que de vez en cuando a Clio se le humedeciera el rostro con gotas de saliva. Parecía como si él estuviese marcando su territorio; le recordó a cuando el anciano spaniel de su madre se le había meado en la pierna durante uno de sus paseos dominicales, aunque menos divertido. Al tomar aire lo lamentó de inmediato; con ese aliento, no le extrañaba que su esposa lo hubiera dejado.

–Cuéntemelo todo otra vez, Clio.

Ella contuvo las ganas de llorar. Cuanto más hablaba, menos funcionaba la estrategia de Amber de decir la verdad. Su memoria empezaba a engañarla, ennegreciendo aún más las aguas ya oscuras debido al alcohol y la confusión. Ahora creía recordar fragmentos de una conversación y, quizá, una mano que la agarraba. ¿La mano era de Gary? Por Dios, ojalá no.

–La verdad es que no sé qué añadir. –Se masajeó las doloridas sienes, cosa que no la hizo sentirse mejor en absoluto. Lo que necesitaba era algo intravenoso y una almohada decente–. Como ya he dicho, estaba borracha, me desperté, fui a la playa y no recuerdo nada de lo que hice allí. Al volver a la caravana encontré el cadáver.

Marco no dijo nada; se limitó a unir los dedos como formando una pirámide, el mismo gesto que había visto en montones de directores pretenciosos durante entrevistas de trabajo en su juventud. A su lado, la inspectora Sian Hayes estaba inclinada sobre su libreta, sus cabellos pelirrojos cayéndole sobre la cara.

Clio tenía la boca reseca, pero se había acabado su vaso de agua hacía ya mucho rato y no se había atrevido a pedir más.

–Mire, ya sé que esto tiene mala pinta. A ver: todo el mundo sabe que yo lo odiaba. Y está lo de ayer, lo de mi hija, que me puso furiosa. Él le robó su dinero.

–Sí, ya lo ha mencionado. –Marco se cruzó de brazos–. Unas cuantas veces.

–Bueno, es que lo que hizo Gary fue horrible. –Abrió las manos–. Y yo acababa de enterarme, y…

–Pero en realidad no fue robar, ¿no? –La expresión de Marco hubiese hecho que la lava se helara–. Él tenía acceso a la cuenta.

Clio cerró los ojos e intentó encontrar palabras que hiciesen ver al inspector jefe que, como madre, para ella aquel era el mayor crimen de la historia. Él no podía entender lo instintivo de su reacción al ver el cero en la pantalla, donde tendrían que aparecer miles de libras; su indignación cuando fue a la sucursal y descubrió lo que había hecho Gary. Ni en sus mejores momentos sería capaz de explicarlo con palabras.

Pero tenía que intentarlo.

–Quizá no fuera un crimen técnicamente hablando, pero se pasó totalmente de la raya. Nina llevaba años haciendo ingresos en la cuenta, ahorrando cuanto podía para estudiar medicina, y él va y lo coge todo sin ni siquiera preguntar.

–Y eso la puso a usted tan furiosa que quiso matarlo.

–No. –Negó con la cabeza–. Ya se lo he dicho.

–Pero usted misma ha dicho que quería matarlo, ¿no?

Otra vez. De vuelta a la cafetería. La soga en su cuello.

–Sí, pero…

A Marco se le iluminaron los ojos marrones.

–Y entonces hizo planes para matarlo.

–De nuevo: no. –Las lágrimas amenazaban con asomar. Se clavó las uñas en las palmas para evitarlo.

–¿Dice usted a menudo cosas que no concuerdan con lo que piensa? –Marco se recostó en su silla y arqueó las cejas.

–Sí. Quiero decir, no. Yo…

–Y ahora, cuando dice que no lo mató, ¿es lo que piensa?

–Sí. –Sintió una punzada de miedo. Sabía que iba a pasar eso, que iba a convertirse en la sospechosa número uno. Quizá tendría que ignorar el consejo de Amber e inventarse algo.

–¿Está usted segura, Clio?

Ella empezó a abrir la boca para responder, pero Marco siguió, cambiando de tema con la velocidad de un hombre que no se había pasado la noche anterior pegado a una jarra de margaritas.

–¿Cuánto tiempo estuvo a solas con él?

–No lo sé. –Ella misma se dio cuenta de que sonó como si se hubiese puesto a la defensiva–. Unos cinco minutos.

–¿Y seguro que ya estaba muerto cuando usted lo encontró?

–Sí. –Ya se lo había contado un montón de veces–. Tenía los ojos muy abiertos, inmóviles. Había sangre por todas partes. Estaba muerto, sin duda. Pero aun así le tomé el pulso para asegurarme. No tenía.

–Ajá. ¿Y por qué no llamó a la policía ni pidió una ambulancia?

–No lo sé. Debió de darme un ataque de pánico, aunque la verdad es que no lo recuerdo. Lo siento, de verdad que no recuerdo nada de eso.

Estaba elevando el tono, a punto de confesar solo para que se acabara aquella horrible experiencia.

Por suerte, justo entonces llamaron a la puerta. Clio intuyó que no iba a tratarse de un camarero que le trajera un desayuno inglés completo y una jarra de café para refrescar su mustia mente. Tuvo la sensación de que aquella pequeña sala con el suelo rayado y las sillas gastadas empezaba a convertirse de repente en su nuevo hogar. Miró a la cámara en lo alto de la pared de enfrente; no era así como se había imaginado su regreso a la pequeña pantalla. Se apretó la base de las palmas contra los ojos y se echó atrás mientras entraba un joven agente con calcetines rojos asomando del pantalón del uniforme y al que le subió y bajó la nuez mientras reunía el valor para dirigirse a su jefe.

—Han llegado los resultados preliminares. Huellas. Las he hecho analizar con urgencia. —Sonrió complacido, como un perro que trajera la pelota que le había lanzado su amo.

Marco ni siquiera lo miró.

—Voy a echar un vistazo. Interrogatorio pausado a las 11:35 horas.

Se levantó de su silla y fue hacia la puerta, que cerró ruidosamente tras salir, dejando a Clio a solas con la nula personalidad de la inspectora Sian Hayes. ¿Es que no hablaba nunca? Parecía que no, y ella no iba a tentarla. Seguramente Marco tardaría un rato en regresar; quizá podía recostar la cabeza en la mesa y cerrar los ojos. Eso estaba haciendo cuando la puerta volvió a abrirse.

Marco estaba de vuelta.

—Interrogatorio reemprendido a las 11:42 horas. —Lo dijo en tono casi alegre. Eso no presagiaba nada bueno—. Clio, dijo usted antes que Gary Goode nunca había entrado en la caravana, ¿verdad?

Clio asintió. Aquello era lo único de lo que estaba segura.

—Sí.

—¿Está usted segura?

—Sí —asintió—. La caravana es mía. Será mierda, pero es mía. Bez, el padre de mi hija, me la alquiló a precio de amiga cuando dejé a Gary. Obviamente, creí que iba a contratar a un abogado y volver pronto a mi casa, pero resultó que Gary la había puesto a su nombre sin decírmelo. —Volvió a sentir el dolor del fracaso—. En fin, el caso es que no, seguro que nunca ha estado en la caravana. Yo no le hubiese dejado entrar.

—Ajá. —Marco inclinó la cabeza hacia un lado y pareció pensar en ello. Carraspeó—. Es solo que tenemos resultados preliminares del registro de la caravana.

—¿Y?

—Y hay huellas de él por todas partes.

—¿Qué? —Clio se quedó boquiabierta. Solo podía haber una razón para que hubiera estado revolviendo por allí. Vaya cabrón—. Debió de ir a buscar el… —Pero se detuvo justo a tiempo.

Marco alzó las cejas.

—¿Debió de ir a buscar qué, Clio?

Ella agitó la cabeza.

—El modo de acabar de arruinarme la vida, supongo.

No podía creerse que Gary hubiera ido a la caravana, el único lugar que le quedaba a ella, para intentar hacerse con su última posesión. Porque no pudo tener otro motivo para entrar que coger el anillo.

Apretó tan fuerte las mandíbulas que creyó que se las iba a romper. Sus amigas estaban en lo cierto: tenía un gusto horrible para los tíos. De no haber perdido una vez el anillo en la playa y encargar una copia después de encontrarlo, Gary se hubiese hecho con el de verdad, y entonces sí que ella se habría quedado sin un penique. Por suerte, el que había hallado él era el falso.

Le estaba bien empleado.

—Vaya pedazo de hijo de puta.

Oh, no. Había dicho eso último en voz alta. Vio cómo los labios de Marco dibujaron una media sonrisa y supo que aquella no había sido una expresión muy afortunada dadas las circunstancias.

—Bueno, si estuvo no fue porque yo lo hubiera invitado, Marco. Fue allanamiento.

El inspector jefe le dedicó una sonrisita que hizo que Clio deseara pegarle una bofetada.

—Incluso hemos encontrado restos de ADN de él en la ropa interior de usted.

—Qué asco. —Ahora sí que la ira burbujeaba en sus adentros—. Eso es repugnante.

—¿Lo bastante repugnante como para querer matarlo?

—No, pero lo bastante como para querer lavar todas mis bragas en cuanto salga de aquí.

¿Intuyó una sonrisa en la inescrutable Sian? Difícil de decir.

Marco se inclinó de nuevo hacia delante.

—¿Está segura de que no lo invitó a entrar y ha olvidado mencionarlo?

—Pues claro que no. —Negó con la cabeza—. Lo odiaba. No quería tenerlo cerca para nada.

—Excepto ayer en la cafetería, a la que acudió con el deseo expreso de encontrarlo. —Marco jugueteó con su bolígrafo, dándole vueltas y más vueltas de forma tal que Clio deseó arrebatárselo—. Las cosas no acaban de encajar, ¿verdad? ¿Está segura de que los dos no quedaron después? ¿Sucedió algo que no quisiera usted admitir ni a sus amigas?

—No. En absoluto. No.

—¿Quizá volvieron a sentirse atraídos el uno por el otro?

Clio no pudo contener una carcajada.

—Eso es una locura.

—Entonces, ¿por qué estuvo él en la caravana, Clio?

—Ya se lo he dicho: no tengo ni idea. ¿Cómo voy a saber yo por qué hacía las cosas que hacía? Por lo visto, nunca llegué a conocerlo bien, ni siquiera cuando estuvimos casados, así que…

Mientras decía eso se imaginó la cara de Nina haciéndose más y más pequeña en un espejo retrovisor. Adiós, Amber y Jeanie. Adiós, té y trabajos temporales. Adiós, Sunshine Sands.

Marco siguió hablando.

—El caso es que, dado su historial, todo parece apuntar en una misma dirección. Se estaban divorciando. Iban gritándose por todo el pueblo. Estaban en una disputa legal por la empresa que habían creado juntos y también por la casa. Hay ADN de él en la caravana, cuando usted juró que no había estado en ella. Le dijo a medio pueblo que quería matarlo justo el día antes de que muriera, y tiene un arañazo producido, según usted, por una pelea posterior con la prometida de la víctima, aunque también pudo causárselo el propio Gary, ¿no?

—No. Pregúntele a Denise. Seguro que está orgullosa del arañazo.

Marco descartó la objeción con un gesto.

—Y, finalmente, murió a la entrada de la vivienda de usted, que a su vez no recuerda dónde estaba antes de encontrarlo.

Clio tenía que admitir que todo aquello sonaba fatal.

—Olvidar cosas no es un crimen, ¿verdad?

—Por supuesto que no. Pero todo parece apuntar en una misma dirección, ¿no le parece?

Volvió a sentir náuseas. Se llevó una mano a la boca mientras la frente se le perlaba de sudor. Inspiró el aire viciado de la sala de interrogatorios y se preguntó cómo había podido quejarse de la brisa marina en la cara por la mañana. Si tan solo consiguiera recordar adónde fue cuando salió de la caravana, si tan solo consiguiera recordar lo más mínimo de lo sucedido, un testigo, un momento, lo que fuese.

Miró a los ojos al hombre que tenía delante.

–Marco, ya me doy cuenta de que cuando hace la lista así, parece que lo haya matado yo. Pero de verdad que no creo que sea el caso.

–¿No cree que haya sido usted? Eso no suena muy convincente, ¿verdad?

La expresión del inspector jefe parecía tallada en piedra, pero Clio siguió hablando, insistiendo en su historia. Lo único que tenía eran palabras, y sabía que, si dejaba de hacerlo, Marco llenaría el hueco con la frase que tanto temía ella.

Le leería sus derechos. Le diría que no podía irse de allí.

Le diría que estaba detenida.

Capítulo 15

Gary

15:30 h. Doce horas antes de morir

La visita a la joyería no le fue a Gary como esperaba.

—Es una copia. —Julius apoyó los codos en el cristal del mostrador. Señaló la gema del centro del grupo—. El centro de esta piedra produce un reflejo circular. Puedes verlo contra el papel. Aquí. —Lo señaló—. Eso significa que es falsa. —Apagó el microscopio y le devolvió el anillo—. Mala suerte.

Tenía que ser una broma. Gary se levantó y fue hasta el escaparate de la tienda. Miró al gentío de Southampton que pasaba por la calle. Una pareja joven cogida de la mano se detuvo a admirar las hileras de anillos de compromiso que reposaban sobre pequeñas peanas de terciopelo rojo. A Gary le dieron lástima: pronto iban a comprobar que el matrimonio no era el camino de rosas que se imaginaban. Se volvió hacia Julius, que no había cambiado en lo más mínimo a lo largo de los veinte años que hacía que lo conocía. Su viejo amigo volvió a contemplar el anillo, sus ojos brillantes tras las gafitas de montura metálica dorada. Solo estaba tomándole el pelo. Siempre lo hacía, siempre intentaba engañarlo para añadir unas libras más a los montones de dinero que ganaba. Aquello solo era parte del juego. No importaba: Gary sabía cómo tratarlo.

—Sí, claro, es falso. —Le dedicó una sonrisa cómplice mientras volvía al mostrador, y señaló un collar de diamantes dentro de un expositor de cristal a su izquierda—. Igual que este, ¿verdad?

Julius parpadeó.

—Ese vale diez libras. La compañía de los Southampton Players lo usaron en una representación de *La importancia de llamarse Ernesto.*

–Ah, sí, claro. –Gary se apoyó en el otro pie–. Es obvio. Ya lo sabía. Solo te estaba poniendo a prueba, ¿eh?

Julius sonrió.

–Era broma. Vale medio millón.

Gary estaba empezando a encenderse, pero necesitaba el dinero, así que iba a tener que ser amable.

–Me has pillado. Otra vez.

–Sí. –El joyero apartó el anillo hacia Gary con un gesto de desprecio–. Y ahora lárgate. Vete a timar a otro pringado.

–Pero…

Gary nunca había visto a Julius comportarse así. Cuando le había llevado el anillo de compromiso que Clio le había tirado por la cabeza tras pillarlo con Denise, el joyero había regateado un poco, pero acabó ofreciéndole un precio justo.

Quizá estuviese perdiendo facultades. Quizá ya no podía distinguir las piezas buenas de las falsas. Iba a tener que ayudarlo.

Volvió a empujar el anillo hacia él.

–Pero si es auténtico. Tiene cien años. –Decidió no explicarle que la abuela de Clio se lo había legado a ella–. Vale al menos veinte mil. O incluso más.

Pero dudó: la expresión de Julius no había cambiado. Seguía igual, en pie, con la camisa azul abotonada demasiado alta, el pelo gris bien recortado, el rostro inusualmente inmóvil, sin el menor rastro de una sonrisa de lado, sin complicidad en la mirada.

Parecía muy serio.

El anillo seguía frente a Gary, iluminado por las luces cenitales. Lo cogió, le dio vueltas en la mano, observó los brillos que se formaban en sus pequeños diamantes.

Sabía lo que valía.

De repente recordó algo que le provocó un temblor: Clio había hecho una copia. Había hecho una puta copia, aquel verano en que lo había perdido.

Gary no habría cogido esa copia por error, ¿no? Parecía el de verdad. El pánico empezó a arremolinarse en su interior. No tenía tiempo para buscar el de verdad. Lo que sí podía era recibir un buen navajazo, ya que se agotaba el tiempo para ir a ver a Marg y todo el mundo sabía lo que pasaba si se la hacía esperar. ¿Y dónde diablos estaba el pago que esperaba? Se volvió y caminó de nuevo sobre la gruesa moqueta gris, examinando la pared llena de relojes caros mientras intentaba recuperar la compostura. Era Gary Goode. Podía hacer lo que quisiera.

¿O no?

—¿Qué pasa, Gary?

No podía hacer otra cosa que tirarse un farol. Se volvió hacia Julius, que lo miraba con la cabeza ladeada, sin perderse detalle con sus ojos brillantes.

Tenía que conseguir que aquello le saliera bien. Necesitaba el dinero. Lo necesitaba tanto que podía oír el tictac del reloj marcando la cuenta atrás dentro de su cabeza. De repente era mortal, vulnerable, un hombre que quizá no iba a llegar al final de semana. Primero Johnny, y ahora Clio y el puto anillo. El mundo entero conspiraba contra Gary, cuando su única pretensión era crear belleza, inspirarla en otros, hacer del planeta un lugar mejor.

Por Dios, qué difícil era ser un innovador. Respiró hondo y se irguió del todo mientras preparaba para sus adentros un discurso deslumbrante que le llegara a Julius al alma.

—Tío…, este anillo… lleva generaciones en la familia…

El joyero escuchó a desgana. Gary vio que empezaba a tener motitas plateadas en las cejas. Su amigo debería tener cuidado: si se dejaba ir, su mujercita también se largaría. Volvió a tomar aire. Tenía que concentrarse. Necesitaba dinero contante y sonante, y lo necesitaba ya.

—Oye, que es de verdad. Diamantes, platino, todo. —Bajó la voz e imitó el deje de Julius; la clave era establecer una conexión—. Venga, déjate de juegos y dame lo que vale. Somos viejos amigos. Solo te pido que seas justo.

El hombre se encogió de hombros. Gary intuyó que empezaba a ganárselo.

—¿Que te dé lo que vale?

—Sí. —La sensación de triunfo se le tatuó en el corazón.

—¿Y después te vas?

Gary asintió.

–Sí, claro.

–Entonces vale.

Julius se llevó una mano al bolsillo trasero y sacó un rollo de billetes.

Así estaba mejor. Gary siempre había sido como un mago.

El joyero cogió uno, se lo puso a él en la mano y volvió a guardarse el resto.

–Aquí tienes.

Gary parpadeó.

–Venga ya, tío.

–Bueeeno. –Julius soltó un suspiro dramático–. Que sean veinte. –Y le puso otro billete en la palma.

A Gary le quedaban tres horas, y el anillo había sido su última esperanza. Sus pulsaciones se duplicaron, le costaba respirar.

–Julius, amigo…

–No soy tu amigo. –Y volvió calmadamente a la limpieza del reloj que tenía abierto ante sí, encogido y absorto en sus pequeños engranajes y muelles.

–Pero, tío…

–Dejé de ser tu amigo cuando en Navidad te follaste a mi chica.

Gary empezó a abrir la boca para negarlo, pero Julius alzó una mano.

–No me mientas. El puto *aftershave*. Boss, ¿no? Estaba por toda la almohada, como un perro meando en un árbol.

–Yo… yo… –Gary tragó saliva–. Solo fue una vez.

–Ah, pues entonces no pasa nada, ¿eh?

–No. ¿Sí?

Miró frenético a su alrededor. De repente era un hombre sin ningún plan, un hombre que aquella noche iba a acabar comprobando la textura de un bate de béisbol. Empezó a sentir mucho mucho miedo.

–Coge el dinero y lárgate.

Julius lo miró fijamente. Tenía los ojos de piedra.

Hasta Gary fue capaz de ver que esta vez había fracasado.

–Vale, vale.

Sabía que quedaría más digno dejar los billetes, pero estaba desesperado, así que se los metió en el bolsillo y salió.

Mientras pasaba por entre madres que arrastraban a niños que se resistían y mujeres que hacían lo mismo con maridos distraídos, pensó en Clio y sintió cómo las ganas de estrangularla le subían por las venas. Sin ella, la vida sería muy sencilla. Sin ella – olvidando convenientemente que le había robado–, ahora tendría veinte mil libras en el bolsillo. Sin ella estaría a salvo.

Dio la vuelta a la esquina, haciendo que un grupo de adolescentes se dispersara para dejarle paso. Apretó los puños. Aquella noche Clio tendría a esas zorras de sus amigas en la caravana, como siempre. Siempre quedaban para su cumpleaños; empezaban tomando el té y acababan cantando canciones de las Spice Girls a pleno pulmón. Pero iba a enterarse de lo que vale un peine. Se presentaría allí cuando todas estuviesen ya bien borrachas y conseguiría lo que necesitaba. No podrían con él.

Le vibró el móvil. Un mensaje. Unas palabras que le helaron la sangre.

18 h. Nada de excusas.

Soltó un taco. Volvió a notar cómo se le aceleraba el pulso. Necesitaba un plan, una idea, un camino. Lo que necesitaba en realidad era un puto milagro. Y solo se le ocurrió una cosa.

Había llegado el momento de la opción nuclear.

Arrancó el papel de la multa del coche, subió y se puso en camino.

Capítulo 16

11:00 h. 5 de febrero de 2023

**Amber Admin @WorkoutGoddesses
CAMBIO DE NOMBRE a @SaveClio**

**Cambio de icono de zapatillas Nike
de los ochenta a una lupa**

JEANIE: Has salido ya, Amber? Tengo que hablar contigo.

JEANIE: Hola?

JEANIE: Voy a casa. Estoy peor de lo
que parece. Mando selfi. Ves?

AMBER: Perdona. En el coche. Lo veo ahora.

AMBER: 💀 Walking Dead total.

JEANIE: Te lo dije. Tenemos que hablar en persona. Ya.

AMBER: No puedo. He quedado con un contacto
que puede ayudarnos a solucionar esto.

JEANIE: Quizá ya lo haya solucionado yo.

AMBER: Ya la veo. En el Rainbow a las 12?

JEANIE: Sé quién fue.

AMBER: Sí? QUIÉN?

JEANIE: En persona. Puedes venir ya?

AMBER: Tengo que ver a mi contacto. Rainbow a las 12?

JEANIE: Tendré a los mellizos. Mejor aquí.

AMBER: Necesito comer.

JEANIE: Ah. Rainbow OK si voy con mellizos.

AMBER: No prob, a menos que traigas yogur de nuevo.

JEANIE: Pues claro. Madre clase media.
Y palitos de zanahoria.

AMBER: 🫤

JEANIE: BTW, sigo borracha.

AMBER: Pillina.

JEANIE: 🚶 🫤

AMBER: Te dejo.

JEANIE: Espera. Tu contacto no será Freya?

AMBER: No.

JEANIE: Sí que lo es! AMBER! Dijiste que teníais mal rollo.

AMBER: No es ella.

JEANIE: Estás cruzando los dedos a la espalda?

AMBER: No.

JEANIE: ¿De verdad?

AMBER: Quizá.

JEANIE: ☝️

AMBER: 👆 Nos vemos a las 12.

Capítulo 17

Amber

–Hola, Freya.

–¡Por Dios, no!

La mujer a la que Amber había ido a ver se volvió y echó a caminar en la dirección opuesta. La siguió. No era un principio muy prometedor, pero al menos Freya no le había soltado un grito, y eso ya era mejor que en su último encuentro.

–¿Freya?

Amber siguió a la alta figura por el retorcido camino que rodeaba el gimnasio al que se habían apuntado juntas hacía mucho, antes de que se inventara internet.

Su antigua colega ni siquiera aminoró el paso.

–Vete. No quiero hablar contigo.

–Por favor.

Tembló. Se había dejado el abrigo en el coche y el frío de febrero iba a por ella.

–Te veo fatal –le dijo Freya, aún sin detenerse.

–Lo estoy. –A ese ritmo no tardarían ni un minuto en dar la vuelta completa al edificio y volver a aparecer a la entrada–. No he dormido nada en toda la noche, aunque seguro que ya lo sabes.

–Está claro que a tu edad ya no estás para esos trotes. –Freya agitó la cabeza; la fina cadena de oro que llevaba al cuello reflejó la luz–. Da igual: no podría hablar contigo ni aunque quisiera.

–Por eso he venido aquí, para que nadie nos vea.

–¿Todo bien, Freya? –Un hombre enfundado en una sudadera azul con capucha les sonrió al pasar–. Hola, Amber.

–Hola, Stu. –Amber levantó una mano, pero volvió a bajarla.

Freya miró al infinito.

—Parece que tu plan de vernos en secreto funciona genial.

Amber ignoró la pulla. Por lo menos Freya se había detenido, aunque solo fuese para dirigirle una mirada claramente agresiva. Las pulseras le resonaron al cruzarse de brazos.

—¿Qué quieres?

—Yo… —fijó la vista en algún punto a la izquierda de la oreja de Freya—… necesito que me ayudes.

—¿Perdón? —La voz de la mujer supuró sarcasmo—. ¿Puede ser que haya oído a la señora Nagra pedirme ayuda?

Amber sabía de antemano que aquello no iría bien. Freya seguía enfadada, lo suficiente como para olvidar todo lo que habían vivido juntas, el tiempo pasado entrenándose juntas en Hendon, dos mujeres en una clase de tíos supercompetitivos, los meses compitiendo en pruebas de velocidad y memorizando el reglamento, y, por supuesto, su primer arresto, una mujer que había robado una bandejita de chuletas de cerdo en el supermercado de unos grandes almacenes Marks & Spencer. Por entonces la una se apoyaba en la otra, se defendían la una a la otra, eran un verdadero equipo.

—Yo…

Freya alzó un brazo para hacerla callar.

—Mira, Amber, ya me imaginaba que ibas a venir a ver si me encontrabas, y sé por qué. Tú y tus amigas estáis en un lío. Necesitas que le salve el culo a Clio. Entiendo todo eso.

—Bueno, no es como lo hubiese dicho yo, pero sí. Por favor.

Amber intentó sonreír. Freya nunca iba a entender lo que había hecho por mucho que ella intentara explicarse, así que no podía hacer más que eso: intentar sonreír. Y recordarse a sí misma que lo hacía por Clio.

Freya siguió:

—Así que, después de no recibir ni la menor disculpa por tu parte, quieres que olvide lo a punto que estuviste de destrozarme la vida y me juegue mi trabajo para pasarte información sobre la investigación del asesinato de Gary Goode. ¿Correcto?

Amber soltó un resoplido. Era mucho más que eso. Sí, necesitaba información, tener a mano todas las piezas del puzle. Fuese lo que fuese lo que Jeanie creía saber sobre el asesino, iban a necesitar pruebas. Pruebas físicas, tangibles. Pero también necesitaba a Freya en sí, que siempre le había hecho de pared de rebote, la había ayudado a pensar durante todos los casos que habían compartido; necesitaba de la cabeza fría de su excompañera y de su capacidad para obtener información por difícil que fuera la fuente.

Freya tenía los brazos en jarras, esperando alguna respuesta. Amber asintió.

–Sí, necesito tu ayuda. Y…

La mujer volvió a alzar la mano.

–Vale, pues la respuesta es no. Ni lo sueñes.

Amber se forzó a mantener su intento de sonrisa.

–Tú eres la mejor. Siempre sabes…

Freya negó con la cabeza.

–Si así es como quieres engatusarme, no me extraña que nadie te eche de menos en comisaría. Quieres mostrarte encantadora, pero a la vez pones una cara como si estuvieras enfrentándote a un abogado en un juicio. De nuevo, no me extraña que todo el mundo se alegrase de que te fueras.

A Amber la horrorizó darse cuenta de que estaban a punto de saltarle las lágrimas. Se mordió fuerte la mejilla para contenerlas. Sabía que no había sido muy popular entre sus colegas, pero nunca se lo había dicho nadie de forma tan brutal. Percibía que no caía bien por la forma en que se hacía el silencio cuando entraba en una sala, en la reluctancia general a compartir turno con ella, en el espacio vacío a su alrededor en la cantina. Se había pasado la vida intentando huir de la soledad de su infancia caótica, solo para pasar a una nueva soledad de creación propia.

Al menos siempre había tenido a Jeanie y a Clio. Eran la razón de que estuviera allí ahora, y eran la razón por la que debía volver a intentarlo.

–Por favor, Freya. Te lo suplico. Necesito a alguien dentro, alguien que pueda darme más información sobre Gary: qué hizo la semana antes de morir, a quiénes llamó, adónde fue.

–¿Para qué, Amber? Ya hay un equipo en ello. Un equipo de policías de verdad. Y de homicidios, joder. Agentes con órdenes judiciales y bolsitas para guardar las pruebas físicas y acceso a los antecedentes penales. No te necesitamos.

Amber posó una mano en el brazo de Freya.

—Ya sabes para qué. Clio es de mi familia. Tengo que ayudarla.

Freya mostró su impaciencia agitando la punta de la zapatilla en el suelo, como si intentase excavar; era un movimiento que Amber le había visto hacer mil veces cuando patrullaban juntas, dos novatas que soñaban con acabar con el crimen en el pueblo. Ahora tomaban batidos multivitaminados, tenían hipotecas y sabían que, por mucho que se esforzaran, los malos siempre volvían a aparecer, inevitables como el moho en la cortina de plástico de una ducha.

—¿Estás segura de que no fue Clio? —Freya ladeó la cabeza.

—Pues claro que estoy segura. Estaba tan borracha que no hubiese podido ni abrir una bolsa de patatas. Y además, es incapaz de hacer algo así. Tiene su temperamento, pero al final nunca pasa nada. Suelta un montón de palabras, se rinde y se dedica a atracarse de comida basura. Ella no fue.

—¿En serio?

—Sí. —Ahora el tono de Amber era casi de ruego, pero ya le daba igual—. Por favor, ayúdame. Sé que estás enfadada conmigo. Sé que fui demasiado lejos. —Eso último no era cierto. En absoluto.

Freya alzó una ceja.

—Uau, eso ha sido casi una disculpa. Veo que de verdad necesitas mi ayuda.

—Sí. —Amber se cubrió con los brazos para protegerse del frío—. Gary era un verdadero cabrón. Hizo que Clio lo pasara muy mal. Y se quedó con todo lo que tenía ella.

—Y ahora está muerto. Y Clio estaba allí cuando sucedió.

—Lo sé. —Amber deseó no haber dejado de fumar; cualquier cosa sería mejor que la horrible ansiedad que sentía—. Pero no fue ella, Freya.

—Si tú lo dices…

Un último intento.

—¿Es que no lo ves? Sin nuestra ayuda van a hundir a Clio. Le echarán la culpa de todo; siempre culpan de todo a las mujeres.

Gary ganará. De nuevo. Cuando estaba vivo le quitó todo. Y ahora también va a quitarle su libertad.

Silencio.

—Por favor.

Freya se ajustó la bolsa de deporte en el hombro.

—¿Y por qué iba a ayudarte?

—Porque en el fondo sabes que tengo razón. Y también sabes que Marco no va a investigar lo suficiente como para encontrar a otro sospechoso. Le gustan las respuestas obvias. Por eso necesita a gente como nosotros.

Amber acababa de jugar la única carta que le quedaba.

Esperó, conteniendo el aliento.

Freya asintió mínimamente.

—Quizá.

—Gracias. Yo…

Ella ahora negó con la cabeza.

—Aún no he aceptado.

—Vale, vale, pues gracias… por pensártelo.

Freya miró al infinito.

—Mira, no me agobies, ¿vale? No me llames, no vengas a casa, nada. No puedo permitirme perder el trabajo. Dev ha conseguido un crédito, y mi madre… —Pero no acabó la frase—. Da igual. —Empezó a dirigirse hacia la entrada—. Si te ayudo, va a ser a mi manera.

—De acuerdo.

—Eso significa que tú no me controlarás.

Amber alzó los brazos.

—Haré terapia. Todo irá bien.

—Vale. No nos hemos visto. Sigo odiándote. Adiós. —Se detuvo casi ante la puerta y se volvió—. Y, hagas lo que hagas, que Marco ni sospeche que estás investigando el caso. Se pondría furioso.

—Eso no pasará. —Y asintió de nuevo.

«Pues espérate a que lo resuelva yo —pensó—. Eso sí que va a enfurecerlo».

Capítulo 18

Gary

17:30 h. Diez horas antes de morir

El maldito gato detectó la llegada de Gary en cuanto el coche entró en el largo camino de entrada. Tuvo que contenerse de atropellarlo mientras aceleraba hacia la casa, los neumáticos levantando gravilla. Se sentía lo bastante desesperado como para hacer cualquier cosa; allá el gato si volvía a cruzarse en su camino. Abrió la puerta del vehículo, salió y empezó a subir los escalones a toda prisa.

Se detuvo al oír pasos a su espalda y una voz que le gritaba a un móvil.

–Pues líbrate de él. Además, ya le hemos pagado, hostia. –Johnny apareció desde el jardín, con las gafas de sol subidas en la frente–. Ay, Dios. –Se detuvo al ver a Gary–. Tengo una visita. Te llamo después.

Johnny fue hacia él con la boca cerrada, los labios muy rectos, y contemplándolo con menosprecio, como si fuese el desatascador de las cañerías. Ese desdén inflamó aún más a Gary.

–Tenemos que hablar. –Se plantó ante él con los puños cerrados.

–¿Tú de nuevo? –Johnny se cruzó de brazos. Llevaba un jersey rojo con cuello de pico, por el que asomaba una camiseta muy blanca–. ¿Qué haces aquí? Te dije que ya te contestaríamos. –Giró la mirada hacia el camino–. Tengo que hacer que me arreglen la puerta, no puede ser que entre cualquiera.

Gary dio otro paso hacia él. ¡Qué ganas de darle un puñetazo a esa cara tan sobrada!

–Se me ocurrió venir a ver si os pillaba antes de que salgáis para Londres. ¿O era otra de vuestras mentiras?

Ya no tenía nada que perder: le quedaban treinta minutos hasta recibir la paliza de su vida por parte de Marg o uno de sus muchos esbirros. Era el momento de contarle a Johnny lo que sabía.

El hombre entornó los ojos.

–Yo no miento.

Gary sintió un subidón de poder en su interior. Era más alto que él, más corpulento y, desde luego, tenía una mejor pegada de derecha. El hombre que tenía ante sí había sido criado en una torre de marfil. Él había pasado su niñez en los callejones de unas viviendas protegidas para gente de baja estofa. No tenía nada que temer.

–¿Que no mientes?

Johnny se cruzó de brazos de nuevo.

–No.

–¿En serio? –No tenía tanto tiempo como hubiese deseado para disfrutar del momento–. Entonces cuéntame lo que le pasó a Rajiv.

Notó un breve gesto de inquietud antes de recibir por respuesta otra pregunta, en tono agresivo:

–¿Quién es Rajiv?

–Ya sabes quién es.

–¿Ah, sí?

Gary percibió un segundo de duda mientras Johnny le sostenía la mirada con hielo en los ojos. Pero no tenía tiempo para dudas. Dio otro paso adelante; sus caras casi se tocaban.

–Sabes exactamente quién es Rajiv.

–No. –Negó con la cabeza–. No lo sé, pero voy a decirte lo que sí sé. –Lo miró de arriba abajo con expresión pétrea–. Sé que intentas tomarme el pelo. –Respiró hondo–. Sé que eres el puto chantajista que te has estado quedando con mi dinero a la vez que tenías la caradura de llamarme «el Diablo». Que eres el pelacañas de mierda que se cree demasiado listo como para que le descubran. ¿Cierto, señor oh-qué-original «X»?

El *shock* paralizó por un momento a Gary. Lo había montado todo a la perfección: una dirección de correo separada, un número de teléfono aparte en el móvil de prepago que ocultaba bajo el asiento del acompañante en el coche, pagos a la cuenta de un negocio falso en PayPal. Se había cubierto bien las espaldas. ¿Cómo lo había averiguado?

A la mierda. Eso ya no importaba.

–¿Y si fuese yo, qué?

No le gustó la risotada ni la expresión que recibió por respuesta. Hacer todo eso de forma anónima le había resultado mucho más cómodo. Amenazas por mensajes de texto, pagos, unos ingresos fijos con los que mantener Looking Goode en pie mientras él arreglaba el lío que había dejado Clio. Qué más daba que hacer chantaje fuese ilegal; dado el secreto de Johnny, se merecía todo lo que le pasara.

Se mantuvo firme.

–No puedes permitirte decirme que no, Johnny.

–Me parece que vas a descubrir que sí que puedo. –Miró su reloj y bostezó–. Acabo de hacerlo.

–Pues es un error.

–No lo creo. –Se sacó una mota de polvo de la manga–. No vas a sacarme ni un penique más. Desde luego, no por ese gran secreto que crees que sabes. –Ese encogimiento de hombros de nuevo. Ese encogimiento de hombros despreciativo, de quitarle importancia a algo, tan típico de la gente adinerada.

–Escúchame. –Gary no se encogió: tenía el poder, esa era la verdad, pensase lo que pensase de él aquel ricachón asqueroso.

–No.

–Sé lo que hiciste. –Gary oyó cómo la puerta de entrada se abría a su espalda, pero ahora ya no le importaba nada quién lo oyera. Que lo oyera el mundo entero–. Sé que eres un fraude, un engaño.

Alguien soltó un taco tras él, pero no le importó; iba a hacer ver, comprender a Johnny que no podía decir que no.

Pero él se limitó a soltar un suspiro.

–Vaya imaginación que tienes.

Gary dio aún un paso más.

–Rajiv me lo contó todo.

Aún recordaba la emoción que sintió al ver los papeles en una estantería; bueno, mientras estaba revisando un archivador ajeno, como hacía siempre, por si acaso. Al final lo supo todo, superó la reluctancia de Rajiv a hablar del tema a base de echar vodka en la Coca-Cola de aquel abstemio para aflojarle la lengua.

Es decir, que Gary conocía la historia completa.

–Johnny, eres un fraude, y voy a decírselo a todo el mundo a menos que me pagues ahora mismo…, y el precio acaba de subir. Si cuento lo que sé, despídete de tu gran mansión, despídete de tu empresa, despídete de mantenerte a flote en la Bolsa de Londres, despídete de tu reputación. Así que págame, Johnny. Ahora. Cien mil.

El hombre lo contempló con la muerte en sus ojos.

–No.

Gary se encogió de hombros.

–Entonces voy a contarles a todos lo que sé.

La voz de Johnny se volvió más afilada.

–No, no vas a hacerlo.

–Pero…

–Verás, Gary: enseguida supe que eras tú. –Miró al infinito–. Fue hasta demasiado fácil. Localicé tu dirección IP y te hice trabajar en esos planos horrorosos tuyos para poder echarte el ojo, comprobar si ibas a ser un problema de verdad o no. Y no lo eres. Sigues sin ser más que un albañil, un tío que pega ladrillos con cemento. Por mucho que te vistas para parecer *cool*, que tengas un coche que no está mal y lleves un traje que crees elegante…

Aquello ya era demasiado. El traje era un Ted Baker, joder.

–Pero puedo arruinarte.

–No, no puedes. –Johnny sonó aún más irritantemente seguro de sí mismo–. Porque si cuentas algo de lo que crees que sabes, yo le enseñaré este vídeo a mi hermano Marshall. Me lo ha enviado una fuente esta mañana. Y no creo que él se alegre mucho de verlo, ¿no te parece? Tu principal cliente.

Le mostró la pantalla de su móvil. Gary miró. Lo primero que pensó fue que aún tenía el culo en buena forma. Lo segundo que pensó fue bastante más prosaico.

–Joder. –No pudo contenerse de pronunciar la palabreja–. Joder, joder, joder.

—Exacto. Eso es lo que estás haciendo en el vídeo: joder. —Johnny asintió—. Tendrías que ir con más cuidado cuando te dedicas a esas… actividades. Marshall tiene algunos amigos de lo más desagradables. Lo fácil sería que yo mismo pagara a uno de ellos para librarme de ti, pero dejar que se encargue de ello mi hermano puede ser mucho más divertido. Tiene bastante carácter. Espero que esa espectacular Cherie haya valido la pena. Mira, aquí se le ve bien la cara, y está claro que pronuncia tu nombre.

—Papá. —Desde detrás de Gary apareció una figura con una camiseta blanca y vaqueros negros, todo muy ajustado, y el pelo peinado hacia atrás con gel. Debía de ser él quien había soltado el taco antes—. Papá, ¿quieres que me libre yo de él?

Johnny no apartó la vista del rostro de Gary.

—De esto me encargo yo, Christian. Además, todos sabemos que él podría contigo.

—Eso no es justo, papá. Voy al gimnasio y…

—Por lo que he oído, vas allí a usar la sauna.

Christian torció las comisuras de los labios.

—No. Estoy haciendo pesas, y…

—¿Pesas? —Johnny soltó una risita de desprecio—. No creo. Y ahora vuélvete a tu piso. No sé por qué siempre estás dando vueltas por aquí.

—Pero puedo ayudarte, papá…

—Te he dicho que ya me encargo yo, Christian. —Se cruzó de brazos—. Bueno, Gary, ahora que ya has visto el vídeo creo que es hora de que te largues, ¿no?

Él pensó en Marg, en que no iba a llegar a tiempo a verla y en las diez mil libras que no tenía.

Decidió que el vídeo le importaba una puta mierda.

—Christian, tu padre es un cabrón mentiroso, y voy a contárselo con todo detalle al mundo entero. —Señaló a Johnny con el dedo—. Tienes una noche más. Si mañana a las nueve no he recibido cien mil libras, voy a hacerlo público, hagas lo que hagas con ese vídeo.

Johnny suspiró.

—Ya pensaba que eras idiota, pero no creía que tanto. La verdad, no veo el momento de que desaparezcas para siempre, desgraciado.

--Papá...

Christian tenía los puños cerrados tan fuerte que se le habían puesto blancos los nudillos. Le dio una especie de tic en su pálida mejilla.

–No. –Johnny lo ignoró y siguió hablándole solo al otro–. No me vas a sacar un penique. Ni uno.

Gary decidió hacer un último intento.

–Sé lo que hiciste, Johnny. El dinero a las nueve o estás acabado.

Se dio la vuelta, fue hasta su coche y entró, hundiéndose en el asiento, las manos le temblaron mientras lo ponía en marcha. Al alejarse vio que Johnny y Christian seguían en los escalones, el segundo aún gesticulando a lo loco, intentando que su padre le prestara atención. Patético.

Solo le quedaban quince minutos hasta tener que pagarle diez de los grandes a una prestamista famosa por tener la mayor colección de armas del pueblo. Pero ya se le ocurriría algo; siempre se le ocurría algo.

Era Gary Goode e iba a vivir eternamente.

¿No?

Capítulo 19

Jeanie

–¿Dónde te habías metido? Estaba preocupado.

Jeanie miró a los grandes ojos marrones de su pareja. Desde luego, muy preocupado no parecía; más bien tenía el aspecto de alguien que acabara de pasarse media hora en el retrete mirando en el móvil los titulares de deportes.

Abrió la boca para contestarle, su propio móvil en mano para ver cuándo empezarían a saltar las noticias sobre la muerte de Gary. Deseaba que la abrazara, sentarse los dos, que la escuchara. Lo que él hizo, en cambio, fue sortear hábilmente la gran pila de ropa para lavar, como si pensase que estaba pegada al suelo, y dar un saltito por las escaleras para coger sus gastadas zapatillas Adidas del rellano.

Dio otro salto para pasar por encima de la bolsa de supermercado de la que asomaban biberones, mantitas y pañales y que ella había dejado tirada a la puerta el día anterior, después de una visita desastrosa al *chiquipark* local. Él no la había movido; aparentemente la vio como uno más en la pista de carreras de obstáculos en que se había convertido la casa desde la llegada de los mellizos. Como trabajador en un centro caritativo, Tan estaba entrenado para mantener la calma ante cualquier circunstancia, y, por lo visto, aquel descenso al caos no era una excepción. A veces Jeanie deseaba que él perdiese los nervios al menos una vez, aunque solo fuera para que ella se sintiera menos psicótica. Ahí estaba, había llegado dos horas tarde y tras haberle mandado un mínimo mensaje de texto: **Tengo lío, perdona**. De haber hecho Tan eso mismo, ella se habría puesto en modo monosílabos pasivo-agresivos y ruido de sartenes. Pero él se estaba poniendo las zapatillas sin hacer ningún comentario. Era de lo más irritante.

Decidió contarle la historia entera.

–Tuvimos una noche de cuidado.

Intentó darle un beso justo en el momento en que él se agachó a atarse los cordones, lo que la hizo acabar contra la barandilla.

–¿Ah, sí?

Tan se levantó y miró su móvil. Últimamente siempre tenía la vista en otra cosa: la pantalla del teléfono, su plato o, claro, los mellizos.

–Sí. Verás…

Tragó saliva y se preguntó por dónde empezar. Tenía que explicárselo con detalle: la mesa pegajosa de la comisaría, las paredes color crema llenas de manchas, la sangre en el trofeo, sus temores sobre quién lo había dejado en la caseta. Necesitaba acurrucarse con Tan en el viejo sofá rojo, como habían hecho tantas otras veces, y compartir pizza y anécdotas, reírse juntos de los memes que le habían enviado los amigos de él desde Japón o sobre la cantidad de horas extra que le había pedido el exjefe de Jeanie que hiciera aquel fin de semana.

Pero él la interrumpió antes de que hubiese decidido por dónde empezar:

–¿Os tomasteis las tres demasiados cócteles? –Mientras hablaba tecleaba a toda velocidad en el móvil–. ¿Tuvisteis una sobredosis de ABBA?

–No. Bueno, sí.

Jeanie deseó que la mirara; así vería que había pasado algo serio de verdad, vería lo agobiada que estaba.

–Ya. –Tan volvió a guardarse el teléfono en el bolsillo trasero de sus vaqueros negros que constituían su uniforme de trabajo–. Cuando dijiste que llegabas tarde, llevé a los mellizos al parque.

–Genial.

–Pero tengo un día muy liado, así que…

Ella deseó abrazarlo para que no se moviera de allí.

–¿No puedes quedarte?

Necesitaba que le dijera que sí. Tenía que ir a verse con Amber, y la idea de llevarse ella a los mellizos de repente le parecía muy peligrosa, llena de potenciales desastres y vergüenza. Rogaba que pudiese quedárselos él.

–Lo siento.

Tan se puso el abrigo con facilidad, metódico. Típico de él, producto de un profesor de inglés viajero y una cantante japonesa, incapaz de enfadarse por nada que no fuera los Yomiuri Giants y su persistente incapacidad de ganar la Liga.

De nuevo quiso abrazarlo, pero no supo cómo.

–Por favor. Esperaba que pudiésemos hablar. Y necesito que te quedes un rato con los mellizos. Han pasado muchas cosas y…

–No puedo. –Le dio un beso en la mejilla–. Este fin de semana estoy de guardia. Tenemos que encontrar dónde albergar a un chico de dieciocho años, vulnerable. Tengo que ir a ver cómo puedo ayudar.

Jeanie se hundió. Tan tenía un trabajo tan angélico que a ella misma le resultaba inconcebible que sus propias necesidades pudiesen ser lo primero, ni siquiera en un día como aquel.

–Ya me lo contarás todo esta noche. –Se apartó, dejando una vista perfecta de la mancha de humedad que crecía junto a la puerta de entrada–. Diviértete con los mellizos.

Ella le posó la mano en un brazo para detenerlo, aún deseando contárselo todo, como siempre hacía. Pero justo entonces se dio cuenta de algo: la casa estaba silenciosa. Demasiado silenciosa.

–¿Dónde están los mellizos?

Miró a su alrededor, las estrechas escaleras, el lío de abrigos a la entrada, la puerta del cuartito bajo las escaleras. Yumi y Jack habían empezado a moverse hacía muy poco, rompiéndole a ella el ritmo de dar de mamar, dar de mamar, descansar, dar de mamar, dar de mamar, descansar, y haciéndola entrar en una nueva pesadilla que se reducía a tenerlos aprisionados el tiempo suficiente como para poder tomarse una taza de té. No era la primera vez que envidiaba la capacidad de Tan de salir de casa y dejar de pensar en la paternidad hasta regresar. El sueño actual de ella era poder mear a solas, y este no mostraba el menor signo de llegar a hacerse realidad.

–En la sala de estar. –Tan le dio otro beso en la mejilla, tan poco sentido como el primero–. He puesto la tele. *El Jardín de los Sueños…* Makka Pakka está lavándole la cara a la gente con esa

116

esponja asquerosa que lleva. Es una serie de lo más psicodélica.

–Ya estaba junto a la puerta, cogiendo las llaves de debajo de una pila de facturas.

–Yo… –Jeanie dudó, intentó medir sus palabras: «Tan, acabo de venir de que me interrogue la policía» le sonó un poco fuerte; decidió intentarlo de otra forma–. Es que…

Pero el cerebro no le funcionaba, era como si lo hubiesen guardado junto al resto de sus cosas de adultos para dejar espacio a Bumbos de colores saltones y cubiertos de plástico con la cara de Thomas la Locomotora.

–¿Sí?

Ya había sacado medio cuerpo por la puerta.

Ella cambió de idea. No podía contárselo en ese momento, con prisas.

Por la noche. Se lo diría por la noche.

Volvió a sentir vergüenza al recordar que el coche seguía en casa de Clio.

–Tendrás que coger el autobús. Lo siento mucho.

–Ah, vale. –Ni siquiera eso lo hizo enfadarse; ni siquiera cuando por culpa de ella iba a llegar aún más tarde al trabajo–. ¿Dónde está?

–Es una larga historia. Yo…

Un breve gesto de resignación. Una media sonrisa. Ese hoyuelo en su mejilla. La mano que se pasó por su grueso flequillo negro.

–No pasa nada. Una gran noche, ¿eh? Me alegro de que hayas tenido ocasión de desmelenarte un poco. Ya cogeré el autobús.

Y se fue.

Reapareció justo antes de que la puerta se cerrara del todo. Jeanie se hizo ilusiones.

–Tendrías que salir más a menudo, Jean Jeanie.

Ese era el mote que le había puesto él, sacado de una de las canciones preferidas de su madre. Sintió que algo dentro de ella se relajaba al decirle adiós con la mano.

La puerta se abrió por tercera vez.

–He pagado la factura del gas.

–Genial.

Tan se quedó quieto un instante.

–Por cierto, ¿cuándo vas a volver a trabajar?

Y así, de repente, a ella se le esfumó toda la relajación.

–No lo sé. Los mellizos aún no tienen ni un año. Dame tiempo. –Las palabras le salieron con un tono más agresivo del que pretendía.

–Vale.

De nuevo deseó que él le replicara, que la acusara de no ser razonable, que mostrara que la cuestión le importaba. Pero solo oyó la palabrita-cantinela habitual: «Sayonara». Otro beso en la mejilla y adiós.

–Adiós.

Jeanie se llevó las manos a los ojos exhaustos, se quitó las botas y se sentó en el suelo. Se preguntó cómo habían llegado los dos a aquel punto. En sus tiempos se miraban a los ojos, se maravillaban el uno del otro, eran como una sola persona. Se conocieron durante los tres meses que pasó ella dando clases de inglés en Tokio, adonde la había llevado un ansia de aventura que desapareció enseguida, en cuanto se dio cuenta de lo mucho que echaba de menos su tierra. Fue en el cine, viendo la película más inglesa de la historia, *Cuatro bodas y un funeral*. Cuando iba a entrar se percató de que había perdido la entrada y él le compró otra. Unidos por el destino.

A los pocos días pasaban juntos cada rato libre: paseaban por los mercados de pescado de la ciudad, veían templos dorados al amanecer, se quedaron quietos en el gigantesco cruce de Shibuya mientras la corriente humana los rodeaba. Cuando Jeanie volvió a Inglaterra, él la siguió. Y aunque nunca llegaron a comprometerse formalmente, ella siempre supo que eso no tenía importancia, que estarían juntos para siempre.

Hasta ahora. Apoyó la cabeza contra la pared. Quizá fue la fecundación *in vitro* lo que inició el declive, los meses de inyecciones y vasitos de papel y fracasos. O quizá fueron los propios mellizos, esas criaturas pequeñas y llenas de energía, tan divertidas pero sin la menor piedad, tan alegres pero tan agotadoras. En tantos años soñando con tenerlos, ni ella ni Tan tenían la menor idea de cómo sería de verdad tener hijos. Suspiró. Ahora siempre se sentía sola, incluso cuando él estaba a su lado. Era capaz de resistir el agotamiento y la puntualidad y regularidad militares que requería el que tuvieran siempre los pañales limpios, la ropa recién lavada y las verduras trituradas; lo que en realidad había erigido el muro entre ellos eran las dudas que sentía respecto a sí misma, la ansiedad que la hacía despertarse a las dos de la mañana y correr a su habitación para ver si seguían respirando.

Como asistente en una empresa de *marketing* siempre había sentido que tenía el control sobre su tiempo, sus días. Ella era a quien todos recurrían cuando había alguna crisis, la que siempre sabía dónde estaban las llaves o la hoja de Excel o la lata de galletas. Ahora apenas era capaz de ponerse los pantalones sin sentir una crisis existencial. Se sentía más inútil con cada día que pasaba; solo era otra mamá sudorosa en el autobús, inclinada sobre el cochecito doble, metiendo palitos de pan en la boca de los bebés para que se mantuvieran en silencio. Y así, empezó a salir cada vez menos; su mundo se fue haciendo más pequeño mientras que el de él seguía exactamente igual.

Miró el reloj de la pared y vio que no tenía mucho tiempo para ducharse si quería llegar puntual a su cita con Amber. Se obligó a levantarse, aún apoyándose en la pared, casi a punto de poner a prueba su teoría de que podría dormir en posición vertical. Estaba empezando a hacerlo –un minuto o dos iban a suponerle una gran diferencia– cuando oyó los llantos.

Al momento se desveló del todo, ya corriendo hacia los niños. Avanzó por la moqueta llena de manchas del pasillo, donde las paredes otrora blancas eran ahora un mapa de la infancia de los mellizos: un bol de arándanos aplastado junto a la puerta de la cocina había dejado una forma de un extraordinario parecido con Italia, mientras que al lado del lavabo de abajo habían quedado unas marcas bien visibles, recuerdos de la noche en que Yumi y Jack habían llevado su dedicación al vómito a chorro a horripilantes nuevas alturas… y distancias.

Siguió los llantos hasta encontrar a los niños. Ahí estaban, sentados juntos frente a la tele, con los trajes de marineritos celestes y blancos que les había enviado su orgullosa abuela desde Japón. Yumi y Jack, con los puños regordetes llenos de fresas –y que ella le había avisado a Tan de que nunca se las diera en la sala de estar–, aullaban descontentos. Jeanie no pudo culparlos: Makka Pakka daba verdadero miedo en HD.

Yumi levantó una mano.

–¡Oh, no!

Jeanie voló mientras las fresas caían hacia la alfombra blanca. Atrapó una, dos, tres, pero la lluvia no dejó de aumentar. Jack se había puesto en marcha, camino del nirvana que representaba el marco de la puerta. Tan había olvidado cerrar la barrera infantil, y el niño estaba a medio camino de la libertad cuando ella lo detuvo.

Le besó el suave pelo negro y lo dejó delicadamente junto a la tele. Estaba felicitándose cuando tropezó con el enorme muñeco de Olaf que había junto al sofá, y aterrizó con la cara contra el bol de Yumi.

Por lo visto, la escena resultó divertidísima: los mellizos echaron la cabeza atrás y de sus cálidos y compactos cuerpecitos salieron risas guturales. Durante un segundo Jeanie pensó en quedarse así, con la cara dentro del bol contra una pila de fruta. Se estaba bien allí. Era blandito. Y seguro que los mellizos no se meterían en líos durante la siguiente media hora o así. La puerta de entrada estaba cerrada. La tele estaba encendida. No iba a pasarles nada. Y se estaba de lo más tranquila, sin nadie que los viera o de quien preocuparse. La verdad era que se había pasado casi toda la baja maternal dentro de aquella casa, demasiado cansada y ansiosa para intentar hacer los grandes viajes con los que soñaba: al parque, a la estación, a la granja local.

Se le cerraron los párpados, casi vencida por el sueño, y casi había llegado a la tierra prometida cuando la imagen del cuerpo tendido de Gary Goode se interpuso entre ella y la inconsciencia.

Se levantó y se apartó una pepita de la mejilla. ¿Cómo podían ser solo las doce menos cuarto?

–Hora de irnos.

Se preparó para la laboriosa tarea de sacar a los niños por la puerta de entrada. Ellos dejaron de reírse. Los ojos marrones de

Jack se abrieron como platos y las mejillas empezaron a enrojecérsele. A Yumi ya le estaba cayendo un gran lagrimón, y de su trasero llegaba un olor sospechoso.

Jeanie suspiró. El principio típico.

La única solución era el soborno.

Al cabo de diez minutos –un nuevo récord– los pañales estaban cambiados, los gorros calados sobre las matitas de pelo negro, las correas atadas, los trajecitos de abrigo puestos, y los mellizos comían emocionados la fruta seca y azucarada. Más tarde Jeanie tendría que pagar por ello, pero en aquel momento se sentía orgullosa: había cumplido con su misión.

Mientras abría la puerta de casa se fijó en una foto colgada a medio camino de las escaleras. Un marco de conchas rodeaba dos de los rostros más felices que ella había visto nunca. Tenían grandes sonrisas y el crepúsculo pintaba el cielo de rojo. Llevaba años sin apenas fijarse en aquella imagen, pero en ese momento la atravesó como una guillotina el papel. Quien había cometido el asesinato estaba en su pared, su cara colgada junto a las escaleras.

Se agarró al pomo de la puerta, temiendo desmayarse.

Pero se obligó a seguir.

Amber. Necesitaba a Amber.

Amber iba a arreglarlo todo.

Capítulo 20

Amber

Amber retorció un sobrecito de azúcar entre los dedos y olisqueó con gusto el aire; deseó que los huevos que estaban friendo fuesen los suyos, que estuvieran untándole la mantequilla a sus tostadas.

Tomó un sorbo de café y vio cómo una señora con una bonita bufanda azul marino había despegado la vista de su sudoku para contemplar a Yumi y a Jack; parecía estar derritiéndose de ternura, como un helado frente a una ventana un día de sol. Los dos niños dormían con sus cabecitas hacia la derecha; a Yumi le asomaba su lengüecita por entre los dientes blancos como perlas. La mujer se murmuró a sí misma «Dios los bendiga» y volvió a las casillas con números de la página que tenía ante sí.

Amber le pidió otro café a la camarera con un gesto mientras Jeanie se abría paso entre las mesas de la cafetería, chocando el cochecito doble con ellas y haciendo sonar los cubiertos. Se volvió para recoger unas cucharillas que había hecho saltar por los aires, y empezó a hablarle a su amiga aún de espaldas.

—Amber, sé quién fue.

—Hola a ti también, Jeanie.

Parpadeó mientras su amiga volvía a ponerse en marcha, solo para chocar con la mesa siguiente y ponerse roja pidiendo disculpas a los comensales. Se sintió un poco mal por haber hecho arrastrarse a su amiga hasta allí, fuera de su zona de confort. Desde la llegada de los mellizos era como si Jeanie estuviera en una especie de confinamiento propio: le daba miedo sacarlos, le daba miedo lo desconocido, le daba miedo subir el cochecito a un autobús.

—Pues que fui a la caseta de la playa a esconder el anillo de Clio, tal como ella me había pedido…

Golpeó una maceta en su último empujón para llegar a la mesa del rincón, la preferida de las dos amigas. Tenía vistas a la playa y un único narciso en el centro, con un mantel de los colores del arcoíris que llegaba hasta el suelo. Fuera, la tormenta había parado por el momento, las olas eran tranquilas y grises.

Jeanie puso bien la maceta y examinó a sus niños, que estaban más atados que criminales camino del cadalso y metidos en unos trajecitos rojos tan gruesos que tenían las caritas coloradas. Amber solo los distinguía por las cosas que usaban a modo de chupete: Yumi un conejito de color amarillo brillante, y Jack un excalcetín de deporte que no había permitido que su madre le sustituyera por nada.

—¿Crees que estarán bien? —Jeanie se alisó el abrigo con dedos nerviosos.

—Claro que sí; están dormidos. Siéntate. Relájate.

Amber vio el agotamiento en la cara de su amiga. Tenía ojeras como esculpidas bajo los ojos azules, y una piel tan pálida que era casi transparente. Sus rizos eran lo único que parecía con ganas de marcha, cayéndole en cascada por los hombros, efervescentes como el *prosecco* con el que habían iniciado la noche anterior.

La camarera le llevó a Amber su segundo café y miró a Jeanie, con el iPad listo. Las libretas y los lápices habían desaparecido hacía seis meses, al igual que su usuaria de cabellos de color púrpura y que siempre les traía té, pidiesen lo que pidiesen. Ahora la cafetería Rainbow era más brillante, más alegre, con teteras de colores y paredes relucientes, y servían *pancakes* gruesos como tostadas y unas ensaladas que estaban de muerte.

La chica le dirigió una sonrisa a Jeanie.

—¿Deseará usted algo?

—Mmm…, no sé.

Amber se fijó en que ponía su típica cara de confusión como ante la prueba de mates de la Selectividad.

La camarera era nueva, y llevaba el largo pelo oscuro atado en una fina cola de caballo, dejando ver el pequeño brillo de sus pendientes de plata. Se quedó mirando a los mellizos.

–¡Dios mío, qué guapos!

–Gracias. No vas a decir lo mismo cuando se despierten.

Jeanie se puso a retorcer una servilleta de papel.

–¿Te apetece un *capuccino*? –le sugirió Amber.

–Sí. –Ahora su amiga contemplaba las olas como perdida en sus pensamientos.

–Enseguida está.

La camarera se fue hacia la cafetera.

–¿Jeanie? –Nada. Amber iba a tener que tomar el control–. Vale, así que fuiste a la caseta…

Su amiga asintió.

–Sí, y allí vi… –Se detuvo. Pasaron unos segundos–. Vi algo que tenía sangre. Creo que era el arma del crimen.

–¿Qué? –Amber se recostó en su silla mientras la camarera traía el *capuccino*, blanco y espumoso, en una taza roja.

Jeanie esperó hasta que la chica se fue de nuevo.

–Era un trofeo. Estaba en un rincón, en la oscuridad, como si alguien hubiese querido esconderlo allí.

Tomó un sorbo de café y se le hizo un bigote de espuma sobre el labio superior. Amber se adelantó a limpiárselo. Estaba claro que había cosas que no cambiaban nunca.

–No quise tocarlo, claro, para no dejar huellas. Pero vi la sangre en la base. Y… –se inclinó aún más hacia delante–… pelos.

A Amber se le pusieron los engranajes de la mente en marcha.

–¿Pelos de Gary?

–Negros y blancos, sí.

Amber estudió aquella nueva información. La cabaña significaba Clio. O Bez. Aunque, en realidad, podía haber sido cualquiera que supiese que la llave estaba debajo de la lechuza de cerámica, lo que seguramente quería decir medio pueblo, gracias a la tendencia de Clio a hablar de más después de unas cuantas copas.

–¿Dices que había sangre? ¿Estás segura?

–Sí. –Jeanie la miró a los ojos en cuanto abrió sus largas pestañas–. Oh, no. –Se le tensó todo el cuerpo–. Tengo máximo diez minutos antes de que empiece a berrear. –Se desabrochó el abrigo y empezó a levantarse el top y a desatar correas, en una operación que pareció tan complicada como cuando Houdini se escapaba de una cámara sumergida–. Es su hora de comer. Así ganaré un rato.

Amber pensó, y no por primera vez, que para Jeanie la maternidad parecía consistir en una misión eterna para evitar que sus hijos tuviesen que hacer nada, nada ruidoso, nada peligroso, nada de nada.

Su amiga acabó de liberar a Jack y lo llevó hacia sí. Él se relajó y empezó a mamar, feliz. «Vaya vida», pensó Amber mientras vaciaba dos sobres de azúcar en su café. Si los niños supieran la suerte que tienen…

Jeanie se pasó la mano libre por el pelo, con cara de estar muy lejos.

Sus siguientes palabras fueron toda una sorpresa.

–O sea, que tiene que haber sido Bez. Él mató a Gary.

Amber tuvo que contener la risa.

–¿Y por qué Bez? Si apenas se molesta ni en atarse los zapatos. No me lo imagino tomándose el trabajo de partirle el cráneo a nadie.

A Jeanie se le iluminaron los ojos.

–Ayer estuvo en la caseta, arreglando el techo. Me lo dijo Clio. Y él y Gary se llevaban muy mal por lo de ella. Además, Gary acababa de coger el dinero de Nina. Bez tiene que estar furioso de que a su hija le hayan robado así.

–Cierto. –Amber frunció el ceño: algo no encajaba–. Es solo que… no consigo imaginármelo. No es un asesino.

Jeanie se tomó todo el café de un trago.

–¿Y quién más hubiera podido ser? Hace mucho frío como para que nadie quiera estar en la caseta. Quizá Gary entró por alguna razón… Sí, buscando el anillo. –Chascó los dedos, como hacía siempre después de clases cuando veían juntas el concurso de la tele y ella daba con las respuestas–. Estaba buscando el anillo porque necesitaba el dinero y porque era un chorizo cabrón. –Bajó la vista–. Perdona, Jack. Bueno, pues Bez fue allí y…

–Pero, entonces, ¿cómo llegó Gary a la caravana de Clio? Su cadáver, digo.

–Ah. –Jeanie puso cara de decepción, pero al rato volvió a chasquear los dedos–. Quizá Bez golpeó a Gary fuera de la caravana y después fue a esconder el trofeo a la caseta.

–Quizá. –Amber tomó un trago–. Pero ¿por qué no tirarlo al mar, o al menos limpiarlo en el agua?

–No lo sé. –Levantó a Jack para que la cabeza del niño le quedara por encima de su hombro y le masajeó la espalda–. Quizá a quien fuese le dio un ataque de pánico.

Amber pensó un momento.

–Puede ser. Oye, Jeanie, esto se te da bien.

Ella se sonrojó.

–Solo son tonterías que se me han ocurrido. Pura suerte.

Su amiga sintió una punzada de frustración. Jeanie nunca había tenido una gran confianza en sí misma precisamente, pero ahora parecía sorprenderse si recordaba dónde había dejado las llaves de casa.

Dio una palmada.

–Vale, esto es lo que vamos a hacer…

–¿«Vamos»? –Jeanie volvió a dejar a Jack en el cochecito y desató a Yumi para su turno.

Amber asintió, decidida.

–Sí. Nosotras. Nosotras vamos a resolver el caso.

–Pues no sé cómo. –Negó con la cabeza–. Además, ¿de eso no se encarga la policía?

–No. Van a pensar que fue Clio.

–Ah. –Jeanie le metió la teta en la boca a Yumi y empezó a servir su segundo almuerzo del día–. Pero dijiste que a ella no le pasaría nada…

–Le dije lo que ella necesitaba oír en ese momento. –Se encogió de hombros. Había hecho lo que había pedido, sin tiempo para grandes consideraciones–. El caso es que Marco va a obtener un montón de pruebas circunstanciales que le van a hacer querer acusar a Clio. Y como no es ninguna lumbrera, va a hacer lo obvio, lo sé. –Recordó el último caso en el que habían trabajado juntos, y cuánto tiempo le llevó a ella convencerlo de que la esposa no tenía por qué ser siempre la culpable, a veces podía tratarse del vecino de al lado–. Él es así.

—Eso es horrible. –Jeanie parpadeó–. Pobre Clio. –Los grandes ojos azules empezaron a humedecérsele a una velocidad alarmante.

—No te agobies. –Ella era lo único que tenía Amber; debía hacer que se centrara–. Vamos a encontrar al verdadero culpable, ¿vale? Tú y yo. El *dream team*. –Aunque, con resaca y en una cafetería casi vacía, su afirmación no sonó tan contundente como había pretendido.

—¡Pero si ya hemos resuelto el caso! Fue Bez –replicó Jeanie, mientras intentaba que Yumi, que estaba agitada, se quedara quieta.

—Puede ser, sí. Pero aún no lo sabemos con seguridad.

Su amiga retiró una mota de polvo de la mejilla de su hija.

—Es demasiado peligroso. No quiero morir.

Jeanie era la ansiedad personificada; Amber tenía que recordarlo.

—No vas a morir. Nadie intenta matarnos a nosotras.

—Puede que sí, si nos interponemos.

Amber nunca había echado tanto de menos a Freya. Freya, dispuesta a meterse en cualquier pelea sin pensárselo dos veces. Freya, que nunca sentía miedo.

Pero ahora su compañera de equipo era Jeanie.

—Vamos a ser demasiado listas para el asesino. –Le dedicó una sonrisa convencida–. ¿Verdad?

—¿Y cómo vamos a ser «demasiado listas», Amber? Tú puedes, pero yo… –Amber contuvo un suspiro. Recordó a su amiga alzando la mano en clase de Química, haciendo puntillosamente todas las preguntas imaginables sobre un simple experimento con un imán y unas limaduras de hierro–… yo soy fatal con esas cosas. Ni siquiera soy capaz de hacer el crucigrama fácil del *Herald*, así que…

—… así que vamos a dividir y vencer. –Amber empujó una servilleta por la mesa hacia ella–. Este es un plano general de la escena del crimen. Ya lo iremos detallando a medida que avancemos, claro. Podemos empezar por ahí: dónde estaba el cadáver, posibles caminos de llegada, caravanas, etcétera.

Jeanie se sorbió las lágrimas.

—Vale.

–Y podemos hacer una tabla con todos los sospechosos. ¿No llevarás algo encima que podamos usar ahora mismo? –Contempló el gigantesco cochecito, que tenía bastantes bolsillos, bandejitas y ganchos como para guardar todo el contenido de un Cash and Carry.

–Hum… –Jeanie se mordió el labio–. Tengo una pizarra de los Teletubbies. La conseguí la semana pasada en una tienda de caridad.

Amber revolvió. Encontró un almohadón de Don Feliz, un paquete abierto de tortitas de arroz y un pañuelo usado que más bien debería estar en una papelera.

–¡La tengo! –Agitó la pizarra en el aire–. Es perfecta. Hasta tiene una bolsita con tiza.

Empezó a escribir: *Clio. Jeanie. Amber. Bez. Denise.*

–¿Por qué nos pones a nosotras? –Jeanie contempló boquiabierta–. Sabemos que somos inocentes.

–Solo intentaba ser rigurosa. –Amber borró sus dos nombres; la mano le chocó con el sombrero de Don Feliz–. Y necesitamos móviles para el crimen.

Jeanie frunció el ceño.

–¿Y eso cómo vamos a saberlo?

Esta vez sí, Amber suspiró.

–A ver: Denise, celos; Bez, ira y/o celos. ¿Ves? Estamos haciéndonos una idea de las razones por las que cada uno podía querer matar a Gary.

–Pero… –Su amiga volvió a morderse el labio.

–¿Qué?

–¿Así es como se hace una investigación de verdad?

–¿A qué te refieres?

–Si siguieras siendo poli, ¿harías esto mismo?

–Sí. –Amber se recostó en su silla–. Aunque, bueno, con la ayuda del ordenador y la base de datos de crímenes nacionales de la policía… –vio que su amiga ya abría la boca para hacer otra pregunta–… que contiene detalles sobre toda la gente que ha sido arrestada alguna vez, su historia, las matrículas de sus coches, esas cosas.

–Uau. –Jeanie sentó a Yumi en su regazo.

–Pues sí. –Si iba a tenerla en su equipo, pensó Amber, mejor ponerla al corriente de lo más básico–. Mira: en resumen, un buen detective averigua cómo vivía la víctima. Una vez sabes eso, puedes averiguar cómo murió y quién tenía los medios, el móvil y la ocasión de matarlo. ¿Ves?

Jeanie le acarició una mejilla a su hija.

–¿Y si la víctima no era muy buena persona, como Gary, entonces te puede salir una lista muy larga de sospechosos?

–Exacto. La policía se crea una buena imagen de cómo era el muerto; se llama victimología. Averiguan su estilo de vida, sus relaciones, sus finanzas, todo. Estudian grabaciones de cámaras de seguridad, extractos bancarios, testimonios de conocidos, su agenda… El teléfono puede ser muy importante si se encuentra, aunque supongo que en este caso estará en el fondo del mar. También se hacen otras cosas, como apostar agentes en el lugar para ver quiénes van y vienen; los forenses peinan la escena en busca de muestras de ADN o pistas, además de realizar la autopsia; y hay reuniones diarias y un gran equipo de inspectores que se encargan del trabajo más pesado: ir de puerta en puerta preguntando, averiguar antecedentes y esa clase de cosas.

Alzó la vista, sorprendida porque Jeanie la había cogido de la mano.

–Lo siento, Amber. Sé cuánto echas de menos todo eso.

–Estoy bien –replicó ella, a la defensiva–. Solo te explico cómo es la investigación de un asesinato.

–Pero ponías una cara mientras hablabas de todo eso… –Ahora levantó a Yumi hasta apoyarla en el hombro–. Como cuando te gustaba tanto Skylar, en la clase de Mates, y ella un día te invitó a compartir su Sunny Delight. La sonrisa que pusiste…

–Ahora no estaba sonriendo. –Se dio cuenta de que acababa de partir en dos un sobre de azúcar.

A Jeanie volvieron a ponérsele rojas las mejillas.

–Lo siento.

Se giró hacia su hija, de forma que los rizos le cubrieron el rostro. Amber insistió:

–Tenemos que ponernos manos a la obra.

–¿Y de dónde vamos a sacar toda esa información?

Le dio un beso a la niña y volvió a sentarla en el cochecito.

Su amiga sonrió.

–Vamos a actuar en secreto.

–¿Ah, sí? –Jeanie estaba atando correas de nuevo.

Amber hizo un resumen de la situación.

–Esto es lo que sabemos. Gary fue a dar contra los peldaños entre las 2:30 horas, cuando Clio salió, y las 5:30 horas, cuando regresó. Hasta donde podemos saber, él murió de un golpe en la cabeza. También sabemos que en la caseta de la playa hay un trofeo ensangrentado, aunque no de quién es la sangre. La novia de Gary sospechaba que él se follaba a Clio. Y Gary tenía tantos problemas financieros que acabó robando de la cuenta de una adolescente. Sabemos bastantes cosas.

–Hum…, vale. Pero ¿por dónde empezamos?

–No estoy segura. –Amber sonrió. Esa era la parte más divertida: analizar, decidir prioridades–. Quizá mejor por Johnny Fernandez. He echado un vistazo rápido a las redes de Gary y su último *post* en Insta muestra que ayer estuvo en casa de él; reconozco las horrorosas puertas doradas de la verja por otro caso que investigué como inspectora.

–¿Johnny Fernandez?

Jeanie se estremeció porque Yumi se había echado a llorar. Agarró las asas del cochecito con la decisión de un caballo de guerra dirigiéndose a la batalla.

–Sí. Es el presidente de Fernandez Tech.

–Una vez trabajé para ellos, cuando aún tenía cerebro. Bueno, yo les preparaba cafés mientras tenían sus grandes ideas. –Empezó a acunar el cochecito sin mucha convicción–. Y conozco a su esposa, Vivienne.

–¿En serio? –Amber la miró con sorpresa.

–No del trabajo; yo estaba demasiado abajo en el organigrama como para eso. Johnny ni se acordaría de mí. Pero su hija empezó la guardería con los mellizos. Bear. Se llama así. Ella y Yumi estuvieron juntas en el patio el primer día.

–¡Eso es perfecto!

–¿Ah, sí? –Jeanie se mordió el labio una vez más–. A ver, no es que nos conozcamos bien, la verdad. Es demasiado glamurosa para mí.

–Ya no. Tenéis una conexión y hemos de aprovecharla. Puedes averiguar qué pasó durante la visita de Gary.

Ahora Jack también se había echado a llorar. La amistosa camarera ya no parecía tan entusiasmada con los críos. Jeanie frunció el ceño en su estilo más típico.

–Ha organizado para mañana un día de *spa*, como forma de hacer que los padres se conozcan. En el Thrive, ese nuevo cerca de Southampton. Supongo que irá. Yo iba a pasar; habíamos hecho planes con Tan para salir a comer y…

–Bueno, pues ahora sí que vas a ir. Por Clio. –Amber se sintió satisfecha.

–Pero…

–Tenemos que ayudar a Clio, Jeanie.

Ella asintió ligeramente.

–Vale, pero no sé si se me va a dar muy bien. No esperes que consiga gran cosa.

–Lo harás genial.

Amber le dio una palmadita en la mano, con ganas de largarse de allí ahora que los mellizos empezaban a hacer de las suyas. Era hora de ponerse a trabajar, de comenzar el proceso de analizar los hechos y los móviles y a la gente hasta montar todo el puzle. ¡Por Dios, cuánto le gustaba todo eso!

–¿Y qué vas a hacer tú mientras yo espío en el *spa*?

Justo entonces, a Amber le sonó el móvil. Metió la mano en su bolso.

–Yo voy a hablar con Bez, a ver qué pasa con lo del trofeo, y después intentaré hacer una línea temporal de los movimientos de Gary durante la última semana. Creo que Freya va a ayudarnos.

–¿En serio? –A Jeanie se le dibujó la sorpresa por toda la cara–. Creía que no había buen rollo desde que dejaste la policía.

–No hubo ningún problema. Tú no te preocupes.

Contestó el teléfono y oyó una voz casi sin aliento.

–Me han soltado.

–¿Clio?

–Sí. Me han dejado ir. ¿Puedes venir?

Amber se levantó.

–Vamos a buscar a nuestra chica.

Capítulo 21

Clio

–¿Clio?

Se quedó paralizada.

–¿Sí?

Al volverse estaba convencida de que le iban a poner unas esposas. Sabía que no tenían ninguna intención de soltarla; sabía que solo estaban jugando con ella.

Intentó hacerse a la idea mientras Marco bajaba los escalones de la entrada de la comisaría. Seguro que había aparecido alguna prueba nueva, algún testigo que la vio hacer algo aún peor que amenazar a su marido con un cuchillo sin filo. Adelantó las muñecas. Habían sido unos agradables cinco minutos de libertad.

Él llevaba algo en la mano.

–Se ha olvidado la cartera.

–Oh. –La cogió, y la sensación de alivio empezó a inundarla–. Perdón.

Se dio la vuelta de nuevo.

–Clio…

¿Y ahora qué? Se volvió una vez más.

–Recuerde que no puede ir a ninguna parte. No salga del pueblo, ¿de acuerdo? Puede que en cualquier momento tengamos que hacerle más preguntas. Nada de desaparecer.

Como si pudiera: seguro que el coche se le estropearía antes de llegar a la primera rotonda. Además, lo único que le apetecía en ese momento era darse un baño, abrazar a Nina y quedarse así, sin moverse, quizá para siempre.

–No se preocupe, que no me iré.

–Eso espero. –Su expresión no mostró ni el menor rastro de humor–. Porque la encontraríamos.

133

Marco regresó a la comisaría. El divorcio no lo había mejorado precisamente. Clio estiró los brazos y aspiró el aire del mundo exterior. Olió las tartas de almuerzo que servían en el *pub* Fisherman's Friend, en dura competencia con el efluvio de sus propias axilas, que superaba incluso al del contenedor de la esquina. Aun así, cada bocanada de aire parecía provenir del cielo mismo. No tenía ni idea de por qué Marco la había dejado marcharse, pero sí sabía lo feliz que eso la hacía sentirse. Iba a disfrutar de cada segundo.

El tiempo que había pasado en aquella sala bajo custodia le había demostrado de una vez por todas que nunca podría sobrevivir a la incineración. Se masajeó la dolorida espalda con los pulgares. La cabeza le latía. Sacó el móvil; necesitaba oír la voz de Nina. El día anterior su hija se había puesto furiosa con ella por no haber impedido que Gary cogiera su dinero; no conseguía entender cómo no le había cortado el acceso a la cuenta, cómo había podido hacer tamaña estupidez.

Pero, por mucho que Nina la despreciara ahora, más se despreciaba ella a sí misma. Se sentía traicionada por su propio cerebro, que había permitido que se le escapara ese detalle. Siempre lo hacía: no recordaba dónde había dejado el coche, las llaves desaparecían…, mil y una pequeñas cosas que a veces la hacían despertarse a las tres de la madrugada y pasarse el resto de la noche buscando en Google test de demencia que después le daba demasiado miedo hacer.

Cerró los ojos y se prometió que no iba a permitir que se acrecentara la grieta que todo aquello había provocado entre madre e hija. Siempre habían estado muy unidas, incluso cuando Clio se enamoró locamente de Gary, incluso cuando se vieron obligadas a irse a vivir a la caravana. Siempre habían sido ellas dos contra el mundo, las chicas Gilmore de Sunshine Sands.

Durante un tiempo estuvo claro que Nina iba a ser doctora y Clio iba a estar casada con Gary para siempre. Ahora solo una de esas dos cosas iba a hacerse realidad.

Le vibró el teléfono y miró ansiosa la pantalla. Soltó un taco al ver que solo era otro mensaje de la agencia temporal, en que le preguntaban dónde estaba y le recordaban que estaba obligada por contrato a avisar si no podía ir al trabajo.

Pues no, no podía ir. Borró el mensaje con mano temblorosa. Oyó cómo un coche frenaba cerca y vio un Skoda azul familiar, con Jeanie al volante. La puerta del acompañante aún estaba abollada por un golpe el verano anterior, y en ese mismo momento la falta de percepción espacial de su amiga estuvo a punto de hacer que se diera contra un contenedor.

—¡Esto es lo que se llama un «viaje de aventura»! —exclamó Amber, que salió de inmediato.

Clio notó lágrimas en las mejillas. Había creído de verdad que ya nunca volvería a ser libre, a poder abrazar a sus amigas sin antes ser registrada desnuda por una mujer siniestra resentida con ella. Amber le apartó la lágrima con un dedo.

—No pasa nada, Clio, no pasa nada. Te han soltado, y eso significa que no tienen suficientes pruebas para acusarte, ¿vale?

No, no valía y sí que pasaba. Pero ahora Jeanie se les unió, apretando fuerte las manos en los hombros de Clio y dejándola llorar un par de minutos antes de soltarla.

—¿Ganchitos de queso?

—Sí, por favor.

Amber la miró de arriba abajo.

—Tía, estás hecha un asco.

—Gracias, amiga mía. Tú sí que sabes hacer que una sospechosa principal se sienta bien. —Soltó un bufido tembloroso—. ¿Por qué habéis tardado tanto?

—Hemos venido enseguida que… ¡Oh, no, Jack ha vuelto a soltarse! —Jeanie metió la cabeza por la ventanilla y agarró unos bracitos.

Amber explicó entre susurros:

—El cochecito no se plegaba. Ha habido lágrimas.

Clio desgarró la bolsa de aperitivo.

—¿Lágrimas de Jeanie o de los mellizos?

—Adivina. —Amber alzó una ceja.

Su amiga se llevó el primer ganchito a la boca.

—Por Dios, qué buenos están.

–Para ti solo lo mejor. –Amber le apretó un brazo–. ¿Estás bien?

–No. –Clio se comió otro–. Marco es un asqueroso. Pero, bueno, me imagino que tú ya habrás encontrado al culpable, así que puedo volver y decirle que soy inocente, ¿verdad?

–Aún no. –Le pasó una mano por el pelo–. Pero estamos en ello. De hecho, justo cuando llamaste estábamos formulando un plan.

Clio siguió comiendo, ansiosa.

–Ya me lo imaginaba.

Jeanie habló, aún de espaldas, batallando con su hijo:

–Y tenemos una primera pista. Encontré un trofeo ensangrentado en la caseta de la playa. Además de sangre, había pelos de Gary. A lo mejor lo usó Bez para matarlo. En fin, esos dos no se llevaban muy bien, así que…

A Clio le llevó un segundo asimilar la información.

–¿Qué?

–Un trofeo. –Jeanie sacó la cabeza, pero entonces se le transformó la expresión–. Por Dios, Yumi, huele fatal. ¿Tenía que ocurrírsete ahora? ¿Por qué no en casa, donde tengo todo lo que necesito? –Y volvió a desaparecer por la ventanilla para atar a su hija en el asiento trasero, entre piernecitas que se agitaban y aullidos que cortaban el aire.

Clio también metió la cabeza para hablar con su amiga. El olor era tan fuerte que estuvo a punto de atragantarse. Hundió la nariz en una manga.

–¿Cómo era el trofeo?

El pelo de Jeanie le cubría la cara.

–Pues… como un trofeo. Ya sabes, de plata, con asas.

–¿Y estaba en la caseta? –Clio casi notaba cómo le subía la presión–. ¿Qué forma tenía?

–Hum. No sé. ¿Redondo? –Jeanie tenía que hacer equilibrios con las manos–. La sangre me sobresaltó y no me fijé mucho; lo siento. Tú dijiste que Bez había estado allí ayer y di por supuesto que había sido él.

–Dios mío.

Clio huyó del olor, sacó la cabeza y se irguió. La cabeza le daba vueltas, y esta vez no por la resaca o las hormonas.

Y es que ella sabía más cosas que Jeanie. Sabía que el día anterior Bez no había estado en la caseta: tuvo que ir a Brighton a buscar un nuevo ventilador para el extractor de la mujer de la número nueve, así que Clio mandó a otra persona a mirar el tejado…, alguien con razones de sobra para tenerle rabia a Gary.

Sus amigas siguieron hablando, sin notar el conflicto interno de ella. Amber negaba con la cabeza mirando a Jeanie.

–Yo sigo sin estar convencida.

Dentro del coche, Jack rio al soltarse de nuevo. Clio recordó cuando Nina hacía cosas parecidas. Un día arrancó un limpiaparabrisas para usarlo como espada de juguete. Después estuvo lo de los rastros que dejó por toda la casa, de migas, de juguetes, de piezas de Lego, tras meter en cada cajón una muñequita o una piña de pino. Su pequeña, que ahora tenía diecisiete años y había crecido tanto por fuera, pero que seguía necesitando mucho amor, seguía necesitando encontrar el camino que la llevara a hacerse la mujer increíble en la que se convertiría.

Sin darle tiempo a reaccionar, los ojos habían vuelto a llenársele de lágrimas. Sus sospechas eran cada vez mayores, imparables, aterradoras. El trofeo. La sangre. El dinero. Todo empezaba a cobrar un horrible sentido. El día anterior Nina había estado diferente; su calma habitual se había transformado en furia cuando Clio le contó lo que había hecho Gary.

¿De verdad la niña que se dormía cantando entre susurros había sido capaz de hacer algo así?

Clio tenía que averiguarlo.

–Eh, que no tienes por qué llorar. Estamos aquí. Podemos llevarte a que te des una ducha, a que te tomes un café, a lo que sea que necesites. –Oyó una sonrisa en la voz de Amber–. No podemos arreglar ese modelito horroroso que llevas, pero sí cualquier otra cosa. Y, sobre todo, vamos a descubrir quién hizo esto. Vamos a resolver el caso. Juntas.

Pero Clio ya no deseaba que lo resolvieran. Solo quería mirar a su hija a los ojos y preguntarle qué había pasado, ayudarla. Por Nina se dejaría atropellar por un autobús. Por Nina se dejaría pegar un tiro.

Habló con un hilo de voz.

–¿Podéis llevarme a casa, por favor?

–Claro.

Amber le abrió la puerta del acompañante. Jeanie ocupó el asiento del conductor y puso el coche en marcha.

–Vámonos.

Capítulo 22

@SUNSHINESANDSONLINE
Seguidores: 1.800

ÚLTIMA HORA: Asesinato en el aparcamiento de caravanas

El pueblo entero contiene el aliento tras la sorprendente liberación de la principal sospechosa en el caso de la muerte de Gary Goode. Dado que más del quince por ciento de los asesinos son atrapados durante las primeras veinticuatro horas, el tiempo se agota para el inspector jefe Santini y su equipo. La población está atemorizada mientras la policía busca huellas por la zona y pregunta puerta a puerta.

¿Conseguirán detener al culpable antes de que vuelva a actuar? Síganos y denos un «me gusta» si quieren mantenerse a salvo.

Compartido: 1.150   **Me gusta:** 2.000

Capítulo 23

Clio

Era como si su caravana se hubiese convertido en una atracción turística.

–¿Qué diablos…?

Clio se detuvo antes de llegar, con Amber y Jeanie a su lado. Su hogar estaba acordonado con cinta amarilla de la policía, aunque eso no evitaba que los curiosos se agolparan en busca de la selfi perfecta frente a la tienda de campaña forense montada donde había estado el cadáver. Después de meses sin verle más que los defectos al lugar donde pasaba su exilio, y que era minúsculo en comparación con su antigua casa sobre los acantilados, ahora sintió una andanada de nostalgia por lo que había sido aquella caravana: un lugar seguro donde aterrizar, un refugio.

–¿Cómo se han enterado todos estos de lo que ha pasado?

Algunos de los mirones llevaban termos y neveritas y colocaban sillas plegables como si pensaran mudarse allí. Un hombre con ojos apenas visibles y una gran barba vio a Clio y le dio un ligero codazo a la mujer que tenía a su lado, que se volvió y la miró con los ojos abiertos de par en par, como si ella fuese una especie de *celebrity* o algo parecido, y a su vez le dio un codazo a la mujer que tenía al lado, y así se fueron pasando codazos de una a otra. Durante las muchas ocasiones en que Clio se había imaginado hacerse famosa nunca era así: sucia, muerta de hambre y sospechosa principal de un crimen.

Se volvió hacia sus amigas.

–¿Por qué han venido? ¿Cómo han sabido dónde era?

–Hum…

Jeanie pestañeó exageradamente en dirección a Amber.

–Ha habido comentarios en internet –respondió ella, encogiéndo-

140

se de hombros–. No gran cosa, pero… –Contempló a la multitud, distraída–. Un momento. ¿Qué hace Marg aquí?

–¿Quién es Marg?

Clio intentaba ignorar las miradas del gentío y buscaba a Nina. Amber frunció el ceño.

–Es una, digamos, conocida. Viste como si fuera a tomar el té con sus amigas jubiladas, pero en realidad es la prestamista y reina del crimen local.

–Tal como la describes parece una gran persona. –Clio se había puesto roja por el exceso de ojos fijos en ella.

–¿Es ella? –Una mujer pelirroja se giró mientras tejía una bufanda que claramente iba a ser tan cantona como su voluminosa chaqueta de punto amarilla–. ¿Es la Asesina del Acantilado? –Lo dijo tan fuerte como para que la oyeran desde la isla de Wight. Frunció el ceño y se dirigió a la amiga que la acompañaba–. Tiene una pinta que da miedo, ¿no? No me extraña, teniendo en cuenta lo que ha hecho. ¿Le pido un autógrafo?

–Nooo… –La otra metió el envoltorio de una chocolatina en una bolsa de plástico mientras miró a Clio de arriba abajo con aburrimiento en sus ojos marrones–. Vámonos aquí a la esquina, que he oído que Zoe Ball se ha comprado una casa.

Clio se sintió demasiado expuesta. Necesitaba un sombrero o una bufanda en los que enterrar la cara. O un guardaespaldas. Tenía la garganta reseca.

–Sacadme de aquí.

Amber la cogió de la mano, lo que no era poca cosa para alguien a quien no le gustaba la proximidad física.

–Siempre has querido ser famosa, ¿no?

–¡Pero no así!

Sentía que las miradas le atravesaban la piel como cuchillos. Su amiga se encogió de hombros.

–Es un pueblo muy pequeño. Hacía años que no pasaba nada emocionante…, si es que ha pasado algo emocionante alguna vez. –Suspiró–. Y Denise está desatada: informa *online*, en el *Sunshine Sands Extra*, sobre la noticia, siempre a tres milímetros de cometer libelo pero sin llegar a hacerlo.

Clio se indignó.

–Pues le voy a poner un pleito que se va a cagar.

Amber le apretó los dedos.

–Respira. Primero lo del asesinato, después lo del libelo, ¿vale?

–Vaaale. –Se volvió y regresó al camino principal, hacia la entrada–. Tengo que encontrar a Nina.

–Estará en casa de Bez. –Jeanie le cogió la otra mano–. Vamos a hablar con él del trofeo.

–Ya lo haré yo –replicó Clio al instante–. Tengo que hacerlo yo.

Al acercarse a la caravana de él sintió que se le aceleraba el pulso. Vivía allí desde el principio de los tiempos, cuando murieron sus padres, que habían fundado el *camping* treinta años atrás, y se encargó de la gestión. El vehículo estaba pintado de rosa, verde y azul y tenía un entablado que recorría tres de los lados y donde descansaban sillas destartaladas, guitarras en estado de putrefacción y una piscinita de plástico medio vacía. Sobre la entrada ondeaba al aire una tira de bombillitas de colores. Clio distinguió una silueta familiar tras una ventanilla.

–Alto. –Alzó una mano, haciendo que sus amigas se detuvieran–. Nina está limpiando. –Atisbó a través de las cortinas rojas abiertas cómo su hija limpiaba con espray y un paño su habitación con una energía nada habitual en ella–. La última vez que lo hizo acababa de chocar con el coche de Bez. Mala señal.

Intentó recobrar el aliento mientras veía a su hija inclinada y sacando brillo. Su estilo habitual era más bien dejar siempre un rastro de ropa, maquillaje y tazas allá por donde pasaba; dejar siempre bolsitas de té como serpientes sobre todas las superficies de la cocina; y allá donde se sentaba dejaba corazones de manzana, migas de sándwich o círculos de las tazas de té que se preparaba a cada rato pero que casi nunca se acababa. Una vez se había dejado una bolsa de ganchitos debajo de un almohadón del sofá, provocando un desastre en el traje preferido de Gary. En otra ocasión Clio sorprendió a un ratón bajo la cama de su hija; el animal se estaba poniendo las botas con una bolsa de palomitas que podía llevar perfectamente un año allí abierta.

Algo sucedía. Lo notó con la misma intensidad con la que había notado su presencia en el útero antes de ver las dos líneas en el test de embarazo. Se volvió hacia sus amigas.

−Tengo que hablar con ella a solas.

Jeanie soltó las asas del cochecito y se apartó los rizos rubios de la cara.

−¿Estás segura?

−Sí −asintió Clio, resistiendo la tentación de no separarse de ellas, de hacer que siguieran a su lado−. Ya os llamaré. Cuando hayamos acabado.

Aunque sabía de antemano que no iba a hacerlo: intentarían disuadirla de llevar a la práctica el plan que se le había ocurrido en el coche, y, teniendo en cuenta su poca capacidad de resistencia, seguramente lo lograrían.

−Si estás segura, vale. Nosotras seguiremos investigando el crimen, ¿de acuerdo?

Amber le dio un beso en la mejilla.

−De acuerdo.

Clio se irguió para disfrutar de los últimos segundos antes de ver confirmadas sus sospechas. Después subió los escalones y entró en la caravana.

Olía a cera de pulir y perfume, una nueva fragancia casi amarga que D. J. le había regalado en Navidad y que ahora se ponía cada día.

−¿Nina?

Su hija no la oyó. Había salido de su habitación y estaba muy concentrada luchando con el armarito de los platos. Clio conocía aquella caravana al detalle; había vivido allí unos años, y Bez no había cambiado nada de lugar desde que ella lo dejó cuando Nina tenía cinco años. Seguía guardando los mantelitos del té en el cajón que había elegido Clio, y estaba segura de que también conservaba el edredón que le había comprado en una tienda de artículos del hogar el día antes de dar a luz.

Nina sacó una taza, que inmediatamente se le cayó al suelo y se rompió en mil pedazos.

−Mierda.

Clio iba a ir con ella, pero D. J. llegó antes, tras levantarse del sofá de la sala de estar y caminar con los pies desnudos golpeando sonoramente el suelo.

–No pasa nada, cariño, yo me encargo.

La madre se fijó en la forma en que Nina se recostó contra él, como un girasol en busca de luz. Se dio la vuelta para darles un momento de intimidad. Vio el iPad de él en el sofá. Normalmente era como si le hubiesen pegado el aparato quirúrgicamente; siempre estaba *online*, haciendo planes para la vuelta al mundo en barco que estaba empeñado en dar el año siguiente, en cuanto ahorrara el suficiente dinero.

Echó un vistazo a la pantalla, sorprendida de ver una web llamada Diccionario de Slang del Norte. Miró más de cerca. Así que, en la jerga de aquella región de Inglaterra, *scran* quería decir comer…

–Clio.

D. J. cruzó la habitación y cerró la pestaña, que quedó sustituida por una app de náutica llena de mapas del tiempo y las corrientes, que él había descubierto gracias a su madre y desde entonces se la había mostrado tantas veces a Clio que ella misma podría ser ya capitana de yate.

–Hola, D. J. ¿Ahora escribes en webs?

–Sí –rio él–. Bueno, ayudando a unos colegas. Me alegro de verte. –Le dio un beso en la mejilla.

–Y yo a ti.

Observó cómo volvía con Nina, la rodeaba con sus brazos, apoyaba la barbilla en su cabeza.

–Mamá. –A Nina le tembló la voz.

–Nina.

Se acercó, sin tocarla. En cualquier otro momento sabía cómo abrazarla, pero no aquel día; se sentía toda torpeza y dudas. Se le encogió el corazón al ver las lágrimas que corrían por las mejillas de su hija.

–¿Estás bien?

–No.

–Ya me parecía. Sea lo que sea, puedo ayudarte. Te quiero.

–Oh, mamá…

Nina se separó de D. J. y corrió a los brazos abiertos de Clio, que la olió con ansia; no era habitual que estuvieran tan pegadas.

–Te quiero –le repitió, dándose cuenta de que hacía mucho tiempo que no pronunciaba esas palabras. Sonaban demasiado serias para los breves ratos que compartían.

Su hija siempre estaba ocupada y era muy independiente. A los nueve años empezó a ir sola, caminando, al colegio; a los diez se preparaba su propio té; a los once se encargó de lavar la ropa, y a los doce ya estaba decidiendo dónde estudiaría medicina. Su primera opción era el University College de Londres.

Ahora, mientras las lágrimas de Nina le humedecían la chaqueta de punto, Clio sintió como si el corazón le estuviera creciendo en su interior, amenazando con salírsele del cuerpo.

–Estaba tan preocupada, mamá…

–Lo sé.

Clio se obligó a separarse. No tenían mucho tiempo. Si la policía llegaba a sospechar lo que había en la caseta de la playa, todo su plan se vendría abajo.

–¿Hay algo que quieras contarme, Nina?

–¿Qué? –La joven se cruzó de brazos, a la defensiva, y pareció crecerse dentro de su sudadera verde–. No.

–Venga, sentaos y hablad. Os prepararé un té. –D. J. le dedicó una sonrisa fugaz a Clio. Cogió la tetera y abrió el grifo para llenarla–. Creo que tendrías que contárselo, Nina.

–¿Qué? –Ella se lo quedó mirando, boquiabierta–. Pero ¿no habíamos quedado en que…?

–Necesitamos ayuda, cariño. –Volvió a cerrar la tapa de la tetera y se apartó los cabellos lacios de la cara–. Lo sabes.

–No puedo. –Nina se hundió contra el armarito de la cocina.

Aquella era la ocasión perfecta para que Clio la animara más a hacerlo, pero de repente no quiso aprovecharla. No deseaba ver la culpabilidad en el rostro de su hija o imaginarse el futuro que les esperaba.

Aunque lo cierto era que no tenía alternativa.

–Nina, sé lo que pasó.

–No, no lo sabes. –Ella negó con la cabeza–. No puedes. Yo…

D. J. se acuclilló a su lado, le posó una mano en el hombro.

–Cuéntaselo.

Nina tragó saliva.

–Mamá, yo…

–No pasa nada. Fuiste tú, ¿verdad? Le hiciste daño a Gary.

Clio deseó con cada fibra de su ser que Nina se echara a reír, que la acusara de haberse vuelto loca, que le dijera que se equivocaba. Pero sabía que su hija había estado el día anterior en la caseta, comprobando el tejado. Y también sabía que el trofeo encontrado por Jeanie era de ella.

–Díselo, cariño. –D. J. la besó en la mejilla.

Nina se dejó caer hacia delante.

–Yo no quería, mamá.

Clio asintió. En el fondo ya lo sabía, era una verdad espinosa e inevitable, como el saber que estaba perdiendo la memoria o, en su momento, que Gary ni tan siquiera simulaba cumplir sus votos nupciales.

–Fue horrible. –Nina hundió la cabeza en las manos.

–¿Puedes contarme qué pasó?

–No. –Y el llanto hizo que le temblaran los hombros.

Clio la abrazó de nuevo, fuerte. Tenía que saberlo todo, cada detalle, cada movimiento. Se levantó.

–Bueno, entonces tendré que buscar las galletas, a ver si ayudan.

Fue hacia la cocina; no quería que su niña le viera la cara. Esta vez la protegería. Y por fin iba a hacer algo bien.

Se apoyó en la encimera roja, pensando en la pequeña Nina gateando con su pequeña pala, mirando las piedras de dentro de un estanque, siempre intentando entender el mundo que la rodeaba. Vio a Bez subiéndola a caballito por el camino del acantilado y cubriéndola con la manta en la cama, donde ella se acurrucaba con el estetoscopio de plástico que se había convertido en su juguete preferido.

–Quiero ayudarte.

Vació un paquete entero de galletas de chocolate en un plato y se sentó al lado de Nina. Y poco a poco, indecisa al principio, su hija empezó a hablar.

Capítulo 24

Gary

18:30 h. Nueve horas antes de morir

A las seis menos dos minutos, lo único que Gary había conseguido en su búsqueda por la casa era un par de candelabros de plata
y un regalo de Agent Provocateur que le había hecho a Denise y
que debía de valer unas doscientas libras, si recordaba bien. Marg
y la porra que se rumoreaba que llevaba cosida en la manga de su
elegante abrigo azul marino no iban a quedarse muy contentos
con eso, seguro. Pero daba igual: Gary acababa de recordar dónde
debía de estar lo valioso de verdad.

Salió de casa sin decirle a Denise adónde iba –«No tengo tiempo»–, centrado únicamente en hacerse con aquella maldita cosa.
Fue casi corriendo por la calle mayor, cruzándose con adolescentes que trasegaban sidra y cerveza y reían mientras se
preparaban para ir de bares; vaya cabroncetes suertudos. Giró
a la izquierda en The Codfather y corrió por un callejón, pasando junto a contenedores que olían a pescado podrido, hacia la
playa.

Al llegar a las piedrecillas las suelas de las botas crujieron
mientras avanzaba apresurado hacia la hilera de casetas que
había a medio camino del acantilado. Ahí estaba la de Clio, con
sus irritantes colores del arcoíris y la puta ristra de lucecitas que
le gustaban como si aún fuese una niña pequeña. Corrió hacia
el lugar, sin apenas aliento. Entonces le pareció oír pasos a su
espalda, como si alguien lo persiguiera, y cayó de rodillas ante
un árbol viejo, mientras el miedo hacía que el corazón le latiera
como un martillo pilón. Asomó la cabeza; solo vio a una pareja
de mediana edad que paseaba por la playa con chubasqueros a

147

juego, las manos en los bolsillos del otro, abrazados para protegerse del viento.

Exhaló hondo y siguió hasta la caseta, donde levantó la lechuza de cerámica para coger la llave que Clio insistía en dejar fuera a pesar de que ahora aquel lugar tenía cierto valor; desde que los millonarios habían empezado a colonizar el sur del pueblo, se morían por esos cubos mohosos sin calefacción pero con vistas al mar. Clio podía vender la suya perfectamente, solucionar los problemas de dinero de Nina y pagarle la universidad para que estudiara cualquier carrera inútil que le viniera en gana. Pero no: insistía en su valor sentimental y se aferraba a ella, a la vez que tenía los santos arrestos de acusarlo a él de arruinarle la vida a su hija. Suspiró; si todos fuesen pragmáticos como él, el mundo iría mucho mejor.

Levantó la última maceta. La llave no estaba.

—¡Joder!

Se llevó las manos a la cabeza. ¿Es que aquel día no iba a salirle bien nada? Se apoyó contra la puerta y escudriñó la oscuridad en busca de Marg y su matón, que tenía unos bíceps más grandes que la cabeza de Gary.

La puerta cedió. Gracias a Dios. Entró a tientas, mientras sus ojos se adaptaban lentamente a la mínima luz. Aquel lugar era más grande de lo que recordaba. Empezaba a recuperar el aliento cuando una silueta emergió de la oscuridad.

—¡Mierda!

Cogió lo primero que encontró: el enorme flamenco rosa hinchable que Clio había insistido en traerse de su luna de miel y que, como era de imaginar, había dejado allí para no volver a cogerlo nunca. Lo blandió de forma tan amenazante como pudo.

—No se mueva. Tengo un arma.

—¿Gary?

Alguien dio un paso adelante. Pelo oscuro. Cara con forma de corazón. Voz desafiante.

—¿Nina? —Dejó caer el flamenco y sintió cómo la impaciencia se adueñaba de él—. Tengo prisa, ¿vale?

Siguió buscando el puto anillo. Ya eran las seis pasadas; Marg iba a ir a por Gary. Cuando aceptó prestarle el dinero, pareció de lo más inofensiva, aunque, claro, en aquel momento él estaba seguro de que podría devolverlo, de que solo era una chapucilla temporal. Pero ahora recordó la fiereza en el brillo de los ojos grises de la anciana, la fina línea que formaban sus labios pintados de un rojo exagerado mientras le explicaba las condiciones, las menciones como quien no quiere la cosa a los horrores que le esperaban si la decepcionaba.

Había oído historias, claro. Todo el mundo conocía a Marg. Gary había oído sobre lo que les hacía a los bobos que se atrevían a no pagarle: lo más habitual eran piernas rotas, aunque también hubo uno que apareció con el cuerpo trufado de quemaduras de cigarrillo. Aunque ahora Marg vapeaba. ¿Era posible quemar a alguien con uno de esos trastos? Seguro que Marg sí sabría cómo hacerlo.

Posiblemente él iba a ser el próximo en averiguarlo. Le temblaban las manos. Joder con Clio; era típico de ella guardar el anillo en esa caseta destartalada en vez de en un cajón como una persona normal. Se arrodilló, escarbó con las manos, examinó con la vista. Había una plancha suelta en el suelo, ¿verdad?

—Sabes que esto es allanamiento, ¿no?

Nina tenía en la mano una botella de vodka medio vacía. Se tambaleaba ligeramente con sus botarrones negros. Estaba bebida. Gary siempre supo que acabaría descarriándose, ¿cómo no, con una madre como Clio? Ahora la joven cogió la linterna que estaba allí posada desde el principio de los tiempos y dirigió el haz de luz a la cara de él, que alzó una mano para protegerse la vista. Vio los grandes anillos en los dedos de ella mientras le echó otro trago a la botella. Parecía tan agresiva como si de repente le hubiesen salido pinchos en la piel. Tenía los ojos de su madre, todo rabia y acusación. Gracias a Dios que Gary se había sacado a las dos de encima.

La chica volvió a hablar.

—¿Qué haces, Gary?

—Estoy buscando algo. Obviamente.

Alguien rio fuera de la caseta y él sintió una punzada de terror. Tenía que controlarse. No podía ser Marg. Marg no sabía reír.

–¿Qué es lo que buscas? –Nina adelantó la mandíbula–. ¿Esos Speedos horribles que llevabas siempre?

–No.

Por Dios, ¿es que no podían dejarlo en paz?

–¿Aquel sombrero mexicano que te creías que molaba?

–No.

Gary siguió buscando. Por unos segundos pensó en rezar, pero ya era un poco tarde en su vida para empezar con esas cosas.

–O quizá aquel bikini horroroso que le compraste a mamá y después le dijiste que la hacía parecer gorda.

Nina se cruzó de brazos.

–Sí que la hacía parecer gorda.

–Joder, Gary, ¿es que no tienes vergüenza?

–Joder, Nina, ¿es que nunca cierras el pico?

La botella volvió a inclinarse. Otro trago.

–No. –Ladeó la cabeza–. No cuando alguien como tú intenta robarle a mi madre.

–No estoy robando nada.

–No lo has robado porque no lo encuentras.

Nina sonrió, claramente orgullosa con sus ingeniosas réplicas. Él ni se molestó en contestar.

–Dios mío. –La voz de ella subió un tono–. Has venido a por el anillo, ¿verdad? El anillo de mamá. Pues ni siquiera está aquí. –Y se echó a reír.

–Qué sabrás tú.

Gary se giró y se abrió paso hasta una pelota de playa deshinchada en la esquina opuesta. Tenía que estar allí; la alternativa era demasiado horrible. Abrió una bolsa de plástico de una tienda, pero solo cayó un viejo juego de cróquet de plástico. Se le estaba acabando el tiempo.

–Eres un mierda total, ¿vale? –le dijo ella.

Él contraatacó desviando el golpe.

–Y tú, una borracha.

–He venido a arreglar el tejado, Gary, y he encontrado por casualidad dónde esconde mamá el vodka. –Soltó un hipido–. Y si estoy borracha, tengo una buena razón: alguien me ha robado todo mi dinero.

Nina fue hacia él, deteniéndose solo para evitar golpearse la cabeza con una viga baja, y se le plantó delante con los brazos en jarras. Había crecido desde la última vez que Gary la había visto. También tenía los hombros más anchos. Y parecía más salvaje, más descarnada, desesperada.

Él se estaba quedando sin alternativas. Marg lo encontraría allí, de eso estaba seguro. Ya habría encargado a alguien que lo buscara.

—Nina, aparta. Si no lo encuentro voy a…

La chica lo señaló con un índice acusador.

—Tú a mí no me das órdenes. —Otro hipido—. Y menos después de lo que has hecho.

—¿A qué te refieres? —Gary había aprendido a fingir ignorancia siempre; le daba pie a más tarde fingir inocencia.

—Déjate de chorradas. Sabes muy bien lo que has hecho.

—Lárgate ya, Nina.

Sacó el móvil para ver la hora. Tenía tres llamadas perdidas, todas del mismo número anónimo. Empezó a escuchar el primer mensaje, por si Marg hubiese decidido apiadarse y darle más tiempo: «Gary, ¿en qué coño te has metido? Johnny no me deja en paz y…».

Colgó. No tenía tiempo para eso. El tiempo seguía pasando y estaba bien jodido. ¿Dónde estaba el puto anillo? Miró a su alrededor y solo vio telarañas y trastos y cubos y una vieja bandejita del té que le decía que «nunca tires la toalla… a menos que sea en la playa».

No, aún no tenía intención de tirar la toalla. Al levantarse vio que tenía a Nina tan cerca que podía oler el alcohol en su aliento.

—Me has robado mi dinero, Gary. —Volvió a levantar la botella—. Sabes lo mucho que quiero ser doctora, cuánto he estudiado. Pero eso no te importa una mierda, ¿verdad?

La forma en que lo miraba, con la cabeza a un lado y rizos oscuros enmarcándole el rostro, le recordó a Clio. Ahora también Nina intentaba fastidiarle la vida. Pero no iba a dejarse. Se iban a enterar todos. Un día escribirían libros sobre él. Un día sería un *hashtag*. Entonces verían.

—Yo no fui, Nina. Tu madre…

—No me mientas. —El aliento de la chica le llegaba a andanadas—. ¿Cómo has podido? —Alzaba la voz cada vez más. El rímel le corría por las mejillas.

Gary tuvo que hacer un esfuerzo para no apartarla de un empujón. Estaba claro que le habían subido las hormonas. Miró frenético a su alrededor: ¿dónde diablos estaba el anillo?

—Devuélvemelo, Gary. —A Nina le brillaron los ojos—. Ya.

Nunca se había fijado en lo estridente que podía llegar a ser su voz.

Era el momento de arrebatarle el control de la situación.

—Basta, Nina. No tuve alternativa, ¿vale? Clio dejó Looking Goode en un buen lío. Nunca fue muy buena con los números.

—Ni te atrevas a echarle la culpa a mamá.

—¿Por qué no? Todo esto es culpa suya.

—No; es culpa tuya por ser un cabrón egoísta. —Gary encontró la tabla suelta que buscaba. Se acuclilló y tiró hacia arriba—. ¡Devuélveme mi dinero, Gary!

Estaba claro que Nina tenía alguna especie de problema mental. Él metió la mano en el compartimento bajo la tabla, esperando dar con una cajita. Nada. Tanteó más.

—¿Y tú que haces aquí? ¿Has quedado con algún chico?

—No. —Pero Gary notó un deje de duda. Había tocado hueso. Diana—. Ya te lo he dicho: mamá me pidió que viniera a ver cómo está el tejado.

—¿Y el vodka te ayuda a verlo?

—No, pero ayuda con todo lo demás, como que me hayan robado mi dinero.

Él volvió a comprobar el compartimento, esta vez iluminándolo con la linterna del móvil.

Nada.

El puto anillo no estaba allí.

Gary estaba jodido.

Seguía en cuclillas; su cerebro intentaba tener otra idea, encontrar otra solución. A lo mejor el flamenco valía unas pocas libras…

Se sentó en el suelo y se cubrió la cara con las manos. A saber qué iba a hacer Marg cuando lo encontrara. Sintió cómo la ira se acumulaba en su interior; la tensión de aquella mierda de día empezaba a poder con él. Puta Nina. Puta vida. Puta suerte.

–¿Sabes qué? No tienes ni idea de la presión a la que estoy sometido. Solo intento mantener Looking Goode a flote. Lo he probado todo: préstamos, sablear a viejos amigos, encontrar clientes nuevos…, hasta le he pedido dinero a una prestamista. Me estoy dejando el culo en esto. Es duro.

–¿Ah, sí? –Nina negó con la cabeza–. ¿Tan duro que le has tenido que robar a una adolescente?

A la mierda. Era demasiado idiota para entenderlo. Al levantarse sintió un espasmo en la espalda.

–¡JODER!

–Pobre Gary –dijo ella con tono burlón.

Él la miró fijamente.

–¡Cállate, Nina! ¡Cállate, joder!

–No, cállate tú. –Ahora temblaba y tenía el aliento entrecortado. Su odio era casi sólido, podía palparse en el aire, podría servirse de almuerzo de domingo con puré–. Ya me dijo mamá que eras así, que nunca te hacías responsable de nada.

Algo se rompió en su interior. No hacía más que responsabilizarse de todo, pero no se lo reconocían. Ni Nina, ni el puto Johnny, ni Clio. Que se fueran al carajo. Él era Gary Goode; si le daban una oportunidad podía cambiar el mundo.

–¡No hay nadie más responsable que yo! –rugió, haciendo que Nina diese un paso atrás. Y eso lo hizo sentirse poderoso. Fue hacia ella–. Yo lo pago todo: los contratos, los empleados, la casa. Hasta te he mantenido a ti durante años a pesar de no ser hija mía.

Pero Nina no se arrugó. Se cuadró ante él.

–Si te refieres a comprar *fish and chips* algún viernes que otro y a soltarme alguna vez un billete de cinco libras, sí, buen trabajo, padre adoptivo.

–Bastante suerte que tuviste. –Gary no estaba dispuesto a malgastar energías para consolarla–. Y, desde luego, lo hice mejor que tu verdadero padre.

Ver la furia en la cara de ella le alegró el corazón.

–Mi padre es un tío genial –replicó, pero le tembló la voz.

–¿Bez? –Se rio–. ¿Genial? ¿Tan genial que no es capaz de pagarte la universidad?

–Eso no es justo. Tiene que encargarse del *camping*, y…

–Lo que ha hecho con el *camping* es hundirlo.

Nina le mostró los dientes, amenazadora.

–Tú no lo conoces. No te atrevas…

–Venga ya. Bez no tiene ni un hueso de listo. –Hizo un ruidito de desprecio–. Siempre ha sido un idiota y siempre lo será. Por eso no tiene ni un penique, te haya dicho lo que te haya dicho.

–No es verdad. Para de decir eso de mi padre. No tienes ningún derecho a hablar así de él.

Nina se inclinó hacia delante. Ahora tenía algo en las manos. Algo de plata.

Nada de eso le importó a Gary. Era un hombre al que ya no le quedaba nada que perder. Desencadenado. Libre.

–Tu padre es un vago y tu madre, una inútil. Por eso no tenéis nada.

–No es cierto. Son…

–Inútiles. Los dos. No se merecen ni el espacio que ocupan.

Ver la cara de furia de ella le proporcionó un placer salvaje.

–No digas eso.

–Digo lo que me da la gana. Ah, y tú has salido a ellos. Eres una adolescente patética en una caseta de playa con una botella de un vodka de mierda. Mejor que no puedas ir a la universidad; tampoco querrían tenerte allí. Nunca vas a ser doctora, no eres lo bastante buena. No eres nada, Nina. Nada. Igual que tus padres.

Se dio la vuelta y se dirigió a la puerta. Quizá pudiese huir, robar una barca, llegar a Francia como fuera, nadando…

Tenía que intentarlo. Pero apenas alcanzó la puerta cuando algo lo detuvo. Algo lo golpeó en la cabeza, tan fuerte que lo hizo caer hacia delante, contra el camino arenoso de fuera; tan fuerte que ni podía ver. Tampoco oyó el gritito de terror de Nina. Lo único que sintió mientras caía fue el dolor.

–Mierda.

Se le cerraron los ojos y el mundo entero se volvió negro.

Capítulo 25

Clio

–¿Lo ves, mamá? Fui yo. Yo maté a Gary.

Oír esas palabras fue peor para Clio de lo que esperaba, como si un camión hubiese chocado contra su alma. En su mente se proyectó una poco útil filmación, *Momentos con Nina*: con cinco años, rodando por el suelo con su hámster, James Bond, premio de consolación cuando Clio dejó a Bez; con ocho, relamiéndose mientras aniquilaba totalmente su pastel de cumpleaños; y todas las Ninas siguientes, acurrucada en el sofá, pensativa, hecha un ovillo, indignada, estudiando, comiendo, preguntando, pasándose un dedo por un rizo.

–No pasa nada. –Clio la abrazó fuerte–. Todo irá bien.

–Lo siento, mamá. –El puf hizo ruido al arrimarse Nina aún más a ella–. Estaba muy alterada y furiosa, y él se puso a hablar tan mal de ti y de papá… No recuerdo haberle tirado el trofeo, pero tuve que ser yo: sí, recuerdo haberlo cogido, y después ver cómo Gary caía ante mí. Y allí no había nadie más; D. J. estaba liado en el trabajo, y… –Empezó a sollozar de nuevo–. Dios mío, ¿qué voy a hacer?

D. J. se acuclilló a su lado.

–Ojalá hubiese llegado antes. Justo cuando iba a salir me tocó limpiar a presión y después comprobar los guardabarros y… –Agitó la cabeza–. Perdona, eso no importa. –Le acarició el pelo–. Pero eso, que ojalá hubiese estado ahí.

–Y yo.

A Nina le temblaron los labios mientras giraba la cabeza para besar a su pareja. Clio intentó hacer como si no estuviese con ellos; cosa difícil, estando los tres tan cerca. Después la chica hundió la cabeza en el hombro de su madre.

–Se acabó, ¿verdad? Se ha acabado mi vida. En la cárcel no hay Selectividad. Ahora ya nunca seré doctora.

–No se ha acabado. Nunca se acaba nada. –Le acarició el pelo, decidida a conservar el momento en la memoria para el tiempo de separación que les esperaba–. Te lo prometo.

–¿Y eso cómo puedes saberlo tú? –Nina la miró a la cara.

–Lo sé, eso es todo. –Clio se encogió de hombros. No podía compartir con ellos su plan. Le plantó un beso en la coronilla–. Sé que serás doctora, y la mejor que haya existido nunca.

–¿En serio? –Su hija se abrazó aún más fuerte a ella.

–En serio. –Estaba decidida a mostrarle lo muy querida que era–. Eres mi mejor sorpresa, eres mi sol. Voy a asegurarme de que tus sueños se hagan realidad. Y nada de esto ha sido culpa tuya, ¿vale?

–Pero yo lo maté. –Nina se echó a temblar–. ¿Qué voy a hacer, mamá?

Ahí estaba: la pregunta que Clio llevaba un rato temiendo.

A D. J. le sonó el móvil. Se lo sacó del bolsillo y miró la pantalla.

–Mejor que conteste. Es mi jefe.

Fue hacia la ventana. Escuchó, se quedó quieto, apoyó su peso en un pie y después en el otro, apenas habló. Cuando colgó, tenía la cara oscura como los nubarrones de fuera.

–Lo siento mucho, pero tengo que irme a trabajar. Un compañero está enfermo. No dejes que Nina haga nada, Clio. Tiene que haber otra solución. –Volvió a arrodillarse junto a su pareja–. Vuelvo lo antes que pueda, ¿te parece?

–Genial. –Le dedicó una sonrisa de compromiso–. Me parece genial.

D. J. le devolvió la sonrisa y se inclinó para besarla.

–Aún vamos a convertirte en toda una chica de Manchester.

Nina hizo un ruido entre un sollozo y una risita mientras él iba hacia la puerta y después se acurrucó contra su madre y posó la cabeza en el hombro de ella.

–Trabaja mucho. Es tan… –Alzó la voz–. Dios mío, no volveré a verlo nunca, ¿verdad?

Clio negó con la cabeza.

–No te va a pasar nada, Nina. No mientras yo tenga algo que decir.

Su hija le sollozó en el hombro.

–Pues debes de tener una varita mágica.

–Quizá sí que la tenga. –Y le besó una sien mientras pensaba a toda velocidad.

–¿Puedes contarme una historia, mamá? Como cuando era pequeña. Me gustaría escuchar una antes de... –soltó un suspiro de miedo–... de que se me lleven.

Clio negó con la cabeza.

–Eso no va a pasar. Te lo prometo. Además... –Deseaba hacer que su hija dejara de temblar, volver a pintarle el mundo en tecnicolor–. Además, seguramente tú no mataste a Gary. Llegó hasta aquí, ¿no?

Nina se secó los grandes y bellos ojos marrones en la falda larga azul de Clio. Se llevó las manos temblorosas al collar que le había hecho Clio cuando cumplió diez años, retorciendo las cuentas rojas y azules una y otra vez en el hilo negro trenzado. Se sentó recta y apoyó la cabeza en la pared que tenían tras de sí.

–D. J. y yo hablamos de cómo llegó Gary a tu caravana. Creemos que debió de perder el sentido un momento y después fue como pudo, dando tumbos, se cayó y... se acabó.

Clio frunció el ceño.

–Pero ¿para qué iba a querer venir aquí?

–Pensamos que me buscaba a mí. –Tragó saliva–. Para vengarse por lo que le hice. –Ahora temblaba más fuerte–. Pero no tuvo la ocasión.

Miró fijamente a su madre. Necesitaba que la calmara, que le encontrara una salida.

–Pero... –Clio se detuvo en cuanto comenzó la frase; Nina no podía saber lo que había decidido–... no lo hiciste queriendo, fue en defensa propia.

–¡Aun así, lo maté yo!

A Clio se le encogió el corazón. Una distracción, eso era lo que necesitaba su hija.

–Así que una historia, ¿eh?

–Sí, por favor. –Curvó un lado de los labios hacia arriba–. Una de Nina la Superheroína.

Clio rio.

–¡Todo un clásico! Vale, ahí va. Érase una vez…

Sabía que quizá sería la última que le contara. Habló, mientras la respiración de su hija iba recuperando el ritmo normal, tejiendo relatos de Nina la Superheroína, que salvaba una y otra vez al mundo, hasta asegurarse de que la niña se había quedado profundamente dormida. Entonces se separó de su superestrella de diecisiete años y fue hacia la ventana. Contempló el mar, allá abajo.

Era el momento.

–Clio. –Bez le posó una mano en el hombro.

–Ah, hola. –No lo había oído llegar.

Se sorprendió cuando él la cogió y se la acercó como si fuese a besarla y le rozó una mejilla con la mano. Olía a especias y a aceite de coche, como siempre. La miró fijamente y Nina vio la mínima cicatriz en la mandíbula de él, recuerdo de su encuentro con un perro alsaciano el día antes de que naciera Nina. Tras sus gruesas gafas negras tenía los ojos repletos de algo nuevo y familiar a la vez.

–Clio, me siento tan… –Dio un paso adelante. Ella, a su vez, dio otro atrás, y señaló con la cabeza a su hija, que seguía durmiendo–. Clio. –Él le pasó suavemente un pulgar por la mejilla. ¿Qué le había dado?–. Me alegro mucho de verte. ¿Estás bien?

–Sí, bien.

La mentira le salió automáticamente. No estaba bien ni mucho menos. Estaba poseída por la clase de miedo que te paraliza si lo dejas asentarse en ti. Tenía que actuar rápido, y de inmediato, o se convencería a sí misma de no hacerlo. Se llevó una mano a la frente y sintió las sienes tensas, señal de que se acercaba una migraña.

–Gracias a Dios que te han soltado.

Bez dudó un instante y después volvió a tirar de Clio hacia sí, con un movimiento que a ella le trajo recuerdos de discotecas juveniles de suelos pegajosos y besos aún más pegajosos, del olor del ron con cola, de hacer manitas con Bez, que ahora le había cogido de nuevo la mano entre sus grandes palmas y la miraba a los ojos, casi como si fuese a besarla.

159

Algo se iluminó en la mente de Clio, pero desapareció antes de que viese qué era.

–¿Es que tengo algo en la cara?

–No.

Bez sonrió y volvió a inclinarse sobre ella.

¿Qué diablos estaba pasando? Hacía más de una década que no tenían los rostros tan cerca. Clio necesitaba una salida.

–Me muero de hambre.

–¿De hambre?

Puso cara de decepción. Mientras, ella pensó que sería su última comida.

–Sí, sí, de hambre.

–Ah. Vale.

Bez se apartó y se llevó la mano a la frente, sin decir nada. Clio quiso romper el silencio.

–Ya ves: no puedo entrar en mi propia caravana. –Señaló hacia la escena del crimen tras ella, la cinta, los mirones, la policía que, con sus uniformes oscuros, registraba el lugar de rodillas–. Así que me preguntaba si…

–Claro. –Él dirigió la mirada hacia la bolsa de un *takeaway* que había dejado junto a la puerta, y que tenía el logo de The Codfather que tanto les gustaba a los dos–. ¿Unas patatas?

–Eres mi salvación. –Abrió la bolsa y buscó con mano torpe la bandeja de plástico, tantas eran sus ganas de llevarse la comida a la boca–. Dios mío, esto es el Paraíso. –Cogió más y se apoyó en el alféizar de la ventana, disfrutando de cada bocado blando, salado y avinagrado.

Cuando acabó, soltó un suspiro largo tiempo contenido.

–Gracias.

Él se colocó a su lado. Demasiado cerca. Y, de nuevo, demasiado expectante.

Le dio un golpecito cariñoso.

–Siempre te han gustado las patatas.

–Sí.

Lo miró. Una nueva imagen fragmentada acudió a su mente: risas entre las olas, manos unidas.

Pero Clio no tenía tiempo para eso. Debía averiguar si él sabía lo que había hecho su hija.

–Bez…

–Clio…

Los dos rieron.

–Tú primero, Bez.

–Vale. –Se comió la última patata–. Anoche fue divertido.

–¿Por qué? –Lo miró, extrañada–. ¿Qué hiciste?

–Ya sabes lo que hice. –Hizo una pausa y se levantó el puente de las gafas, como hacía siempre que lo cogían por sorpresa–. Yo…

–¿Sí?

–¿No te acuerdas?

–¿Acordarme de qué? –Se lamió la sal de los dedos.

–¿En serio? –Bez se la quedó mirando con una expresión extraña, como un globo desinflándose–. ¿No recuerdas nada?

Ella notó que empezaba a ponerse a la defensiva. No quería que también él le hablara de sus olvidos.

–¿De qué?

–Oh. –Él pestañeó pesadamente–. Vaya. ¿Nada?

–No. –Clio se encogió de hombros–. Perdona si hice algo que te molestara. Estaba muy bebida. Salí de la caravana a tomar el aire, pero a partir de ahí no recuerdo nada.

–Pero…

–Para, Bez. –Alzó una palma. Tenía que decírselo. Ya–. Nina acaba de contarme una cosa…

–¿Nina?

–Ella…

–¿Sí?

Clio pensó en el trofeo, tirado, esperando a ser descubierto. El tiempo seguía pasando. Se obligó a seguir.

–Estaba con Gary. Cuando… se hizo daño. En la caseta.

–¿La caseta de la playa? –Se puso a retorcer su servilleta–. ¿Qué? Pero él estaba aquí, ¿no? –Dudó–. Lo encontraron aquí.

–Sí, pero Nina… le tiró su trofeo. Ese que dejó en la caseta porque era tan feo pero en realidad estaba orgullosa de haber ganado. El de matemáticas.

—¿Qué? —Él volvió a parpadear con fuerza—. Espera. ¿Me estás diciendo que ella lo mató? ¿Te has vuelto loca?

—Ojalá. Me lo contó ella. Todo.

—Nina no haría algo así. —Negó con la cabeza—. Ni hablar.

—Normalmente no. Pero Jeanie encontró ahí el trofeo, y yo le pregunté a Nina qué había pasado. Me lo contó todo: le tiró el trofeo a Gary, le dio, y ahora está muerto.

—No. —Bez empezó a caminar en círculos.

—Sí. —Clio tenía que ir aligerando—. El trofeo sigue ahí, con la sangre de Gary, y tienes que librarte de él. Limpiarlo. Esconderlo. Tíralo al mar si es necesario, ¿vale? Que nadie sepa nunca lo que ha hecho nuestra hija.

—Pero… —Empezó a elevar la voz, claramente presa del pánico.

—Bez. —Ella intentó mantener un tono tranquilo—. Esta es una de esas veces en que tienes que actuar. Como cuando yo iba a dar a luz en aquel *burger* y tú me llevaste al hospital, ¿recuerdas?

—Pero encubrir un crimen es un poco diferente, ¿no crees?

—No. —Clio negó con la cabeza—. Bueno, sí. Pero nosotros cuidamos de Nina. Tenemos que hacerlo. Y no puede esperar, Bez. Tienes que ir ya. Lavar toda la caseta con lejía. Hacer desaparecer el trofeo. Tirarlo al mar. Así Nina estará a salvo, ¿vale?

Él seguía en estado de *shock*.

—Pero eso…, la policía… ¿Cómo pasó?

—Gary estaba en la caseta, buscando el anillo de mi abuela; el muy cabrón quería venderlo. Nina también estaba allí, borracha. Muy borracha y muy furiosa. Y, claro, Gary empezó a meterse con ella. Esa era su especialidad, ¿no?

A Bez se le dibujó la ira en el rostro.

—Ese hijo de puta. Voy a…

—Es un poco tarde para hacerle nada. —Clio se interpuso ante él, no dejándole otra alternativa que escucharla—. Bez, ya está hecho. Pero no podemos dejar que eso le arruine la vida. Nina se merece más. Se lo merece todo. Lo harás, ¿verdad? Vas a librarte de las pruebas. Por Nina.

Silencio. Típico de Bez. Cuando otros se echarían a gritar, él se preparaba muy lentamente una taza de té. Cuando otros llamarían a emergencias, él se pondría a buscar con parsimonia un termómetro en los cajones.

Al final habló.

–¿Y qué harás tú mientras tanto?

–¿Yo? –Clio notó que su decisión ahora era férrea–. No te preocupes por mí. Haré lo que tengo que hacer.

Y se echó a temblar. Bez la abrazó; ella absorbió su calidez, su fuerza. Inhaló y exhaló. Un momento más. Solo un momento.

Entonces miró al hombre que quería a Nina tanto como ella misma. Se fijó en sus grandes ojos marrones, su pelo negro corto, el tatuaje de una clave de fa que se curvaba en la base de su cuello, su piel oscura contra el polo blanco.

Le dio un golpecito cariñoso.

–¿Sabes lo más divertido? Jeanie estaba convencida de que el asesino eras tú.

Y ahí estaba: la profunda y rugiente risa de Bez, que le empezaba en el estómago y se extendía por el mundo entero.

–¿Quién, yo?

–Sí.

Por un segundo a él le brillaron los ojos.

–De haber sido yo, no habría dejado pistas.

–Buen argumento.

Pero era hora de que Clio se fuera. Se forzó a ponerse en pie, y él extendió el brazo para ayudarla; la cogió de la mano y no la soltó.

–¿Adónde vas?

–Tengo que hacer un recado. –Le apretó los dedos–. Vas a cuidar de ella, de nuestra niña, ¿verdad?

Él se acercó y posó los labios en los de Clio, que se sorprendió a sí misma devolviéndole el beso, apretándose contra él, dejándose ir. Pero entonces se dio la vuelta y empezó a alejarse. Sabía lo siguiente que debía hacer, y sabía que no tenía alternativa.

Debía proteger a Nina.

Debía entregarse a la policía.

Capítulo 26

16:30 h. 5 de febrero de 2023

**@Clio a @Nina Te quiero, mi niña. No te
preocupes por mí. Vende el anillo y ve a la uni
como tenías pensado. Te quiero. Mamá xxx**

17:30 h. 5 de febrero de 2023

@SaveClio

AMBER: Ha confesado. Clio. Joder. POR QUÉ!?

AMBER: Por qué no contestas al móvil, Jeanie?

JEANIE: 🦢 🦩 🦩

AMBER: WTF?

JEANIE: 💩 💩 💩 💩 💩 💩 💩

fffffffjjjjjjTTTTTT

AMBER: Te has inventado un código secreto y
no me lo has dicho? HAY ALGUIEN AHÍ!?

AMBER: Por qué no nos consultó antes? Y ha
renunciado a un abogado. AAARRRGGGHHH.

AMBER: Jeanie?

AMBER: JEANIE

JEANIE: 😛 😛 😛 😛 😛 😛 😛 😛 😛

AMBER: Dios! Son los mellizos, no? TIENEN TU MÓVIL.

AMBER: Joder.

JEANIE: 🍵 🐓 xxxxxxxxxjjjjjjlllllllll

AMBER: Joder, estamos intentando resolver un asesinato.

JEANIE: Lo siento, lo siento. Tenían mi móvil. Qué hacemos?

AMBER: Hablar con Nina. Ver qué pasó.
Encontrar al verdadero asesino. Fácil.

JEANIE: Si tú lo dices.

AMBER: Lo tendremos para la hora del té.

JEANIE: O para la cena. Me llamas más tarde?

AMBER: Ok. 🔥💪

Capítulo 27

Amber

Amber estaba furiosa del todo, pero aquel no era el momento de mostrarlo. Típico de Clio: siempre creía que tenía que elegir la opción dramática, aunque no tuviese el menor puto sentido. En vez de acudir a ella, una policía de verdad con experiencia de verdad, antes de ir a confesar un crimen que no había cometido, prefirió actuar por su cuenta. Sin contarlo, sin discutirlo; simplemente hizo lo que le dictaba el corazón, a pesar de que durante los últimos cuarenta y cinco años eso no la había conducido absolutamente nunca a nada bueno.

–No puedo creerme que lo haya hecho. –Nina le había llenado de lágrimas su chaqueta de cuero preferida hasta que ella tuvo que alejarse para secar los platos en un intento tardío de salvarla–. Por mí.

Amber sí que se lo podía creer, desde luego. Era ciento por ciento Clio, como abandonar al padre de su hija, que de verdad se preocupaba por su cuidado, por una sucesión de hombres que la trataron como la mierda.

Acabó con los platos y empezó con el fregadero de Bez. Buscó la lejía entre el lío de botellas del cajón grande de abajo, pero solo encontró vinagre. Tendría que bastar. Inundó con ella la superficie esmaltada y empezó a fregar.

–Todo es culpa mía. –Nina no podía parar de hablar–. Estaba tan borracha que se me fue la bola. –Cerró los ojos. Las manos le temblaban mientras se llevaba una tostada a la boca–. Gary intentó darme lástima, se enrolló con eso de que mamá había dejado la empresa hecha un caos; dijo que hasta tuvo que pedirle dinero a una prestamista.

Amber se detuvo, esponja en mano, el vinagre haciéndole arder un corte que se había hecho en el pulgar pasando páginas.

—¿Una prestamista?

—Sí.

Interesante.

—¿Mencionó algún nombre?

—No.

Amber siguió limpiando. Seguro que era Marg. Siempre era Marg. Llevaba una furgoneta de acampada, era la campeona de surf del sur de Inglaterra en la categoría de más de setenta años, coleccionaba cobayas a los que daba nombres de personajes de los Simpson (a ella misma la había mordido Lisa III durante una investigación especialmente larga). Era el centro de la vida criminal de Sunshine Sands, y sin embargo era tan prolífica con sus donaciones que hacía poco le habían concedido un premio a su labor caritativa. Al jefe de policía eso último lo puso tan furioso que llegó a usar por vez primera la tarjeta del gimnasio que le había regalado su esposa años atrás y se hizo daño pasándose con la cinta de correr. Amber le dio el toque final al desagüe. Ahora que lo pensaba, recordó que Marg había estado en la escena del crimen, y eso le dio una buena idea. Una pista. La primera pista sólida que encontraba.

—¿Cómo vamos a ayudar a mamá?

Nina casi se había acabado la caja de clínex que le había traído ella.

—No lo sé, cariño. —Bez le apretó la mano.

Amber volvió a desear que él y Clio no se hubiesen separado. Había sido muy feliz con él, por entonces se sentía muy segura de sí misma. Pero, claro, necesitaba más drama, y la sedujo un director de teatro al que le gustaban las camisas extremas y que tenía una capacidad incomparable de cantar en falsete.

—Pero es lo que ella ha elegido. Quería que estuvieras protegida.

—¡Pero no quiero que cargue con mi culpa! —La joven habló con voz entrecortada por los sollozos—. Tengo que ir a la comisaría. Ahora mismo. —Se levantó y cogió su chaqueta tejana. El rímel le corría por las mejillas. Parecía una niña de trece—. Voy a entregarme.

—¡No! —exclamaron los otros dos al unísono.

Amber negó con la cabeza.

—Eso es lo peor que podrías hacer en este momento, Nina. No tienes que llamar la atención, ¿vale? —Se secó las manos con una de las muchas servilletas del té con la cara de Bob Marley—. Bez, tú ya te has encargado de las pruebas, ¿verdad? —Para su sorpresa, descubrió que había disfrutado al pronunciar esas últimas palabras; daba gusto no seguir las reglas, portarse mal, rebelarse.

—Sí —asintió él—. Nadie volverá a encontrar ese trofeo.

—Bien. —Amber tomó aire—. Nina, ahora solo tienes que esperar a que Jeanie y yo resolvamos esto y saquemos a Clio de la cárcel. Solo tengo que hacerte una pregunta; después te dejaré por esta noche.

—Vale. —La chica parecía dispuesta a tranquilizarse—. ¿Qué quieres saber?

Amber se cruzó de brazos.

—¿Moviste el cadáver?

Nina no se inmutó.

—No.

—Entonces, ¿lo dejaste allí, en la caseta?

—Sí. —Se retorció una pulsera de muchos colores—. Bueno, fuera, a la entrada, donde se cayó.

—Vale. —Amber volvió a inspirar—. Pero, entonces, ¿cómo llegó aquí? —se preguntó más a sí misma que a nadie.

—Di por supuesto que se volvió a levantar y vino a buscarme.

Nina cogió de nuevo la caja de clínex.

—¿Que fue caminando hasta la caravana de tu madre y cayó allí nueve horas más tarde? —Amber sintió un subidón de algo parecido a la alegría. Nina no lo había matado. Ni hablar—. Suena un poco… improbable.

—Pero está claro que lo golpeé. Y ahora está muerto. Tuve que ser yo.

Amber no estaba en absoluto segura de eso. Su instinto le decía que hubo un segundo atacante. Ojalá Freya se pusiera en contacto con ella de una vez. Tenía que ver el informe de la autopsia. Ya debían de tener los resultados; en casos como aquel se hacían por vía urgente.

–Entonces, tú… –buscó las palabras más adecuadas–… lo dejaste en la caseta. ¿Qué hora era, más o menos? ¿Las seis y media de la tarde?

–Algo así. O quizá un poco más tarde. –Nina abrió las palmas–. La verdad es que no lo sé. Sentí pánico, tiré el trofeo a un rincón y salí corriendo.

–Vale. –Amber se pasó una mano por el pelo.

–Y ahora, ¿puedo ir a la policía? –La chica suspiró entrecortadamente–. Tengo que contarlo. Por favor, dejadme contarlo.

–No.

–¡Pero no puedo dejar que ella cargue con mi culpa! No está bien. –Alzó los brazos–. Si no digo nada no podré vivir conmigo misma.

Amber tuvo que detenerla.

–No es para siempre. Solo hasta que resolvamos el caso. Y es que de verdad no creo que hayas sido tú. Ahora tenemos una ventana de tiempo en el que pudo matarlo una segunda persona. –Su cerebro le funcionaba a plena marcha. En realidad nunca había perdido la necesidad de hacerse preguntas, de deducir, de resolver–. Un oportunista, alguien que tenía alguna cuenta pendiente con él…

–¿Quién? –preguntó Nina, y se sonó tan fuerte que hizo temblar toda la caravana.

–Eso es lo que tenemos que averiguar, ¿no? –Amber se esforzó en mantener un tono calmado–. Por supuesto, Clio ha salido corriendo a la comisaría a cargar con toda la culpa, pero…

–Pero ¿qué?

–Danos un poquito de tiempo. Para averiguar la historia entera.

Nina se frotó los ojos.

–No sé.

–Tú contente, ¿vale? Recuerda que no van a acusar a Clio a menos que consigan pruebas sustanciales. Y eso no va a pasar.

Bez cambió de postura en su silla.

–Hum, Amber. ¿Podemos hablar un segundo?

Ella asintió y lo acompañó hasta la puerta. Salieron, se quedaron sobre el peldaño superior y bajaron la voz.

–¿Sí?

–Sé dónde estaba Clio. –Se subió las gafas–. Anoche.

–¿Ah, sí? ¿Y por qué no has dicho nada?

–Bueno, es complicado. Porque… –le dio un puntapié a la este-rilla sin razón aparente–… estaba…, hum…, yo soy su coartada. –Se quedó con la mirada fija en el suelo.

–¿Estuviste con ella?

Bez se metió las manos en los bolsillos de los vaqueros.

–Sí.

–Qué fuerte. –Amber se llevó una mano a la boca–. ¿Con ella… con ella?

–Sí. –El hombre parecía muy incómodo–. Con ella con ella. Yo volvía del *pub*. Ella salió de su caravana y… nos fuimos a la playa.

–¿A qué hora?

–Nos encontramos sobre la una. Fuimos a las dunas a… besar-nos y eso…, en fin, ya sabes. No más que eso. Estaba muy bo-rracha. –Se balanceó de un pie al otro. Aquello le estaba costan-do.

–Oh, Bez. –Amber sintió una punzada de lástima–. Y supongo que ella no se acuerda de nada…

–No. –Él estaba como un niño al que se le acabase de caer al suelo el helado–. No supe cómo decírselo, y entonces se fue a la policía y ya era demasiado tarde.

Amber pensó a toda velocidad.

–Bueno, dado lo que ha decidido hacer, mejor que por ahora no se lo cuentes a nadie. Haz como si tú también lo hubieras olvidado.

–¿Quieres decir que mienta? –Frunció el ceño.

–Exacto. –Le dio una palmadita incómoda en la espalda–. Eso es lo que quiere Clio, ¿no? Y si le proporcionas una coartada, en-tonces… –miró a través de la puerta a la joven, que ahora lloraba en brazos de Jeanie–… ya sabes lo que le pasaría a Nina. Antes tenemos que encontrar al verdadero asesino.

–Vale.

Bez suspiró.

Amber sabía que debería abrazarlo, transmitirle seguridad. Pero había otra gente que ya se podía encargar de eso. Ella hacía cosas concretas para ayudar.

En aquel caso, eso significaba encontrar al culpable y liberar a Clio.

Capítulo 28

Jeanie

–Qué bonitas son las macetas, ¿verdad?

Jeanie sintió vergüenza en su interior: la elección de temas para su conversación ligera dejaba bastante que desear. Tras casi un año de recibir balbuceos y gritivos por toda respuesta no sabía qué decir en entornos adultos, y menos si eran tan lujosos como el *spa* Thrive. Rebuscó en su mente algún tema nuevo, pero solo se le ocurrieron nanas y hablar del tiempo. Ya sabía ella que aquel viaje era una mala idea: averiguar cosas implicaba hacer preguntas, conversar, y en esos momentos su capacidad para ello no iba más allá de intentar enseñar a un bebé a usar una escupidera.

–Supongo. –Vivienne echó un vistazo a una de las macetas lacadas y se tragó su bebida desintoxicante hasta que solo quedó el hielo–. Tengo que ir a buscar otro trago, perdona.

Y se fue contoneándose hasta el grupo de otras madres de bebés de la guardería, gente que tenía conversación de verdad, dejando un rastro de perfume a su paso.

Jeanie se encogió de nuevo en su tumbona. Ya estaba sola de nuevo, como una mácula en la perfección turquesa de la piscina infinita, con sus paredes de loza verde, jacuzzis en cada punta y plantas que colgaban de una especie de columpio ancho blanco sobre el agua. Parecía serena y pacífica, pero ella movió la silla más lejos del borde; no estaba nada dispuesta a meterse dentro y probarla.

Miró el paisaje tras las enormes ventanas que daban al jardín y se fijó en el cielo, tan azul que parecía sacado de una postal. Aquel era, sin duda, el lugar perfecto para relajarse, pero ella estaba totalmente tensa. Sin tener que cuidar de los mellizos resultaba obvio que se había convertido en la nada más absoluta.

Quizá no fuese que durante tantos meses Yumi y Jack la habían vuelto invisible, sino que había estado usándolos como escudo.

Observó a las otras madres y envidió sus caderas firmes, sus pelos brillantes, sus risas. Le sonó el móvil. Lo cogió, casi rogando que se tratara de alguna emergencia que lo proporcionase una excusa para largarse de allí.

Era Amber.

Ya has sonsacado a Vivienne, o estás muy ocupada bebiendo zumo de papaya y abrazando piedras calientes?

Jeanie tecleó:

Acabo de llegar. Albornoz puesto. Entro en acción.

Al momento le llegó la respuesta.

Buena suerte, Miss Marple. Pronto tendré la autopsia de G. Te aviso. x

La autopsia. Sintió un escalofrío. Prefería cuando intercambiaban mensajes sobre quién llevaba el vino o quién había tenido el cuelgue infantil más ridículo (el suyo era Jon Bon Jovi, el de Clio era Henry, de *Vecinos*). Comprobó si tenía más mensajes. Ninguna noticia de Tan. Aún debía de estar dolido por la discusión que habían empezado justo antes de irse ella, mientras vaciaba cajón tras cajón en busca del bañador que guardaba para su visita anual a su madre en el gimnasio.

Y es que Tan no era capaz de entenderlo.

—¿Cómo va a ayudar a Clio el que te vayas a un *spa*?

Aunque, si ella hubiese sido más clara en sus explicaciones, quizá todo habría ido mejor. Pero estaba cansada y preocupada y temerosa por lo que le esperaba.

—Se supone que tengo que averiguar quién deseaba ver muerto a Gary.

—¿En un *spa*? —Se quitó las gafas y las limpió en su camiseta.

—Sí, en un *spa*, ya te lo he dicho. —Metió el bañador en su bolsa. Cuando llegara, ya buscaría la forma de encajar—. Ya sé que estás trabajando. Solo tienes que llevar a los mellizos a la guardería. Estaré de vuelta para la hora de comer. Ya les he hecho la bolsa, así que solo te llevará un momento.

Y salió a regañadientes por la puerta, sabedora de que iba a tener que mostrar su figura de mamá amamantadora a algunas de las señoras más chic del pueblo. Una vez allí, y tras cambiarse, se miró en uno de los altos espejos ovales, tiró nerviosa de su viejo bañador de florecitas y se colocó los discos de lactancia para asegurarse de que no se le escapase nada. Le habían aparecido michelines en la espalda y se le veían venillas verdes en las caderas blancas como la leche. Dio gracias a Dios por el albornoz. Se lo cerró, atándolo bien fuerte con un nudo que no hubiese estado fuera de lugar entre escaladores del Everest.

Mientras un hombre empezaba a nadar salpicando en la piscina, Jeanie se acabó su bebida y examinó a las madres sentadas en uno de los *jacuzzis*. Solo tenía que hablar con ellas, hacerles unas preguntas. Se levantó, aún dubitativa, cuando un par de mujeres mayores como drogadas por los aceites esenciales y los masajes pasaron por su lado.

—¿De verdad crees que puedo insinuarme? Él solo tiene cincuenta y cinco años —dijo una con voz muy aguda, y las dos empezaron a soltar risitas.

Las risitas le hicieron recordar a Clio, trazando un arco en el aire con los brazos mientras contaba alguna anécdota de la escuela de teatro, sus cabellos multicolores a las luces del *pub*.

Echaba de menos a su amiga, y solo había una forma de recuperarla. Se acercó al grupo.

—¿Puedo unirme a vosotras?

Sin darles tiempo a contestar se quitó el albornoz, lo colgó de un gancho en la pared de loza y se sentó en el *jacuzzi*, el agua espumosa rodeándola. Pero al momento las burbujas pararon, volviendo el líquido transparente y revelando varias piernas mucho más depiladas que las suyas.

–Jeanie –Vivienne alzó una ceja–, creo que te has sentado encima del botón de las burbujas.

Por Dios. Levantó una nalga y observó el botón plateado, tan visible que no entendió cómo se le había pasado.

–Lo siento.

Soltó una risita tensa que nadie le devolvió.

–No te preocupes.

Cherie, la cuñada de Vivienne, fue lo suficientemente amable como para dirigirle una sonrisa. La reconoció por la portada de una revista que había visto meses atrás en la salita de espera del dentista; la entrevistaban sobre su nueva línea de ropa para correr, y en las fotos ella misma hacía de modelo. En persona tenía aún mejor aspecto, con sus largos cabellos rubios recogidos sobre la cabeza y un lunar que danzaba en su mejilla.

–Hola, soy Cherie. No tengo hijos en la guardería, solo he venido por el *spa*.

–Hola.

Jeanie intentó meter la barriga hacia dentro mientras apretaba el botón, aunque sospechó que solo conseguía que pareciera que intentaba contener gases. Se metió en el agua cálida, que empezó a hacer remolinos a su alrededor. Se sentó en el peldaño superior y se agarró a la barandilla plateada mientras crecían las burbujas y la espuma y le salpicaban la cara.

Vivienne habló alto para hacerse oír por encima del rugido.

–Estamos hablando del día de los deportes de la guardería.

–¿Ah, sí?

Cerró los ojos mientras el agua seguía agitándose y escupiendo. No pudo evitar sentir cada vez más pánico: el agua por encima de su cabeza, su cuerpo descendiendo hasta el fondo.

Tenía que acabar cuanto antes con aquello y largarse. No había tiempo para sutilezas.

–¿Habéis oído lo del asesinato del acantilado, ese interiorista muerto? –Observó atentamente a Vivienne y Cherie–. Es horrible, ¿verdad?

Se produjo un momento de silencio.

—Yo creo que solo era cuestión de tiempo que acabara así.

Vivienne miró al infinito. Tenía el rímel perfectamente aplicado hasta los bordes de los párpados.

Jeanie adelantó la cabeza, pero se llevó otra salpicadura en la cara. Volvió a erguirse.

—¿A qué te refieres?

—Estaba metido en… toda clase de cosas.

—¿Ah, sí?

Jeanie se fijó en que Cherie había bajado la vista y permanecía en silencio.

Vivienne asintió y estiró las piernas perfectamente bronceadas.

—Tenía problemas de dinero, por decirlo suavemente. Estaba buscando efectivo con desesperación. La semana pasada no pagó a sus empleados. ¡Y cómo le gustaba correr riesgos!

Frunció su naricilla.

Jeanie asintió, como invitándola a seguir.

—¿A qué te refieres? —repitió.

—Bueno… —Vivienne hizo una pausa para mayor efecto dramático—. El día en que murió, Johnny y yo tuvimos una reunión con él. —La frase fue recibida con varios suspiros de sorpresa destinados principalmente a halagar su vanidad—. No paró de intentar colarnos goles. —Se apartó el flequillo de los ojos con gesto preciso—. Nos quería cobrar una fortuna y que pagásemos un depósito antes de haber firmado ningún papel. —Agitó la cabeza con incredulidad—. Le dijimos que no, claro. Era obvio que estaba arruinado. Johnny piensa que tenía deudas por todas partes. No me extraña que alguien decidiera matarlo.

De repente Cherie se puso en pie a toda velocidad, salpicando aguas en su prisa.

—¿Adónde vas, querida? —le dijo Vivienne con un mohín—. Vamos a…

—Estoy esperando un mensaje que tiene que llegarme ya. Os veo más tarde a todas.

Subió los peldaños con sus cabellos del color de la miel pegados a la espalda, agarrándose a la barandilla con nudillos tan blancos como su bikini. Cogió una toalla de una pequeña y fragante pila a un lado de las tumbonas y se la echó por los hombros mientras caminaba.

Jeanie se giró de nuevo a mirar a Vivienne, con ojos cómplices y secretos.

–En fin, todas sabemos por qué se ha alterado tanto, ¿no?

–Yo no. –Jeanie parpadeó–. ¿Por qué?

–Ella y Gary tenían un *affaire* desde que él hizo un trabajo en su casa.

Jeanie se quedó boquiabierta. El éxito de Gary con las mujeres nunca dejaba de asombrarla.

–¿Qué?

–Sí. –Vivienne unió las manos con una palmadita–. Estaban liados. Ella me lo contó, claro. Sabe que puede fiarse de mí.

–Pues claro que puede. –La frase salió de Trudy, la única de las madres con unas ojeras con las que Jeanie se sentía identificada–. ¿Marshall lo sabía?

Vivienne se encogió de hombros.

–Quizá. Quizá no. Con esos dos nunca se sabe.

Trudy frunció el ceño.

–O sea, que igual sí que lo sabía. Y puede que eso no le gustara nada. –Elevó la voz–. Puede que él matara a Gary, ¿no crees?

Vivienne echó la cabeza atrás y rio.

–¿Marshall? Qué va. Y además, todos saben que fue la esposa de Gary, se ve que por celos. –Lo dijo con un tono que hizo desear a Jeanie hundirle la cabeza en el agua y dejarla así un rato. Pero apretó los dientes y asintió–. Saber que había una asesina suelta es inquietante, claro, pero confiemos en que el asunto sea agua pasada. –Inspiró con expresión mojigata–. Hoy voy a hacer que me pongan el *body cocoon*. Tenemos que cuidarnos, ¿no? Ya lo dicen: «Madre feliz, bebé feliz». –Sonrió–. ¿Alguna quiere un cóctel?

Jeanie ya había oído bastante. Misión cumplida. Sintió hasta una punzadita de orgullo: había averiguado algo, había sido útil. No lo había estropeado todo ni se había largado corriendo. Se levantó y volvió a ponerse el albornoz. Mientras se lo ataba le sonó el móvil. Se llevó la mano al bolsillo a la vez que intentaba calzarse las pantuflas de toalla, que tenían la palabra Thrive grabada en plata a la altura de los dedos. Pero resbaló y perdió el equilibrio. Lo siguiente que supo es que se había caído hacia delante y había enterrado la cara en una de las macetas que antes había estado admirando.

Sintió sabor a tierra y a hojas. Levantó lentamente la cabeza, con las mejillas en llamas. Tenía seis pares de ojos fijos en ella. Tuvo una repentina y familiar sensación de vergüenza y calor, y se preguntó cómo diablos salir airosa de aquello. Aparecieron corriendo unos miembros del servicio, vestidos del todo de negro, claramente más preocupados por la planta que por ella.

–Lo siento mucho.

Intentó volver a ponerla recta, aunque se dio cuenta de que solo estaba empeorando las cosas. Decidió limitarse a despedirse con la mano de las otras madres y alejarse a toda prisa, mientras se apartaba la tierra de la cara, que fue a parar al albornoz ya no tan prístino.

Gary y Cherie. Vaya sorpresa. Y arriesgado, teniendo en cuenta que estaba casada con su cliente más importante. Hasta Jeanie había oído hablar de Marshall Fernandez, el hermano de Johnny, que se había establecido por su cuenta y creado de cero su propia marca de ropa deportiva, Printz. Las prendas llevaban una pequeña huella digital en dorado, por lo visto cada una única. Con Cherie como directora de diseño, no había parado de crecer. Marshall era un hombre con dinero y con contactos. Un hombre al que respetar, capaz de hacer cualquier cosa.

Se sentó en la banqueta del vestuario, sacó el móvil y empezó a teclear.

**Gary se acostaba con Cherie Fernandez.
Lo supo Marshall? Hizo algo?**

Amber respondió al momento.

Buen trabajo, Miss Marple. Algo más?

Jeanie le envió más información.

**Johnny rechazó un diseño de Gary el día en
que murió. Parece que G estaba arruinado.**

Amber replicó rápidamente:

Ok. Métete en la piscina. Tú puedes.

Normalmente Jeanie seguía los consejos de su amiga, pero esta
vez no.
No podría meterse en la piscina, ni aquel día ni nunca.
No desde lo que había pasado la última vez.

Capítulo 29

Amber

Amber iba todo lo rápido que le permitía la voluminosa camioneta de Bez, con las ventanillas bajadas a pesar del viento helado, doblando abruptamente las esquinas y disfrutando del rugido del motor. En los otros coches veía a gente envuelta en abrigos y bufandas a través de los cristales casi empañados, pero ella quería sentir el aire en la cara, el poder del antiguo vehículo mientras avanzaba por la carretera.

Lo suyo era la velocidad. Los informes que por fin le dejaron leer cuando cumplió los dieciocho decían que había empezado a caminar con ocho meses, y desde entonces –según las varias familias adoptivas que la acogieron para después sacársela de encima– había sido imposible seguirle el ritmo. Siempre se escapaba descolgándose por las cañerías o se dedicaba a trepar torres eléctricas, más como forma de entretenerse que con una intención criminal…, aunque la ley no pensaba lo mismo, y fue solo gracias a William, padre de Jeanie y abogado con un corazón de oro, que se las arregló para llegar a la mayoría de edad sin antecedentes. También fue gracias a él que Amber entró en la policía en vez de ser perseguida por esta, y desde ese momento se esforzó cuanto pudo en seguir las reglas, en encajar, en cumplir con lo que se esperaba de ella.

Pero ahora podía saltarse todas las reglas que le viniera en gana. Ahora podía ser mala.

Tamborileaba con los dedos en el volante cuando tenía que detenerse en un semáforo. Estar actuando fuera de la ley, de los cauces oficiales, tenía sus ventajas: nada de burocracia, de firmar informes y comprobantes, nadie que le prohibiera seguir sus instintos. Después de lo que había descubierto Jeanie, sabía que tenía que averiguar más sobre Marshall y su esposa. Con unas cuantas llamadas a empresas de *catering* locales descubrió que aquella semana iban a montar una fiesta para celebrar el cumpleaños de Cherie. En otra conversación adoptó el rol de una pobre miembro del equipo de jardinería que dedicaba la jornada a poner a punto los terrenos de la mansión para el acontecimiento.

Tras frenar escupiendo gravilla en el área de espera frente a las elegantes puertas negras de la verja de entrada, comprobó su móvil por quinta vez. La pantalla, terca, seguía en blanco. Freya no había contactado con ella para ofrecerle ninguna información, y Amber empezaba a perder las esperanzas de que fuese a hacerlo. Apretó fuerte el volante mientras la frustración se adueñaba de ella: ya debían de tener el informe de la autopsia, y necesitaba verlo.

El telefonillo la saludó entre crujidos, y sacó la cabeza por la ventanilla para informar de lo que la había llevado allí. Unos segundos después siguió avanzando por el camino, pasando entre pulcras hileras de narcisos y rosas pálidas de invierno y sauces perfectamente curvados. Repasó en su mente todo lo que sabía sobre Marshall Fernandez, el hermano pequeño de Johnny. Según decían era muy trabajador: había conseguido que su negocio de ropa deportiva, Printz, pasara de ser un puesto de mercadillo a una marca reconocida globalmente y vestida por toda clase de vips e *influencers*.

Las búsquedas de madrugada insomne en internet le habían mostrado que Marshall era implacable y carismático, mientras que su esposa Cherie, directora de diseño de Printz, era innovadora, original y dueña de una dentadura tan perfecta que tenía su propio perfil en Instagram; sí, aparte del oficial de ella misma, otro dedicado en exclusiva a sus dientes. Ella y Marshall se habían casado por vez primera a los siete años, en el patio del cole (se intercambiaron caramelos Love Hearts), y ahí estaban ahora, el rey y la reina de New Hampshire. Gary debió de ser como una mosca en el plato de sopa de su éxito. ¿Podía ser su *affaire* con Cherie la causa de su muerte?

Un hombre esquelético con camisa negra indicó con un gesto a la camioneta que se acercara.

–¿Eres del equipo de jardinería?

–Sí.

Él señaló un lado de la casa con el pulgar.

–Aparca ahí atrás.

–Voy.

Avanzó dando tumbos por la gravilla, siguiendo un estrecho camino delimitado a un lado por la majestuosa mansión y al otro por setos de un color verde profundo. Marshall y Cherie habían echado abajo el viejo molino que había allí y construido un «ecopalacio», con piedra dorada y madera de proximidad, comprada en un radio de quince kilómetros. A la izquierda de Amber refulgían enormes ventanas que llegaban hasta lo alto de un tejado rojo con puntas curvadas creadas para ocultar los paneles solares que alimentaban todo el lugar, según el episodio de *Grandes diseños* dedicado al edificio y que convirtió el programa en el preferido de Gary de todos los tiempos.

El jardín se extendía desde cada una de las paredes de la casa, abrazando como una amante la forma hexagonal de esta. Amber dio la vuelta a la esquina, pasó junto a una flotilla de coches deportivos de todos los colores –¡cómo le gustaría ponerse al volante de aquel Triumph Spitfire!– y aparcó en un extremo, frente a los invernaderos. No iba a tener ningún problema, al menos mientras nadie le hablara. Llevaba una bolsa de lo más convincente llena de herramientas de jardinería sacadas de casa de Jeanie, que habían estado languideciendo allí desde que su hermana mayor –y más seria– se las había regalado por Navidad tres años atrás. Amber no tenía ni idea de aquel oficio, pero sabía que ni Marshall ni Cherie iban a fijarse en una cuarentona ligeramente sudada con unas tijeras de podar en las manos.

Caminó siguiendo deliberadamente los arbustos de rosas rojas a un lado de la casa. Había encontrado *online* los planos del lugar, de cuando la demolición del molino. Ignoró al equipo de jardineros desplegados abajo en lo que parecía un campo de cróquet, y se coló por entre otros arbustos de rosas, estas de invierno, que crecían tras el despacho de Marshall. Su intención era vagar por allí, haciendo como si cuidara de los pálidos brotes que llenaban el aire con su perfume, hasta tener la ocasión de trepar por la pared y echar un vistazo. Cualquier detalle podía ser importante, la clave del misterio de quién había matado realmente a Gary Goode.

El solo hecho de pensar en él y en el daño que le había causado a Clio la hizo hervir de ira. Como vía de escape, decidió usar las tijeras para cortar salvajemente las rosas más cercanas.

–¿Qué haces?

Mierda. Perfume caro y el frufrú de la seda. Cherie había aparecido en el camino, apartándose de la cara su larga melena rubia. Era tan alta que Amber tuvo que alzar el cuello para verla bien; los ojos le quedaban a la altura de las palabras «Ante la duda, suda» impresas con diseño atigrado a lo largo del pecho de su sudadera. Llevaba el móvil en un bolsillo de los *leggings* rosas con una franja también atigrada a juego.

–Estoy con el jardín… –Amber sintió que empezaba a sudar: no iba a salir muy bien parada de un interrogatorio sobre flores.

–Eso ya lo veo. Pero ya le dije a Rory que no podarais ese lecho. –Hizo un mohín–. ¿Es que nunca me escucha?

Amber guardó las tijeras en la bolsa.

–Sí que me lo dijo. Lo olvidé. Perdone.

–Pues eso a mí no me sirve de mucho, ¿verdad? –Puso cara de enfado–. En fin. Allá atrás se me ha caído un vaso. Recógelo, por favor.

Amber tuvo que tragarse la primera respuesta que se le ocurrió. Estaba allí de tapadillo; lo que quería era pasar desapercibida, no empezar una discusión.

–Claro.

Cherie dudó un momento. Su frente antinaturalmente lisa hizo lo que pudo por fruncirse.

–Eres nueva, ¿verdad?

–Sí.

Se puso aún más tensa. Por favor, nada de preguntas de jardinería. Pero Cherie solo agitó la cabeza en un gesto de desesperación.

–La próxima vez intenta venir mejor vestida.

–Sí –respondió Amber entre dientes. Se había puesto sus mejores vaqueros, caramba.

–Bien. –Cherie empezó a dirigirse hacia la piscina discretamente situada tras una arboleda al oeste–. Y no te olvides del vaso. –Dijo esas últimas palabras sin ni siquiera volverse.

Amber dirigió unos cuantos tacos a la espalda de Cherie. Una cosa estaba clara, y es que aquella mujer no parecía muy desconsolada por haber perdido a su amante. Se preguntó qué habría visto en Gary. ¿Un tío un poco duro, de origen claramente barriobajero? Supuso que se lo podría considerar guapo, y desde luego no se detenía ante nada para conseguir todo lo (o a todas las) que deseaba. Pobre Clio.

Volvió a las rosas, solo para oír una voz conocida que le llegó desde una ventana de arriba. El sobresalto la hizo echarse a un lado y caer en medio de un arbusto especialmente espinoso.

–¡Mierda! –exclamó, e intentó salir, pero solo consiguió hacerse rasguños en los brazos y quedar aún más atrapada.

–Mira, Marshall, voy a ser muy directa.

Era Denise. ¿Qué hacía allí? Amber estaba segura de que una de las espinas pretendía perforarle el oído, pero no se movió y se concentró en entender las palabras.

–Eso seguro. –Una voz profunda con un leve deje *cockney* falso. Amber había visto suficientes filmaciones de Marshall en Insta como para reconocerlo. También oyó pisadas que cruzaban un suelo de madera, cada vez más cerca de ella. Se le aceleró el pulso al máximo. Intentó volverse, pero las espinas la cogieron aún más fuerte por los pelos.

–La verdad, Marshall, no estoy nada contenta.

Sonaron tacones que iban arriba y abajo. Se imaginó a Denise, vestida, sin duda, con algo muy ceñido, dando vueltas por la sala, convencida de que le debían algo.

–¿Y eso qué tiene que ver conmigo?

También se lo imaginó a él, con la cabeza baja y los anchos hombros hundidos. Era un tío grande y corpulento; parecía diseñado para una melé de rugby.

Denise volvió a hablar.

–He hecho averiguaciones. Soy periodista, ¿sabes? En el *Extra*.

–¿Y?

–Así que he revisado las cosas de Gary, sus papeles, todo. –Amber prestó aún más atención–. Le debías dinero, ¿verdad? Lo vi en su contabilidad, en el portátil. Cien mil.

La expolicía se quedó helada. De ser cierto, eso podía cambiarlo todo.

–¿Crees que le debía dinero? –Su risa sonó casi como una bofetada–. Ya quisieras tú.

–Es verdad. –La voz de ella subió una octava–. Ya te lo he dicho: lo vi en su portátil. En la hoja de cálculo, la casilla en la que debía ir tu pago estaba en blanco. Por el trabajo que te hizo. Mira, te lo muestro.

–Me temo que tu Gary era un mentiroso. –Marshall lo dijo lentamente, pronunciando con claridad exagerada, como si le hablara a una idiota–. Esa hilera, la que tiene mi nombre, es falsa. Gary falseaba los libros, Denise. Y muy a menudo, porque sé seguro que le pagué sus últimos diseños en noviembre. Retocó los números, seguro que para evitar los impuestos. ¿Ves? Le pagué esa cantidad por su trabajo, pero él la convirtió en un menos.

–No. Mientes. –Ahora Denise casi gritaba. Amber casi sintió lástima por ella. Casi–. Él no haría algo así.

–Lo haría y lo hizo. –Las pisadas de Marshall volvieron a alejarse–. Defraudaba a Hacienda.

–No.

–Mira, Denise: a Gary le gustaba la buena vida. Siempre quería que lo llevara a Mónaco o a mi palco en la final de la Champions. Quería el lujo pero no tenía el flujo. Así que empezó a hacer trampas. Hace años que llevo mi negocio y me conozco todas las trampas. Jugaba con el sistema. ¿Por qué no le muestras esos libros a la policía?

–Te equivocas. –Los tacones de ella siguieron la voz del hombre–. Y voy a demostrarlo. Desde luego que sí. No puedes quedarte con mi dinero, el dinero de Gary. No es…

Marshall la interrumpió, ahora impaciente.

–Denise, no tengo tiempo para esto.

–No me importa si tienes tiempo o no. Dame mi dinero.

–El dinero de él.

–Lo que sea.

Marshall suspiró.

–La verdad es que no quería tener que decirte esto…

–¿Decirme qué?

–Que tu Gary… no era solo tuyo.

–Cállate.

–No. Es cierto. ¿Sabías que se lio con mi mujer, Cherie?

Amber se quedó helada. O sea, que Marshall sabía lo del *affaire*. Hola, móvil del crimen.

–Él no haría eso.

–¿No? –Pisadas de nuevo–. Si quieres, puedo mostrarte un vídeo, que resulta que es de hace unos pocos días.

–¡Mentiroso! –Denise subió aún más la voz–. Mi Gary no me habría hecho algo así. No…

–Mira. –Los pesados pasos de Marshall se dirigieron hacia ella–. Aquí los tienes a los dos juntitos. Alguien fue tan amable de enviármelo. No me molesta; Cherie y yo siempre hemos tenido un matrimonio abierto. Son cosas que pasan cuando conoces a tu esposa en el patio del colegio. Pero, por tu reacción, adivino que tú no tenías un acuerdo así con él.

–No. –Un sollozo–. Él no habría…

–Pues ya ves que sí. Y si te traicionó en eso, seguramente lo hizo también en otras cosas, como por ejemplo no tener un penique cuando a ti te decía que estaba forrado.

–No. –Esta vez sonó más flojo.

Amber se la imaginó con la cara baja, su melena rubia cayéndole por delante de la cara.

Marshall también bajó la voz.

–¿Quieres un trago?

No hubo respuesta. Amber se preguntó qué estaba pasando allá arriba. ¿Le estaría posando una mano en el hombro, inclinándose sobre ella?

–¡Quita, pervertido!

Bueno, pues ya sabía la respuesta. Oyó tacones que corrían y una puerta que se abría y se cerraba de golpe.

Los pesados pasos de Marshall se dirigieron de nuevo hacia la ventana justo cuando Amber creía estar a punto de librarse de la prisión del arbusto. Se quedó inmóvil, incapaz de hacer nada excepto esperar. Oyó el mechero con el que él se encendió un cigarrillo.

Pero su mente seguía a toda marcha. Por mucho que Marshall hubiera dicho lo del matrimonio abierto, no estaba segura de creérselo. Como bien sabía ella, los celos son un fuego que se descontrola fácilmente. Quizá el vídeo había sido la gota que colmó el vaso. Quizá sintiese la necesidad de librarse de él. De matarlo.

Ahora Amber y Jeanie solo tenían que demostrarlo.

Capítulo 30

Clio

A Clio le costaba recordar las frases que se había aprendido.

Ahí estaba, de vuelta a la misma mesa y bajo los parpadeos de neón de la sala de interrogatorios. Marco estaba en su puesto, paseando los ojos por el rostro de ella. Y ahí estaba también su silenciosa secuaz, con su libreta y sus asentimientos de cabeza. La obra iba a comenzar, y Clio la asesina estaba en el centro del escenario.

Solo tenía que procurar no equivocarse con sus diálogos.

Marco se colocó en su posición preferida, con medio cuerpo inclinado hacia delante.

—Clio, no deja de cambiar su historia una y otra vez. Primero está inconsciente en la playa, y de repente está tirando piedras al agua. ¿Cuál es la versión correcta?

La niebla en la cabeza de ella empezó a dar vueltas en espiral.

—¿La de las piedras?

Marco soltó un bufido, impaciente.

—Mire, mejor sería que no pronunciara sus respuestas como si fuesen preguntas. Está usted confesando un asesinato. Los detalles son importantes.

Ella se frotó los ojos exhaustos.

—Lo siento. Es solo que creo que sobre muchos momentos estoy totalmente en blanco.

«Venga ya, Clio. Hazlo por Nina». Pensó en el rostro de su hija cubierto de lágrimas, en la caravana; en las huellas de manitas en barro enmarcadas en la pared de la sala de estar; en la huella digital en el collar de plata que llevaba al cuello hasta que le hicieron quitárselo en la comisaría; ahora estaba en una de esas bolsitas de plástico para pruebas, junto a sus anillos, sus pendientes, su ropa, sus zapatos y un frasquito de Dulcolaxo que ahora deseaba haber tirado antes de entrar. Bajó la vista y contempló el mono gris que le habían dado. Ahora ese era su disfraz: iba de asesina.

Se irguió en la silla y entrelazó los dedos en el regazo. Iba a pasar aquella audición. Por su niña.

–Me siento fatal, Marco. –Se forzó a soltar unas lágrimas. No le costó: su hija había herido de muerte a alguien, y eso era suficiente como para hacer llorar a cualquier madre–. Aún no puedo creerme que yo lo haya matado.

–Comprendo. –De nuevo ese unir las puntas de los dedos formando una pirámide. Qué gesto más perdonavidas. ¿Cómo había soportado Amber trabajar tanto tiempo con él? Era de esos que disfrutan leyendo manuales de instrucciones. En voz alta–. Pero, por favor, repita su confesión una vez más.

«Confesión». La sola palabra daba miedo a Clio. «Confesión» significaba ventanas con barrotes y puertas cerradas con llave. Significaba que ya no tendría ninguna capacidad de iniciativa, que su vida estaría acabada. Pero cualquier cosa era mejor que el que fuese Nina quien ocupara ese puesto. Su niñita, la que trepaba a los árboles, la que contaba chistes de «se abre el telón». No podía acabar encerrada para los restos. Lo que fuese antes que eso. Si eso hacía feliz a Nina, Clio podía enfrentarse a puertas que se cierran con estruendo metálico y a dormir junto a un inodoro abierto. Sí, era capaz de eso y más.

¿No?

Marco hojeó los papeles que tenía ante sí.

–Ahora tenemos que repasar su cita de esa mañana con Gary.

–Vale. –Recordó las frases que se había aprendido–. Cuando me desperté en la playa, estaba helada y seguía borracha. Solo quería volver a la cama. Pero al volver, ahí estaba Gary, a la entrada de la caravana. Y estaba furioso, muy furioso.

Tenía que ser fiel a la realidad tanto como pudiera; así después le sería más fácil ser fiel a las mentiras. Mantuvo los ojos bien abiertos, apenas parpadeaba, para evitar así recordar la imagen del cuerpo de Gary tirado sobre los escalones. Tenía que contar la historia que había inventado de camino a la comisaría, la que la convertía a ella en la asesina.

—¿Furioso con quién?

—Conmigo, claro.

—Bien. —Marco la miró y asintió—. ¿Y usted qué hizo?

—La verdad, yo estaba bastante molesta. Él…, en fin, estaba invadiendo mi hogar. Y no es que nos llevemos muy bien…, perdón: que nos lleváramos. —Aún no acababa de interiorizar que Gary hubiera desaparecido para siempre—. Desde que nos separamos, quiero decir.

—Lo sé.

—Estaba borracho, y empezó a echarme la culpa de todo. —Y se puso a describir una escena sucedida tantas veces en la realidad que parecía muy sincera—. Me pidió dinero una y otra vez, como si yo aún tuviera. —Una lágrima se deslizó por su mejilla. Lo importante eran esos pequeños toques. Inspiró fuerte el aire viciado de la sala de interrogatorios, convertida en la viva imagen de una mujer traicionada—. Me enfadé mucho. No pude evitarlo. Estaba borracha, era muy temprano, era mi cumpleaños, y él no paraba de meterse conmigo: que si todo era culpa mía, que si le había arruinado la vida…, cuando en realidad él había arruinado la mía. Me dijo que era una puta y que había puesto a todo el mundo en su contra. Esa clase de cosas. Al final fue demasiado.

La ira se avivaba en su interior: a fin de cuentas estaba rememorando años de discusiones, de peleas, muy reales y que una a una la habían hecho sentirse cada vez más pequeña, cada vez menos digna de ser querida.

Temblaba de verdad, pero aun así se esforzó por decir las palabras correctas. Aquel era el punto en el que tenía que ser consistente del todo. Marco no sabría nunca que se trataba del guion de una obra de teatro independiente que trataba de la violencia doméstica. Se imaginó a sí misma de vuelta sobre aquel escenario, alzando la cabeza hacia el foco principal.

—Estaba muy borracho y daba mucho miedo. Y no había forma de que se fuera.

—Prosiga.

Hasta la poli muda estaba como hipnotizada, con la vista fija en Clio, el bolígrafo inmóvil sobre la página.

–Y yo también estaba borracha, y no entendía qué hacía él allí. No entendía qué había hecho yo de malo, cuando era él el que me había destrozado la vida. Y entonces… –hizo una pausa, se tomó su tiempo para dar mayor impacto a sus siguientes palabras– me atacó. Se precipitó sobre mí, me agarró de un brazo. Y yo pensé que igual, esta vez, esta vez sí que va a hacerme daño.

Dejó que se le llenaran los ojos de lágrimas. Gracias a Dios por aquel director tan guapo del festival de Edimburgo que le había enseñado una forma infalible de conjurar el llanto a voluntad.

Marco anotó algo.

–¿Gary había hecho eso antes? ¿La había intentado agredir físicamente?

–No. –Clio negó con la cabeza–. Nunca. Bueno, verbalmente sí. Pero no físicamente. Fue terrorífico.

–Ajá. –Marco asintió y volvió a escribir.

–Entonces sentí miedo, mucho miedo, y lo único que quería era que se fuera. Pero no lo hizo, y se puso a gritarme y a decir un montón de cosas sobre Nina, y yo… yo lo haría todo por mi niña…, y no sé cómo, no lo recuerdo, pero cogí una piedra y golpeé a Gary. Y… –bajó la vista–… se ve que le di en la cabeza. Solo quería que se fuera. Solo quería que dejara de decir esas cosas sobre Nina. No… –hizo una pausa dramática perfecta. Se frotó los ojos–… no que hubiera tanta sangre. –Se obligó a recordar, y se sorprendió al darse cuenta de que estaba llorando de verdad–. Había sangre por todas partes.

La poli muda escribía tan rápido que casi había agujereado el papel. Marco se recostó en su silla y ladeó la cabeza.

–¿Qué hizo usted entonces?

Clio parpadeó con fuerza.

–Sentí pánico, claro. ¿No es lo que le pasaría a cualquiera?

–No lo sé. Yo nunca le he golpeado la cabeza con una piedra a nadie.

Amber siempre se quejaba de que Marco era un cabrón sarcástico. Como siempre, había hecho una descripción perfecta.

–Bueno, él se cayó y se quedó ahí tendido. Y yo fui presa del pánico. No tenía ni idea de qué hacer, y no quería mezclar a mis amigas.

–¿Y el arma, la piedra?

–Fui a la playa y la tiré al mar. Supongo que la lluvia borraría mis pisadas.

Marco frunció el ceño.

–Ya veo. Entonces, ¿solo lo golpeó una vez?

Ella asintió.

–Sí. Una vez. Por detrás. Me daba miedo que fuese a atacarme. Estaba tan furioso… Fue en defensa propia. –Tragó saliva–. No quería matarlo, pero estaba borracha. Y enfadada. Y él no me soltaba y me daba miedo lo que pudiera hacerme. –Se forzó a decir todo aquello, confiando en que después la haría sentirse mejor–. No le deseaba la muerte a nadie, ni siquiera a él. No quise matarlo. Yo no soy así. Solo quería que se fuera.

–Sí, eso ha dicho. –Marco sonrió de un modo que hizo ver a Clio que no la creía–. En fin, es interesante que todo lo que ha dicho hasta ahora encaja con las pruebas que tenemos. Encontramos una huella de usted en la cadena que él llevaba al cuello.

–¿Qué? –De nuevo, sus recuerdos estaban ocultos tras la nube que giraba en espiral dentro de su cabeza. Justo entonces, un rayo de luz se abrió paso: por supuesto, debió de tocarle la cadena cuando le tomó el pulso.

Marco suspiró.

–Bueno, gracias, Clio. ¿Sigue estando segura de que no quiere un abogado?

–Sí, segura del todo.

Un abogado podría ayudarla a salir, pero también podría meter a Nina en la historia.

El inspector jefe se encogió de hombros.

–Muy bien, aunque yo le recomendaría que se busque uno. Ahora la devolveremos a la celda hasta que haya un espacio disponible en la cárcel de Whitworth.

¿Whitworth? Por Dios. Había salido en las noticias hacía unas pocas semanas. Una revuelta. Graves daños físicos. Colchones en llamas cayendo desde los tejados. Clio hundió las uñas en las palmas. La empezaba a dominar el pánico de verdad.

Pero, aun así: mejor ella que Nina. Eso era lo que había decidido.

Marco empujó atrás su silla.

–Bien, parece que eso es todo. Le prepararemos su declaración para que la firme. –Puso expresión muy seria y siguió–: Clio Lawrence, la acuso formalmente de la muerte de Gary Goode. No tiene por qué decir nada, pero lo que calle ahora, si lo afirma durante el juicio, podría perjudicar su defensa. En cambio, todo lo que diga puede ser considerado una prueba.

Y eso fue todo. Lo había conseguido. Al levantarse le temblaron las piernas. Ahora no se sentía como una heroína, sino vieja y asustada y perdida, como si hubiese entrado en la escena errónea de una obra equivocada y en cualquier momento alguien fuese a abuchearla.

Pero había protegido a su hija. Toda ella era miedo y sudor y terror, pero había protegido a Nina.

Una vez, cuando tenía diecisiete años, había recitado un fragmento de *Balada de la cárcel de Reading* para una audición en clase de teatro. No la seleccionaron. Ahora tenía que confiar en ser capaz de interpretar durante el resto de su vida el papel que le tocaba. Para que su hija pudiera tener un futuro, ella debía hacer la mejor interpretación de su carrera: Clio Lawrence, asesina.

Capítulo 31

ÚLTIMA HORA: La Asesina del Acantilado

Una vecina del pueblo ha confesado hoy el asesinato de Gary Goode, y ha sido acusada formalmente. Ya se puede mencionar que se trata de Clio Lawrence, la esposa del fallecido. Afirma haber actuado en defensa propia. La instrucción se llevará a cabo el lunes en la corte de Southampton. Hoy, durante una conferencia de prensa, el inspector jefe Marco Santini ha manifestado que no se busca a nadie más en relación con el crimen. La señora Lawrence se encuentra bajo custodia, en espera de que el lunes se decida si procede ser liberada bajo fianza. Esto supone todo un alivio para el pueblo, que por fin podrá centrarse en la feria de febrero que comenzará en el muelle la semana que viene. Vayan preparando los patines. ¡Nos vemos allí!

Capítulo 32

Gary

19:30 h. Ocho horas antes de morir

–¿Esta es tu idea de lo que significa pagar las deudas, Gary?

Abrió los ojos. Sentía un dolor de cabeza mortal y parecía tener una red de pesca ante el rostro. Tenía el estómago revuelto. Se incorporó y se quedó sentado, buscando con la vista algo en lo que vomitar.

–Gary.

Ignoró la voz. Empezó a recordar: Nina, con un aspecto igualito a su madre, gritándole; él que se daba la vuelta y algo pesado le daba en la cabeza. Aprensivo, se palpó la nuca. Al retirar la mano vio sangre.

–Mierda.

–No me ignores, Gary. He mutilado a otros por menos.

Él soltó un gruñido.

Quien le hablaba soltó un resoplido de frustración.

–Echemos un poco de luz. Me parece que ha olvidado con quién está hablando.

Una linterna iluminó a una mujer que lo miraba con la cabeza inclinada. Pelo gris corto, abrigo azul marino con botones dorados.

Hizo como si lo saludara con la mano.

–Eoooooo.

Por Dios.

La mujer sonrió. Era como una serpiente dispuesta a tragárselo entero.

–Ahora. ¿Me recuerdas, Gary?

Él se dio cuenta de que, contra todo pronóstico, la noche podía empeorar. La mujer se ajustó el collar de perlas. Marg lo había encontrado.

El cerebro de Gary le iba a cámara lenta. Le costaba encajar las piezas del puzle. Estaba claro que ella quería algo. ¿Qué era? El año pasado le había hecho unas reformas. Un diseño de primera, creyó recordar. ¿Se le habría soltado el mármol de la cocina? ¿Se habría derrumbado la arcada?

Entonces sí lo recordó. Diez de los grandes. Le debía diez mil libras que no tenía. Y era obvio que en su estado no sería capaz de largarse corriendo.

Ahora ella negaba la cabeza, los labios apretados. Detrás, una única farola parpadeaba.

—Levántalo.

—Gary. —Unos dedos regordetes se agitaron ante su rostro. El secuaz de Marg tenía una gran nariz y un cuello ancho como el canal de la Mancha—. Hora de levantarte.

—No sé si podré.

—Ay, Gary, tontito Gary. —Marg volvió a negar con la cabeza—. ¿Sabes?, en otros tiempos habrías sido mi tipo. —Y extendió una mano hacia él.

Él le gustaba. Por supuesto. Iba a tener que acostarse con Marg para que le perdonara la deuda. Tragó saliva. ¿Sería capaz de hacerlo? ¿Podría ignorar las arrugas del cuello, las venas varicosas?

Pero ella le pegó una bofetada. Fuerte.

—Ahora eres muy viejo para mí. Me gustan jovencitos.

Tiró de su secuaz hacia sí y lo besó.

Gary se preguntó si aquel no sería un buen momento para escaparse. Intentó incorporarse, pero le temblaron las piernas y volvió a caer de culo.

Marg habló con tono lastimoso mientras le retiraba restos de lápiz de labios a su amante con un pulgar.

—No puedes escaparte. Sé que eres idiota, pero espero que no tanto como para intentarlo. Te puse unas condiciones muy claras. Y no me ha gustado nada tener que venir a buscarte. —Se señaló el vestido—. Iba de camino a un espectáculo, pero he tenido que venir aquí. Contigo. Y eso es un problema, Gary. No me gustan los problemas.

Se dio unas palmaditas en el bolsillo. Gary estuvo seguro de oír algo metálico.

A alguien que pasase por allí Marg le parecería una típica abuela sana de setenta y tantos dando su paseo nocturno diario. Gary, claro, sabía que ese no era el caso. Le dolía la mandíbula donde le había golpeado, y estaba convencido de que iba a recibir más. Normalmente sería capaz de pensar en algún plan, pero, con la cabeza sangrando y el sabor a muerte en la boca, hasta a él le resultaba difícil. La cabrona de Nina tendría su merecido, podía estar segura de ello.

Marg se sacó algo del bolsillo. Una navaja. Gary sintió como si las tripas se le disolvieran.

La anciana se inclinó y apretó el arma contra el cuello de él. Tenía que levantarse, defenderse, salvarse. Pero no podía moverse.

Se sintió la lengua hinchada, de trapo.

—Marg, siento no haber tenido el dinero a tiempo. Problemas de último momento. —El anillo. Eso era lo que había estado haciendo: buscar el anillo—. Pero tengo algo para ti.

—Si no es dinero en efectivo, no me interesa. —Marg estaba disfrutando de aquello. Cómo no. Era de las que le arrancan a uno las uñas solo por diversión—. Solo tienes que darme el dinero y podrás irte a urgencias a que te arreglen eso de la cabeza.

—Yo… —Joder, cómo le dolía la cabeza. Le daban ganas de echarse a llorar. Razonar con aquella mujer era tan inútil como intentar convencer a una bala de que volviera a la pistola, pero ¿qué otra cosa podía hacer?—. Mira, tenía el dinero, de verdad. Pero mi mujer, pronto mi exmujer, me lo cogió. Clio. Lo tiene ella.

—Así que lo tiene ella, ¿eh? —Marg retiró la navaja y se cruzó de brazos—. ¿Clio te cogió el dinero? ¿En serio?

—Sí.

Gary no sintió la menor culpa al decirlo. Había sido culpa de Clio que Nina lo atacara. Ser tan mala como madre había provocado toda la situación. Si Nina no lo hubiera golpeado, él habría encontrado el anillo, y en esos momentos estaría bajo las sábanas con Denise. Sí. Sintió que le volvía la autoconfianza, como si lo inundara, a pesar de la sangre que le bajaba por la nuca. Gary había regresado. La puta resurrección.

–¿Y cuándo fue eso?

Ahora Marg se agachó. Usaba el mismo perfume que la abuela de Gary. Violetas. Le hizo recordar las partidas de bingo caseras y aquellas galletas finas de color rosa que siempre tenía en una latita sobre el mantel.

Concéntrate, Gary.

–¿Que cuándo fue qué, Marg?

–¿Cuándo te cogió el dinero, eh?

A él le dolía la cabeza como si la hubiesen atravesado con un cuchillo.

–Hace un rato. Cuando fue a mi casa.

–Ah, sí. ¿Y a qué hora fue eso?

–No lo sé. Yo no estaba.

Se sintió orgulloso de aquella respuesta.

Marg volvió a cruzarse de brazos.

–Muy gracioso. Aunque un poco raro: ni se ha acercado a tu casa. Aunque sí te montó un buen numerito en la Copper Kettle, eso seguro. –Ahora hablaba con una calma desconcertante–. ¿Te referías a eso? ¿Fue allí donde te cogió el dinero?

–Sí. –Gary se agarró a aquella tabla de salvación–. Me he confundido. Es por la herida de la cabeza.

Volvió a palparse el cráneo, y se preguntó si iba a morirse durante la conversación. Dada la cara que ponía Marg, quizá eso no estuviese del todo mal.

–Oh, Gary. –Ella agitó la cabeza, aunque el moño apenas se le movió–. Sigues creyendo que puedes mentirme, ¿eh, tontito? –Volvió a hundir la mano en el bolsillo. La navaja reapareció–. No me gustan los mentirosos, Gary. Y no me gusta la gente que no paga sus deudas. Así que… –ladeó la cabeza, como un pajarillo con un corazón muy muy negro– vas a tener que traerme el dinero esta noche.

–¿Esta noche?

De repente Gary se dio cuenta del frío que hacía. ¿Qué hora era? ¿Dónde estaba su móvil?

–A medianoche. En el aparcamiento de varios pisos. –La voz de Marg seguía siendo tranquila–. O al amanecer estarás muerto.

–De nuevo el olor a violetas mientras apretó la punta de la navaja contra la piel de él–. ¿Entendido?

Gary respiró hondo.

–Sí.

–Era broma. –Apenas movió la boca–. Primero te torturaré.

–Vale. Genial.

Él no sabía ni si iba a poder ponerse en pie, y mucho menos encontrar diez mil libras antes de que amaneciera. Quizá pudiera huir. Buscar una canoa, como aquel tío de hacía unos años, ¿cómo se llamaba, John Darwin? Pero Gary no iba a cagarla como él. Se largaría a Panamá y nunca regresaría ese estercolero de pueblo.

–Te los conseguiré, lo prometo.

–Mejor para ti. –Marg agitó un dedo–. Usa la cabeza, Gary, usa la cabeza. –Se dio unos golpecitos en la mano con la navaja, antes de meterla en su bolso Chanel y sonreírle benigna a un hombre que paseaba a su perro por la orilla–. Ha tomado unas copas de más. –Señaló a Gary y compartió una risita con el hombre.

Ojalá fuese así, pensó Gary. Joder, ojalá fuese así. Se puso en pie entre temblores, a punto de volver a caerse sobre las manchas dejadas por su propia sangre, agarrándose a la barandilla del paseo.

–Nos vemos muy pronto, Gary –dijo Marg mientras se alejaba.

Y ahí se quedó él, en equilibrio precario, en vida precaria. No tenía ni idea de adónde ir. No tenía ni idea de qué hacer. Pero ya se le ocurriría algo. Siempre se le ocurría. ¿No?

Capítulo 33

8:15 h. 6 de febrero de 2023

AMBER: Tienes algo para mí?

FREYA: Es que no puedes esperarte?

AMBER: He esperado! Tienes algo?

FREYA: 😁

AMBER: Por favor.

FREYA: No sabía que conocieras esa palabra.

AMBER: Jajaja.

FREYA: ...

AMBER: ???

AMBER: ???

AMBER: Y dices que la resentida soy yo.

Capítulo 34

Amber

Durante su tiempo en la policía, Amber se enorgullecía de su capacidad para encontrar siempre ángulos nuevos: si se veía en un callejón sin salida, encontraba una puerta secreta en una esquina; si topaba con una coartada inapelable, encontraba un nuevo sospechoso ese mismo día. Así, después de una noche más de sudar bajo su edredón, se dio cuenta a las cuatro de la mañana de que la persona a la que necesitaba era Marg Redfearn.

En el mismo momento en que Nina mencionó que Gary había recurrido a una prestamista, Amber supo que se trataba de Marg. Era la reina del mundo criminal de Sunshine Sands; todos los caminos relacionados con dinero ilegal acababan conduciendo siempre hasta ella. Las dos eran antiguas conocidas; de hecho, Amber había sido la primera agente en darse cuenta de que aquella mujer de cabellos grises y con bufanda era una importante criminal.

Marg había sucedido a su padre, Tommy Redfearn, especialista en el tráfico de drogas aunque también recurría en ocasiones a la agresión y el robo. Tras varios encuentros con ella, Amber vio enseguida que se trataba de un caso de «de tal palo, tal astilla». Durante años Marg engañó a la policía, haciéndoles creer que el criminal era su marido Tyler, pero cuando él murió ya no tuvo a nadie tras quien refugiarse. Iba moviendo su base de operaciones entre varios almacenes y billares desiertos del pueblo; nunca se quedaba mucho tiempo en un mismo lugar. Dirigía las operaciones con una sonrisa inocente y varios collares de perlas heredados de su querida madre.

No iba a ser precisamente la colaboradora ideal, pero Amber necesitaba información. Si Freya no se la iba a proporcionar, no le quedaba alternativa: Marg era la única opción.

Intentó justificarse a sí misma mientras se acercaba a la casa:

201

qué importaban los rumores de que la anciana traía armas del continente ocultas en cargamentos de helados, o si había invertido recientemente en una cadena de restaurantes de kebabs que tenían toda la pinta de dedicarse al lavado de dinero procedente de los «negocios» de la familia. Hacía tiempo hasta había usado puestos de golosinas para vender cocaína, en conexión con la red de sus hermanos mayores en Londres y más allá.

Marg, por supuesto, se mantenía entre las sombras: a todos los respectos era una pensionista acomodada que, a los setenta y dos años, seguía viviendo en la vieja casa de su madre.

Al acercarse al edificio de paredes blancas situado en lo alto de la playa, Amber vio que los pensamientos de las macetas colgantes estaban bien regados, así como los narcisos en grandes jarrones opacos azules a ambos lados de la puerta roja. Alzó la mano para llamar, pero la puerta se abrió antes de que sus nudillos llegaran a establecer contacto.

–¿Qué quieres? –Marg asomó la cabeza, con sus gafas doradas de media montura en la punta de la nariz. Su mirada de acero era tan firme como siempre–. Te han echado. Lárgate.

–Yo también espero que estés bien, Marg. –Amber sonrió.

–No sonrías. No se te da bien. –La anciana echó un vistazo a las flores y se inclinó a retirar una marchita. Era miembro de la Real Sociedad de Horticultura y visitaba a menudo la floristería Chelsea–. Salía a hacer piragüismo y me estás impidiendo el paso. ¿Qué quieres?

Amber decidió responder yendo directa al grano.

–Quiero que me digas los movimientos de Gary Goode durante la última semana de su vida. Le prestaste dinero, y eso significa que hiciste que lo siguieran, así que sé que tienes la información que busco.

–Interesante. –Marg dio unos golpecitos con los anillos contra el inmaculado marco de la puerta.

–¿El qué?

–Intentas demostrar que la policía se equivoca, ¿verdad?

La mirada de Marg era como unos rayos X que atravesaran las mentiras y expusieran la verdad debajo de estas.

–Intento demostrar que mi amiga es inocente, sí.

–Pero si acaba de confesar. Lo he visto en las noticias.

Amber asintió.

–Sí. Pero estaba confundida. La verdad es que no lo recuerda. Es la puta menopausia.

Marg murmuró un taco.

–Desde luego. La mía fue un infierno, un verdadero infierno. –Aquello era lo más íntimo que Amber la había oído decir nunca–. La solución es la terapia de hormonas; me fue genial. –Sonrió–. Y también me devolvió la libido.

Amber no deseaba pensar en la libido de Marg.

–Vale, me alegro por ti, pero…

–Y también la acupuntura. Eso me ayudó.

Abrió más la puerta, dejando al descubierto la colección de armas que tenía en una vitrina contra la pared. Todas con su permiso correspondiente, claro; Marg no era tonta. Posó una mano satisfecha sobre el cristal. Más allá, Sam, su actual protegido con beneficios, estaba a la puerta de la cocina; tenía los hombros casi tan anchos como el propio pasillo.

Estaba claro que el gesto había sido una amenaza, pero Amber decidió ignorarlo por Clio.

–Bueno, ¿puedes ayudarme con lo de los movimientos de Gary?

Marg aspiró entre dientes.

–¿Y yo qué sacaría con eso?

Amber alzó una ceja.

–Un halo de santidad.

La anciana hizo un gesto de desprecio.

–Bah. A quién le importa eso.

Amber sonrió.

–Cierto. Bueno, pues es una oportunidad de hacer lo correcto.

–No me interesa. –Entonces entornó los ojos–. A menos, claro, que me ofrezcas pagarme lo que me debía Gary.

Amber se encogió de hombros.

–Estoy en el paro, así que de eso nada.

–Hay otras formas de pagar.

–No.

—Entonces olvídalo. —Marg se encogió de hombros.

—Sería una lástima. —Amber se forzó a sonar dura—. Porque si no me ayudaras tendría que contar lo de tu… negocio… con los aparcamientos.

—No tengo ni la menor idea de qué hablas. —Marg ni siquiera parpadeó. No era extraño que ganara tanto al póker.

—Por ejemplo, lo que haces a la entrada de ese de varios pisos.

Marg se cruzó de brazos.

—Estás alucinando. No me extraña que te despidieran.

—No, no alucino. —Amber se encogió de hombros—. Y, en cualquier caso, no te convendría que yo fuera diciéndolo por ahí.

Marg la observó fijamente y frunció el ceño.

—Ya te ayudé una vez y no acabó bien para mí. Ya sabes, con lo de Freya y el tío aquel.

La mención a su amiga fue como un aguijonazo para Amber.

—Te protegí, tal como te dije. Y tampoco es que acabara bien para mí, ¿no? La que se ha quedado sin trabajo soy yo.

—Me caes bien. —Marg parecía a punto de cerrar la puerta—. Pero no puedo ayudarte…, a menos que quieras trabajar para mí.

—No, gracias.

—Entonces adiós.

Intentó dar un portazo, pero Amber ya había interpuesto un pie. Aunque se resintió del golpe, se mantuvo firme. Oyó las fuertes pisadas de Sam al acercarse por el pasillo para abrir la puerta del todo y soltar un gruñido, pero ella siguió hablando como si el gorila no estuviera allí.

—Por favor, Marg, escúchame un minuto. Gary Goode era un cabronazo, dio por supuesto que podía cagarse en ti igual que en los demás, y al final te quedaste sin tu dinero, más o menos como todos los que hicieron negocios con él. Si me das la información que sé que tienes, podré atrapar al asesino y hacer que este, sea quien sea, te lo devuelva. A fin de cuentas, él es el responsable de que no lo hayas recuperado, ¿no?

Marg pensó en ello. Sam esperaba con los puños cerrados.

—Tengo que ayudar a mi amiga, Marg. Por favor.

La anciana alzó una ceja.

–¿Quieres salvar a una amiga? ¿Igual que la otra vez?

Ella asintió.

–Igual que la otra vez, sí. Solo que ahora es un millón de veces más importante.

Marg asintió lentamente.

–Que quede claro: si te ayudo, me deberás un favor, Amber Nagra. Habrá una deuda que pagar.

–Vale.

–Muy bien, lo haré. Voy a ayudarte. Más tarde te llegará un sobre. Y también te daré algo más de información, como gesto de buena voluntad. La autopsia. Murió de dos golpes en la cabeza, no uno.

–¡Lo sabía!

Ni siquiera le preguntó cómo lo había averiguado; no quería saberlo. Pero lo de los golpes exoneraba a Nina. Gary Goode había sido asesinado por otra persona, y Amber iba a encontrarla.

–Gracias, Marg, gracias.

Se dio la vuelta y regresó al coche.

Acababa de hacer un pacto con el diablo del pueblo, pero valía la pena. Todo valía la pena con tal de salvar a Clio.

Capítulo 35

Clio

Clio se dio cuenta de que dedicaba cada vez más tiempo a hacer como si estuviese protagonizando una película. Era preferible interpretar a alguien que se enfrentaba a pasar el resto de su vida entre rejas, más que ser la verdadera persona que nunca volvería a gozar de la libertad. Tumbada sobre el fino colchón, se subió la manta que tanto picaba hasta la barbilla; la parte superior estaba húmeda por las lágrimas.

Se giró hacia un lado, pero la cadera izquierda le recordó que no era una buena idea. Girarse hacia el otro implicaría acercar demasiado la nariz a la mancha marrón de la pared, así que volvió a ponerse boca arriba y rogó que la pelvis la perdonara. En la celda de al lado, un hombre alternaba entre gritar y golpear algo contra la puerta, una mano o la cabeza, a saber. Soltaba un taco tras otro, y Clio decidió que iba a soltarle unos cuantos de ellos a Nina cuando volviera a casa.

Claro que la verdad era que nunca iba a volver a casa, ¿no? Se quedaría en aquella celda hasta que la trasladaran a la cárcel, donde permanecería hasta que se le cayeran todos los dientes y nadie recordara su nombre.

Iba a echarse a llorar de nuevo cuando la puerta se abrió sonoramente.

—Clio, venga con nosotros, por favor.

Se levantó sin mucha emoción: por poco que le gustara aquel lugar, la sala de interrogatorios era aún peor. Y además ya había confesado, ¿no? ¿Qué más había que añadir? Avanzó por el desangelado pasillo arrastrando los pies, pasando junto a puertas metálicas grises tras las que presumiblemente se encontraba gente que sí había cometido delitos. Se preguntó si se sentirían mejor o peor que ella, qué habrían hecho, si también acabarían en la cárcel.

La cárcel. Se encorvó al entrar en la sala, consciente de la cámara que enfocaba su rostro. Se dejó caer en la silla de plástico, que parecía diseñada especialmente para retorcer vértebras.

–Sonríe a la cámara –murmuró.

Alzó la vista. Vio entrar a Marco. No tenía ni idea de qué hora era, pero empezaba a convencerse de que aquel hombre vivía allí. Y de que debía de tener al menos diez de esas aburridas camisas blancas que llevaba siempre.

Esperó con las manos cruzadas en la mesa, una postura que empezaba a ser habitual.

–Por Nina –se dijo en voz baja.

Marco se sentó y rebuscó en su bolsillo una libretita y un bolígrafo. La poli muda se los ofreció y le dio al botón de su propio boli, expectante.

Él miró a Clio con ojos cansados.

–Volvemos a encontrarnos.

–Eso parece. –Miró hacia la cámara–. Me llamo Clio Lawrence y vivo en el número 15 del aparcamiento de caravanas de Sunshine Sands. –Se estiró–. ¿Algo más?

–No, eso es todo. –Decidió que Marco necesitaba un corte de pelo urgente–. Antes de empezar, Clio, ¿está segura de que no desea que haya un abogado presente?

Otra vez con esas.

–Sí, estoy segura del todo de que no quiero un abogado.

–¿De verdad? –Tamborileó con los dedos en la mesa–. Podemos llamar a uno de oficio.

«Por Nina».

–Estoy segura. –Negó con la cabeza–. Nada de abogados.

–Muy bien. –Marco pulsó el botón de su bolígrafo–. Pues resulta que han aparecido nuevas pruebas.

–¿Cuáles?

Pensó de inmediato en el trofeo. ¿Y si Bez no se había librado de él? ¿Y si lo había encontrado la policía y todo lo que estaba haciendo ella era para nada? Su mente inició un nuevo pase de la película del tormento: Nina esposada, Nina en una celda, la vida de Nina acabada.

No. Alzó la barbilla. Exhaló, soltando el lastre del agotamiento que la azotaba. Miró la hora; la sorprendió que ya fuera de mañana de nuevo. Supuso que fuera el mundo seguiría en marcha: gente levantándose, lavándose la cara cansada, preparando café, echando un vistazo a las noticias en el móvil. En el aparcamiento de caravanas Bez le estaría friendo beicon a Nina, que aparecería de repente, medio dormida y taciturna, frotándose los ojos.

Deseó con todas sus fuerzas estar con ellos. Confiaba en que a su hija le esperase un futuro mejor que a ella, que se hiciera doctora y ayudara a construir un mundo mejor. Lo único bueno de verdad que había hecho Clio era la propia Nina; lo único bueno que había dado a la humanidad era la adolescente a la que ahora estaba protegiendo.

Se acomodó en la silla, esperando a ver de dónde vendría el siguiente golpe.

Marco revisó sus notas.

—Nos dijo usted que solo golpeó una vez a Gary, en la cabeza, ¿correcto? —Y alzó las cejas.

—Sí. —El estómago volvió a darle vueltas.

—Y que después tiró la piedra al mar.

—Sí. —Estaba tan tensa que temió que se le fuese a dislocar la mandíbula.

—¿Y entonces…?

—Entonces nada. Hice como si encontrara el cadáver. Fin.

—¿Nada más?

—Nada.

Le sostuvo la mirada. «No seas la primera en apartarla, Clio». Aquella era la primera regla del mentir; se lo había dicho Gary, entre risas, durante una de sus primeras citas. «El primer indicio de que estás mintiendo es que rompes el contacto visual. El segundo es mirar arriba y a la izquierda». En el momento, a Clio no se le ocurrió preguntarse cómo sabía él todo eso.

Qué tonta. De volver a tener citas alguna vez, solo sería con hombres que dispusieran de una buena cuenta bancaria. Eso le daría fiabilidad, ¿no?

Como si alguien fuese a desearla después de veinte años en la cárcel…

Marco estaba hablando de nuevo.

–Pues es muy raro, porque en la autopsia han encontrado algo más.

–Eso es imposible.

Todo en ella se mantuvo firme: los puños, el cuello, y hasta –milagro de milagros– el suelo pélvico. Ella misma no sabía que fuera capaz de mostrarse tan impertérrita.

«Concéntrate, Clio».

–Pues sí. –Marco se reclinó en su silla y flexionó las manos peludas. La poli muda seguía escribiendo sin parar–. La autopsia dice que Gary no murió de una herida en la cabeza.

–¿Qué? –Clio no se esperaba eso–. Pues claro que sí. Ya lo dije: yo…

Marco la interrumpió.

–Murió de dos heridas en la cabeza. O, mejor dicho, tenía dos heridas en la cabeza en el momento de su muerte. Eso demuestra que su historia de que fue en defensa propia es mentira, ¿no?

Clio se quedó boquiabierta.

–¿Qué quiere decir?

–Bueno, usted tendría que haber estado muy enfadada de verdad como para golpearlo dos veces. El primero debió de hacerlo caer al suelo. ¿Para qué otro más? A menos que quisiera matarlo, claro.

¿Dos heridas en la cabeza? Clio deseó levantarse, estirar las piernas, pensar. Nina solo lo había golpeado una vez, había sido muy clara en eso. Un golpe y él cayó. Clio había confesado para proteger a su hija, pero ahora… Se echó a temblar. A ver si en realidad estaría protegiendo a otra persona. Sintió cómo la duda crecía en su interior. Otro ejemplo de la vida haciéndole una peineta y dejando que se hunda.

Deseó que Amber y Jeanie estuviesen allí. Quería Nutella y una cuchara. Quería sentir cómo la abrazaban. Pero, por el momento, no le quedaba otra que insistir en su historia.

–Mire, Marco, solo le golpeé una vez. No sé nada más. Apareció, discutió conmigo, iba a atacarme y le golpeé, ¿vale? Y no tenía pinta de estar herido de antes.

–Bueno, usted dijo que estaba oscuro…

–Sí, pero, en fin, lo hubiera notado, ¿no? –Clio se forzó a respirar.

–No lo sé. –Marco ladeó la cabeza–. Pero también hay otra explicación posible, ¿no? Quizá lo golpeó dos veces, Clio. Quizá no fuese en defensa propia. Quizá fue un ataque deliberado y agresivo a su marido. Usted lo odiaba, eso está claro. Se había quedado con la casa, con el negocio y con su dinero, y ahora aún quería algo más: a usted.

Clio no podía responder; si decía la verdad, podrían averiguar lo de Nina.

Marco frunció el ceño.

–Si lo golpeó dos veces, la acusación será de asesinato. No defensa propia sino asesinato.

Clio tragó saliva. Su niña. No podía arriesgarse a decir nada que quizá acabase incriminándola. Las palabras le salieron de la boca antes de saber que iba a pronunciarlas.

–Quizá fuese así. No lo sé. Ya he dicho que no recuerdo demasiado. A lo mejor. ¿Lo hice? ¿Le golpeé dos veces? No lo sé. De verdad que no lo sé.

–No lo sabe. –Él miró al infinito y se acercó aún más–. Antes fue usted muy clara, Clio. Ahora vaya con cuidado, porque lo que diga va a ser importante de verdad. ¿Golpeó usted o no dos veces a Gary Goode en la cabeza la mañana del 5 de febrero de 2023?

–Yo… –Dudó. Quería salvar a Nina, pero no a alguien más–. No lo sé. –No se le ocurrió nada mejor que decir.

–¿Que no lo sabe? –Marco negó con la cabeza–. ¿En serio me está diciendo que no sabe si golpeó a su marido una o dos veces en la cabeza?

–Sí. –Clio sintió el temblor en el pecho, el pánico creciente.

A Marco le dio un tic en un músculo de la mejilla.

–Entonces me temo que vamos a quedarnos aquí hasta que me diga todo lo que sabe de verdad. Insisto: todo. ¿De acuerdo?

–Pero si ahora ya lo sabe todo… –Se hundió las uñas en las palmas. No iba a llorar.

–No estoy seguro de eso, así que volvamos a empezar. Desde el principio.

Clio sintió un calor que le subía por la columna. Era muy posible que de repente estallase en llamas.

–¿Desea un té?

Joder, sí que debía de tener mala pinta: la poli muda había hablado.

Negó con la cabeza.

–No, gracias, aunque sí que le aceptaría un cóctel.

Marco agitó la cabeza.

–Ja, ja, ja.

–No es broma. –Entonces Clio decidió controlarse–. Aunque un poco de agua también me vendría muy bien, si no es molestia.

Mientras empezaba a relatar su historia de nuevo, no dejó de preguntarse quién habría propinado el segundo golpe. Su única esperanza era que sus amigas estuviesen cerca de dar con el asesino, porque era obvio que Marco Santini iba a tomarle la palabra de que ella había sido la única culpable.

No quería salvar a nadie excepto a Nina. Y cada vez más, ahora que en la sala flotaba la acusación de asesinato, se daba cuenta de que de verdad quería salvarse a sí misma.

Capítulo 36

3:30 h. 8 de febrero de 2023

@SaveClio

JEANIE: Tengo algo. Llámame por la mañana.

AMBER: Tú también estás despierta? Te diviertes?

JEANIE: Yumi en una teta, Jack pegándome en la cara, Tan en la habitación de invitados.

Nunca me he divertido tanto.

AMBER: Y yo aquí sola con mi pijama sudado.

JEANIE: Paraíso.

AMBER: Qué tienes?

JEANIE: No sé bien. Vivienne tiene coartada, esa noche estuvo en Londres. Montón de fotos en Insta.

AMBER: Ok.

JEANIE: Johnny también iba a ir. No fue.

AMBER: Cómo lo sabes?

JEANIE: No hay fotos. J siempre cuelga. Vivienne estuvo, él no.

AMBER: Eres genial. Dónde estuvo?

JEANIE: No sé. Algo más. Quizá sea una bobada, pero...

AMBER: Suéltalo. Y quiérete un poco más, por Dios.

JEANIE: Te dije que trabajé en la cuenta de Fernandez Tech antes de la baja maternal?

AMBER: Sí.

JEANIE: Algo raro: no encuentro al cofundador en

212

las redes. Rajiv. Director de diseño y copresidente. Eran inseparables, ahora nada. Por qué?

AMBER: 🫥

JEANIE: Ahora Johnny se lleva todo el mérito: único inventor del chip, etc.

AMBER: Por qué matar a Gary?

JEANIE: No sé. Quizá Gary sabía algo, hizo alguna tontería. ¿Chantaje? O soy yo que alucino.

AMBER: No alucinas. Muy buen trabajo. Sabía que serías una Agatha.

JEANIE: 😊

AMBER: Qué hacías en la cuenta de Fernandez Tech?

JEANIE: El té. Minutas. Esas cosas.

AMBER: Podrías llevar a los niños a la ofi una mañana? Echar un vistazo, ver si averiguas algo sobre Rajiv. Es una buena pista.

JEANIE: Llevarme a los niños? Esos imanes para los problemas? A Londres?

AMBER: Distracción perfecta mientras consigues el contacto de Rajiv, no?

JEANIE: No me dejarás decir que no, verdad?

AMBER: 🙂

JEANIE: Vale... 👍🌍

AMBER: Busca todo lo que pueda suponer una pista de qué pasó. Minutas del consejo. Fotos antiguas de cara. Artículo de prensa? Lo que sea que pueda tener tu empresa y que hable de librarse de Rajiv: notas de prensa extrañas, etc. Seguro que él se resistió: el chip vale millones.

JEANIE: 🦃🐓⚽🏔️

AMBER: Hola, Yumi y Jack.

JEANIE: ddddjjjjfff🦋tttttaaaaaaaaa🍷

Capítulo 37

Amber

A las nueve y media de la mañana siguiente, Amber se tomaba su tercer café, absorta en las notas que Marg le había enviado la noche anterior. Había que concederle que hacía las cosas a conciencia: quien fuese que había sido obligado a base de amenazas a seguir a Gary era un profesional. Lo escribía todo: cuando ponía gasolina, cuando iba al gimnasio, cuando iba a visitar a sus clientes… Hasta su lío con Cherie en el hotel Gloriana estaba allí, en negro sobre blanco.

Pero no había nada concluyente, ninguna pista que hiciera que alguno de los sospechosos destacara por encima de los demás. Eso no era raro en sí mismo, pero sintió esa desilusión habitual en ella. Le dolía la espalda y se dio cuenta de que corría peligro de quedarse clavada a la silla para siempre, así que dejó la taza, se levantó y estiró los músculos. Era pasada la hora de su ritual mañanero: Annie Lennox a todo volumen, cien abdominales, cien flexiones y dos kilómetros en su bicicleta estática.

Al abdominal cuarenta y nueve sonó el timbre de la puerta. Soltó un taco y fue a contestar, solo para que sonara de nuevo a medio camino.

—Paciencia, caramba. —Abrió—. La leche, tú por aquí.

—Tan encantadora como siempre. —El inspector jefe Marco Santini alzó una ceja—. Sobre todo teniendo en cuenta que te he traído tu desayuno favorito. —Le ofreció una bolsa de McDonald's—. Un Egg McMuffin.

—Vete a la mierda.

Cerró de un portazo y apoyó la cabeza en la puerta. ¿Cómo se atrevía a presentarse así de repente, sin avisar, sorprendiéndola mientras ella iba de deporte, sin haberse duchado, sin estar preparada?

Volvió a abrir solo para decirle lo cabrón que era.

Él alzó las manos.

–Ya sé que me odias, pero ¿puedo pasar?

–No.

–¿Aunque venga a compartir contigo información sobre el caso? –Ladeó la cabeza.

–¿Y por qué ibas a hacer algo así?

Él paseó la vista por el interior de la casa.

–Yo…

–¿Sí?

Estaba claro: la necesitaba.

Los engranajes de la mente de Amber empezaron a girar. Por un lado, no tenía ningunas ganas de hacerle un favor; por otro, la información que le traía quizá le resultase útil, aunque eso último no iba a decírselo.

Lo observó, seria, sin sonreír.

–¿Y tortitas de patata?

Él asintió.

–Sabes que sí. Tres.

Amber se hizo a un lado.

–Entonces pasa. Pero recuerda que tengo una alarma y estoy dispuesta a usarla.

El hombre entró en la sala de estar; sus anchos hombros apenas pasaron por el marco de la puerta. Parecía que hubiera dormido en un contenedor, con los pelos hacia arriba y una gran mancha blanca en una manga de su abrigo negro de lana. En el pasado eso hubiese preocupado a Amber lo suficiente como para ofrecerle fruta o preguntarle qué le pasaba, pero ahora se limitó a cruzarse de brazos y examinarlo.

Marco se sentó en el sofá con un suspiro, haciendo que de repente la tela roja pareciera tan avejentada y gastada como él mismo. Una vez había dicho en broma que su ídolo de la moda era Colombo, pero esta vez superaba al desastrado poli de la tele: todo lo que tocaba se convertía en un amasijo de arrugas, y Amber pensó que iba a tener que pasar la aspiradora en cuanto se fuera.

Ella no se sentó.

–¿Qué pasa, me echas de menos o qué?

–No.

Se pasó una mano por los desarreglados rizos oscuros. Las arrugas de su frente eran tan hondas como si las hubiesen tallado con escoplo.

–¿Y a qué has venido?

–Sé que tú también quieres investigar el caso, y quizá podamos ayudarnos el uno al otro.

Se echó atrás como para descansar los pies y sus repugnantes zapatos negros sobre la mesilla de estilo japonés.

–¡NO!

Marco se quedó paralizado con las piernas en el aire.

–Había olvidado que eres una friki de la limpieza. Perdona, pero me he pasado toda la noche vigilando a un tío.

–¿Es que acaso ahora no tienes júniors que lo hagan, jefe?

Él soltó una de las risotadas cálidas que a ella le habían hecho pensar en el pasado que eran amigos.

–Pues ya ves, con tantos recortes tenemos que apechugar todos. De todas formas, me gusta hacer las cosas personalmente.

–Cómo han caído los poderosos… –Amber ahuecó un almohadón, y al volverse vio que él la miraba con repentina sospecha en sus ojos marrones–. ¿Qué pasa?

Marco se encogió de hombros.

–Nada. Solo que no parece preocuparte mucho el que tu mejor amiga sea una asesina.

Ella eligió sus siguientes palabras con cuidado:

–Bueno, Gary se lo merecía, ¿no?

El inspector jefe alzó una ceja.

–Aun así, tu mejor amiga va a ir a la cárcel. Durante años, si la declaran culpable. ¿Cómo es que estás tan tranquila?

Así que era a eso a lo que había venido, no porque la necesitara sino porque quería interrogarla.

Pues que tuviera buena suerte. Se sentó en su sillón de cuero preferido, alzó las piernas y las dobló sobre el asiento.

–Preocuparme no serviría de nada, ¿no, Marco? Ponerse «emocional» –dibujó las comillas en el aire– es inútil. Me lo enseñaste tú, ¿no?

Él dejó pasar el comentario. Demasiado directo, demasiado agresivo. Era de los que prefería decirles las cosas por escrito a sus parejas, un jefe capaz de encerrarse en su despacho para evitar una conversación difícil en persona y tenerla por correo.

Dio un sorbo al té que le había ofrecido Amber.

–La autopsia es interesante. Gary murió de un golpe en el cráneo, que le asestaron entre las tres y las tres y media de la madrugada. Pero también tenía otra herida en la cabeza.

Ella contuvo el aliento, pensando en Nina.

Marco dejó la taza en la mesa, ignorando el posavasos que había colocado Amber, que tuvo que inclinarse hacia delante para ponerla en su lugar.

–Así que con dos golpes no pudo ser defensa propia, como afirma Clio.

–¿Por qué no? Pudo darle una vez, él siguió avanzando y ella volvió a darle.

Marco agarró una pelotita rosa antiestrés que nunca había cumplido en absoluto su misión. Volvió a dejarla.

–Pero en los primeros interrogatorios y en la confesión, insistió en que solo lo había golpeado una vez. –Le examinó la cara sin dejar un centímetro por explorar–. Ahora dice que no está segura.

Pobre Clio. Debía de estar pasando por un infierno. Amber abrió la bolsa con el McMuffin.

–Estaba borracha, Marco. Por supuesto que no lo recuerda bien.

–Entonces, ¿piensas que los dos golpes pudo dárselos ella?

Y una mierda iba a contestar a eso. Al contrario: decidió que sería ella quien se saldría con la suya; iba a rellenar unos cuantos de los espacios en blanco que había en el caso.

–¿El cadáver fue movido?

–No. Una de las manchas de sangre en el peldaño muestra que fue ahí donde murió.

–Ajá. –Amber masticó un momento en silencio. Las tortitas de patata eran las estrellas no reconocidas del desayuno inglés–. ¿Hay algún testigo?

—No por la noche. El tiempo era horrible. Los vientos del norte, ya sabes. Nadie se atrevió a salir. El temporal era tan fuerte que…

Por Dios. Cuando Marco empezaba a hablar del tiempo, podía pasarse el día entero.

Cogió un pañuelito húmedo del paquete que había en la mesa y se limpió a conciencia los dedos grasientos.

—¿Alguna grabación del hecho en una cámara de seguridad, o quizá del asesino?

—No. —Marco cambió de postura sin levantarse—. En esa parte de la playa no hay cámaras, así que no tenemos nada sobre el asesino. Y para hacerlo todo aún menos claro, todo el mundo iba con capucha y con la cabeza gacha para protegerse de la lluvia. Además, el culpable conocía la zona. Quizá solo fue pura casualidad, pero yo creo que sabía lo que hacía. Hace poco Clio tuvo un trabajo temporal controlando las cámaras, ¿sabías eso?

—Sí.

Aunque la verdad era que Amber lo había olvidado. Su amiga había tenido que soportar trabajitos horribles desde que la echaran a patadas de Looking Goode: en una clínica de metadona, en una fábrica de papel higiénico, hasta en una clínica de bótox en la que apenas duró una hora porque se negó a cumplir la orden de aplicárselo ella «para encajar con nuestra clientela».

—¿Y qué hay del móvil de Gary, Marco?

—Ha desaparecido. Los buceadores no lo encuentran. Ahora mismo deben de estar comiéndoselo los peces.

Empujó las migas de su regazo al sofá. Amber tuvo que apretar los dientes. Después él se levantó y se dio un golpe contra la mesilla, demasiado torpe para una salita tan arreglada como la de ella.

—Bueno, ¿y tú? ¿Qué tienes para compartir conmigo?

—Nada. —Negó con la cabeza.

Marco fijó la vista en la pared desnuda sobre el hogar.

—¿Lo tiraste todo? ¿Toda tu… investigación?

A Amber se le erizaron los pelos de los brazos.

—Sí. —De repente se vio incapaz de mirarlo a los ojos. No quiso pensar en el día en que él y Freya se presentaron allí por sorpresa y vieron lo que había estado haciendo ella—. Sí, lo tiré todo.

–Bien. –La miró de lado y parpadeó bajo el flequillo. De verdad que tenía que cortarse el pelo–. Ojalá me perdonaras, Amber.

–Me despediste. ¿Cómo iba a perdonarte?

–Me vi obligado, dado lo que hiciste. No fue nada personal.

Ella sintió que la vergüenza la invadía. La vergüenza y la rabia.

–Pues sí que pareció personal, Marco.

–Ojalá no lo vieras así. –Se volvió–. Pero ya veo que no vas a decirme nada, ni aunque sea tu amiga la que vaya a acabar en la cárcel. En fin, ya sabes dónde estoy. Si se te ocurre algo, cualquier cosa que pueda ayudar…

–Claro. –Aunque ella sabía que no iba a llamarlo.

–Y Amber… –Marco apretó los dientes–. De verdad que no tuve alternativa con lo de despedirte. Rompiste las reglas, y no una vez sino una tras otra. No puedes ocuparte de proyectos personales en horario laboral, y menos contra los deseos de una colega, ya lo sabes.

Amber no quería volver a oír todo aquello. Aceptaba que se había saltado un par de reglas, pero con los mejores motivos. Eso último era lo que Marco nunca había reconocido, y lo que hacía que todo le resultara tan doloroso a ella.

–Adiós, Marco. –Necesitaba un rato con el saco de boxeo del garaje.

–Adiós.

Sintió un rayo de pura furia cuando cerró la puerta después de que saliera su examigo. Era un idiota. La jefa debería ser Amber, no él. Recordó la forma en que Marco vació el contenido de los cajones del escritorio de ella en una caja de cartón, todas esas tristes bolsitas de té y su bolígrafo de la suerte con los colores del arcoíris que ya estaba en las últimas; a todos sus colegas, en silencio, observándola irse. Lo de Jerry Maguire no era nada en comparación. Bah, que le dieran por culo a Marco: el caso lo iba a resolver ella y le rogarían que volviera.

Se tumbó en el suelo. Iba por la abdominal setenta cuando el timbre sonó de nuevo. Fue pesadamente hasta la puerta y abrió, dando por supuesto que era Marco que regresaba a por más. Esta vez estaba dispuesta a ponerse muy borde.

Pero lo que vio fue a una Denise con los ojos como platos, el pelo desarreglado, las mejillas rojas. Antes de que Amber pudiese impedirle el paso entró en el recibidor, rezumando una agresividad normalmente reservada a un atasco de coches de cuatro horas.

Amber parpadeó.

–¿Qué diablos…?

Denise ya estaba en la sala de estar.

Ella la siguió.

–¿Cómo has sabido dónde vivo?

–Soy periodista. Es fácil. –La voz le temblaba de rabia. Abrió las palmas de las manos y Amber vio tres móviles en ellas–. Mi único problema ha sido esquivar a la trabajadora social que insiste cada puto día en que comparta mi dolor con ella.

–¿Por qué…?

–Gary era un cabrón hijoputa. –Denise tomó aire entre temblores–. Iba follando por ahí con otras.

–Sí, era típico de él.

–Me lo dijo Marshall cuando fui a intentar que me diera el dinero que le debía a Gary.

Amber hizo como si no supiera de qué iba todo aquello, aunque recordaba bien las espinas del rosal en la oreja.

Denise agarró la bolsa de McDonald's y se puso a estrujarla como si fuese el cuello de su expareja.

–Y resultó que Gary se había inventado los números. Y que Marshall tenía vídeos de su mujer y Gary montándoselo. EL MUY HIJO DE PUTA.

Amber se preguntó qué estarían pensando sus vecinos de todo aquello. La voz de Denise se iba volviendo más y más aguda.

–Volví a casa y recordé lo que había dicho Clio en la cafetería sobre móviles de prepago. Lo puse todo patas arriba buscándolos. Aquí están. Los guardaba en el coche. En un hueco debajo de una de las alfombrillas, te lo creas o no. Tal como había dicho Clio.

La bolsa de McDonald's pasó a mejor vida. Volaban trocitos por todas partes. Amber tuvo que controlarse para no correr a recogerlos todos.

Denise se volvió hacia ella, los ojos llameando de furia.

–Y ahora tú vas a ayudarme a desbloquearlos para que yo pueda averiguar a quiénes se pasaba por la piedra y convertir sus vidas en un infierno. Yo no comparto hombres.

Amber tragó saliva.

—No creo que yo pueda ayudarte a…

Denise la señaló con un dedo tembloroso.

—Seguro que puedes. Mis contactos en la poli me dijeron dos cosas. Una: que eres una arpía pero muy buena.

—Hum…

—Y dos: que te echaron por lo que le hiciste al novio de tu amiga. No creo que quieras que tus nuevas amiguitas se enteren de eso, ¿verdad?

Amber se puso firme.

—No sé de qué hablas.

Denise negó con la cabeza.

—Ni lo intentes. Solo harías el ridículo. Voy a contárselo todo a menos que me ayudes.

Ella se mordió el labio. Quería contarles a Clio y a Jeanie lo que había hecho, pero por una razón u otra no había encontrado el momento. Le resultaba más fácil hacerse la víctima, decir que la habían despedido injustamente en vez de la verdad. De saber que había quebrantado las reglas y seguido a alguien, quizá dejasen de querer ser amigas suyas, no importaban las razones. Y ellas eran su familia. Siempre lo habían sido. No podía perderlas.

—Vale. Déjame echar un vistazo.

—Bien. —Denise se acomodó en el sofá—. Aquí tienes.

Amber miró los teléfonos.

Quizá tuvieran la clave en su interior. La pieza que faltaba.

Se le disparó la adrenalina.

Esos móviles podían ayudarla a encontrar al asesino.

Capítulo 38

Jeanie

Jeanie respiró hondo y contempló la puerta del edificio que había sido su segundo hogar hasta el nacimiento de los mellizos. Habían pasado más de doce meses desde que había pasado por última vez por la luminosa recepción de cristal, cruzado el suelo de mármol y pasado la tarjeta que le permitía acceder por las elegantes puertas de entrada hasta los ascensores que conducían a la planta de arriba. Por entonces estaba de ocho meses y su voluminosa panza entraba unos segundos antes que el resto de ella, que además tenía el pelo reluciente con el brillo del embarazo.

Esta vez iba acompañada de los bebés ya nacidos, que se habían pasado casi todo el viaje en tren desde Londres recuperando el sueño perdido la noche anterior. Jeanie deseó poder dormir también durante el trayecto: llevaba en pie desde las tres de la mañana, cuando empezaron a llorar y ella se los llevó a su cama entre bostezos. Habían gozado con Tan de su habitual discusión susurrada «me toca dormir a mí» hasta que él decidió excusándose en que al día siguiente tenía que trabajar y se fue dando tumbos a la habitación de invitados. Jeanie pudo dedicar diez segundos enteros a lamentarse a la almohada hasta que Jack vomitó y ella se pasó la siguiente hora buscándole otro pijama limpio, aterrorizada de que fuese a morirse de una neumonía.

Entre unas cosas y otras, reflexionó mientras reunía el coraje para entrar, nunca se había sentido menos como una detective o, en general, como un ser humano. Juzgó sus posibilidades de tener éxito como muy bajas, incluso de no contar con compinches tan impredecibles como Jack y Yumi. No poder pasar el cochecito doble por la puerta giratoria la hizo acabar de convencerse.

Empujó más, con sudor perlándole la frente aunque fuera estuvieran a dos grados bajo cero. Antes de tener hijos nunca se había fijado mucho en las puertas; simplemente eran cosas que se abrían y se cerraban en su camino adonde quisiera llegar. Ahora eran siempre demasiado estrechas, demasiado pesadas, demasiado frágiles, nunca diseñadas para la anchura de un cochecito doble. Alzó la vista y vio a Mark, el recepcionista, que la contemplaba a través del cristal. Sintió cómo la invadía una oleada de alivio. Cuando ella trabajaba allí, cada viernes por la mañana le llevaba un chocolate caliente; en cualquier momento él acudiría a ayudarla.

Pero el bronceado rostro de él se mantuvo inexpresivo. Jeanie le sonrió, pero no obtuvo nada a cambio. Entonces se dio cuenta: no la reconocía. Sintió ganas de echarse a llorar. Había trabajado diez años en aquella empresa, diez años de pasar ante él y su equipo al entrar y salir, de saludarlo y preguntarle qué tal las vacaciones y qué le habían regalado por Navidad. Pero ahora ella era mamá y él no tenía ni idea de quién era, por mucho que se hubiera maquillado y cepillado al menos la mitad del pelo. Se encorvó, apoyándose en los mangos del cochecito, mientras Yumi empezaba a quejarse amargamente, cosa que acostumbraba a ir *in crescendo* tan rápidamente como una tetera a punto de hervir. Jack se fregó la nariz con una manita minúscula y también inició una protesta.

Jeanie respiró hondo de nuevo. Quizá debería rendirse y regresar a casa. Las posibilidades de encontrar algo que les resultase útil eran mínimas, mientras que las de conservar su puesto tras la baja maternal serían, después del caos que pudieran crear los mellizos en la oficina, casi inexistentes.

El móvil le vibró. Se apoyó contra los enormes ventanales de su antigua oficina y leyó el mensaje.

Ya tienes algo? Denise está aquí con los móviles de prepago de G. Estamos intentando desbloquearlos.

Jeanie tecleó su respuesta.

Por qué nos ayuda Denise?

Amber replicó enseguida.

Ha descubierto que G la engañaba. Está furiosa.

Jeanie volvió a intentar empujar el cochecito mientras contestaba.

Alucina. Lo habéis conseguido?

Amber fue breve:

Casi.

Jeanie se irguió.

Estoy en ello.

Sin darse tiempo a sí misma para convencerse de largarse, dio un golpecito al cristal e hizo un gesto a Mark, indicándole que fuera a ayudarla.

–Lo siento, señora. No me he dado cuenta de que quería entrar. –El hombre usó su llave para abrir la otra puerta para que el cochecito pudiera pasar. Tenía el uniforme azul claro tan planchado e impoluto como siempre–. ¿Señora?

Jeanie se obligó a mirarlo a los ojos e intentó sonreír.

–¿Ahora soy «señora»? ¿En serio?

Él se llevó una mano a la boca.

–¡Dios mío! ¿Eres tú, Jeanie?

–Hola, Mark. –Señaló a los bebés, alucinantemente preciosos con sus trajecitos de Winnie the Pooh a juego–. Te presento a los mellizos: Yumi a la derecha, Jack a la izquierda.

Él se agachó a su lado y le hizo cosquillas a Yumi bajo la barbilla.

–¡Pero si están muy crecidos…!

–Bueno, no tanto.

Desde su nacimiento, Jeanie pasaba horas obsesionada con

tablas de pesos y alturas, preocupada sobre por qué no crecían más rápido, temiendo no estar dándoles de comer lo suficiente o que su leche tuviese algún defecto. Los dos comían bien, pero se mantenían tercamente pequeños, siempre en la parte más baja de la escala cuando los pesaban cada semana en la clínica pediátrica.

–Ya casi tienen un año. Tendrían que ser mucho más grandes.

–¿Quieres decir que hace todo un año que no nos visitas? –Mark se rascó el pelo rubio–. ¿Por qué? Te hemos echado mucho de menos.

–¿En serio?

Jeanie recordaba vagamente un tiempo en que sí era posible que la echaran en falta, en que sus chats de WhatsApp estaban llenos de invitaciones a salidas nocturnas y al cine y a comidas de domingo; un tiempo en que Tan la encontraba sexi y en que ella era capaz de hablar de más temas que no fuera cuál de los dos mellizos no había hecho caca aquel día.

–Por supuesto. –Mark se puso en pie y llevó el cochecito hasta el mostrador de recepción, inmaculado como siempre. El gran libro plateado de entradas y salidas seguía en ángulo recto al teléfono negro, y frente a ambos su querida bandejita llena de bolígrafos–. Bueno, vamos a hacer el ingreso. Doy por supuesto que vas a Miracle.

–Sí.

A Jeanie se le hizo un nudo en el estómago: Miracle Marketing, la empresa a la que había ido a parar por casualidad para un trabajo temporal que acabó siendo permanente y del que nunca había reunido el valor como para dejarlo, a pesar de la increíble cantidad de horas que tenía que hacer a cambio de una paga mediocre. Su antigua jefa, Lianne, llevaba semanas insistiéndole con que acabara la baja maternal –«Creo que ha llegado el momento, Jeanie, ¿y tú?»–, y ahora iba a tener que verse cara a cara con ella.

La perspectiva no le hacía mucha ilusión.

Mark le ofreció una tarjeta de visitante con una cinta, y ella firmó en el libro.

–Entonces, ¿qué, vas a volver pronto? –Aquel hombre era con diferencia el mayor cotilla de todo el edificio–. Porque tu sustituta es un desastre. –Le brillaron los ojos; si algo le gustaba eran los desastres–. Adivina lo que hizo.

Jeanie no quería saberlo.

–Seguro que hace lo que puede.

–Bueno, cuanto antes vuelvas tú, mejor.

Pero ella no estaba de acuerdo con eso. No tenía la energía suficiente para las hojas de cálculo y el estrés sin fin de coordinar reuniones con clientes y encargarse de presupuestos que siempre se descontrolaban a lo bestia. Y, más que nada, no tenía ni idea de cómo conjugar aquel trabajo, un trabajo de cinco días a la semana, con el de ser madre. Solo el pensar en ello la hacía hiperventilar y querer respirar lentamente en una bolsa de papel.

–Gracias, Mark. Voy a…

Iba a darse la vuelta, pero él aún tenía más perlas que compartir.

–¡La semana pasada se olvidó de reservar sala para la reunión del consejo de administración! Y eso que venía el presidente y todo. –Se echó a reír, mostrando los dientes perfectamente blancos–. Vaya drama que se montó. –Abrió los brazos–. Y entonces…

Se inclinó hacia delante en gesto conspirativo. Jeanie no tenía tiempo para eso, y parecía que no iba a poder escaparse nunca más. Entonces notó un movimiento con el rabillo del ojo. Yumi levantó una manita y…

Instintivamente, ella intentó detenerla, pero ya era demasiado tarde. Oyó cómo caían los bolígrafos a sus pies, seguidos de la bandejita. Yumi la miró, y su madre sintió un toque de compañerismo, hasta de conspiración: era casi como si su hija se hubiese percatado de lo que pasaba y la ayudara a cortar una conversación que ella no deseaba mantener.

Trabajo en equipo. Toda una novedad.

Se sorprendió a sí misma –y, sin duda, también a los mellizos– dedicándoles una gran sonrisa. Se volvió hacia Mark con renovada seguridad.

–Lo siento. –Se agachó a recoger los bolígrafos y dio un paso decisivo hacia los molinetes de entrada–. Mejor que me vaya. No hay que hacer esperar a la gente, ¿eh?

–Genial. –Ahora Mark estaba concentrado en volver a ordenarlo todo–. Que os divirtáis.

–Adiós.

Jeanie empujó a los mellizos por la barrera, dando gracias a quien la hubiese diseñado por hacerla lo bastante ancha como para que cupieran ejecutivos obesos y cochecitos dobles.

Al pulsar el botón del ascensor se preparó para lo que seguía. Se recordó que lo hacía por Clio.

Pensó en ella, con sus brillantes cabellos al viento y los brazos abiertos para uno de esos abrazos que tanto le gustaban a Jeanie. La echaba de menos. Echaba de menos el mensaje que su amiga le enviaba cada mañana para asegurarse de que estuviera bien, incluyendo siempre algún chiste malo o un meme de animales; no había dejado de hacerlo ni un solo día, pasara lo que pasara, desde el nacimiento de los mellizos. Echaba todo eso de menos desde que Clio estaba entre rejas; era un doloroso recordatorio de que no la tenía a su alcance.

Apretó los puños al abrirse la puerta del ascensor y revelar la recepción monocroma con el logo de Miracle Marketing. Podía hacerlo. Tenía que hacerlo. Iba a ser la amiga que Clio necesitaba e iba a averiguar adónde se había ido Rajiv y por qué.

Capítulo 39

Amber

Amber probó otra clave, pero el móvil siguió resistiéndose a desbloquearse. Denise estaba recostada en el sofá, con la cara tapada por un almohadón.

Todo aquello era de lo más molesto.

Amber tecleó más números.

—¿Por qué me has traído a mí los teléfonos en vez de llevárselos a la policía, Denise?

La expareja de Gary soltó un gruñido y se puso de lado, doblando sus largas piernas en posición fetal.

¡A despertarse!

—¿Denise?

Esta vez ella levantó un poco la cabeza y se apoyó en un codo.

—No quiero que todo el mundo se entere de mis cosas. Eso de que tu novio vaya follando por ahí es humillante. Pero no pasa nada por decírtelo a ti. Total, ¿a quién ibas a contárselo?

Amber se tragó el insulto.

—Mira, Denise, Gary era un cabronazo. Aunque hubiese estado casado con Cindy Crawford seguiría acostándose con tantas como pudiera. Lo digo por si eso te hace sentirte un poco mejor.

Denise echó un vistazo a las revistas que había sobre la mesilla: pilas de *The Economist* que Amber parecía confiar en absorber por ósmosis.

—¿Quién es Cindy Crawford?

Mirada al infinito.

—Una supermodelo.

—No. Habría oído hablar de ella.

Genial: ahora, además de irritada, Amber se sentía vieja.

—Vale, da igual.

Fue a la cocina y puso agua a calentar. Se quedó mirando el póster de INSPIRA, EXPIRA que le había regalado Clio por Navidad, y curiosamente fracasó en hacer ninguna de las dos cosas. Cogió la lata del café y metió varias cucharadas llenas en la cafetera.

Denise apareció detrás de ella, examinando el pequeño espacio y con cara de estar enjuiciándolo.

—¿No tienes una Nespresso?

—Joder, ni hablar.

Denise fue hacia la mesita y se dejó caer en una silla, toda dientes y dramatismo. Era como tener allí a Clio pero sin ninguna de las partes divertidas. Al pensar en ella se le encogió el corazón: Clio, aún encerrada. Clio, sola.

—¿Tienes chocolate?

—No.

Amber vertió el agua caliente, tras resistir la tentación de echársela por la cabeza a su «invitada»…, aunque también era cierto que le había llevado los móviles de prepago y esa era la mejor pista que tenía. Cogió uno de ellos mientras se hacía el café.

—¿Estás segura de no saber cuál es la clave?

—Pues claro que estoy segura. —Juguetéo con uno de sus rizos—. No puedo creerme que me engañara. ¡Pero si llevaba injertos en el pelo, caramba! Tenía suerte de que yo estuviera con él.

Amber asintió, deseosa de volver a su labor.

—Vale. Ahora…

—Salgo por todas partes en su Insta. Todas esas fotos con él en las que decía lo espectacular que era su novia, y después iba follándose a todo lo que caminaba.

Le cayó una lágrima por la mejilla. Cuando empezaron los sollozos, Amber decidió que tenía que hacer algo, ni que fuese para que parara.

—Tranquila, tranquila. —Le dio unos toquecitos reticentes en el hombro—. Al menos nunca intentó acostarse conmigo.

—¡Pues faltaría más! —El tono despreciativo con que lo dijo no mejoró precisamente el humor de Amber—. ¿Por qué iba a hacerlo? —Volvió a dedicarse a la cafetera mientras Denise siguió divagando—. Una vez hasta le dije, en serio, le dije que si me era infiel lo mataría. De no estar muerto ya, te juro que lo haría.

–¿En serio?

Amber vertió el café en dos tazas. Empezaba a estar harta de todo aquello, harta de tener que escuchar a la mujer que había sustituido a su amiga sin ningún remordimiento. Probó otra combinación de números, sin conseguir un pepino.

Ahora Denise se había vuelto a levantar y tenía los puños cerrados.

–Nunca me había engañado ningún hombre.

A Amber aquella le pareció una afirmación dudosa, pero decidió no decir nada: Denise estaba peligrosamente cerca de los cuchillos.

Se quedó mirando fijamente el primer móvil, como si fuese a contarle todos sus secretos. ¿Qué número usaría Gary? Ya había probado 0000. Y 1111.

¿Quizá su cumpleaños (que casualmente era el mismo que el de ella)? 1177.

Nada.

Probó también con el de Clio. Nada.

Tenía que conseguirlo.

Una imagen acudió a su mente: Gary tomándose una botella de cerveza a gollete ante la caseta de la playa, rodeando con el otro brazo a Clio, que llevaba su vestido ceñido de color escarlata. El traje de él siempre bien planchado, sus cabellos negros contra los teñidos de rubio de ella. La esperanza en la cara de su amiga, su fe. Él dijo algo de que la cerveza le gustaba casi tanto como su nueva esposa. En aquel momento todos rieron, aunque visto ahora no tenía ninguna gracia.

¿Qué marca era?

Miró a Denise.

–¿Cuál era su cerveza preferida?

–Kronenburg.

–¡Pues claro! –Tecleó «1664». La pantalla cobró vida y se iluminó–. ¡Lo tengo!

Denise se inclinó sobre el hombro de ella, casi asfixiándola con su perfume. Demasiado. Demasiado intenso. Aunque la verdad

230

es que eso era también un perfecto resumen de la propia Denise.

–Pero ¿por qué no hay nada?

Probó todos los iconos, uno a uno. Nada en Messenger, nada en WhatsApp, nada en el correo, nada en…

–Ahí. SMS. Montones. –Denise tocó impaciente la pantalla–. Ni siquiera los protegió con contraseña.

Amber los ojeó, conteniendo el aliento. Desde luego, Gary no se privaba de nada. Aquel móvil estaba lleno de mensajes a una mujer que podía o no ser Cherie; estaban guardados bajo el epígrafe «criada», pero estaba claro que el interés que tenía en ella no era precisamente que le fregara los suelos: le gustaba el *role play*, le gustaban las habitaciones de hotel, le gustaban las cincuenta sombras de Grey.

–¡HIJOPUTA!

Denise estaba a punto de explotar. Sintiendo algo muy parecido, Amber la cogió de la mano, la llevó hasta el garaje y le señaló el saco de boxeo que tantos golpes había padecido desde que a ella la despidieran. La mujer corrió hacia él como una ladrona con las joyas de la corona a la vista. Amber la dejó allí, confiando en que las tortas que empezó a oír la ayudaran, y volvió al móvil.

Llamó a la «criada». Contuvo el aliento, pero no obtuvo respuesta. No le extrañó: ella misma tampoco le cogería el teléfono a un muerto. Entonces sonó un bip y habló una voz: «Hola, soy Cherie».

El cerebro se le abarrotó de preguntas. Dio un sorbo al café y empezó a caminar en círculos por la cocina, entre fotos colgadas de Clio y de Jeanie y de Rooney, el perro de su tercer hogar adoptivo, que para Amber eran lo más parecido a una familia que había tenido nunca.

Cherie. Y Marshall. Tenía que averiguar más sobre ellos. ¿Podía ser uno de los dos el asesino? Quizá las cosas se habían puesto muy intensas entre Gary y Cherie. Quizá Cherie lo mató para que dejara de acosarla. Posó la taza en la mesa, sin parar de pensar. ¿Quién había grabado el vídeo de ellos dos juntos? No estaba más cerca de obtener la respuesta que antes.

Confió en que el siguiente móvil de prepago la ayudara. Por supuesto, Gary había usado la misma clave. Siempre se había creído más listo que todos los demás, y siempre se había equivocado. Amber fue pasando los mensajes. Esta vez iban dirigidos a «Diablo», mientras que el nombre que usaba él era un inspiradísimo «X».

Mientras leía las actividades de Gary en negro sobre blanco, el corazón se le fue acelerando. Empezó por los mensajes más antiguos, y vio que él le había sacado a «Diablo» dos pagos de veinticinco mil libras. Ahí estaba todo: la petición, la rendición a desgana, los detalles de las transferencias.

Lo que no estaba era el secreto en sí.

Amber llamó al número. Estaba desconectado. Sintió cómo la frustración se acumulaba en su interior. El tiempo seguía avanzando. Pronto iban a acusar a Clio, y ella sabía que, una vez formulada la acusación, su amiga nunca se la podría quitar de encima: en el mejor de los casos, todo el pueblo la recordaría como la asesina que se había librado.

Abrió el móvil de prepago número tres mientras Denise seguía dando golpes en el garaje. Examinó los mensajes y le dio las gracias a Gary por dentro: por fin le daba ocasión de reírse.

Un teléfono para Gary el chantajista. Otro para Gary el adulto. Y otro más para… Gary el adicto a los tratamientos de belleza. Ese último contenía citas para exfoliaciones con ácido, un servicio de bronceado artificial y un «técnico capilar». Amber soltó una pedorreta al recordar la cantidad de veces que él había proclamado la suerte que tenía de mantenerse tan joven, afirmando no entender por qué no le salían arrugas por mucho que tomara el sol. Las cinco mil libras que se había gastado el año anterior en bótox lo explicaban a la perfección.

Puto Gary. Él era el culpable de que en ese momento Clio estuviera en una celda de detención, de que Nina no pudiera dejar de llorar por mucho que D. J. intentara animarla, de que Jeanie hubiera tenido que regresar a la oficina que tanto odiaba, y de que ella misma estuviera ahí, sin haber podido hacer sus ejercicios y oyendo cómo una mujer a la que despreciaba le arreaba a su saco de boxeo.

Dejó la taza vacía en el fregadero. Quienquiera que hubiese asesinado a Gary había sido muy hábil: no había dejado huellas –no habían encontrado ninguna cerca del cadáver–, no había grabaciones de cámaras de seguridad, no había números de matrículas. Nada. Aun así, sintió que se estaba acercando a la solución. «Diablo» podía haber acabado con él para proteger su secreto. Y también estaba Marshall, que quizá no se había tomado la infidelidad de Cherie con la impasibilidad mostrada a Denise. Quizá «Diablo» fuese él mismo.

Iba a tener que investigar más. ¿Habría encargado Marshall el vídeo de Gary y Cherie? ¿Lo querría usar para implicar a otra persona?

Amber se tumbó en el suelo e inició su abdominal número setenta y uno.

En cuanto acabara, iría a ver si podía sonsacarle algo a Marshall.

Capítulo 40

Jeanie

–¡Jeanie! –Olivia abrió los ojos como platos, revelando que el rímel en las comisuras era tan preciso como siempre–. Me alegro de verte.

–Y yo a ti.

Besó a su antigua colega en las dos mejillas, mientras sentía cómo el sudor se le acumulaba bajo el sujetador. Olivia emitía oleadas de autoconfianza, que de inmediato la hicieron sentirse inferior. Su amiga era un iPhone y ella un Nokia. Ya en los tiempos en los que trabajaban juntas, estar a su lado la hacía sentirse incómoda. Y ahora, tras tener dos niños y haber pasado a los pantalones de cintura elástica, aquella situación no le estaba haciendo ningún favor a su ego. Su vestido rojo le pareció de repente demasiado exagerado, y el pelo que se había cepillado tan cuidadosamente, ridículo. ¿Cómo había podido ser tan ingenua y creer que iba a poder retomar su antiguo ser, cuando en realidad no le quedaba ni rastro de su antigua confianza en sí misma o su autoestima?

–¿Cómo estás?

Miró la oficina e intentó imaginarse estar de nuevo en ella, con vistas a las enormes salas de cristal para las reuniones, la fuente de agua con sus vasos de papel ecológicos de color verde esmeralda, los pufs rojos dispersos por la zona de descanso. Cuando cogió la baja de maternidad, se sentía tan parte integral de aquel lugar que temía venirse abajo. Ahora, en cambio, el mismo espacio la hacía sentir que no encajaba, como alguien sin más que unas monedas en una tienda que solo aceptara tarjeta.

–Estoy bien, gracias. –Olivia se arregló el flequillo ya perfecto.

–Me alegro.

Intentó buscar algún tema de conversación, pero no se le ocurrió nada. Sentía cómo el pánico crecía en su interior, pero se forzó a controlarlo. Solo tenía que conseguir las señas de contacto de Rajiv, echar un vistazo rápido a los archivos y largarse de allí. Fácil. Respiró hondo y miró a sus hijos. Tenían hambre. Dejarlos sueltos sería tan impredecible como soltar a un perrito en una fiesta infantil de cumpleaños.

Abrió la primera correa.

—¿Cuánto hacía que no te veíamos?

Olivia se posó una brillante uña roja en la mejilla. Jeanie recordó lo que era hacerse la manicura, aunque ahora su máximo tratamiento de belleza era tener tiempo para lavarse los dientes. El año pasado Tan le preguntó qué quería para su cumpleaños, y le resultó divertidísimo que ella le contestara que poder darse un baño sin que entrara nadie en busca de un bocado.

Soltó la segunda correa, y Yumi estiró sus brazos regordetes hacia el techo en una especie de ejercicio de calentamiento.

—Un poco más de un año.

—¡Aaay, qué guapos son! —La expresión que puso Olivia contradijo sus palabras—. El tiempo debe de volar cuando juegas con ellos, ¿eh? —Miró a Yumi con sus finas cejas alzadas—. ¿Siempre tiene las mejillas de ese color?

—No.

Jeanie se lamió un dedo e intentó borrarle la tinta del rotulador violeta que la niña se había pintado aquella mañana cuando su madre no miraba.

—¿Y Jack es siempre tan… enérgico? —El niño ya estaba intentando liberarse por la fuerza de sus ataduras. Olivia se inclinó para quitarse una mancha invisible de sus tacones de vértigo—. Es muy inquieto, ¿no?

En el pasado las dos mujeres habían sido amigas: salían juntas de la oficina, se invitaban a cafés con leche, se daban consejos sobre hombres y perfumes y cómo tratar con sus madres.

Ahora había todo un mundo de distancia entre ellas.

Jeanie bajó la cremallera del trajecito de Jack.

—Tiene sus momentos, como todos.

–Mi sobrina no. Siempre se queda jugando en silencio con sus juguetes. ¡Apenas se mueve! –Olivia rio.

–Pues los míos son más… deportivos.

Jack soltó un aullido de protesta cuando Jeanie le posó una mano en la cabeza intentando que se quedara en su sitio.

La expresión de Olivia le recordó a la de su propia madre una vez que los mellizos se iban a quedar a dormir en su casa pero llamó a las diez a Jeanie para pedirle que fuera a llevárselos. Ya.

–En fin, no puedo creerme que haya pasado tanto tiempo. –Olivia sonrió–. Por aquí hemos estado tan liados… –El trino con que lo dijo hizo que Jeanie tuviera que apretar los dientes–. ¿Y qué te trae hoy de vuelta?

–Solo quería saludar. –Se dio cuenta de lo inadecuado de sus palabras–. Os he echado a todos de menos. –Jack arruinó el momento haciendo lo posible por morderle una mano–. ¡Ay! –Agitó la cabeza e intentó sonreír también ella–. Es muy bromista.

–Sí, ya veo. –Olivia dio otro paso atrás–. Bueno, es genial que estés aquí, pero a las once tenemos una gran reunión. Un cliente nuevo, uno de los mayores productores de toallitas húmedas del país. Ya te imaginarás que vamos a recibirlos como a reyes.

–Sí, claro.

Recordaba vagamente la emoción que suponía empezar una nueva campaña. Las pizarras blancas, los cafés, la camaradería. Quizá fuese justo eso lo que más la confundía de la maternidad: la sensación de estar completamente sola.

Olivia dio una palmadita.

–Bueno, ¿a quién quieres que vaya a buscar? La mayoría de los de siempre sigue por aquí. Tampoco es que hoy en día se pueda encontrar trabajo en otro lugar. –De nuevo aquel trino–. Emily, tu sustituta durante la baja, no viene hoy, pero…

–No sé. Me alegro de ver a cualquiera, a todos.

Jeanie empezó a moverse hacia su antigua oficina, en un rincón al lado del armarito del papel de cartas. Lo compartía con Olivia: dos mesas juntadas y con grandes vistas a una pared de ladrillo. Mientras andaban, algunos de sus colegas levantaron la vista de sus presentaciones y sus hojas de cálculo para mirar cómo los mellizos no se comportaban en absoluto en su cochecito. «Por Clio». Intentó sonreír mientras el sudor le goteaba por la espalda. Le parecía que hasta el pelo le sudaba, cosa que ya era el colmo, dada la forma en que se le estaba deshaciendo el tocado. Maravillas de la maternidad y la mediana edad.

—¡Jeanie!

Dios bendito. Era Lianne. Su antigua jefa. Solo con verla le dieron ganas de salir corriendo. Tantos años como asistente de ella, haciendo malabarismos con diferentes encargos de diferentes proyectos, y con una única constante: las exigencias sin límite de Lianne. Era a la vez una jefa genial y horrible; genial porque era amable y le daba todo su apoyo, horrible porque Jeanie nunca había conocido a nadie con estándares tan altos. Un comentario «buen trabajo» por parte de Lianne era el equivalente de Miracle Marketing a un título nobiliario, tan poco habituales que Jeanie siempre los anotaba en su diario. Pero cuando ella empezó con la fecundación *in vitro*, Lianne se mostró ejemplar en todo momento: le daba todo el tiempo libre que necesitaba, la cubría cuando el noventa y nueve por ciento de Jeanie era puros medicamentos y confundía reuniones o citaba cifras equivocadas en las negociaciones. Le debía mucho y lamentaba presentarse así ante ella, todo sudor y torpeza y niños molestos.

—¡Gracias a Dios que por fin te has decidido a venir a vernos!

Jeanie había olvidado lo cálida que era la sonrisa de su exjefa, la forma en que le borraba las arrugas del rostro hasta que todo era las curvas de sus labios y la confianza que transmitían sus ojos verdes. También había olvidado cómo la hacía sentirse: eficiente, capaz, una mujer con algo que aportar. Hacía meses que no se sentía así, y eso la sorprendió. ¿Se había convertido en su propia madre desde el nacimiento de los mellizos, quedándose en casa aterrorizada por el mundo, cada vez más chupada y triste, invisible, decepcionada, frustrada?

Quizá sí. Pero no aquel día. Levantó a Jack y lo dejó en el suelo. Lo siguió Yumi.

—Id a jugar.

Los dos se la quedaron mirando desde ángulos opuestos. Entonces Jack giró la cabeza y vio la vasta extensión del espacio de oficina, sintió la emoción de la carretera abierta. Se volvió hacia el otro lado y dio con una tentadora selección de armaritos y cajones. Miró de nuevo a su madre.

–¡Qué dulces!

Lianne se puso en cuclillas, una postura que Jeanie sabía peligrosa. En cualquier momento Jack iba a agarrarla por el pañuelo de raso e intentar estrangularla con él.

Y eso fue justo lo que pasó. Jeanie tragó saliva al ver que su hijo agarraba la tela con su minúsculo puño e intentaba subir por ella como si Lianne fuese un tobogán humano. Yumi aprovechó la ocasión para huir gateando a toda velocidad hacia lo que había sido el armarito del papel de correspondencia. Nada estaba a salvo. Nadie estaba a salvo. Aquella era la distracción perfecta; por una vez, Jeanie no intentó hacer nada por solucionarla. Le dio un suave apretón de brazo a Lianne mientras ella intentaba liberarse.

–¿Puedes vigilarlos un minuto?

–Estoy un poco ocupada… –Y soltó un gritito al ver que Yumi había llegado al armarito y empezaba a sacar alegremente carpetas de plástico del estante inferior.

«Buena chica», pensó Jeanie con malicia, y salió disparada repartiendo disculpas a diestra y siniestra, como solo una madre de mellizos es capaz de hacer. Fue a su antiguo despacho y se dirigió al que había sido su ordenador. Dejó atrás el caos mientras intentaba acceder al sistema.

Entonces se dio cuenta de que había olvidado su contraseña. Faltaría más.

Tamborileó con los dedos sobre la mesa. ¿Era *Hetraido1sandia*? No, por lo visto no.

¿Y *TomareLoMismoQElla*?

No.

Joder. Miró a su alrededor. El ordenador de Olivia, en la otra punta del despacho, estaba encendido y la pantalla desbloqueada. Fue hasta la puerta y miró por el pasillo. No se acercaba nadie, y oyó aún el delirio de alaridos de los niños, que claramente se lo estaban pasando como nunca. Murmuró un taco y se dirigió a la pantalla, que tenía en el centro una foto de su exjefa junto a su novio previsiblemente buenorro.

Hora de ponerse a buscar. Fue tan rápido como pudo, con los dedos volando por el teclado. Todo le resultaba muy familiar y a la vez muy nuevo. Hizo clic en la carpeta de clientes, después en la de Fernandez Tech, y consultó la base de datos de contactos, intentando desesperadamente encontrar el nombre «Rajiv». Empezó por las entradas más antiguas; Miracle Marketing había hecho varias campañas para la empresa. Jeanie recordó las noches hasta las tantas, las pizzas, las carreras sin fin a la cafetería.

Entre los archivos encontró varias fotos de Rajiv y Johnny juntos, hasta que en 2015 el primero desaparecía de repente. A partir de ahí, todas las piezas de las campañas eran puro Johnny, con su «liderazgo visionario» y su «genio tecnológico».

Tenía que averiguar por qué, con la esperanza de que condujese a algún motivo para el asesinato de Gary Goode. Volvió a la base de datos, pero no encontró ninguna mención a Rajiv. Se mordió el labio, frustrada, y decidió volver a comprobarlo. Fue entonces cuando lo vio: un número en la lista de contactos de la primera campaña. El móvil de Rajiv Francis. Lo copió en la agenda de su teléfono y rogó que funcionara, anotando también su correo por si acaso. Intentaría contactar con él camino de casa; ¿para qué esperar más, llegada a ese punto?

Cerró las carpetas, se recostó en la silla y echó una mirada breve al despacho. Fue como ver la ancha mesa de roble, las sillas metálicas ergonómicas y las paredes color crema a través de los ojos de un desconocido. En otros tiempos aquel había sido su hogar; esta vez solo percibió frialdad. No había juguetes, pilas de ropa, libros de colores vivos con el Grúfalo o Don Tronchante.

Echaba de menos su casa.

–¿Qué haces en mi mesa?

Olivia apareció en la puerta, y Jeanie vio que tenía el pelo un poco menos inmaculado que antes. Tenía a Yumi en sus brazos, que le tiraba y empezaba a deshacerle la cola de caballo.

Jeanie extendió los brazos para coger a su hija.

—Tenía que encontrar un lugar donde darles de mamar.

Su exjefa palideció. Le entregó a Yumi y se retiró rápidamente.

—Bueno, pues te dejo hacer. Jack ha llegado a los archivadores, pero Lianne está con él.

—Gracias.

Se sorprendió al descubrir que no estaba preocupada. Jack iba a estar bien, igual que Yumi. La besó a su mejilla blandita.

—Gracias, hija, gracias.

Le dio de mamar brevemente y salieron del despacho.

Lianne estaba sentada en uno de los pufs, jugando al cucú con Jack.

Jeanie sonrió.

—Difícil decir quién está pasándoselo mejor.

—Sí. —Lianne se levantó—. Me había olvidado de lo divertidos que son a su edad.

¿Divertidos? ¿En serio? Lo cogió con el brazo libre y apretó fuerte a los dos contra sí. Quizá fuese cierto. Quizá eran divertidos. Quizá solo tenía que recordárselo a sí misma.

Lianne acarició a Yumi bajo la barbilla. Sus ojos verdes parecían danzar.

—Me alegro de haberlos conocido por fin. Y avísame cuando estés lista para volver, ¿vale? No hay prisa. Ya te darás cuenta tú misma cuando sea el momento.

Jeanie se sorprendió al notar lágrimas en sus propios ojos. Llevaba meses evitando los correos de Lianne, archivándolos sin leerlos para poder hacer como si no existieran. Pero quizá eso solo había acrecentado su ansiedad.

Dejó a Jack en el cochecito, y sintió alivio de que no se resistiera. Yumi se llevó un pulgar a la boca mientras la sentaban a su lado.

—¿Te vas ya? Qué lástima. —Olivia irradiaba alivio—. ¿Ya has visto a todos los que querías?

Los acompañó, prácticamente los empujó, hasta la puerta.

—Sí, gracias.

Jeanie le dio un beso de despedida a su colega y llamó al ascensor. Contra lo que se temía, había sido una gran mañana. Empujó dentro el cochecito y pulsó el botón de la planta baja. Quizá las cosas eran así cuando una se convertía en madre, y tenía que aprovechar para divertirse cuando pudiera, pensó mientras bajaban camino de la vida normal, amamantar y echar siestas e intentar librar a su mejor amiga de la cárcel.

Capítulo 41

@SUNSHINESANDSONLINE
Seguidores: 5.000

ÚLTIMA HORA: La Asesina del Acantilado. ¿Hay dos asesinos sueltos?

La trama se complica en la horrible historia de la muerte de Gary Goode: según parece, no hay uno sino DOS asesinos sueltos. Nuestra fuente en la policía informa de que la víctima murió de dos golpes en la cabeza, no uno, lo que indicaría que hay más de una persona implicada. Una mujer del pueblo, Clio Lawrence, esposa del fallecido, sigue bajo custodia tras confesar, pero ¿quién más debería estar entre rejas? Manténgase atentos y protejamos nuestra comunidad entre todos.

Compartido: 2.680   **Me gusta:** 3.200

Capítulo 42

Jeanie

–¿Por qué hay una lista de sospechosos en la pizarrita de los mellizos?

–¿Qué?

Jeanie alzó la vista de la pantalla del teléfono, en el que intentaba contactar con Rajiv por millonésima vez. Tan estaba en la puerta, señalando lo que había escrito Amber bajo los pies de color púrpura de Tinky Winky. Ella soltó un suspiro de frustración cuando la llamada se cortó de nuevo sin respuesta.

Tan se acercó y se acuclilló a su lado con el ceño fruncido. Tenía el pelo negro perfectamente peinado, la camiseta azul impoluta, los tejanos planchados. Se enorgullecía de su ropa, de su pulcritud, de la forma en que dejaba los zapatos perfectamente alineados cuando se los quitaba al volver del trabajo. De hecho, en los últimos tiempos él era lo único ordenado en la casa. Posó una mano en el hombro de Jeanie.

–¿Estás bien?

–No. –Se llevó las manos a las sienes–. Me quedan un par de minutos antes de que los niños se despierten de la siesta, y la única pista que tengo en todo este lío no me lleva a ninguna parte porque este tío no contesta el teléfono. –Agitó la cabeza y se preguntó qué la había hecho creer que podría ayudar–. Y echo de menos a Clio.

Tan asintió, y ella pensó que quizá lo había comprendido por fin. Quizá se había dado cuenta de que ella tenía demasiadas cosas de las que ocuparse. Quizá, por una vez, fuera a tomarse un día libre en el trabajo y ayudarla. Volvió a mirar el móvil, intentando apartarse los rizos de los ojos con la mano izquierda; y estos, como de costumbre, no la obedecieron.

–Son muchas cosas, Jeanie. –Tan se quedó un momento mirando por encima del hombro de ella–. Muchas cosas.

Jeanie lo miró, expectante, y esperó a ver qué solución proponía. Hubo un segundo de silencio.

–¿Sabes dónde está mi portátil?

A Jeanie le llevó un momento procesar la frase. Ahí estaba ella, intentando salvar a su amiga, y Tan preocupado por su puto portátil.

–¿Tu portátil? ¿En serio?

–Sí.

La firmeza de la respuesta la irritó. En el pasado sabía que siempre podía contar con él, y le encantaba sentirse escuchada después de una infancia con cuatro hermanas, cada una de las cuales hablaba más alto que ella; claro que, por entonces, hasta el ocupante de la pecera recibía más atención que ella, preocupada por sus grandes tobillos y aún mayores problemas de confianza en sí misma.

–No lo encuentro –siguió él con expresión sombría, como si el fin del mundo estuviese a la vuelta de la esquina–. Y justo hoy tengo que…

–¿De verdad me estás pidiendo que te lo busque? ¿Te has enterado de los líos que tengo últimamente en mi vida? –Tan puso cara de asombro. Hasta ella se sorprendió por la ferocidad de su propio tono–. No solo tengo que cuidar de los niños mientras tú te vas al trabajo, sino que encima intento evitar que mi amiga acabe en la cárcel. La verdad, no veo por qué además tendría que correr a buscar tu portátil.

Tan daba vueltas por la salita, levantando pilas de libros y rebuscando en el cubo de juguetes de plástico que se habían vertido sobre la moqueta.

–Pero Clio ha confesado, ¿no?

Su tono la irritó de nuevo. Su camiseta sin la menor arruga la irritó de nuevo.

Tan la irritó de nuevo.

–Sí –asintió–. Pero no es tan sencillo.

–¿Por qué no?

Ahora recogía girasoles de trapo y piezas de Duplo, para después volver a dejarlos en el lugar exacto donde deberían haber estado.

–Deja de buscar por un momento y habla conmigo, Tan.

Ahora comprendía los enfados de Amber con ella: protestar resultaba liberador.

–Estoy hablando contigo. –Él se detuvo un instante–. Pero tengo que encontrar mi portátil. Mañana tengo una importante…

Jeanie soltó un bufido.

–¿Para qué me molesto? Nunca me escuchas.

–Pues tampoco es que tú me estés escuchando mucho a mí.

–Sí. Sí que te escucho.

Volvió a mirar el móvil y refrescó la pantalla. Mensaje de Amber.

Voy a posturear a la inauguración de la tienda Printz en Brighton. Estarán Marshall y Cherie. Antes iré a ver a Nina. Suerte con Rajiv. x

Jeanie fue presa oficialmente del pánico. Amber sí que estaba haciendo cosas útiles, mientras que ella solo perdía el tiempo. La misma inútil de siempre. Si Clio acababa en el trullo sería por culpa de ella.

–No, no me escuchas. –Tan habló separando mucho las palabras–. Estás al teléfono.

–Estoy ocupada.

Levantó su taza de té, pero ya se había enfriado.

–¿Ocupada? ¿Con tus amigas?

–No. Ocupada intentando salvar a una de ellas, Tan.

Ahora él se dedicaba a levantar los almohadones del sofá.

–Sé que quieres a Clio, pero a veces también necesitas tiempo para ti. Y yo. Ya sabes, para los dos.

–¿Para qué? –Comprobó el correo por si Rajiv le había contestado. Nada–. Yo cuido de los niños y no duermo nunca. Tú trabajas y duermes ocho horas cada día. Así es la cosa. Así es nuestro matrimonio, al final.

–No, no lo es. –La voz de Tan sonó como un disparo. Jeanie alzó la vista. Tan nunca se enfadaba–. Eso no es todo. Solo es lo que eliges ver.

Ella cogió otra galleta digestiva de chocolate del envase que tenía a su lado. No le ofreció una a Tan. ¡Así se iba a enterar de lo que vale un peine!

Él se le acercó más. Jeanie solo deseó que se fuera. Volvió a actualizar la bandeja de entrada. Nada.

—Jeanie, siempre estás tan preocupada… –siguió él.

—Tengo mucho lío… –Se sobresaltó al oír un lamento por el chivato de los niños–… como acabo de explicarte si me has escuchado.

Otro lamento. Jeanie tenía los hombros tan tensos que en cualquier momento iban a partírsele en dos.

Tan se arrodilló a su lado.

—Sí que te escucho, pero también tengo mis propios líos.

—¿Qué líos tienes tú? –Lo miró–. Te vas a trabajar, vuelves a casa, duermes. Eso no es muy complicado, ¿no? –Sabía que estaba siendo injusta, pero no podía parar–. Mientras, esta mañana yo he tenido que llevarme a los niños a la oficina como tapadera mientras buscaba información para ayudar a Clio. Estoy…

—¿Que has usado a nuestros hijos como tapadera?

Tan la miró con terror absoluto.

—Sí. –Cogió otra galleta y la partió en dos de un mordisco–. Tenía que encontrar algo que ayudara a resolver el asesinato de Gary. –Vale, eso había sonado fatal–. Los dejé con mis colegas, y fui…

—¿Los dejaste con tus colegas? –Él volvió a bajar el tono. Ahora sonaba triste. Jeanie se enfureció aún más–. ¡Pero si conmigo casi nunca los sacas a ninguna parte!

—Esto era diferente.

—¿Ah, sí? –Tan se levantó y se alejó. Normalmente ella lo hubiese seguido, lo hubiese abrazado, hubiese intentado arreglar la situación; pero esta vez estaba demasiado cansada y preocupada. No le quedaba nada de energía para él.

—Las cosas tienen que cambiar, Jeanie. Quiero empezar a sacarlos contigo, no solo a la guardería sino también al parque, al paseo marítimo… Quiero que seamos una familia, tal como habíamos soñado. Los cuatro. Siempre haces que nos quedemos en casa.

—Eso es porque…

—¿Porque no confías en mí?

—No, Tan. Claro que confío en ti, pero…

—Mira. —Él fue hasta la ventana y contempló la calle desierta—. Sé que te da miedo el agua desde lo que te pasó de más joven. Lo entiendo, de verdad. Pero eso no significa que nuestros hijos también tengan que estar asustados de ella. No queremos que vivan con miedo a todo como tú, ¿verdad?

Ella apartó la vista. Aquel comentario traicionero la había hecho temblar. Nunca hablaban de lo sucedido cuando ella tenía dieciséis años, igual que tampoco de cómo la madre de Tan se había desentendido de ellos o cuánto odiaban los dos al padre de él.

Bueno, en realidad eso no era cierto: sí hablaban a menudo de lo mucho que odiaban a su padre.

Tan la cogió de la mano.

—¿Qué te pasa, Jeanie?

A ella aquel tono como de lástima le revolvió las tripas. Ya había oído lo mismo antes de Tan, hacía décadas, el día en que la sacaron de la piscina. Había hecho detenerse toda una gala de natación al golpearse la cabeza en el trampolín cuando intentaba dar una voltereta hacia atrás y caer inconsciente al agua. Por lo visto descendió hasta el fondo mientras sangraba copiosamente, y los socorristas se tiraron para sacarla a la superficie.

Cuando fue recuperando el sentido, oyó los murmullos de lástima. La horrorizó ver que le estaba haciendo respiración cardiopulmonar su profe, el señor Moss, el de los dientes amarillos y el aliento repugnante. ¡Era como si se estuviesen besando! Incluso ahora, tantos años después, Jeanie se ponía colorada al recordarlo. ¿Fue entonces cuando empezó el miedo, la idea de que el desastre acechaba en cada esquina, el no confiar en sí misma? ¿O aquel día solo se plantó una semilla que no dejó de crecer desde el momento en que tuvo a Yumi y Jack en brazos y se dio cuenta de lo vulnerables que eran?

Tan le apretó la mano.

—Tenemos que hablar, Jeanie. ¿Esta tarde, después del trabajo?

—No, hoy no puedo. Tengo que ayudar a encontrar al asesino de Gary.

—¡Vale! —Tan empezaba a perder el control—. Bueno, pues ya me avisarás cuando tengas un hueco para mí. La otra noche me desperté y estabas al teléfono. No me extraña que los niños no durmieran, con la luz azul en sus caras.

Jeanie se echó a reír. Sonó salvaje, como una hiena.

–¿Crees que mi móvil es la razón por la que no duermen? ¿Crees que el teléfono en nuestra habitación es lo que hace que ellos se despierten en la suya, en la otra punta del pasillo, cada puta noche a la una, y se pongan a gritar hasta que los llevo a nuestra cama?

–Pues quizá dormirían mejor si…

Era como si la furia latiese en el interior de ella.

–Nunca duermen si yo no estoy, Tan. Jack necesita que le acaricien la barriga mientras se queda frito, y Yumi no puede dormir sin su conejito a pesar de que insiste en tirarlo fuera de la cuna. Puede que no te hayas fijado, pero conmigo casi siempre están despiertos, sobre todo ahora que la guardería está cerrada por lo del brote de varicela. –Parpadeó para contener las lágrimas. ¿Cómo se habían alejado tanto el uno del otro?–. Así que este es todo el tiempo que tengo para mí misma. Ahora. Y lo necesito para Clio.

–Para Clio. Por supuesto. Siempre Clio. –Aquello pareció hacer rendirse a Tan, que hundió los hombros–. Bueno, en cuanto encuentre el portátil me voy al trabajo. Y, por cierto, para tu información: es un trabajo que odio. Y que me hace estar lejos de los niños, a los que adoro, por si te interesa saberlo. Ha sido una gran conversación. Nos vemos esta noche. –Claro: los adoraba porque no tenía que lidiar con ellos–. Adiós.

No le dio un beso. A ella no le importó.

Las lágrimas empezaron a aflorar y le provocaron escozor en los ojos. Fue a coger otra galleta cuando la pantalla se iluminó.

Se le aceleró el pulso.

Por fin la llamaba Rajiv.

Capítulo 43

Amber

–Voy con vosotras. –Nina asintió, decidida–. No puedo quedarme aquí sin hacer nada. Quiero acompañaros y ayudar.

Miró a D. J., que estaba sentado en un rincón de la caravana, con los pies sobre el alféizar de una ventana y encorvado sobre su iPad. Jugueteaba con un mechón de sus largos cabellos rubios entre los dedos, notablemente serio, sin rastro de su sonrisa habitual.

Nina alzó la voz.

–Tú también podrías venir, ¿no? –Él no contestó. Tecleaba a toda velocidad con los pulgares–. ¿D. J.?

–Un segundo. –Frunció el ceño–. ¿No ves que estoy ocupado?

Nina se sintió herida y apartó la vista.

D. J. acabó lo que estaba escribiendo, la miró a la cara y se dio cuenta de lo que había hecho.

–Lo siento, amor.

Se levantó y cruzó la salita hacia ella, pero entonces se le cayó el móvil del bolsillo trasero de los *shorts*. Cuando lo recogió, Amber observó que era un iPhone último modelo; últimamente, hasta los adolescentes tenían mejores teléfonos que ella. Él besó a Nina en los labios con expresión tímida y contrita.

–Tengo bastante trabajo y el jefe no me deja en paz.

Miró al infinito como buscando comprensión, pero Nina se limitó a mirar al suelo y alisarse el top rosa con los dedos, sus labios apretados formando una línea recta perfecta. D. J. iba a tener que currárselo.

«Bien hecho», pensó Amber, e intercambió una mirada con Bez, que revolvía otra cacerola de chili en la cocina. En la encimera había táperes por todas partes, montones y montones de su reconfortante plato favorito.

Ella recogió y le devolvió el móvil a D. J., que le dio las gracias, volvió a guardárselo, hincó una rodilla al lado de Nina y le cogió una mano.

–¿Adónde quieres que vaya contigo?

Le besó los dedos una, dos veces, sin dejar de mirarla a la cara con sus ojos marrones.

Nina cedió.

–A averiguar más sobre Marshall y Cherie Fernandez. Amber cree que pueden estar relacionados con la muerte de Gary.

–Ya veo. –Se volvió hacia la expolicía–. Tendría sentido.

–¿Ah, sí? –Amber se sentó en el borde del sofá–. ¿Los conoces?

–Sí, bueno… –dudó–. Un poquito. Del embarcadero. Tienen un Oyster 885.

Ella se inclinó hacia delante con una mano en la barbilla.

–No tengo ni la menor idea de qué es eso.

–Perdona. Es un yate.

Amber sonrió.

–Vale, eso explica por qué ni lo había oído mencionar nunca. ¿Los has visto alguna vez haciendo algo sospechoso?

–No. –Negó con la cabeza–. Sospechoso no. Solo…

–¿Solo…?

–Una vez fui con ellos como parte de la tripulación y los oí pelearse. –Rodeó a Nina con un brazo–. Sobre…, en fin…, Cherie…

Eso parecía información útil. Amber asintió.

–¿Hace poco?

–El mes pasado, creo. Fue una discusión corta e intensa. Marshall agitaba los brazos y se quejaba de que ella no había ido a un evento. Le dijo que ya era hora de que ella acabara con no sé qué y lo superara.

Amber sintió que se le aceleraba el pulso.

–¿Y qué contestó Cherie?

D. J. le dio un beso en la coronilla a Nina.

–No quería ni oír hablar del tema.

–¿Cómo acabaron?

Él suspiró.

–Pues como acostumbran a acabar las discusiones. Acabarían

reconciliándose, porque al rato el yate no paró de moverse de un lado a otro.

Nina soltó una risita por vez primera desde la muerte de Gary. Amber deseó que Clio hubiese estado allí para oírla.

–¿Le contaste eso a la policía?

–Sí. –D. J. tiró de Nina para arrimársela más–. Qué ganas de volver a mi barca. –Le besó una mejilla. Ella lo rodeó con sus brazos: estaba claro que ya lo había perdonado–. Y me encantaría acompañaros, pero tengo que ir de nuevo al embarcadero. Acaba de atracar un cliente que es un plomo y el jefe quiere que yo vaya, aunque solo sea a tomarnos una birra y sonreír un poco.

–Pero dijiste que hoy era tu día libre… –protestó Nina, haciendo pucheros.

Algo parecido a la impaciencia asomó un segundo en el rostro de él, pero entonces sonrió.

–Ya lo sé, amor. Lo siento. Pero solo será un rato. A ese tío le encanta gastarse la pasta y yo la necesito, ¿vale? Para nuestro gran viaje.

Amber se puso en pie y dio un paso adelante.

–¿Qué gran viaje?

A D. J. le creció la sonrisa.

–Nina ha aceptado ir conmigo, ¿verdad?

–No. –La joven negó con la cabeza–. Ya sabes que no. No puedo, con mamá… –tragó saliva–…, con las cosas como están. Además de que tengo que encontrar la forma de estudiar un poco.

Él se puso serio de repente.

–Me lo prometiste…

–No, D. J. Lo habrás entendido mal. Yo nunca…

Amber no tenía tiempo para eso. Sacó sus llaves del bolso.

–¿Vienes, Nina?

Ella se lo pensó durante un microsegundo.

–No, me quedo. Me parece que tenemos que hablar. Puedo ir contigo al embarcadero, ¿verdad, cariño?

D. J. volvió a fruncir el ceño por un instante. Después la abrazó.

–No pasa nada. No hace falta. Ve con Amber. Te irá bien salir de aquí un rato. –Y volvió a mirar el móvil, preparado para irse.

–No. –Nina tiró de él hacia sí–. Quiero estar contigo.

Amber oyó un golpe y asomó la cabeza por la frágil puerta de la cocina. Bez removía el chili con más fuerza de la estrictamente necesaria.

–¿Estás bien?

Él agitó la cabeza.

–No. –Bajó la voz hasta que fue apenas un susurro–. Nina me preocupa. Nunca va a ninguna parte sin él. –Hasta sus gafas parecían cansadas. Amber vio puntitos de salsa en la lente derecha–. Necesito a Clio. Siempre sabe cómo sacarla de su caparazón.

Ella sonrió.

–Pronto estará de vuelta, Bez.

–¿En serio?

–En serio.

Bez se relajó visiblemente.

–Vale.

Amber se apoyó en el marco de la puerta y ladeó la cabeza.

–Es una adolescente y está pasando por un momento muy duro. Y tú lo estás haciendo bien, muy bien.

–¿Tú crees?

La olla entró en ebullición y le empañó las gafas.

–Sí. –Ella sonrió de nuevo–. Lo creo de verdad.

Bez se limpió las gafas en la camiseta.

–¿Y cómo crees que le estará yendo a Clio?

–A saber. –Amber suspiró.

Su amiga llevaba tres noches en una celda. Como alguien que siempre se llevaba de vacaciones varios espráis para las almohadas, no era muy probable que estuviera hecha unas castañuelas.

Bez probó el chili y le añadió más sal.

–La echo de menos.

–Yo también. –Amber asintió–. Pero no te preocupes: estamos en ello.

El viaje hasta Brighton en su Mazda fue el tónico que Amber necesitaba. El pie en el acelerador, la capota abierta: un sueño. Para cuando llegó al paseo marítimo no sentía los dedos, pero estaba muy animada. Aparcó detrás de un gran hotel y caminó junto a los coloridos toldos de las terrazas de los pubs y las cafeterías, inhaló el olor dulzón que emanaba de un puesto de castañas asadas y siguió hasta llegar a la enorme tienda Printz que se inauguraba aquel día.

Fuera había una multitud de adolescentes que vestían los últimos modelos de la marca; sus sudaderas de color lima y naranja eléctrico brillaban más que el logo grabado al ácido en las grandes puertas de cristal, con la huella digital característica en rosa. Al acercarse, Amber se encogió de forma automática, con las manos en los bolsillos y la cabeza bajada: había acudido a ver, no a que la vieran. Avanzó por entre la multitud en busca de los propietarios, que le habían dicho al mundo que estarían allí. Aquel era otro mundo para ella, uno hecho de selfis y *posts* y zapatillas deportivas exageradamente caras. Había que reconocerles sus méritos a Marshall y Cherie por llevar tanto tiempo enganchando a la juventud.

Dio la vuelta a la manzana y se detuvo de repente. Se agachó tras un buzón como atándose unos cordones invisibles.

–Lo siento, cariño, todo se nos ha ido de las manos.

Amber reconoció la voz sedosa de Cherie por el encuentro que habían tenido en el jardín.

–¿Por qué le dejaste? –Una voz como de gravilla, gruñona. Marshall–. Ya sabes que Johnny y yo no nos entendemos. ¿Cómo dejaste que te manipulara así?

Amber asomó la cabeza tras el buzón y los vio a los dos ante una puerta, él mirando hacia dentro y ella hacia fuera, a la calle. Estaban tan juntos que apenas distinguía quién era quién. Se mantuvo agachada, escuchando y rogando que la gaviota que la sobrevolaba cerrara el pico –nunca mejor dicho– y se callara de una maldita vez.

Cherie volvió a hablar, con voz grave y a toda velocidad.

–Lo siento, Marshall. Johnny vino a pedirme ayuda. Dijo que Gary le estaba pidiendo dinero y que sabía que yo me acostaba con él y todo eso. –Le pasó un dedo por la mejilla a Marshall–. Yo le dije que no, claro. Pero debió de averiguar dónde me veía con él; el personal del hotel es muy indiscreto. Y luego me entero de que a la mañana siguiente tú tenías el vídeo. Supongo que Johnny habría hecho que me siguieran, o algo así.

Amber dio un puñetazo victorioso en el aire: Johnny tenía que ser el «Diablo» del prepago de Gary. Jeanie tenía razón: Gary lo había estado chantajeando, y Johnny debió de grabarle el vídeo con Cherie para obligarlo a parar.

Pero Gary no había parado, ¿no? Así que quizá Johnny acabara dando un paso más.

Amber solo necesitaba pruebas.

Marshall se mostró decidido.

—¿No creerás que Johnny intentaba implicarnos en su muerte?

Cherie negó con la cabeza.

—Pues que tenga suerte si es eso lo que buscaba, querido. Los dos sabemos dónde estuvimos aquella noche, y, desde luego, tenemos testigos más que suficientes. ¿Cuánta gente nos vio en Dolce, unas doscientas personas?

—Eso es cierto. —Ahora fue Marshall quien le acarició la mejilla a Cherie—. Bueno, vamos a inaugurar la tienda, ¿vale? Y después te invito a comer.

Ella rio.

—Preferiría que me llevaras a un hotel.

—Eso también puedo hacerlo.

Soltó una risotada grave y ambos desaparecieron por la puerta que tenían detrás.

Amber se quedó donde estaba y pensó a toda velocidad: Johnny había cancelado su viaje a Londres para quedarse en el pueblo; tenía un secreto y había pagado miles de libras para mantenerlo oculto. Era un secreto como para matar por él.

Johnny Fernandez pasó a ser el principal sospechoso.

Capítulo 44

Jeanie

Jeanie no dudó ni un segundo. Después de la llamada de Rajiv, sin ni siquiera mirar si llevaba suficientes *snacks*, ató bien a los mellizos en el cochecito y salió de casa, dejando a Tan que buscara su portátil solo. Mientras abría la puerta del coche se detuvo un momento y se preguntó si los demás padres también vivían así, si no se dedicaban a analizar cada posible riesgo antes de ir con sus hijos a una tienda, si no les daban ataques de pánico al darse cuenta de que no les habían puesto las botas de lluvia o de que no llevaban protector solar; si simplemente seguían viviendo sus vidas con normalidad.

Mientras conducía, las palabras de Tan resonaban en sus oídos, por lo que puso su *playlist* preferida para intentar ahogarlas. De los altavoces salieron clásicos de los noventa a todo volumen, y los dos niños mantuvieron un silencio nada habitual en ellos, como hipnotizados por el movimiento del coche. Jeanie siguió *Smells Like Teen Spirit* a plena voz mientras salía de la circunvalación hacia un área principalmente industrial; dejó atrás un almacén y un *chiquipark* antes de detenerse ante la tienda de Rajiv, Figure It Out.

El lugar tenía un aire caótico: el escaparate estaba lleno de teléfonos móviles, cables y cargadores apiñados como si alguien los hubiese dejado caer desde una gran altura y no se hubiese tomado la molestia de ordenar el resultado. El cartel con el nombre de la tienda se había soltado por una punta y estaba un poco torcido, y al sacar a los mellizos y sentarlos en el cochecito Jeanie vio una gran mancha de moho en el tejado. Abrigó bien a los niños contra el viento que rugía en el aparcamiento y los condujo tan rápido como pudo, pasando junto a un Mini antiguo rojo, hasta el interior de la tienda.

Estaba abarrotada, mucho más de lo que el exterior le había hecho pensar. Había una larga fila de gente haciendo cola, todos ellos con aparatos eléctricos bajo el brazo o entre manos, todos esperando su turno para hablar con el hombre de cabellos oscuros que estaba detrás del mostrador.

Rajiv. Al verlo fue como si Jeanie volviese a estar en una de las primeras reuniones de la campaña, oyendo la voz tranquila de él mientras convencía a Johnny de que abandonara cualquiera de las ideas impulsivas que se le ocurrían a cada rato. Recordó el pelo negro corto, la fina barba y la forma en que siempre le daba las gracias por cualquier detalle que tuviera ella. Su voz no había perdido un ápice de paciencia mientras le explicaba a un cliente anciano que no, que su teléfono no había olvidado el código de bloqueo a propósito. El hombre soltó un fuerte suspiro y se pasó preocupado los dedos por el cuello largo de su jersey.

–Venga, Charles, prueba a teclear el número. –Rajiv le entregó el aparato–. Te prometo que no va a morderte.

El anciano dudó con una expresión que a Jeanie le recordó la que ponía su madre al enfrentarse a un control remoto nuevo, y tocó cuatro veces la pantalla. A Rajiv se le iluminó el rostro.

–¿Lo ves? Puedes hacerlo.

–Pues sí. –Charles sonrió de lado a lado–. La leche, he podido. Rajiv, eres un tesoro.

Se guardó el aparato en el bolsillo y fue caminando lentamente hacia la salida.

Por supuesto, Jack aprovechó aquella ocasión única para sacar una manita y tirar de una pila de auriculares al final de un lineal. Estos cayeron estruendosamente al suelo. Todo el mundo se volvió a mirar. Jeanie se puso colorada, se arrodilló y les ofreció tortitas de arroz a los mellizos en un intento de que se quedaran quietos. La ansiedad estaba de vuelta, la música de *Tiburón* que nunca cesaba, el sudor en sus palmas a pesar del frío que hacía en la tienda. Esperó, haciendo como si examinara los productos en venta, a que Rajiv atendiera a todos los de la cola. Por lo visto, él era el manitas del pueblo: devolvía a la vida iPads bloqueados, arreglaba teclados, un guerrero batallando la rueda sin fin de muertes de internet.

–¿Jeanie? Gracias por venir. –Por fin tenía a Rajiv ante sí, tras haberse apresurado él a atender a los últimos clientes–. Voy a cerrar la tienda un rato; así podremos hablar. –Eso hizo, y entonces su expresión seria se derritió al ver a los mellizos–. ¿Y quiénes son estos monstruitos? –Se inclinó y empezó a ponerles caras tan divertidas que se partieron de risa.

–Yumi y Jack. –A ella siempre le subía el ánimo cuando alguien los admiraba–. Ya tienen casi un año.

Rajiv hizo cosquillas a Yumi bajo la barbilla, y la niña estalló en risitas, echando atrás la cabeza y dando patraditas en el aire, encantada.

–Son preciosos. –Le acarició los pies a Jack, y Jeanie vio que tenía el cuello de la camisa muy gastado.

–Gracias.

Se preguntó cómo habría acabado él así. Durante el tiempo en que trabajaron juntos él siempre llevaba camisetas de colores vivos bajo trajes oscuros y deportivas Converse, todo de apariencia cara, con una colonia de tonos de madera, y siempre llegaba a las reuniones con algún aparato novísimo en el bolsillo.

Jeanie le atusó el pelo a Yumi.

–Gracias por recibirme, Rajiv.

Él se incorporó.

–Faltaría más. Te recuerdo de la campaña.

–¿Ah, sí? Pues mira que fue hace años.

–Pues claro. –Sonrió–. Nuestro logo se te ocurrió a ti, ¿verdad?

–¿En serio?

Siempre había creído que el zorro de Fernandez era idea de Lianne. Jeanie solo era la que lo ponía todo en orden para que otros brillaran.

–Sí. Me acuerdo muy bien.

Cruzó la tienda por entre estantes de adaptadores y lápices de memoria, y señaló hacia un par de gastadas sillas de plástico en un rincón. Se sentaron uno frente al otro, y Jeanie les dio libros de tela a los niños para que jugaran. Él se rascó la barba y sacó una bolsita de sándwiches de una mochila que colgaba de un estante.

–Bueno, ¿qué puedo hacer por ti? Me quedan unos minutos

antes del taller semanal de arreglo de Samsungs; acostumbra a venir bastante gente.

—Te gusta ayudar, ¿verdad?

Él asintió.

—Sí. Y fue todo lo que me quedó después de que…

—¿De que tú y Johnny os separaseis? —Jeanie se llevó una mano a la boca—. Perdona. Desde que dejaste Fernandez Tech.

Él sonrió.

—Está bien. Supongo que fuimos una pareja de trabajo… hace tiempo. —Se le oscurecieron las facciones.

—¿Qué pasó?

—Lo que pasó fue Johnny. —Hizo una mueca de disgusto con la boca—. No se me permite decir mucho más, Johnny se aseguró de eso. ¿Qué quieres saber?

—Yo… —Jeanie se había preparado una excusa por el camino, pero ahora le sonaba poco creíble, así que decidió decirle la verdad—. Creemos que Johnny está relacionado con la muerte de Gary Goode. —Pensó en lo que le había dicho Amber cuando la llamó de camino, que Johnny era el autor del vídeo de Gary y Cherie—. Que Gary le estaba haciendo chantaje, y que Johnny pudo haberlo matado para callarlo.

—¿Johnny? —Rajiv negó con la cabeza—. Lo dudo. No me cae bien por lo que me hizo, pero no creo que sea un asesino.

Jeanie puso cara de sorpresa.

Él entornó los ojos.

—Mira, trabajé con él durante una década, desarrollando el chip. Yo me encargaba de la parte técnica; él de la comercial y de conseguir inversores.

—Pero Johnny fue el único heredero de la fortuna de su padre. Seguro que no necesitabais inversores.

—Lo perdió todo. —Le hizo una cosquilla en una palma a Yumi, provocándole más risitas—. Hasta el último penique. Malas inversiones, deudas… Se le escapó todo de las manos. Eso fue cuando estaba con Lola, su primera esposa. Pasó una época arruinado. Entonces aparecí yo —repitió el gesto de amargura con la boca— y él vio la forma de volver a ponerse en pie.

–No tenía ni idea. –Jeanie agitó la cabeza y se acercó a limpiarle las babas que Jack tenía en la barbilla.

Rajiv asintió.

–Está claro que tuvo que conseguir dinero para que pudiéramos montar la empresa. Lo vi hacerlo. Sabe camelarse a la gente. Hace que la gente confíe en él; hizo que yo confiara en él.

–¿Y qué pasó entonces?

–Y entonces me jodió. –Se acabó su sándwich y se recostó en la silla, con la mirada perdida a lo lejos–. Pero no puedo hablar de eso. Firmé un acuerdo de confidencialidad sin ver lo que era. Qué tontería, ¿no?

Jeanie pensó en cómo Clio había cedido su herencia.

–No. Es confiar, no ser tonto.

Una risa seca.

–Eres muy amable. Y, entre nosotros, puedo decirte que sacó mi nombre de todo, hizo que me echaran del comité directivo, me dio unos pocos miles de libras como «finiquito» y desapareció con la tecnología desarrollada por mí.

–No.

–Sí. –Se pasó una mano por el pelo–. Créeme, aún me paso noches en blanco pensando en lo idiota que fui.

Jeanie notó el dolor en el rostro de él.

–¿Y no podías demostrar que lo habías creado tú?

–No. Era mi palabra contra la suya. Me sacó de cada uno de los documentos, borró mi foto, remozó por encima los diseños. A los inversores no les importó: solo querían empezar a ganar dinero. –Se quedó cabizbajo–. Tenía todos mis prototipos, planos, etcétera. Me fastidió bien.

–Dios mío, lo siento. –Jeanie le posó una mano en el brazo–. Es lo mismo que le sucedió a mi amiga Clio.

Rajiv alzó una ceja.

–Bueno, espero que a tu amiga le vaya mejor que a mí.

–No mucho. Está en una celda, acusada del asesinato de Gary.

A él se le pusieron los ojos como platos.

–Oh, no.

–Por eso he venido. –A Jeanie le quedaba aún otra pregunta–. ¿Y cómo supo Gary todo eso? En fin, me imagino que lo sabía.

Rajiv asintió.

–Hace un tiempo se encargó de una ampliación en mi casa. Dijo haberse encontrado los documentos al moverlos para tirar una pared, aunque la verdad es que creo que estuvo curioseando.

–Suena típico de él.

–Sí, ¿verdad? –Se encogió de hombros–. En fin, el caso es que dio con un montón de cartas que yo le había mandado a Johnny reprochándole lo que me había hecho, recordándole que el chip era mío…, toda la historia. Intenté durante años que me pagara lo que me debía, pero él respondía con requerimiento tras requerimiento, inundando de papeles a mis abogados, hasta que no me quedó dinero para seguir. –Agitó la cabeza–. Acabó conmigo.

–¿Y Gary se dio cuenta de lo que había hecho?

–Sí –asintió Rajiv–. Pero solo después de echarme alcohol en mi bebida. Yo soy abstemio. De otra forma, nunca le hubiese contado nada.

–¡No! –Jeanie se llevó una mano a la boca. Aquello era ruin hasta para Gary.

–Pues sí. –Él asintió de nuevo–. Debí de contárselo todo. Durante un tiempo no pasó nada, y de repente, el diciembre pasado, es decir, hace un par de meses, recibí un mensaje de Johnny en el que me decía que dejara de chantajearlo. Le contesté que yo no era, hasta intenté verlo el otro día para aclarar el asunto; no quería, además de todo, tener encima a la policía.

–¿Y…?

Rajiv empezó a comerse su segundo sándwich.

–Y para cuando me presenté en su casa, Johnny me dijo que ya sabía que no era yo, que tenía un plan y que me largara.

–Qué encanto –dijo Jeanie, solidaria–. ¿Crees que quería matar a Gary?

–No. –Rajiv negó con la cabeza–. Como te he dicho, creo que

Johnny es demasiado pulcro para ser un asesino. Le daría miedo mancharse los zapatos de sangre.

Jeanie pensó en el charco de sangre alrededor de la cabeza de Gary. Mucha sangre. Se le revolvió el estómago.

–Igual se puso furioso, lo hizo en un impulso…

Él suspiró.

–Quizá. Nunca se sabe. Es solo que…

–¿Qué?

–Que me sorprendería. Antes haría que se encargara otro. Eso sí que sería más típico de él, ¡así fue como desarrolló «su» chip! –Y soltó una risita sin nada de alegría.

Jeanie asintió. Miró por la ventana y vio que se estaba formando una nueva cola.

–Gracias, Rajiv. Me has ayudado mucho. –Se levantó–. Solo una cosa más: ¿cómo llegaste a esto, a montar la tienda?

Él hizo una bola con la bolsa de los sándwiches y la tiró a la basura.

–La compré con lo último que me quedaba. No es gran cosa, pero por algo se empieza. Tengo clientes habituales. Voy a crear un servicio de reparaciones a domicilio para la gente del pueblo que lo necesite. Voy a comprarme una bicicleta y ponerme en forma. –Le volvió algo de brillo a los ojos–. Y también estoy tramando algo nuevo. Otra cosa que también va a poner a la industria patas arriba, o eso espero. Pero no voy a contártelo. –Hizo como si se cerrara una cremallera sobre la boca–. No voy a decirle nada a nadie hasta tener las patentes y estar protegido y sea oficialmente mío y solo mío.

–Buena idea. Buena suerte. Y gracias por hablar conmigo.

–Espero que pilles al culpable.

Rajiv volvió a la puerta y giró el cartel de ABIERTO. Al instante entró un niño corriendo, con una *tablet* Samsung bajo el brazo.

–¡Roblox no va, y tengo que estar *online* ya!

El hombre se inclinó hacia él.

–Vale, pues vamos a ver qué pasa.

Mientras se iba, Jeanie se dio la vuelta para mirarlo de nuevo. Era un hombre brillante rodeado de *gamers* y contraseñas olvidadas. Estaba muy claro que Johnny era culpable, hubiese matado a Gary o no. Culpable de apuntarse el mérito de algo que no era obra suya, culpable de robarle a Rajiv la vida que podía haber tenido.

Capítulo 45

14:00 h. 8 de febrero de 2023

@SaveClio

JEANIE: Teníamos razón. Gary chantajeaba a Johnny por haberle robado el diseño del chip de Fernandez Tech a Rajiv.

AMBER: El chip multimillonario?

JEANIE: Sí. Crees que Johnny es nuestro hombre?

AMBER: Tiene el móvil, la ocasión, los medios. Genial, porque estoy frente a su puerta.

JEANIE: No entres sola! No dice eso siempre la policía?

AMBER: Yo no soy policía.

JEANIE: 👊 Ten cuidado.

AMBER: Siempre.

JEANIE: Estás cruzando los dedos por detrás, no?

AMBER: Sin comentarios.

Capítulo 46

Amber

Amber se agachó para acariciar al gato atigrado que le pasaba por entre las piernas. Sospechaba que alguien la estaría vigilando desde el interior de la mansión ante la que se encontraba, y prestar atención a la mascota de la casa siempre daba puntos. Si iba a cometer fraude haciéndose pasar por agente de policía, mejor hacerlo con clase.

Se irguió, cogió la tarjeta falsa del coche y subió los amplios escalones de piedra. Seguro que Gary había hecho lo mismo. La idea le produjo un escalofrío y la hizo dudar de si había sido prudente acudir sola.

Decidió ignorar sus temores y llamar al timbre. Johnny tenía un motivo claro para matar a Gary, y ella no tenía alternativa: debía investigarlo. Quizá se hubiese tratado de una discusión descontrolada: Johnny le muestra el vídeo a Gary, él se niega a dejar de chantajearle. La única forma de aclarar un poco lo sucedido era hablar con Johnny y analizar cada movimiento de sus manos, cada gesto de su rostro; empujarlo, y fuerte, hacia lo que estaba ocultando, fuese lo que fuese; encontrar el indicio que lo delatara como el asesino de Gary.

–¿Sí?

El propio Johnny abrió la puerta mientras se secaba el pelo con una gruesa toalla blanca. Tenía una bolsa llena a sus pies y olía como si acabara de pasear por entre pinares.

–¿Señor Fernandez? –Le mostró la tarjeta de identificación durante un segundo y volvió a guardarla a toda prisa–. Soy la inspectora Nagra, de la policía de Hampshire. Vengo a hacerle unas preguntas sobre su relación con Gary Goode.

Johnny frunció el ceño. Su polo azul tenía el previsible logo de Ralph Lauren en el pecho. Los chinos color crema estaban inmaculados, las náuticas perfectamente atadas; seguramente iba a subirse a un yate o a un helicóptero para ir a algún lugar irritantemente exótico. Aunque también observó en él cierta inquietud, un exceso de energía, que le indicó que la cosa no era tan sencilla. Movía los ojos de un lado a otro como si esperara alguna sorpresa desagradable.

Al momento agitó la cabeza.

–Pero si ya me han preguntado. Ese tío grandote con tanto pelo, Santini. Vino con alguien más, de uniforme.

Marco.

–Tenemos unas preguntas suplementarias. –Amber asintió con autoridad y entró un pie–. No será más que un momento y todo quedará claro.

Johnny se colocó ante ella, impidiéndole el paso. Era más alto de lo que le había parecido a primera vista. Sus brazos desnudos y morenos estaban musculados. Estaba claro que fuerza física no le faltaba.

Le sonrió.

–Cinco minutos, máximo, y lo dejo en paz, ¿de acuerdo?

–Tres. –Se movió a un lado–. Tengo que hacer unas llamadas y salir pronto por negocios.

¿Salir por negocios o huir?, se preguntó Amber.

–Mi esposa está trabajando y la niñera en el dentista, así que de verdad que estoy a tope.

Ella entró en el largo pasillo, que estaba adornado con jarrones llenos de flores frescas. Desde más allá de una puerta cerrada oyó rugidos y disparos de un juego a todo trapo; creyó reconocer que era *Call of Duty*. Había jugado unas cuantas veces a ese videojuego con Nina y sus amigas, hasta que se volvieron lo bastante adolescentes como para que alguien de la edad de Amber les resultara socialmente inaceptable. Había disfrutado de las partidas mucho más de lo que estuvo dispuesta a reconocer, dándoles a los controles con los pulgares y acumulando puntos y habilidades.

–Es mi hijo, Christian. –Johnny señaló la puerta cerrada con un pulgar–. No acostumbra a salir de día, y por alguna razón parece que sigue viviendo aquí a pesar de tener su propio piso.

–Estará muy apegado a su padre.

–Qué va. –Una mirada de soslayo–. Apenas escucha una palabra de lo que le digo.

–Entonces es el típico adolescente.

–Supongo.

La condujo rápidamente por el pasillo hacia una puerta al fondo.

La razón de las prisas quedó clara cuando entraron en una cocina enorme en la que había una niña, del mismo tamaño que Jack y Yumi, mordiendo unas llaves de plástico dentro de un parque, a un lado de la gran mesa de roble. Llevaba una tiara de diamantes en los cabellos dorados. El aire olía a canela y lirios, y había montones de documentos sobre el gran aparador junto a la ventana. Amber sintió la tentación de ponerse a leerlos.

–Ven aquí, Bear. –Johnny levantó a su hija y le hundió la cara en el pelo. Emergió con una expresión mucho más suave.

Amber aprovechó la ocasión para examinar la tiara más de cerca. No podían ser diamantes de verdad, ¿no? ¿En la tiara de una niña de un año? Por Dios. Miró a su alrededor por la cocina, y de nuevo en el parque. Sí, era un sonajero Dolce & Gabbana sobre un cojín Pucci. Se cruzó de brazos. Buena suerte, Bear; suerte para hacerte una idea del mundo real en una casa como aquella.

Johnny volvió a dejar a su hija y se sentó en una silla cerca del parque. No le ofreció otra a Amber, y tampoco nada de beber, por lo que ella tuvo que quedarse de pie en mitad de la cocina, como un mensajero esperando una firma.

Él echó un vistazo a los mensajes de su móvil, dejando claro que tenía mejores cosas que hacer que mantener aquella conversación.

–¿Qué más desea preguntarme?

Amber se apoyó en la encimera, sacó una libreta del bolsillo y pulsó el botón de su bolígrafo.

–¿Puede decirme algo más sobre su relación con Gary Goode?

Johnny murmuró un taco. Se levantó como para irse, pero volvió a sentarse.

—Ya he hablado de eso. Apenas lo conocía. Nos hizo un presupuesto para unas renovaciones y elegimos a otro. Fin.

Amber asintió, impasible.

—¿No lo conocía de nada más?

—No.

—¿De nada en absoluto?

—No. —Negó con la cabeza y subió el tono—. Como ya les indiqué a sus colegas.

—Entonces… —ella se tomó su tiempo—…, ¿él no le estaba haciendo chantaje?

Ahí: un asomo de sorpresa en los ojos de Johnny.

—No. Nadie me está haciendo chantaje.

—¿En serio? —Lo observó cuidadosamente.

—En serio.

—Interesante. —Se dio unos golpecitos en la barbilla con el bolígrafo—. Porque hemos encontrado pruebas de que le estaba haciendo exactamente eso. Tenemos mensajes dirigidos a usted desde un móvil de prepago durante los últimos tres meses, y aventuro que cuando accedamos a sus cuentas también encontraremos pagos cuantiosos realizados por usted. ¿Le suena algo de todo esto?

Johnny no respondió. Le dio un tic en un músculo de la mejilla.

—En realidad, más que ser un desconocido para usted, Gary Goode le estaba extorsionado dinero a cambio de mantener su secreto.

—Yo no tengo ningún secreto.

Se inclinó y le besó el pelo a la niña. El mensaje no podía ser más claro: soy un hombre de familia, recto, de confianza. Déjeme en paz.

Si él lo decía…

Pero Amber insistió:

—¿Que no tiene ningún secreto? ¿Ni siquiera sobre el chip que es la principal causa del éxito de su empresa y la razón de que usted sea una de las personas más ricas del país?

—No. —Miró su reloj.

—¿Y qué hay de Rajiv? ¿Le suena el nombre?

Johnny miró al infinito, pero justo antes Amber vio en ellos un asomo de ansiedad.

–Lo despedí. Hace años. ¿Qué tiene que ver él con todo esto?

–Dice que usted le robó el chip, que el diseño era de él y usted los hizo pasar por propios. ¿Qué tiene que decir a eso?

–Que es un mentiroso. –Y añadió un arrogante ruidito de desprecio. Se puso las gafas de sol, obviamente deseando ocultar los ojos.

Ella se estaba irritando. ¿Qué le hacía creer a aquel hombre que era mejor que nadie? ¿Cómo se le había ocurrido pensar que estaba bien matar a alguien y cargarle el mochuelo a Clio, la bella, inocente amiga de Amber?

Bueno, a eso había acudido allí: a asegurarse de que él no se saliera con la suya.

–Si Rajiv es un mentiroso –replicó, saboreando cada palabra–, ¿por qué pagó usted a Gary para que no dijese nada? –Lo miró directo a las putas gafas del sol. Vio su propio reflejo. Vio cómo a él se le ensanchaban las venas del cuello, cómo apretaba los labios–. ¿Puede explicarme eso?

Johnny agitó ligeramente la cabeza.

–No tengo ni idea de qué está hablando.

Amber no se sorprendió. Un hombre como aquel no iba a rendirse tras unas pocas preguntas. Tenía que ser de acero para salirse con la suya y robarle a otro su propiedad intelectual.

Bajó la voz.

–Bien. ¿Puedo hacerle una pregunta más?

Él empujó atrás la silla y se levantó.

–¿Qué?

–¿Dónde estaba usted a las tres y media de la madrugada del 3 de febrero?

–Aquí. Durmiendo.

Amber exhaló lentamente.

–Se suponía que tenía que estar en Londres, ¿no?

–Sí.

–Pero se quedó aquí.

–Sí.

–¿Por qué?

–No me encontraba bien. –Tenía los nudillos blancos en torno a su móvil. Dio un paso hacia ella, que se echó atrás–. Todo eso ya se lo dije a sus colegas…, si es que son sus colegas. ¿Puedo ver su identificación de nuevo, inspectora Nagra?

Amber sonrió. Era el momento de largarse. De ir a buscar pruebas de lo que había hecho Johnny.

–Ya la ha visto una vez. Es suficiente. Y gracias por la información que ha compartido hoy; ha ayudado a aclarar algunos detalles clave. En fin, no le molesto más y le dejo que haga esas llamadas que decía.

Salió rápidamente al pasillo. Un momento después él la detuvo, agarrándola de un brazo. Acercó el rostro al de ella.

–Seas quien seas, no eres de la policía.

Amber alzó el mentón.

–Sí, lo soy.

–No. Los policías siempre van de dos en dos. –Le apretó más el brazo, un poco demasiado–. Así que te recomiendo que te largues y no vuelvas. Yo no maté a Gary Goode ni me han hecho chantaje. No soy tan idiota. De nuevo, fuera de aquí.

Amber oyó unos pasos que se acercaban detrás de Johnny, que levantó un brazo para indicarle que se detuviera.

–Ahora no, Christian.

–Pero, papá…

Aunque el cuerpo de Johnny le tapaba la vista, Amber reconoció juventud y frustración en la voz.

–¡Ahora no, Christian! –Su padre ni se molestó en volverse hacia él–. Vete.

El chico no replicó. Sus pasos al alejarse de nuevo resonaron con rabia. Un portazo.

Para Amber, aquella escena tan breve dejó a las claras cuál de los dos hijos era el preferido.

–Adolescentes. –Johnny puso cara de irritación–. Y ahora, largo.

Amber sintió los gélidos ojos de él a su espalda durante todo el camino.

Estaba acercándose. Se acercaba a la verdad.

Ahora solo tenía que hablar con Denise, conseguir pruebas de que Johnny había estado pagando a Gary. Entonces podría hacer su movimiento en aquella partida.

Capítulo 47

Gary

2:30 h. Una hora antes de morir

Gary se despertó con los pies en agua helada. Por un momento pensó que Marg lo había capturado y que estaba atado en algún almacén remoto, con alguien de la multitud de matones de ella torturándolo haciéndole *waterboarding*. Pero no: estaba boca abajo en la playa, con arena en todos los orificios posibles y sufriendo la madre de todos los dolores de cabeza.

Debía de haberse desmayado de nuevo. Empezaron a volverle recuerdos, fragmentados y desordenados: la navaja de Marg, los gritos de Nina, la risa de Johnny. Tembló. Quizá ya estaba muerto. Quizá aquel fuese su infierno: un pase sin fin de los momentos más humillantes de su vida. Flexionó un brazo y vio que tenía algas pegadas en la muñeca. No estaba muerto, solo boca abajo en la playa. Mojado y lleno de arena, pero vivo.

Por supuesto que estaba vivo. Era Gary Goode. Siempre sobrevivía para seguir la lucha. Solo tenía que levantarse. Alzó la cabeza; le dolió el cuello, y todo para que llegara una ola y le empapara el rostro. Escupió y tosió y por fin consiguió adquirir una postura parecida a sentado, aunque con la cabeza casi en las rodillas.

Se preguntó cuánto tiempo habría pasado. No vio ninguna luz encendida, por lo que debía de ser muy tarde. Se preguntó qué hacía allí. Su cerebro se puso a buscar respuestas; apenas tenía la noción de que había intentado hablar con Clio. ¿Por qué? Tenía la cabeza más densa que aquella horrorosa sopa minestrone que hacía ella y que podía cortarse con cuchillo.

Concéntrate, Gary. Se apretó las sienes con las manos y notó lo frías que estaban. ¿Qué hora era? Denise iba a ponerse como una moto cuando él llegara a casa. ¿Por qué había ido a ver a Clio? Una ola le llenó los zapatos y decidió alejarse de la orilla arrastrándose de espaldas, maldiciendo cada una de las piedras que le iban pinchando. El anillo. Pues claro, era eso: el anillo.

Gary no era de los que se rendían. Había ido allí a por el anillo e iba a hacerse con él. Y después iría a la policía y les contaría con todo detalle lo que le había hecho Nina, que había intentado matarlo. Cuando lo supiera, Clio se iba a enterar de lo que vale un peine. Se lo tenía bien merecido.

Pero también estaba lo de Marg y su ultimátum para la medianoche; sin duda, él ya se había pasado de la hora. Pensar en la anciana lo motivó a moverse más rápido. Ahí estaba totalmente al descubierto: una playa oscura, el viento rugiente, ni un alma a la vista. Tenía que conseguir ponerse en pie.

Lo intentó, pero volvió a caerse. A la segunda se tambaleó y volvió abajo. A la tercera consiguió mantener el equilibrio. La cabeza le daba vueltas y el viento intentaba derribarlo de nuevo. Pero esta vez no tenía que dejarse ir, no tenía que rendirse.

Al avanzar dando tumbos por la arena oyó, por encima del rugido de las olas, voces que llegaban desde las dunas. Siguió caminando; vio más claro que nunca que absolutamente todo era culpa de Clio.

De no ser por ella, Gary no habría tenido que luchar tanto por mantener la empresa a flote. De no ser por ella, tendría el anillo y Marg lo dejaría en paz.

De no ser por ella, sería un hombre feliz.

Siguió adelante, como un poseso.

El anillo. Clio. Nina. El anillo. Clio. Clio. CLIO.

Iba a llamar a su puerta a golpes e iba a decirle de una vez y meridianamente claro todo lo que sentía, lo que pensaba de ella.

Alcanzó el borde del camino del acantilado y empezó a subirlo, agarrándose a la barandilla de metal, ignorando el cansancio y el dolor.

No notó que alguien lo observaba. Alguien que se mantuvo entre las sombras, la capucha de la sudadera subida, sus ojos sin abandonarlo ni un segundo.

No vio a la persona que iba a matarlo.

Capítulo 48

Clio

Clio estaba tumbada sobre el duro colchón, contando los ladrillos de la pared. Después de tanto tiempo allí sabía que el quinto desde arriba tenía una mancha oscura con forma de corazón, mientras que en el tercero desde abajo alguien había rascado las palabras «Sacadme de aquí».

Se solidarizaba con la frase. Ahora entendía que no estaba interpretando un papel, sino que aquel era el futuro que se extendía ante ella, despiadado y real; estaba atrapada en la prisión que ella misma se había creado. Como si eso no fuese lo bastante malo cuando creía estar salvando a Nina, ahora se había vuelto peor. ¿Quién le había dado el otro golpe a Gary? ¿A quién estaba protegiendo sin pretenderlo?

Se sentía tan impotente como el día en que su hija había vertido grosella sobre el vestido de boda de Clio un día antes de la ceremonia con Gary. Eso sí que había resultado todo un augurio, solo que no fue lo bastante lista para interpretarlo.

Ahora empezaba a rugirle el estómago. Miró hacia la bandeja que había en el suelo, con la esperanza de que su contenido se hubiese transformado de un puré lleno de grumos y aceitoso en verdaderas patatas chips con vinagre y una botellita de kétchup. Pero no: aún seguía igual, nada apetitosa. Se le cortó el hambre de repente. Aquel debía de ser el secreto para cumplir con una dieta.

Se giró hacia el otro lado, con vistas a la pared, y se pasó la mano por el pelo grasiento. Una mitad de ella estaba desesperada por desdecirse de su confesión, pero la otra, que le pedía mantener el secreto de Nina, era más fuerte. Suspiró y se rascó el sarpullido que siempre se le ponía guerrero cuando no se untaba la crema. Se preguntó qué estarían haciendo Amber y Jeanie en ese momento. Confiaba en que estuviesen cerca de dar con el asesino. Pronto iba a ser la vista y se les acababa el tiempo.

Era el momento de volver a contarse a sí misma la historia, la que la hacía sentirse mejor durante un rato cada día y noche que pasaba allí: la historia de la vida de Nina, cómo su niñita iba a tener un futuro glorioso, lleno de felicidad y haciendo lo que le gustaba. Pero esta vez no le funcionó; solo le hizo recordar cuánto la echaba de menos. Deseaba abrazarla, arroparla, decirle cuánto la quería. Dejó que las lágrimas corrieran por sus mejillas hasta detenerse en el cuello. Giró la cabeza, solo para descubrir un nuevo bulto en la almohada que le hizo llorar aún más.

Estaba claro que ya nunca iba a salirse de todo aquello. Se incorporó, se levantó y se puso a caminar en círculos. Tres pasos. Media vuelta. Tres pasos. Media vuelta. El sudor le provocó picores en el cuerpo. Empezó a sentir el calor que se le iniciaba en el pecho y se extendía hasta dominar todo su cuerpo. Se bebió la poca agua que le quedaba en la taza, sabiendo de antemano que no iba a ser suficiente, que eran apenas unas gotas en mitad de un incendio forestal.

Le ardió la cara. Solo se le ocurría golpear la puerta y exigir que alguien la sacara de allí YA. Quería ducharse. Quería correr. Quería conseguir un póster de Tom Cruise en *Cocktail*, pegarlo en la pared y escapar de allí siguiendo el método de Tim Robbins en *Cadena perpetua*. Quería ser libre.

Justo cuando apoyó la cabeza inútilmente contra la pared en busca de una sensación de frescor, se abrió la puerta. Durante un maravilloso segundo pensó que podían ser Amber y Jeanie.

Pero, por supuesto, se trataba de Marco.

–Venga conmigo, Clio.

–Vale.

Se secó los ojos y avanzó por el pasillo, oyendo los pequeños crujidos de una de sus rodillas y preguntándose cómo su estómago podía estar tan hinchado después de tres días sin comer nada. Lo único que le había aportado el estar encarcelada eran hemorroides. Fantástico.

Entró en la sala de interrogatorios, y le preocupó ver que ya se sentía allí como en casa.

–La veo desmejorada.

Marco tomaba sorbos de un café, con los hinchados ojos cerrados contra el vapor que despedía.

Clio replicó:

–Pues tampoco es que usted esté muy favorecido.

–Gracias.

Posó las manos regordetas en la mesa, con las aletas de la nariz muy abiertas. Clio se preguntó cómo era que la ciencia había avanzado lo suficiente como para enviar a Richard Branson al espacio pero aún no había solucionado el problema de los pelos nasales.

Marco se agitó levemente en su silla.

–Vamos a soltarla.

Clio no supo si eso era bueno o malo. ¿Es que iban a arrestar a Nina en su lugar?

–¿Qué? ¿Por qué?

Como era de esperar, la poli muda no abrió la boca. Marco siguió.

–Han aparecido nuevas pruebas.

Nina. No. ¿El trofeo?

Tenía que mantener la calma.

–¿Qué pruebas?

–Eso no es asunto suyo. Y tampoco significa que la consideremos inocente. Estará usted bajo arresto domiciliario mientras seguimos una nueva pista.

Clio se tragó el pánico que sentía, miró a su alrededor y vio algo en la mesa, ante Marco. Era una bolsa de plástico que contenía un collar: un diente de tiburón de plata con una cinta trenzada negra.

Lo había visto antes, en la caravana.

Y ahora estaba en una de esas bolsitas para pruebas.

–¿Qué hace eso aquí? –preguntó sin darse tiempo a pensárselo antes.

–¿El qué? –Marco había estado consultando sus notas.

Clio estaba casi segura de haber visto a Nina llevándolo.

Tenía que proteger a su hija.

–Mi collar. –Sintió que el pánico le aumentó al mentir–. ¿Qué hace aquí?

–¿Así que es suyo? –Marco alzó una ceja–. ¿Está segura?

–Sí.

–¿En serio?

Él lo contempló; estaba al lado de la carpeta de las pruebas sobre la muerte de Gary. En interrogatorios anteriores Clio lo había visto sacar papeles y pequeños objetos para leerlos o mostrárselos a ella. El hecho de que el collar de Nina estuviese allí era una mala noticia. Quizá Bez no lo había visto. Quizá la policía había registrado la caseta de la playa. Quizá pronto fueran a llevar allí a su hija. Clio era capaz de hacer cualquier cosa para evitarlo.

A Marco le brillaron los ojos mientras lo contemplaba.

–Fue hallado en la escena del crimen. Tiene el ADN de Gary.

Ella se quedó descolocada. ¿Qué hacía el collar de Nina en la escena? ¿Y por qué tenía ADN de Gary?

–Debió de caérseme. –¿Era de verdad de Nina, o su mente la estaba engañando de nuevo? Intentó conjurar una imagen que se le escapaba–. Siempre me pasa. El cierre va mal.

–¿Ajá? –Marco se cruzó de brazos–. Bueno, pues lo encontraron durante la segunda búsqueda de huellas, atrapado bajo una piedra, en la parte de arriba del camino del acantilado.

A Clio el cerebro le funcionaba a velocidad de caracol, pero trató de encontrar una explicación. ¿Lo habría dejado alguien allí para implicar a Nina? Esa idea fue como si un cubo lleno de cubitos de hielo que le cayese por la espalda. ¿Quién habría hecho algo así?

Un momento. No era de Nina. Contuvo el aliento. Era de otro.

Era de D. J.

Miró a Marco y abrió la boca para decírselo. Pero volvió a cerrarla: si le contaba quién era el verdadero dueño del collar, seguramente D. J. le contaría también lo que Nina le había hecho a Gary. Iba a tener que encontrar otra forma.

–Esto..., ¿y cuánto tiempo van a tardar en soltarme?

–Aún falta. –Él ya se había levantado–. Vamos a devolverla a la celda hasta que podamos tramitar su salida. Una vez que se le permita estar en su casa, tendrá que quedarse allí. Y no se le permitirá salir del pueblo. De nuevo, esto no significa que la consideremos libre de culpa, ¿entendido? –La miró directamente a la cara–. Ah, y Clio, sé que este collar no es suyo.

–¿Qué? –Ella tragó saliva, aún preocupada por lo que pudiese decir D. J.–. ¿Qué quiere decir?

–No tiene cierre. Va atado. Mire, no sé por qué ha mentido, pero la próxima vez intente decir la verdad, ¿de acuerdo?

Clio bajó la vista.

–De acuerdo.

D. J. En todo aquello había algo que no encajaba. Recordó la pantalla del iPad. Lo de la jerga del norte. ¿Por qué estaba con eso? Frunció el ceño mientras repasaba todo lo que le había contado Nina sobre su novio. Que vivía en el embarcadero. Que la casa de sus padres era una con terraza en Moss Side y no tenían dinero para ir a visitarlo. Que él tenía allí a sus amigos, así que siempre salían con los de ella.

¿Quién era aquel chico que tanto había encandilado a su hija? ¿Y cuál era su verdadero nombre? Porque nadie se llama D. J. ¿Cómo era posible que Clio nunca se hubiera preguntado eso antes? El miedo empezó a acumularse en su interior. Tenía que salir de allí y averiguar más sobre él; averiguar si era una amenaza para su hija.

No podía contarle nada a la policía y correr el riesgo de implicar a Nina.

Cuando la llevaban de nuevo a su celda empezó a rezar, rogando que Bez pudiera mantener a salvo a su hija hasta que ella regresara a casa y la salvara de verdad.

Capítulo 49

@SaveClio

AMBER: He comprobado con Denise las cuentas de Gary. Dos pagos desde diciembre, de fuera. Estoy segura de que son de Johnny. Estoy volviendo.

AMBER: Jeanie?

AMBER: Voy a verlo. Por si acaso, la dirección es El Magisterio, Granmore Road, South Sands.

AMBER: Ahora sería el momento de que me dijeras que no lo haga.

AMBER: Vale. Para cuando volvamos a vernos todo estará arreglado.

Capítulo 50

Gary

3:15 h. Quince minutos antes de morir

Mientras subía con grandes dificultades por el camino del acantilado, Gary vaciló. Miró a su alrededor, con la cabeza dolorida y la boca seca. Le había costado mucho tiempo llegar hasta allí, y no lo ayudó el hecho de tener todo el rato el viento en contra. Estaba exhausto, pero su odio hacia Clio lo impulsaba a seguir. Ya estaba harto de que ella lo frenara constantemente; iba a acabar de una vez con todo eso.

Aunque el camino estaba siendo difícil. Sus pies no paraban de resbalar en la roca y sentía las piernas tan agotadas como su energía. No iba a poder llegar. Se detuvo una vez más, sin apenas aliento. Oyó un ruido a su espalda y se volvió, intentando ver en la oscuridad.

Se partió una ramita de un árbol, doblegada por el viento. Gary resopló. Por supuesto que nadie estaba siguiéndolo. Eran las tantas y llovía fuerte; cualquiera con dos dedos de frente estaría en la cama. Incluida Clio, que seguro que estaba descansando tan tranquila, sin saber que él se acercaba.

Eso lo hizo sonreír. ¡Qué sorpresa iba a darle! Volvió a emprender el camino, ahora con más energía, avanzando sin flaquear hasta lo alto del acantilado y la caravana que ahora hacía de hogar de ella.

Pero sí lo seguía una silueta, que se movía silenciosamente con sus zapatillas de deporte. No tenía prisa. Disponía de toda la noche, y su víctima se estaba dirigiendo al lugar perfecto. No pasaba nada por esperar unos minutos más.

Gary continuó su ascenso, deteniéndose de vez en cuando para llevarse una mano a la cabeza y recuperar el aliento, antes de que el odio que sentía por su esposa lo impulsara a seguir. Pensó en lo increíble de todo lo que puede llegar a conseguir la rabia pura. Fue a sacar el móvil del bolsillo, pero recordó que no lo tenía. Mierda. Denise iba a meterle una buena bronca cuando él volviera a casa.

Pero ya se encargaría de eso cuando estuviera un poco más recuperado. Por fin llegó arriba del todo, con el pecho hinchándosele y deshinchándosele a toda velocidad. Estaba a pocos metros de Clio y su cutrez de caravana. La barandilla acabó y tuvo que dar un paso tembloroso sin apoyarse.

Otro más. Dos. ¿Qué hora era? No lo sabía. ¿Qué día era? No importaba. Él era Gary Goode, y…

–Hola.

Se volvió de repente. Le costó un segundo reconocer la cara que le sonreía en la oscuridad. Parpadeó y miró de nuevo.

–¿Qué diablos haces aquí? ¿Qué quieres?

La otra persona, sin dejar de sonreír, se acercó más. Gary vio la gran piedra que cargaba en una mano, extendió los brazos y empujó con todas sus fuerzas. Sus dedos tocaron metal, pero nada pudieron hacer. Entonces se dio la vuelta de nuevo e intentó salir corriendo.

Capítulo 51

Amber

Johnny no respondió a la puerta, pero Amber había llegado al punto en que el allanamiento no era nada en comparación con otras cosas que había tenido que hacer durante la última semana: mentir, adoptar una identidad falsa, hacerse pasar por agente de policía, relacionarse con un criminal reconocido…, todo eso se había vuelto tan común para ella como comprar apps para dormir que aun así la mantenían despierta hasta las tres de la mañana o intentar hacer que sus finanzas le cuadraran ahora que no cobraba un sueldo.

El corazón le latió fuerte mientras posaba los pies en la gruesa moqueta de lo que parecía ser una habitación de invitados, sin dejar de prestar atención ni un segundo a posibles ruidos o movimientos. Se apartó hojas de glicina del pelo y estiró los dedos después de haber trepado por la cañería de un desagüe hasta la primera ventana que vio abierta en la primera planta. Se detuvo a escuchar mejor. Nada. Abrió la puerta, apretándose contra la pared al salir al pasillo y moviéndose tan silenciosamente como podía. A su derecha vio un dormitorio enorme con un candelabro rosa, mullidas alfombras color crema y una cama con dosel ancha como el dormitorio entero de Amber. Había una camisa turquesa de seda sobre la almohada, un par de Levi's al lado, y en el suelo varios coloridos jerséis de polo y con cuello de pico que sin duda debían de ser de Johnny. Por lo visto, se había marchado a toda prisa. No la sorprendió.

Siguió de puntillas, pasando ante otras dos puertas cerradas, hasta que oyó un crujido en las escaleras. Se quedó inmóvil, sin apenas ni respirar. El *feed* de Insta de Vivienne mostraba que se había ido a Londres para reencontrarse con otras amigas, todas con un aspecto absurdamente lujoso, aunque, claro, eso último no tenía por qué significar que fuesen ricas de verdad. Esperó un rato, con el pulso cada vez más acelerado, pero no apareció nadie. Soltó un resoplido silencioso y abrió cautelosamente una puerta, solo para ver un lavabo con el inodoro de un reluciente color dorado.

Salió al instante y siguió buscando. Las puertas daban una tras otra a más habitaciones, hasta que Amber vio por fin lo que buscaba y entró en una sala con estantes de madera a un lado y papel pintado rojo con detalles dorados al otro. Un gran póster de Fernandez Tech dominaba la pared del fondo, y junto a la ventana del mirador había un ancho escritorio de roble cubierto con montones de papeles. Aún de puntillas se dirigió hacia este, en busca de información, de algo que demostrara que Johnny era el asesino de Gary: extractos bancarios, cuentas de la empresa…, cualquier cosa que despejara toda posible duda en cuanto a que el dinero pagado al chantajista provenía del empresario. De encontrar algo así, Amber tendría el móvil del crimen claramente expuesto en negro sobre blanco y, con lo débil que era la coartada de Johnny, no sería difícil establecer que lo había matado para que la víctima no diese a conocer su secreto.

Contempló el escritorio. Para ser un magnate de la tecnología, Johnny parecía depender sorprendentemente del papel impreso. Una grapadora esperaba paciente tras una temblorosa pila de carpetas de anillas. Un bote lleno de marcadores había caído, dispersando los rotuladores sobre otra pila, esta de post-its de colores verde, naranja y rosa. Amber pasó un dedo por un rollo de celo, reglas y bolígrafos Bic; sabía que ahí tenía que haber algo, que estaba cerca. Empezó a hojearlo todo, sistemáticamente. Encontró facturas de restaurantes, notas a mano, un extracto de cuenta que mostraba un balance positivo como para echarse a llorar, un lápiz de memoria.

El corazón le latía a toda velocidad, sentía viva cada célula de su ser. Estaba tan absorta que no oyó el coche que se detenía abajo. Siguió leyendo y buscando, tan concentrada que no oyó la puerta principal, los crujidos de la escalera, las pisadas en el pasillo.

Solo el ruido de las bisagras de la puerta consiguió despertar su atención. Saltó, se encogió y se ocultó en el hueco del escritorio, confiando en que quien entraba no la viera.

Oyó una respiración y pasos que se acercaban a ella.

Fue entonces cuando lo vio, asomando bajo unas viejas pantuflas atrapadas entre el fondo del mueble y la pared. El contrato de alquiler de un apartamento en el embarcadero, mecanografiado pero con una nota escrita a mano abajo, y en una caligrafía que ella ya había visto antes.

Contuvo el aliento cuando los pies se detuvieron en el centro de la habitación. El cerebro no paraba de darle vueltas mientras las diferentes piezas encajaban golpeándose entre ellas, chocando, cancelándose unas a otras. Un secreto. Un chantajista. Un amante. Una hija. Un sueño. Un imperio. Una noche oscura. Una oportunidad.

Volvió a leer la nota.

Papá, es aquí. Qué ganas de que lo veas. ¿Podremos navegar de nuevo como hacíamos con mamá?

Las pisadas volvieron a sonar, cada vez más cerca del escondite de Amber.

«Papá». El padre de Johnny llevaba mucho tiempo muerto, así que la nota debía de ser de Christian. Pero esa caligrafía…, ¿dónde la había visto antes?

Entonces lo recordó. Sin poder evitarlo, soltó un suspiro y se llevó una mano a la boca.

Mal hecho.

Ahora tenía los pies justo frente a ella.

—¿Qué diablos haces aquí?

Amber alzó la vista y vio unos ojos ardientes y asesinos.

Capítulo 52

Jeanie

Tan estaba cocinando una cena romántica. Jeanie lo supo porque vio que no llevaba una sudadera. Lo supo porque en vez de pantuflas se había puesto zapatillas de deporte. Y lo supo porque hasta la última de las sartenes y cacerolas que tenían estaba repleta de los daños colaterales producidos cada vez que se ponía a los fogones.

—Dentro de nada estará listo.

Tenía un paño de cocina al hombro, manchado con los restos de un tarro de tomates troceados. Jeanie también vio que en el cuello de la camiseta tenía una mancha verde, pero decidió no decírselo.

Se sentó a la mesa de la cocina y se frotó los ojos, cansada después de las aventuras del día y la conversación con Rajiv. Hubiese querido mandarle un mensaje a Amber para saber cuáles iban a ser los siguientes pasos, pero tenía el móvil boca abajo en un bol de arroz tras una inesperada inmersión durante el baño de los mellizos.

Contempló a Tan, que removía y probaba con cara de concentración intensa. Hacía que cocinar pareciera tan difícil como los experimentos científicos del cole, cuando Amber invariablemente tenía que acudir al rescate antes de que ella se quemara el pelo o inhalara algún gas tóxico. Desde luego, Tan se estaba esforzando, eso era obvio. Pero ella no sintió mariposas en el estómago ni ninguna clase de emoción anticipatoria trazando espirales en su interior. Estaba tan hecha polvo después de acostar a los niños que solo deseaba sentarse, apoyar los pies en la mesita y comer judías directamente de la lata hasta recibir noticias de Amber.

Pero tenía que hacer el esfuerzo. Tenía que intentar hablar con él.

Se obligó a levantarse y acercarse. Iba a abrazarlo por la espalda, pero justo entonces él se movió para remover una sartén y la dejó con las manos en el aire. Se sentó de nuevo, frustrada.

–¿De qué va todo eso, Tan? –Supo al instante que había sonado irritable, tensa, ingrata.

–Se me ha ocurrido hacer un pequeño esfuerzo extra –respondió él mientras rallaba queso y, faltaría más, casi se ralló también un dedo–. ¡Hostia!

Lo metió bajo el grifo. El agua rebotó en una tabla de picar abandonada y le salpicó las gafas. Sin decir nada, Jeanie le pasó un paño para que se las limpiara.

Quizá el romance había muerto definitivamente, porque entonces frunció la nariz.

–¿Qué es ese olor? ¿Es que hoy no has sacado la basura?

Tan tensó los hombros al instante, y Jeanie se maldijo a sí misma: estaba preparándole una cena encantadora y ella no paraba de criticarlo. Era cierto, innegable: se había transformado en su propia madre.

Debía intentarlo una vez más. Era la primera vez en siglos que estaban los dos solos. No había niños que requiriesen su atención con dedos pegajosos, sonrisas o lágrimas, ni compañeros del trabajo de él curioseando en la cocina desde una pantalla de Zoom o recitando horribles estadísticas sobre la gente sin techo mientras los mellizos ignoraban ruegos de mantenerse en silencio.

Solo ellos dos. Tan y Jeanie. Como en los viejos tiempos.

Abrió la boca para decirle algo, pero enseguida volvió a cerrarla. Tenía que reconocerlo: habían olvidado cómo hablarse entre ellos. Todo había cambiado, y ella no entendía por qué. Solo sabía que echaba de menos a su pareja.

–Lo siento, Jeanie. –Tan la cogió de la mano.

Ella se giró para mirarlo de verdad por primera vez en semanas: sus gruesos cabellos negros, su gran boca, el olor de su colonia. Le encantaba ese olor. Decidió inclinarse hacia él y besarlo. El corazón le dio un salto ante la suavidad de sus labios, tan conocidos y a la vez tan nuevos.

–¿Por qué lo sientes, Tan?

–Por no haber visto lo difícil que te está resultando todo esto, sin Clio, con los niños, todo.

Jeanie miró sus manos entrelazadas. Iba a decirle que no pasaba nada, a quitarle hierro a la situación, como hacía siempre, pero algo se lo impidió. Deseó decirle la verdad. Deseó ser ella misma y no la mujer que creía que él deseaba.

–Me he sentido muy sola. –No se atrevió a mirarlo a los ojos.

–Lo sé. –Le acarició la palma con un pulgar y suspiró–. Yo… creí que solo querías a los mellizos. Más que a mí. Más que a… nosotros.

–No, no es eso. –Lo miró a la cara un segundo, contrita–. Yo…

–Siempre siento que lo hago todo mal, cuando los baño y les pongo los pijamas equivocados o cuando les cambio los pañales y gritan. –A medida que hablaba parecía cada vez más decidido a seguir–. Y a veces pareces tan… decepcionada conmigo… En cambio, con Amber y Clio eres diferente, como si ellas fuesen tu familia y no yo.

–Sí que son mi familia, Tan, pero…

–Y sé que yo me he estado encerrando en mi estudio o quedándome hasta tarde en la oficina. Pero la verdad es que no sé qué más hacer. Hasta hoy, el trabajo era lo único que me quedaba.

–¿Hasta hoy?

–Sí. –Bajó la cabeza, su cabeza bella y amable–. Por eso estaba tan preocupado por mi portátil. –Jugueteaba con los dedos de ella, la ansiedad estampada en su rostro–. Tenía que hacerle una presentación a un posible donante. Si no se decide, el jefe va a tener que despedir a unos cuantos.

–¿Sí?

–Incluido yo, Jeanie.

Las mejillas le ardían. Ella se dio cuenta de cuánto se había estado guardando Tan en su interior.

–Pero tú eres muy bueno en lo tuyo. –Había estado protegiéndola, escudándola; ahora se daba cuenta–. No van a despedirte a ti.

–Es una organización de caridad muy pequeña, y son tiempos difíciles: la crisis del coste de la vida, subvenciones cada vez más pequeñas. Hoy, darle un refugio a una familia de cuatro cuesta el doble que hace un par de años. Así que van a tener que reducir la cantidad de gente que gestiona los casos. –Ahora las palabras le salían balbucientes, como entre burbujas, igual que la salsa que tenía al fuego y que volvió a remover sin dejar de hablar–. Y es que lo primero tienen que ser las familias, por supuesto. Eso ya lo sé. Lo que no sé es qué voy a hacer yo entonces. No sé cómo voy a poder dar de comer a todos. No sé…

Jeanie había olvidado lo grande que era el corazón de él.

Extendió los brazos y lo acercó más a sí.

–Somos un equipo, Tan. Tú no eres el único responsable de que tengamos qué comer. Lo somos los dos.

Le posó una mano en la mejilla, y se le aceleró el pulso cuando él se la cogió y la besó.

–En fin, que por eso se me ocurrió tener un gesto esta noche.

Señaló las sartenes y sonrió. Quizá el Tan de siempre seguía existiendo. Quizá ella volviera a conseguir acceder a él. A fin de cuentas, seguían siendo Jeanie y Tan, ¿no? La misma pareja que se conoció en un cine de Tokio y de alguna manera llegaron a Sunshine Sands.

El bol de arroz se puso a vibrar. Jeanie miró a Tan.

–Parece que el móvil ha vuelto a la vida. ¿Te parece bien que lo coja?

–Claro. –La besó suave en los labios–. Puede ser algo de Clio.

–Gracias.

Sacó el móvil y miró la pantalla.

–¡Dios mío, no! –Agitó la cabeza. Se sintió helada de repente–. ¡No, Amber, NO!

Marcó el número de su amiga y empezó a caminar en círculos, esperando a que su amiga contestara. ¿Cómo se le había ocurrido ir sola a casa de Johnny? ¿Por qué no pudo esperar a recibir ayuda, como una persona normal?

–Ya casi está –dijo Tan sin volverse, mientras pinchaba un filete requemado.

Amber no contestaba. Todos sus instintos le aseguraban a Jeanie que aquello era algo muy malo, tanto como la noche en que su amiga se presentó con una botella de whisky y le contó que la habían despedido. Recordó cómo tuvo que tumbarla en el sofá y le secó las lágrimas de las mejillas.

Supo al momento lo que debía hacer.

–Lo siento, Tan. Sé el trabajo que te has tomado, pero tengo que irme.

–¿Qué? –Él se volvió.

–Lo siento. –Jeanie lo rodeó con los brazos–. Amber me necesita. Ha ido sola a la casa de Johnny Fernandez, a buscar pruebas de que él mató a Gary. Hace más de una hora que se fue y no la encuentro. Tengo que ir a asegurarme de que está bien. Lo entiendes, ¿verdad?

Estaba más que serio.

–¿Te vas para encontrarte con un posible asesino? ¿Sola?

–Sí, Tan. Eso lo que tengo que hacer.

Pensó en Amber adentrándose valerosamente en la boca del lobo, en Clio asumiendo la culpa del error de su hija. Ahora le tocaba ella.

–Pero…

Jeanie alzó las manos, indicándole que no siguiera. Ahora le tocaba hablar a ella.

–Sé que si no voy me perdonarán. –Se le llenaron los ojos de lágrimas–. Lo sé. Lo han hecho otras veces. Llevan años haciéndolo. Clio y Amber siempre me han ayudado, desde que nos hicimos amigas en Educación Física, ya fuera cuando se me descosieron los *shorts* en una cama elástica a los dieciséis o cuando estaba desesperada porque mi cuerpo no me dejaba tener hijos. Siempre han estado junto a mí, siempre me han rescatado. Y ahora yo voy a rescatarlas a ellas. –Mantuvo la cabeza alta y los ojos fijos en él–. Y a lo mejor piensas que estoy loca, pero ¿sabes qué? Ojalá los mellizos tengan amigos como Clio y Amber, que corran a ayudarlos sin pensárselo dos veces.

Tan no se movía.

A Jeanie ahora le caían las lágrimas por las mejillas.

–Por favor, Tan, intenta comprenderlo. Amber y Clio son mi familia, pero tú también. Me da miedo que ya no me quieras tanto como a ellas, para siempre. Me da miedo haberte perdido ya.

Las palabras quedaron suspendidas en el aire, grandes como escritas por un avión en el cielo.

–Vale.

Tan se desató el delantal.

–¿Que vale?

–Sí.

–¿Sí? –Se lo quedó mirando. El corazón le latía a toda velocidad–. ¿Vale, qué? ¿Sí, qué?

Él fue hasta la mesa y cogió las llaves del coche.

–Claro que te quiero. Te quiero tanto que te acompaño. Tú tampoco deberías ir sola, ¿no? –Apagó el horno–. Además, seguro que esto me ha quedado fatal.

La sonrisa de Jeanie le nació en el corazón y se extendió por todo su cuerpo.

–A lo mejor esta vez estaba bueno. Nunca se sabe.

Él asintió.

–Mejor creer en la posibilidad que comprobarlo. –Cogió el móvil–. Voy a meter a los mellizos en el coche, ¿vale? Y sí, voy a aparcar muy lejos de la casa. Y no, no voy a apartar la vista de ellos. Ah, y por el camino voy a llamar a la policía: necesitamos refuerzos.

–Vale.

Jeanie volvió a llamar a Amber.

El teléfono sonó y sonó y sonó.

Capítulo 53

Gary

La muerte en punto

Gary escapó. De alguna forma consiguió evitar a quien quería matarlo.

Así que, a fin de cuentas, todo eso de que era invencible había resultado ser cierto.

Había alcanzado el primer peldaño de la entrada de Clio, y joder si esta vez no iba a enterarse. Se lo iba a quitar todo, no solo el anillo. Todo.

Y entonces lo sintió. El golpe de la piedra contra el hueso. Empezó a perder la visión. La sangre manaba a toda velocidad dentro y fuera de él, vertiéndose sobre los escalones que intentaba subir. Se volvió; deseaba reírse de su asaltante, demostrarle que era inmortal. Nadie podía acabar con él. Nadie.

Él era Gary Goode e iba a vivir para siempre.

Justo mientras pensaba eso cayó a plomo, sonoramente, sobre el escalón.

Y es que, de inmortal, poco: ya estaba muerto. Quien le había quitado la vida se quedó ante él un momento y rio, antes de levantarse la capucha y alejarse en la noche.

Capítulo 54

Amber

Amber miró a la figura que se elevaba por encima de ella.

—¿D. J.?

Parecía muy diferente. Para empezar, nada de *shorts* anchos: llevaba vaqueros, el pelo recogido en una cola de caballo y una camiseta de color rojo oscuro ceñida en el pecho. Sus andares arrastrando los pies sin la menor prisa habían desaparecido, y ahora parecía flotar apoyado en los pulgares, como un ninja, todo músculo y energía.

Pero Amber aún podía con él. Salió de su escondrijo en el hueco del escritorio, desplegando todo su cuerpo y preparada.

Él la devolvió al suelo de un empujón más fuerte de lo que esperaba.

—¿Qué pasa, D. J.?

Observó que tenía una mano en el bolsillo de los vaqueros. ¿Un cuchillo? ¿Una pistola? Estaba extrañamente tranquila; sentía más curiosidad que miedo, su mente seguía buscando respuestas. Ahí estaba D. J., pero ya no parecía D. J. Su acento era diferente, más de Eton que de Manchester. Y también estaba lo de aquella caligrafía que había visto anteriormente en una nota en la caravana de Clio, una nota dirigida a Nina.

Todo encajó de repente.

—Dios mío, eres Christian, el hijo de Johnny. Eres Christian y eres D. J.

Soltó un breve silbido. Las piezas encajaban perfectamente. Christian no deseaba que saliera a la luz el secreto de su padre, ¿por razones financieras?, ¿o quizá tenía otros planes propios? En cualquier caso, cuando Nina volvió corriendo a casa y le dijo a D. J. / Christian que había herido a Gary, él vio que aquella era la ocasión perfecta para acabar con él. Christian era D. J., y D. J. era Christian. El novio de Nina era un asesino.

Pobre Nina.

Christian se la quedó mirando, y por fin unió lentamente las manos en una caricatura de un aplauso.

–Medallita para la inspectora. –Frunció la nariz como si Amber fuese algo que hubiese fallado la papelera y caído al suelo–. ¿Qué hacías bajo el escritorio de mi padre? Estabas fisgoneando, ¿no?

Ella prefería a D. J., con sus camisetas gastadas, su sonrisa amable, el pelo que le caía por la cara.

Decidió intentar salir de aquel lío hablando.

–Me he perdido buscando el retrete. Tu padre me ha invitado.

Él cruzó los brazos y se inclinó tan cerca que Amber olió la menta en su aliento.

–Mentirosa. Papá se ha ido hace una media hora, conduciendo como un poseso, camino de Londres si no me equivoco. Se ve que no quiere tenerme cerca ni aunque le haya hecho un favor. –Levantó y bajó los talones. Era como una granada a la que acabaran de quitarle el seguro–. Pues que le den. –Sus ojos brillaron con ira.

Amber necesitaba un arma, pero allá abajo no había más que gruesa moqueta, ni siquiera un clip o una grapa.

–Bueno –le sonrió ella–, ¿puedo irme?

Se metió una mano en el bolsillo en busca de su móvil.

–Dame eso, por favor. –Se lo cogió y lo tiró por la ventana–. Ah, y mientras pienso en lo que me has preguntado…

Fue hacia la puerta, hacia la llave. Amber tenía que salir de allí antes de quedarse encerrada con él. Se levantó y echó a correr, pero se detuvo cuando el chico sacó una pistola, se volvió y la apuntó directamente al corazón de ella.

No.

No era la primera vez que la apuntaban con un arma, aunque hasta entonces solo había sido durante entrenamientos, y con balas de fogueo. Esperó. El corazón le latía con fuerza. Había tomado el té con aquel joven –¿o aquel hombre?– pero nunca llegó a conocerlo bien. Se había reído con sus chistes, lo había invitado a copas, pero sin ver nunca el mal en su interior.

–Siento lo de tu padre, Christian.

Él agitó la cabeza.

–Ni se te ocurra tenerme lástima.

Amber alzó las manos.

–No, no es eso. No siento lástima por ti. –Mientras hablaba pensó a toda velocidad–. ¿Por qué iba a…? Tú eres listo, ¿no?

–Eso creo. –No dejó de apuntarla ni un instante, ni siquiera mientras se sentaba en la silla de oficina de cuero verde de su padre–. Aunque tampoco es que nadie se haya fijado mucho en eso por aquí.

–Bueno, veamos. –Lo miró a los ojos–. Sabías que Gary era un problema. Quizá tu padre te había hablado de él…

Christian hizo un ruidito despectivo.

–No, pero descubrir quién era el chantajista fue uno de esos trabajitos que a papá le gustaba encargarme. Después de que dejé esa última mierda de escuela cutre y conseguí trabajo en el embarcadero, él me alquiló un piso a cambio de unos cuantos «favores». Uno de ellos fue rastrear la IP del chantajista. Una vez que conseguí el nombre investigué un poco, averigüé más sobre Gary y sus puntos flacos: fui a su casa, hablé con su equipo, esas cosas.

–¿Y… Nina?

Christian sonrió. Los ojos se le iluminaron de repente.

–Nina, sí. Fue pura suerte. O el destino. Un día, mientras vigilaba la oficina de Gary, la vi allí, esperándolo. Por lo visto, quería que devolviera parte del dinero que Clio había puesto en la empresa. Nina solo quería ayudar; nunca se ha dado cuenta de que Clio no sirve para nada.

Amber tuvo que morderse la lengua tan fuerte que se hizo daño.

–Estaba triste, llorosa; así que imité un acento, me inventé un nombre y fui a consolarla. Pensé que podría serme útil.

Amber apretó los puños, pero sabía que tenía que conseguir que él siguiera hablando.

–¿Así que te liaste con ella no porque te gustase sino para manipularla? Muy inteligente.

Puso cara de admiración, aunque lo que deseaba era arrancarle la cabeza con las manos desnudas.

—Te equivocas. —La mirada de Christian era inquietante, como un gato observando a un ratón antes de precipitarse sobre él—. No me extraña que te echaran de la poli. Amo a Nina. Todo lo que hago es por nosotros dos. Ella es mi vida, y voy a proporcionarle un futuro alucinante. Voy a mostrarle lo mucho que la quiero, empezando por esta noche.

—Pero… —el fervor en los ojos de él asustó a Amber—… ella no sabe quién eres en realidad, no sabe lo que has hecho.

Christian negó con la cabeza.

—Si lo supiese me querría aún más.

—Le hiciste creer que ella había matado a Gary. —Sabía que tenía que ir con cuidado, que tenía que medir sus palabras; pero estaba tan furiosa que no fue capaz de contenerse—. Es imposible que vuelva a confiar en ti.

—Tú no la conoces como yo. —Christian se levantó y fue hacia ella, sin dejar de encañonarla con la mano derecha muy firme—. Bueno, me encanta hablar contigo pero tengo que irme. Nina y yo nos vamos. —Su sonrisa atravesó a Amber—. Y no volveremos nunca.

NO.

Amber saltó encima de él, golpeándolo, arañándolo. Tenía el elemento sorpresa a su favor y le dio patadas en los dedos que sostenían la pistola; cuando esta cayó por fin al suelo, él soltó un rugido. Ella la envió tan lejos como pudo con un pie, a la vez que intentaba propinarle un puñetazo a Christian. Falló, y él le agarró el brazo. Lo retorció tan fuerte que la hizo gritar. En ese mismo instante Amber empezó a hacer una lista de resoluciones en su mente: si salía de aquella sería mejor persona, aceptaría alguna de las frecuentes invitaciones de uno de sus hermanos adoptivos, y hasta se sinceraría con sus amigas sobre el porqué de su despido.

Eso, claro, si es que llegaba a tener la ocasión.

—No te atrevas a interponerte. —La voz de Christian se convirtió en el siseo de una serpiente. Intentó alcanzar el arma mientras agarraba a Amber tan fuerte que ella apenas podía respirar—. Nadie va a detenerme.

—No estés tan seguro.

Solo le quedaban los dientes, y los hundió tan fuerte como pudo en la mano de él, que la soltó con un aullido. Amber se arrastró a toda velocidad hacia la pistola. Él la agarró por los tobillos, intentando apartarla, arrastrándola por la moqueta.

Pero ya casi había llegado. Tenía la pistola a unos pocos centímetros, y tiró aún más fuerte para liberarse, sin apenas aliento, extendiendo los dedos.

—Ni se te ocurra, puta.

Christian le soltó los talones y dio un salto adelante. Sus cabezas chocaron en el aire. Por un momento Amber solo vio estrellas.

—¡Joder!

El dolor era insoportable. Agitó la cabeza como si quisiera sacárselo de encima. Sintió sabor a sangre en la boca. Pero la pistola seguía allí, como esperando. Solo tenía que cogerla.

Con un mareante último esfuerzo la alcanzó, llevó un dedo al gatillo. Pero los de él también estaban allí.

—¡Suelta! —Le arañó los brazos—. ¡No voy a dejarte!

Christian hizo un ruido de desprecio.

—Voy a hacer lo que me dé la gana. Suelta tú.

—Ni hablar.

Amber intentó darle un cabezazo. Él intentó darle un rodillazo en la entrepierna. Ninguno de los dos estaba ganando, pero ella tenía que seguir luchando. Nadie iba a quitarles a Nina, al menos mientras ella aún respirara. Se apoyó tan fuerte como pudo con las dos rodillas y tiró de él hacia atrás con todas sus fuerzas.

—¡Basta ya! —Christian gritó tan fuerte que a Amber le empezaron a pitar los oídos—. ¡Ya me has hecho perder bastante tiempo! ¡Voy a matarte, aunque sea con mis propias manos!

Amber cerró los ojos y se aferró a la pistola, rogando vencer, rogando que la rescataran, rogando un milagro.

Rogando no ser la siguiente en morir.

Capítulo 55

Jeanie

Jeanie había olvidado que Tan era un buen conductor de verdad. En un principio fueron cruzando en segunda por entre el caos de la noche de partido en el pueblo; sin embargo, al salir de este y acelerar camino de la casa de Johnny, con los mellizos durmiendo detrás, Tan se demostró más que capaz de ir a toda velocidad, haciendo chirriar los neumáticos en cada curva pero sin dejar de seguir con precisión milimétrica las indicaciones del GPS. De hecho, de no estar tan asustada por Amber, Jeanie le habría propuesto salirse de la carretera y parar para besarlo apasionadamente.

Pero el caso es que sí estaba asustada, aterrorizada. A medida que se acercaban a la casa de Fernandez no cesaba de imaginarse a su amiga golpeada, ensangrentada, muerta. Tenía el estómago encogido del todo, y pensaba que si ella no hubiese sido tan torpe como para dejar que se le mojara el móvil, su mejor amiga no estaría en peligro mortal.

–¿No podemos ir más rápido?

–No –respondió Tan entre los dientes apretados–. El coche está empezando a temblar. Creo que se encuentra en *shock*.

–Sí, bueno, yo también. –La mente de Jeanie conjuró otra imagen del cadáver de Amber.

Tan la cogió de la mano antes de atravesar las puertas abiertas de la verja y pasar a toda velocidad por el camino de la mansión, las llantas escupiendo gravilla, hasta frenar abruptamente. Para cuando se apagó el motor Jeanie ya había salido, tambaleándose en sus prisas por entrar en la casa a buscar a su amiga.

Antes de que se alejara, él la agarró del brazo.

–Creo que no deberías meterte ahí sola.

De repente Jeanie volvía a tener dieciséis años y estaba en la punta del trampolín. Tan tiró de ella hacia sí.

–La policía llegará enseguida, mejor esperarla.

–No.

Cada segundo contaba. Jeanie contempló el enorme edificio. En algún lugar tras toda aquella colección de ventanas y puertas, tras las columnas y la gran entrada principal, se encontraba su amiga. Y su amiga la necesitaba.

Basta de dudar. Iba, nunca mejor dicho, a tirarse a la piscina.

–Voy a entrar, Tan. –Le dio un beso en los labios–. Tú quédate aquí con los mellizos. –Le acarició una mejilla–. Enseguida vuelvo.

–Pero, Jeanie…

–Tengo que irme ya.

Le apretó la mano, se soltó y corrió hacia la casa, subió los escalones a toda prisa e intentó abrir la puerta, que se mantuvo impasible, imposible de franquear.

«No te quedes ahí parada, Jeanie». Corrió siguiendo un lado de la casa, sorteando columnas, setos primorosamente recortados, hileras de flores como soldados en un desfile, hasta llegar a la parte trasera. Sus pies aplastaban la gravilla, su propia respiración parecía atravesarla. En algún lugar tenía que haber una ventana abierta, una cornisa a la que trepar, una puerta con la cerradura rota.

Se lanzó contra las puertas correderas anchas como toda la terraza que tenían enfrente, pero solo consiguió un moratón en el hombro. Entonces oyó un grito. Presa del pánico, se apresuró aún más en su búsqueda de algún lugar por donde entrar. ¿Cómo podían tener tantas ventanas y acordarse de cerrarlas todas escrupulosamente? ¿Era eso posible?

Saltó un muro bajo frente a un lado de la cocina y probó con una de las puertas traseras. ¡Por fin, el sonido mágico de bisagras oxidadas! Entró. Estaba totalmente oscuro y olía a barro y goma de botas de lluvia. Chocó con un cubo, un taburete y lo que le pareció una estatua antes de recordar que podía usar el móvil como linterna.

Llegó a la cocina y corrió en la dirección de un nuevo grito. Se apartó los rizos de la cara mientras seguía una larga mesa, casi tropezando con un gato indignado, hasta salir al pasillo. Otro grito. El terror le penetró hasta los huesos. Venía de arriba. Miró a su alrededor, el pecho subiéndole y bajándole con violencia, y deseó haberse puesto un sujetador decente.

Un grito más, este aún más fuerte. Escaleras. Tenía que encontrar las escaleras. Siguió corriendo por el pasillo, pasando junto a una puerta tras otra, hasta dar con ellas, y subió los peldaños con la decisión feroz de un boxeador trepando al ring. Al llegar arriba oyó aún otro grito, un poco a su derecha. Amber la estaba guiando con la precisión de un controlador aéreo del aeropuerto de Heathrow.

Aceleró aún más en dirección al lugar de donde provenía el ruido. Reconoció claramente la voz de su amiga. Le recordó a aquella horrorosa clase de danza para la que Amber la había obligado a ponerse un vestidito rosa de volantes, soltando tal aullido al verla que la profesora las castigó a las dos durante una semana entera.

Se detuvo ante una gruesa puerta de madera. Intentó abrirla, pero no se movió. Le dio una patada. Se hizo daño en el pie.

Tenía que entrar ahí. Correr y lanzarse contra la puerta; eso tenía que funcionar.

Rebotó y se cayó al suelo, haciéndose daño también en la cabeza.

—¡Mierda! —Se la agarró entre las manos—. ¡Joder, cómo duele!

—¿Jeanie?

Volvió a acercarse a la puerta.

—¿Amber?

—Cuando acabes con lo que sea que estés haciendo ahí fuera, ¿podrías venir a desatarme, por favor?

Jeanie sintió una oleada de alivio en su interior: su amiga se estaba poniendo sarcástica, y eso quería decir que se encontraba bien.

—¿Que vaya a desatarte? —Se apoyó contra la puerta, sintiéndose inútil—. ¡Pero si no puedo abrir!

—Prueba con el pomo. Él recibió una llamada y tuvo que irse corriendo; no oí que cerrara.

—Pero… —Jeanie lo intentó. En efecto, se abrió sin ningún problema—. Ah.

299

Encendió la luz y se sobresaltó al ver a Amber, que estaba en el suelo, la espalda contra una pata de una pesada mesa de roble, las manos atadas por detrás, y sangre descendiéndole por el rostro.

–Dios mío. –Corrió a abrazarla fuerte–. ¿Estás bien?

–Sí, no te preocupes. Él tenía una pistola, pero…

–¿Una pistola? –Jeanie se llevó la mano a la boca–. Por Dios.

–La cogí y la tiré por la ventana. Tú concéntrate en desatarme, Jeanie.

–Pero ¿una pistola?

–Sí. Luchamos, iba a dispararme, pero yo se la cogí y, como ya te he contado, la tiré por la ventana. Entonces él me golpeó, me ató y, en fin, aquí estamos.

–Pero… –Jeanie sintió como si se le hubiese apagado el cerebro. Se acuclilló junto a su amiga–. ¿Estás bien? ¿Te ha hecho daño? ¿Johnny te ha hecho algo?

–No, no era Johnny.

–¿Qué? Entonces, ¿quién…?

Miró en todas direcciones, frenética.

–Christian. Su hijo.

–¿Su hijo? –Frunció el ceño–. ¿Y por qué iba a…?

–Por favor, desátame.

Jeanie hizo lo que pudo, teniendo en cuenta cómo le temblaban los dedos.

–No entiendo nada.

–Pues la cosa se complica aún más: Christian es D. J.

–¿D. J.? ¿El D. J. de Nina?

–Sí. –Amber asintió con la cabeza–. El novio de Nina es el hijo de Johnny, que se hacía pasar por D. J. Y creo que él mató a Gary.

Jeanie dudó.

–¿D. J.?

–Sí, D. J.

–Pero… –Pensó en la expresión con que Nina lo miraba siempre. Iba a llevarse una sorpresa horrible–. ¿Por qué…?

–No está claro. Yo diría que por problemas psicológicos con su padre. O por pasta.

–Mierda. –Jeanie se dio cuenta de que se había quedado con la boca abierta–. ¿Y adónde ha ido?

Se levantó, encontró unas tijeras sobre la mesa y volvió a agacharse.

Amber suspiró aliviada cuando su amiga empezó a cortar. Se puso en pie y flexionó los dedos.

–Ha ido a por Nina. Y supongo que habrá recogido la pistola, así que tenemos que irnos ya.

–Sí, vámonos.

Esta vez Jeanie no dudó ni un segundo.

Capítulo 56

Clio

Clio no paró de correr hasta llegar al aparcamiento de caravanas, pasando por entre grupos de hombres que se gritaban unos a otros sobre árbitros y goles y faltas tras alguna final local, por entre parejas en citas, por entre trabajadores que regresaban a casa caminando. No prestó atención a nada de eso; solo veía a su niña y al hombre que quizá no fuese lo que parecía. Sin detenerse, intentó llamar a Amber y a Jeanie para pedirles que fueran a ver si Nina estaba bien. Ninguna de las dos contestó.

Llegó ante su propia puerta respirando pesadamente, con la boca seca.

Nina estaba sentada en el sofá con las piernas dobladas y varios libros de texto a su izquierda. A través de la ventana, Clio la vio mirar a D. J. Sintió que el alivio la inundaba. Sí, su niña estaba bien.

Pero entonces miró mejor. ¿Él era D. J.? Tenía el pelo sujeto en una cola de caballo, y ¿dónde estaban sus clásicos *shorts*? Vio que Nina agitaba los brazos en el aire, como defendiéndose de algo. A la madre le subió de golpe la adrenalina y, antes ni de saber qué iba a hacer, se puso en movimiento.

Abrió la puerta de golpe.

–¿Estás bien, Nina?

–Mamá. –Su rostro estaba cubierto de lágrimas–. Ayúdame, mamá, por favor. –Tenía apenas un hilo de voz, como cuando, hacía ya tantos años, Clio había decidido dejar a Bez y ella le preguntó por qué.

Apretó los puños. Fuese lo que fuese lo que estaba haciendo D. J., que se fuese a hacerlo a otra parte. Que se fuese a la mierda.

–Tendrías que irte, D. J.

Él se volvió, y Clio vio que no era el D. J. que quería a su hija, que le escribía notitas, que esperaba paciente mientras ella estudiaba. Aquella nueva versión de él tenía una mirada de hielo, los labios apretados, un músculo que le palpitaba en una mejilla. Tras él, la tele estaba encendida pero sin sonido; los participantes de un concurso movían los labios respondiendo preguntas mientras el presentador agitaba la cabeza como haciéndose el desesperado.

–Lárgate.

Ahora Clio estaba al lado de D. J., que la miró sin ni parpadear. Era más una estatua de D. J. que el verdadero D. J. Llevaba una camiseta tan ajustada que casi se le podían contar las costillas.

Contestó con tono glacial:

–No me voy a ninguna parte. No sin Nina.

Clio parpadeó fuerte.

–¿Por qué hablas así?

–¿Así, cómo? –Él se cruzó de brazos–. También puedo hablar con acento de Texas. ¿Quieres oírlo? –Sonrió–. «Ay, por Dios, cómo me gusta esta caravana tuya tan pequeñita».

Volvió a ponerse muy serio y le extendió una mano a Nina.

–Vale, vámonos ya.

Clio posó una mano protectora en el hombro de su hija. No tenía ni idea de qué significaba aquella transformación tan repentina, pero tenía claro que Nina no se iría a ninguna parte con él.

–Nina se queda aquí.

Él volvió a cruzarse de brazos.

–Vaya, ¿tú también?

–¿Qué quieres decir?

–La puta de tu amiga también intentó pararme. Tuve que pararla yo a ella.

Clio se asustó.

–¿Qué? ¿Quién? ¿Cómo…?

–Lo vas a saber muy pronto. –Suspiró–. Se hace tarde. Tenemos que irnos ya. Vámonos, Nina.

–No. –La chica negó con la cabeza y hundió la cara en las manos.

–Quería hacer esto por las buenas, pero no me dejas alternativa.

Y sacó una pistola.

Joder, una pistola de verdad.

Clio no dudó. Apretó más los puños y se interpuso entre él y su hija. Estaba de vuelta en la sala de partos, acunando a su bebé, jurándole que haría todo cuanto pudiera por protegerla.

De nuevo en el presente, miró alrededor en busca de la tetera, de cualquier cosa que pudiese usar como arma para lanzársela a aquel demonio que quería hacerle daño a su hija.

—No, no, no. —No-D. J. negó con la cabeza. Apuntó a Nina en la frente.

—Mamá…

Nina intentó echarse hacia delante, pero él se lo impidió con un empujón. Le habló a través de sus dientes muy apretados.

—No, Nina, no. No seas tonta. Nos vamos a ir, tal como planeamos.

—Me estás haciendo daño, D. J.

Pero a él eso no parecía importarle. Se volvió hacia Clio sin apartar el arma ni un milímetro.

—Un solo movimiento y te mato.

Aquello no podía estar sucediendo de verdad. Clio le había hecho tostadas con mantequilla de cacahuete y lo había oído hablar sin parar de barcos y de lo mucho que echaba de menos a su madre. ¿O había sido todo mentira?

—¿Qué haces? ¿Por qué hablas así, D. J.?

—Me llamo Christian, y así es como hablo de verdad. —La expresión de no-D. J. supuraba desprecio—. Esta es mi voz real. ¿Es que no puedes reconocer un acento falso de Manchester? Digo, ya que eres actriz.

Clio intentó controlarse. Después de haberle dado la bienvenida, de aceptar que fuese el querido novio de Nina…

Amber tenía razón: necesitaba afinar el radar.

—D. J., por favor.

Al oír la voz de su hija tuvo ganas de echarse a llorar: era de nuevo una niña pequeña perdida en el supermercado, preguntándoles a los desconocidos dónde estaba su madre.

En algún lugar del interior de Clio sonó un choque de acero. No le importaba qué le pasase a ella misma; lo importante era sacar a Nina de allí. Todas sus extremidades le temblaban por la necesidad de hacerle daño a ese intruso, ese mentiroso, ese falso.

Tenía los dedos en el móvil.

–No. –Él se lo cogió y lo tiró al fregadero.

Nina soltó un gritito, como un perro al que su dueño le hubiese propinado una patada.

–¿Por qué haces esto?

–Ya te lo he dicho, amor. –La última palabra sonó como un latigazo–. Me voy a ir. –Su voz era inexpresiva, plana, como si estuviese eligiendo baldosas de un catálogo–. Y tú vendrás conmigo, Nina.

Ella negó con la cabeza.

–Pero, D. J…

–Christian. Me llamo Christian. Christian Fernandez.

–¿Qué?

–Y vamos a ir al embarcadero y largarnos. Tal como habíamos planeado.

–Eso lo planeaste tú, no yo. –Nina estrujó un almohadón con dedos temblorosos–. Yo quiero hacer la Selectividad, ir a la uni, hacerme doctora. –Clio tuvo que contener la profunda necesidad de correr a abrazarla–. Y tú no puedes dejar tu trabajo ni a tu familia, ¿no?

D. J. / Christian soltó una especie de relincho despreciativo.

–Desde que murió mamá no tengo familia. Papá me lo ha dejado muy claro. He acabado con él. He acabado con este lugar. Es hora de irnos.

–Pero yo no he acabado, D. J., quiero decir, Christian. –A Nina le costaba hablar entre sus sollozos–. Yo quiero quedarme.

Él tensó aún más el dedo alrededor del gatillo.

–No lo dices en serio.

Clio intentó hablar con voz queda, tranquilizadora.

–¿Para qué necesitas que Nina vaya contigo?

–Porque la quiero.

–Si la quisieras, la dejarías elegir.

–¡Cállate! –Ahora la apuntó a ella a la cabeza–. ¡Cállate, joder!

–¡No la mates! –El valor de Nina atravesó el corazón de Clio–.

Iré contigo, ¿vale? —Lo cogió de la mano libre—. Pero deja que mamá se vaya, por favor. No tiene nada que ver con esto.

Christian negó decididamente con la cabeza.

—No. Sabe mi plan. No me la voy a jugar.

Tiró de la mano de la chica, obligándola a levantarse. Los ojos de ella estaban inundados en lágrimas.

—¿Por qué me haces esto?

Él agitó la cabeza de nuevo, impaciente.

—Ya te lo he dicho: porque te quiero. Tú mataste a Gary e intento ayudarte.

—No. Lo mataste tú. —Ahora Clio lo sabía con certeza absoluta—. Fuiste tú. Encontraron tu collar en la escena del crimen, ese del diente de tiburón de plata, con el ADN de Gary. Lo reconocí cuando lo vi en la comisaría, así que deja de decir que fue Nina.

Por una vez, Clio se alegró de sentir cómo crecía el fuego en su interior: la hacía más valiente, más poderosa. Corrió hacia él usando la cabeza como ariete, apuntando cada uno de los ciento cincuenta y cinco centímetros de su cuerpo contra el pecho del joven.

—Clio, por favor. —Christian se echó limpiamente a un lado, de forma que ella cayó al suelo y se golpeó la frente contra una lata de pintura—. Siempre tan dramática.

Se sacó del bolsillo un trozo de cable y le ató las muñecas por detrás.

—Y ahora, ¿por qué haces esto?

—Es un seguro, ahora que sé que la policía me busca. Puto collar; sabía que se me había caído en alguna parte. Puede que tener una rehén nos facilite la huida.

Agarró a Clio, la encañonó por la espalda y la empujó con la pistola hacia la puerta.

—Muévete, y ni un ruido o estás muerta.

Ella caminó con piernas de gelatina. Bajó los escalones y fue hasta el sedán azul aparcado delante. Rogó que pasara alguien por allí. Quien fuese. Bez. ¿Dónde diablos estaba Bez?

Christian siguió empujándola y haciéndola avanzar.

—Tú siéntate atrás. —Entornó los ojos—. Nina, tú conduces.

Clio ocupó su asiento, y él cerró la puerta de golpe. Nina se puso al volante, la mano temblorosa sobre la palanca de cambio. Su madre deseó decirle que todo iba a ir bien, abrazarla, besarla, protegerla.

Pero Christian ya estaba en el asiento del acompañante, con la pistola en el regazo.

—Al embarcadero. Conduce.

Nina, sin dejar de temblar, metió la llave en el contacto y la giró.

Mientras el coche empezaba a avanzar, Clio se descubrió rogando que ocurriera un milagro, aunque sabía que eso no iba a suceder.

Capítulo 57

Amber

Amber estaba acostumbrada a conducir a toda velocidad por carreteras oscuras en persecución de criminales, pero no a cantar nanas a la vez. Se había ofrecido a encargarse ella del volante, pero Tan fue muy insistente, de forma poco habitual en él, así que ahora ahí estaba ella, apretada atrás entre los dos mellizos, un mellizo a cada lado, los dos con pequeños pulgares en sus pequeñas bocas. La cola de caballo de Yumi le asomaba como una antena, mientras que Jack parecía intentar comerse su propia mano. Tras acabar una decidida versión de *Mary tenía un corderito*, Amber los contempló en busca de signos de sueño. Lo único que obtuvo fue un eructo de Yumi.

Se movió, incómoda, con galletas de arroz abandonadas pinchándole el trasero, y deseó que pudiesen ir aún más rápido. Cada segundo era esencial. Pensó en la locura que había visto en los ojos de Christian, y sintió que el miedo palpitaba en sus entrañas; miedo por Nina, miedo de lo que él podía hacerle si no le seguía el juego.

Frenaron abruptamente al llegar al aparcamiento de caravanas, solo para ver que la de Clio estaba a oscuras. Bez también acababa de llegar, y se estaba bajando de su camioneta. Amber se echó a un lado, por delante de Yumi, y bajó la ventanilla.

–¿Dónde está?

Él volvió la cabeza con una lentitud irritante.

–¿Quién? ¿Clio?

–No, Clio no, que está en la comisaría. Nina.

–No, a Clio la han soltado bajo fianza. –Bez frunció el ceño–. Me llamó la policía; por lo visto, se dejó el monedero. Típico de ella. Alucina: una vez hasta…

Amber lo interrumpió.

–Entonces, ¿dónde está? –Empezó a temerse lo peor–. ¿Está en tu caravana, Bez?

Él miró en dirección a esta.

–No creo. Las luces están apagadas.

–Mierda.

Amber había creído que al menos Clio estaría a salvo en la comisaría. Salió, escurriéndose por delante de Yumi, corrió hacia la caravana y pegó la cara a las ventanas, esperando ver unos cabellos rojos con las puntas azules, oír cantar, percibir los ruidos y la energía de su amiga.

Bez llegó a su lado.

–¿Adónde ha ido Nina?

Jeanie se colocó al otro lado.

–Creemos que D. J. se la ha llevado.

–¿Que se la ha llevado adónde? ¿A comer algo? Quizá hayan ido al Codfather. Voy a…

Amber levantó una mano para detenerlo.

–No, Bez. No se la ha llevado a tomar *fish and chips*. Se la ha llevado a punta de pistola.

–¿D. J.? –Se le puso toda la cara como un signo de interrogación–. Me estáis tomando el pelo, ¿verdad?

–No, Bez –le aseguró Jeanie, muy seria–. En realidad se llama Christian. Y es quien mató a Gary.

–¿Qué? –Se le congeló la sonrisa–. Pero si…

–Y también puede que tenga a Clio y a Nina. –Posó una mano en el brazo de Bez.

–No. –Él, a su vez, se pasó una mano por el pelo–. ¿Y ahora qué hacemos?

Amber soltó un resoplido.

–Vamos a buscarlos. Ya.

Bez hinchó las mejillas.

–Por favor, decidme que todo esto es una broma.

–No, no lo es. –Amber deseó que lo entendiera de una vez–. Diría que nuestra mejor apuesta es el embarcadero. No dejaba de hablar de irse a navegar con Nina.

Bez cerró los puños.

–Por encima de mi cadáver.

–Totalmente de acuerdo. –Amber se puso en movimiento de inmediato–. Johnny tiene una barca atracada allí. En cuanto Christian se suba podrá llevarse a Clio y a Nina a donde quiera.

No tenían mucho tiempo. Jeanie ya estaba de vuelta en el coche.

–Tenemos que ir a por ellos. –Se volvió hacia Tan, apartándose los rizos rebeldes de la cara–. Yo voy con Amber, ¿vale? Tú vuelve a llamar a la policía y cuida de los niños; no quiero que sufran ningún daño.

–Ni hablar. –Él negó con la cabeza–. No voy a dejar que vayas sola.

Pero Jeanie fue muy firme:

–No, Tan. Tú mantenlos a salvo. Todo irá bien, te lo prometo.

Se intercambiaron una larga mirada.

–Vale. –Él le dio un beso–. Ve con mucho cuidado.

–Eso haré. –Jeanie se dio la vuelta.

–Te quiero, Jeanie.

A ella se le iluminó el rostro.

–Y yo a ti.

Bez puso en marcha el motor de su camioneta, y Jeanie y Amber se subieron y cerraron con un portazo. Empezaron a ir dando saltitos por la carretera del acantilado, que descendía sinuosamente hacia el embarcadero, hacia lo que estaría pasando allí, hacia lo que estaba por pasar.

Capítulo 58

Jeanie

–Por Dios, había olvidado lo enorme que es esto. –Jeanie se llevó las manos a las mejillas mientras miraba el montón de embarcaciones amarradas a pontones inacabables–. No vamos a encontrarlos.

–¿Por qué no? –Amber caminaba arriba y abajo frente a la oficina del embarcadero vacía e inútil–. Solo tenemos que dividirnos. Podemos conseguirlo. Y además… –señaló hacia el agua–… es febrero, así que no hay mucha acción por aquí, ¿no? Solo tenemos que comprobar las pocas que tengan las luces encendidas; tiene que estar en una de esas.

–Igual la policía llega pronto. –Jeanie miró con esperanza hacia la carretera, pero Amber la cogió por los hombros, los ojos brillantes a la leve iluminación que les llegaba de las luces del embarcadero.

–Hasta que lleguen solo estamos nosotras, y tenemos que encontrarlos, ¿vale?

–Vale.

Jeanie se tragó sus miedos y contempló las barcas durmientes, sus mástiles elevándose al cielo, las velas plegadas. El silencio era inquietante. Hacía décadas que ella no iba por allí. Recordó sus intentos de no vomitar durante los inacabables domingos de su infancia en la goleta tan querida por su padre, con ocho, con diez, con doce años, congelándose el culo mientras surcaban aguas agitadas y grises, los dientes castañeteándole, y todo por el placer de su compañía y de ver su sonrisa.

–¿Dónde está? –Bez avanzó hacia ellas con la sutileza de un elefante. Llevaba en la mano algo alargado de color naranja.

Amber lo señaló.

–¿Qué es eso?

Él se encogió de hombros.

–Un palo de golf de plástico. Es lo único que he encontrado en la camioneta.

–Genial. –Amber siguió caminando–. Nos va a venir de perlas para defendernos contra una pistola cargada.

Bez se apresuró a ponerse a su lado.

–Se me ocurrió que igual podía darle en la cabeza con esto.

Jeanie los siguió. Su intento de ignorar el agua no le estaba saliendo muy bien: la había por todas partes, lamiendo la piedra, oscura, amenazante. Puso un pie en un pontón, solo para retirarlo de inmediato cuando lo sintió agitarse debajo. «Dios mío».

Amber continuó a paso rápido. Miró por el ojo de buey de una pequeña motora al pasar.

–No, ahí no están.

Siguió, sin bajar el ritmo, las manos en los bolsillos. Jeanie iba tras ella, respirando lentamente y con cuidado. Cerró los ojos, intentando alejar el pánico.

Cuando los abrió, enseguida vio el logo del zorro de Fernandez en un lado de una enorme barca al final del pontón, amarrada a un atracadero de cabeza de martillo.

–Están ahí. –Echó a correr–. Mira, tiene una luz encendida. –Entre la oscuridad distinguió una silueta inclinada que manipulaba un cabo–. Está levando anclas.

Ahora ella tomó la delantera, sus pies casi resbalando en sus prisas por llegar a tiempo. La figura saltó a la barca, y se oyó el ruido del motor.

–¡Mierda! –Amber la superó corriendo.

La silueta de la proa apuntó algo en dirección a ella.

Disparó.

Jeanie se quedó sin aliento.

–¡Amber! ¡Dios mío!

Pero su amiga seguía moviéndose; no se cayó, ni siquiera se detuvo, sino que saltó el pequeño hueco que se estaba abriendo entre el pontón y la barca y aterrizó de rodillas en la plataforma de baño trasera.

Jeanie se había quedado paralizada, esperando un nuevo disparo, pero alguien más apareció detrás de Christian desde la escotilla que llevaba al nivel inferior e intentó agarrarle las piernas. Distinguió unos rizos y largas extremidades y no pudo contener un sollozo. Era Nina. Nina seguía viva. Gracias a Dios.

Christian se volvió, gritó algo; estaba claro que intentaba que la hija de Clio lo soltara. Perdió el equilibrio un instante pero volvió a recuperarlo, y alzó un brazo para golpearla. Jeanie oyó un grito.

Y, mientras, el hueco entre el pontón y la barca se iba ensanchando.

Al correr hacia allí, ella se dio cuenta de que Christian se había olvidado de una cosa: el largo cable eléctrico negro seguía enchufado, impidiendo que la barca se alejara más. Aquello suponía una oportunidad para ella, si es que se atrevía a intentarlo.

Mientras pensaba en ello, él también se percató de lo que sucedía. Pero Nina volvió a atacarlo, y él la golpeó en la cara con la pistola. La joven cayó, y esta vez no volvió a moverse.

Jeanie estaba en la punta del pontón, el agua espumeando justo delante de ella. Christian intentaba a la vez acelerar el motor y tirar del cable para que se soltara y la barca pudiera zarpar.

Bez agarró la otra punta.

–Yo lo sujeto. –Tenía una expresión decidida–. Bueno, mientras pueda.

–¡Jeanie! –Amber le extendió una mano, mientras se sujetaba con la otra a la barandilla de la plataforma–. ¡Salta!

Pero su amiga se había quedado paralizada, con el corazón golpeándole el pecho. El ruido del motor se hizo más fuerte; la barca intentaba alejarse de Bez y el cable. Debajo de Jeanie, el agua representaba una amenaza, todo aquello a lo que ella temía; parecía prometerle que iba a volver a tragársela. Tembló. No podía hacerlo. Se hundiría de nuevo, hasta el fondo, y nunca volvería a la superficie.

–¡Jeanie!

La expresión de confianza en el rostro de Amber le partió el corazón. No iba a estar a la altura.

El espacio entre el pontón y la barca ya era de un metro, quizá más. Bez agarraba el cable con todas sus fuerzas, pero pronto iba a soltarse. Amber siguió allí parada, con la mano extendida.

313

Jeanie sintió cómo la sensación de fracaso volvía a invadirla. Había fracasado, igual que cada día fracasaba en su intento de ser una buena madre, igual que…

A la mierda. Estaba harta de sí misma. Era el momento de superar su trauma de una vez.

Dio unos pasos atrás. Un poco de carrerilla siempre ayudaba, ¿no? Y entonces se precipitó hacia delante. Corrió como pudo y saltó hacia lo desconocido.

Pero vaya si era un largo trecho. El mar parecía rugir debajo de ella mientras volaba por los aires. Supo que iba a caer, que iba a hundirse, y entonces…

Y entonces aterrizó.

O, más bien, fueron sus manos las que alcanzaron la barca. Los pies le quedaron sobre el agua.

–Dios mío.

Pataleó, pero solo consiguió que se le cayeran los zapatos. Oyó un ruido a su espalda, y la barca empezó a avanzar, libre de su atadura.

–¡Noooooo! –Empezó a resbalar. Sus manos buscaban dónde agarrarse, los pies le colgaban–. ¡Socorro!

El mar estaba muy frío. Pero entonces otra mano la asió. Una mano fuerte, una mano que no estaba dispuesta a soltarla pasase lo que pasase.

–¡Arriba!

De alguna forma, Amber consiguió alzarla hasta la plataforma, con brazos y piernas extendidos como si estuviese haciendo una torpe imitación de una estrella de mar. Sonó un nuevo disparo. Jeanie se puso en pie, buscó a Nina con la mirada, intentó ver si había alguien herido. Joder, lo había conseguido, y ahora estaba llena de adrenalina e impulsada por todo el valor del que había carecido durante tanto tiempo.

Las dos miraron hacia la cubierta sobre ellas y vieron a Nina, en pie de nuevo, agarrando a Christian. Treparon y se deslizaron hacia él en silencio, como ninjas de mediana edad. Ya estaban cerca. Nina tenía una expresión salvaje en los ojos y los dientes apretados.

–¡Suelta la pistola, Christian!

–¡No! –gritó él–. ¡No me obligues a hacerte daño, Nina! ¡Te quiero!

–Y una mierda. –Ella rio con desprecio–. Esto no es amor, es un secuestro.

Christian miró atrás y vio a Amber y Jeanie, que avanzaban torpemente mientras la barca iba dando tumbos sobre las olas. Sin él al timón no iba en ninguna dirección concreta, hasta que giró sobre sí misma y empezó a regresar hacia el embarcadero, a riesgo de chocar contra alguna de las otras naves del pontón.

–¡Atrás o la mato!

El pelo, ahora suelto, le volaba en todas direcciones mientras él agitaba la pistola como si fuese una de esas de juguete que dispara bolitas en una fiesta infantil.

Jeanie miraba en todas direcciones. ¿Dónde estaba Clio? ¿Seguía abajo? ¿Seguía viva?

Miró a Amber.

–¿Lista? –le preguntó, moviendo los labios pero sin emitir ningún sonido.

–Desde que nací.

–Pues ¡a por ello!

Iban a lanzarse sobre Christian cuando él se volvió de nuevo. Ahora tenía a Nina agarrada bien fuerte por el pelo con una mano. Ella gimió, y una expresión de dolor le recorrió el rostro.

–No se os ocurra hacer ninguna estupidez. –El chico seguía sosteniendo firme la pistola en la otra mano–. No estáis precisamente en la mejor edad y no querréis haceros daño, ¿verdad?

Apuntó hacia ellas, pero Jeanie siguió avanzando igualmente, elevando la voz por encima del motor. El suelo seguía tambaleándose a sus pies.

–¿Por qué haces esto, Christian?

Él la apuntó al pecho, pero Jeanie solo pensaba en Nina. Tenía que hacerlo hablar y darle tiempo a Nina para zafarse.

La voz del chico también se elevó por encima del viento, teñida de locura.

–¿Para qué preguntas? ¡Total, dentro de un minuto estarás muerta!

–¡No, D. J.! –El rostro de Nina estaba empapado en lágrimas. Jeanie insistió.

–Solo quiero entenderlo, Christian. ¿Por qué mataste a Gary?

–Amenazaba con arruinar a papá. Yo se lo impedí. –Rio–. Yo también necesito el dinero. Para largarme, dejar este estercolero y ver mundo. Ni en broma iba a perder la ocasión de hacerme con la pasta. Papá estaba frenético: había cancelado su viaje a Londres de aquella noche y se había quedado para buscar a alguien que impidiera hablar a Gary. Y entonces apareció Nina, y todo se volvió muy fácil: cuando me dijo que lo había golpeado, comprendí que era la ocasión perfecta. Fue pura suerte el que yo me hubiera retrasado en ir a buscarla, el que Gary estuviera en la caseta. O quizá no fue suerte sino el destino. Solo tuve que esperar a que Nina se durmiera, fui a buscarlo y acabé el trabajo. –Rio de nuevo–. Todo salió perfecto: el que Gary fuera a la caravana de Clio me permitió implicarla a ella.

La barca se agitaba cada vez más. Por grande que fuera, sin nadie al timón iba a la deriva. Pero Christian no aflojó en ningún momento la mano con la pistola. Su sonrisa era maníaca, lunática.

–Creí que papá se pondría contento –siguió, mientras su rostro se llenó de tristeza por un instante, para ser sustituida por la ira–. Pero, como siempre, solo quiso ver lo peor de mí. Me gritó, me dijo que había mancillado el nombre de la familia, que la policía creería que había sido él. Entonces se largó. Y ahora… –su pulgar jugueteaba con el gatillo–… ya no tengo nada que perder, ¿no? Así que me voy con su barca y mi preciosa chica.

A Jeanie le costaba mantener el equilibrio con los vaivenes.

–¿Y después qué, Christian?

Él la miró de lado.

–¿Qué quieres decir?

–Que después qué pasa.

–Nina y yo viajaremos por todo el mundo. –Resbaló un momento, pero enseguida volvió a erguirse–. Para siempre.

La chica soltó un gruñido mientras él echaba la cabeza hacia atrás y reía. Le había soltado el pelo. Jeanie observó, esperando la ocasión.

–Manipular a Clio fue muy fácil. Sabía que iba a entregarse para salvar a Nina, pero por si acaso me cubrí igualmente. Hasta envié a Marshall el vídeo que había hecho de Gary y Cherie, para ponerlo a él en la línea de fuego. –Se le iluminó el rostro–. Fue divertido ver cómo todos corrían en la dirección equivocada, ver que era más listo que todos vosotros, especialmente que papá. Él me tenía por un fracasado al que expulsaban de un colegio tras otro, que siempre acababa rindiéndome. No sabía de lo que yo era capaz. Mamá sí que lo hubiese sabido. Mamá hubiese estado orgullosa de mí, de cómo tomaba el control y me llevaba a la chica que quiero y desaparecía con ella en los mares.

Nina intervino con voz tan baja que Jeanie apenas la oyó.

–No, no lo estaría.

Christian se giró hacia ella.

–¿Qué?

–No estaría orgullosa. Y tú no tienes a la chica que quieres. No la tienes en absoluto.

–Sí, sí que la tengo. –Se inclinó a besarla. Volvió a resbalar y perder el equilibrio un momento–. Te quiero, Nina. Somos el uno para el otro.

–¿Ah, sí? –Ella le acarició el rostro. Al ver aquello, fue como si algo dentro de Jeanie muriera–. Pues el sentimiento no es mutuo. Que te den por saco.

Le dio un golpe muy fuerte en el pecho. Amber corrió hacia ellos gritando como una guerrera, golpeando de lado a Christian y haciéndole soltar la pistola. Él soltó un taco y los dos forcejearon. Le dio una bofetada que sonó como un tiro. Amber cayó. Nina fue la siguiente, aunque esta vez el golpe fue en el estómago, enviándola también al suelo.

Jeanie se armó de valor. La barca se había puesto a dar vueltas en redondo, produciéndole náuseas. Pero Amber y Nina habían caído; solo quedaba ella. Tenía que conseguirlo. Por Clio. Por todas ellas.

Christian se inclinó a coger la pistola. Era ahora o nunca.

Jeanie cerró los ojos. Se imaginó que estaba en el trampolín, la cabeza alzada al cielo. Cogió aire por última vez y se tiró sobre Christian.

Capítulo 59

Amber

La pistola se disparó mientras Jeanie estaba en pleno vuelo.

–¡Jeanie!

Con sus rizos ondeando al viento, aterrizó sobre Christian, haciéndole soltar la pistola. Amber oyó cómo él echaba de golpe todo el aire de sus pulmones, pero al instante volvió a intentar levantarse. Ella cogió el arma y se la metió en el bolsillo trasero.

Jeanie se quedó inmóvil, encima de Christian, que luchaba por liberarse.

Un gritó llenó todo el mundo de Amber.

Jeanie no, por favor. A ella no podía perderla, la amable, caótica Jeanie que era mucho mejor, mucho más valiente de lo que se creía.

Amber se arrodilló y miró a ver si había sangre, mientras le acariciaba los rizos a su amiga.

Christian seguía intentando escaparse, pero Nina cogió la pistola del bolsillo de Amber y lo apuntó a la cara; eso le hizo desistir al instante.

Jeanie abrió los ojos con fuertes parpadeos.

–¿Estoy muerta?

–¡Ay, gracias a Dios! –Amber la ayudó a levantarse y la abrazó fuerte–. Falló el tiro.

Nina sacó también las esposas del bolsillo trasero de la expolicía.

–¿Haces tú los honores?

–Por ti, lo que sea.

Amber esposó al joven a la barandilla de la plataforma y corrió de vuelta con Jeanie, arrodillándose de nuevo.

–Sí que debo de estar muerta, porque me estás abrazando.

El alivio hizo que a Amber se le saltaran las lágrimas.

—Has sido muy valiente.

—¿Ah, sí? —Jeanie se incorporó y se quedó sentada en el suelo—. ¡Ay!

—¿Qué?

—Me he pinchado el culo.

Christian empezó a golpear las esposas contra la barandilla, soltando un taco tras otro a pleno pulmón. Jeanie lo miró con lo más cercano que le salió a una expresión de desprecio.

—Para ya —le espetó—. Eres patético.

—Vete al infierno. ¿Cómo os atrevéis a quitármelo todo?

Amber se quedó mirando a D. J., a Christian…, como se llamara. Era inútil responderle: él estaba demasiado ido para escuchar nada. Iba a hacerse famoso, sí, pero no por dar la vuelta al mundo navegando: todos en Sunshine Sands conocerían su nombre porque iba a comenzar unas largas vacaciones a cuenta del Estado.

—Clio. —Amber y Jeanie se miraron. Volvieron a sentir pánico—. ¡CLIO!

Amber corrió hasta las escalerillas que daban al nivel inferior. Más que bajarlas, las saltó. Miró a su alrededor y vio un sofá de cuero, una mesa de comedor. Pero ni rastro de Clio. Abrió una compuerta, pero solo encontró una escoba. Probó con otra. Estaba cerrada con un candado.

A la mierda. Amber rompió el segundo de la semana.

Y ahí estaba Clio, atada en el baño, con la cabeza entre las manos. Viva. Gloriosa, maravillosamente viva.

Clio alzó la mirada, sus cabellos rojos casi brillantes a la luz eléctrica.

—¿Dónde está Nina? ¿Se encuentra bien?

Nina apareció en ese momento, los rizos flotando al aire.

—Aquí estoy, mamá. Aquí mismo.

La abrazó, y las dos parecieron iniciar un concurso a ver quién lloraba más. Entonces Nina giró la cabeza y se secó los ojos con las manos, alternando llantos y risas.

—No puedo creerme que hayáis hecho todo esto. Sois la bomba.

−¿A qué te refieres?

La chica enumeró una lista con los dedos.

−Saltar a un barco, enfrentaros a un tío armado, luchar con un asesino. Los tenéis cuadrados. −Se dirigió hacia la escalerilla−. Voy arriba a vigilar a como se llame. No me fío.

Amber miró a Clio y sonrió mientras se ponía en cuclillas para desatarla.

−«Los tenéis cuadrados» es algo bueno, ¿verdad?

−Verdad. −Clio estiró los brazos y suspiró−. Muy bueno. −De repente frunció el ceño−. Os habéis tomado vuestro tiempo en venir, ¿eh?

−Bueno, de camino nos encontramos con un par de obstáculos...

−¡Clio!

Jeanie apareció, corrió hacia ellas y las tres se fundieron en un abrazo, lágrimas mezcladas con alivio mezcladas con amor.

Amber fue la primera en soltarse.

−Ya basta. −Se levantó. Notó cómo la barca se estremecía−. ¿Vamos a casa, chicas malas?

−Sí.

Ella y Clio ayudaron a Jeanie a subir, y, ya fuera, se quedaron las tres contemplando el embarcadero, que, por lo visto, nunca habían llegado a abandonar del todo. Por fin habían llegado dos coches de policía. Bravo, Marco.

La barca seguía agitándose y dando vueltas en círculo.

Clio abrazó fuerte a Nina.

−¿Alguien sabe conducir esta cosa?

−Ni la menor idea. −Amber negó con la cabeza−. Ojalá Bez estuviese aquí a bordo. ¿No hizo de tripulación cuando lo abandonaste brutalmente, Clio?

Ella sonrió.

−¿Cuál de las veces?

Amber pensó en lo que Bez le había contado de la noche de la muerte de Gary, en la forma en que había agarrado el cable con todas sus fuerzas en un intento de salvar a sus chicas. Estaba claro que en todo aquel tiempo no había dejado de querer a Clio.

Jeanie avanzó cojeando.

–Yo sé. –Sonrió–. Mi padre me enseñó.

Amber y Clio intercambiaron una sonrisa mientras su amiga asía la caña del timón y las llevaba hacia tierra firme.

Capítulo 60

@SUNSHINESANDSONLINE
Seguidores: 6.000

ÚLTIMA HORA: "Chicas malas" locales se adelantan a la policía y reducen al Asesino del Acantilado. Por @DeniseMillsom

El asesino de Gary Goode ha sido identificado por fin como Christian Fernandez, un adolescente de nuestro pueblo y que se encuentra ya entre rejas. Hijo del magnate Johnny Fernandez, según una fuente cometió el crimen para proteger el secreto de su padre: el negocio familiar se basaba en una idea tecnológica robada a Rajiv Francis, que ha vuelto al mando de la empresa.

En un sorprendente giro, el asesino no fue identificado por la policía local sino por un trío de mujeres del pueblo, habiendo sido una de ellas la principal sospechosa tras hallarse el cadáver a la entrada de su vivienda. Las tres en la cuarentena, estas "chicas malas" allanaron casas, espiaron en el spa y adoptaron identidades falsas para salvar a su amiga.

Clio Lawrence, Amber Nagra y Jeanie Martin usaron el sentido común y el valor para seguirle la pista al asesino, sin rendirse en ningún momento hasta hallarlo.

¡Felicidades a este nuevo equipo de luchadoras contra el crimen!

Pueden leer más en nuestro periódico semanal. Se trata del último artículo de esta corresponsal antes de irse a Londres a trabajar para la sección de sociedad de The Sun. Saludos, Sunshine Sands. Ha sido todo un placer.

Compartido: 4.000 **Me gusta:** 6.280

Capítulo 61

Amber

Amber se encontraba cara a cara con el hombre que la había despedido. Ahora parecía avergonzado. Parecía humilde. Dada la nueva situación, ella podría hacerle parecer lo que deseara.

Pero no dijo nada. No tenía la menor intención de ponérselo fácil. Marco carraspeó.

–Quería decirte que… –Amber alzó una ceja–… que buen trabajo en el caso. –Las palabras salieron muy rápidamente de su boca, como impulsadas a base de pura fuerza de voluntad–. Un gran resultado… Quiero decir… –Ella casi podía ver el ego de su exjefe retorciéndosele dentro de la cabeza. Una delicia–. En fin, nosotros también hubiésemos acabado averiguándolo…, obviamente.

Amber no hizo ningún comentario, pero no era eso lo que decía la prensa. Denise había hecho bien su trabajo. Se habían visto el día anterior, cuando ella le envió un mensaje para decirle quién había matado a Gary. ¿Por qué no darle a ella la exclusiva? Sin los móviles de prepago no hubiesen sabido lo del chantaje, y sin ver los extractos bancarios no hubiesen sabido que Johnny había pagado ni hubiesen podido seguir el rastro hasta Christian.

–En cuanto a Christian Fernandez… –Marco tenía los brazos cruzados tan fuerte sobre el pecho que sorprendía que fuese capaz de respirar–. Qué lástima. Va a pasar mucho tiempo entre rejas, eso seguro.

–Sí.

Pero Amber no sentía la menor lástima por él. No importaba que su padre fuese un fraude; a fin de cuentas, ella misma no había llegado a conocer nunca a los suyos. Eso no justificaba ir por ahí asesinando gente. Solo significaba que cada uno ha de construirse su propia familia, como había hecho ella.

Marco dio una patadita en el suelo con la punta del zapato.

—Sigue pidiendo ver a Nina.

Amber negó con la cabeza.

—Ni hablar. Ella no quiere volver a verlo nunca.

Se hizo un silencio espeso entre ellos. Amber miró los diplomas enmarcados en la pared de él, sus reconocimientos, su graduación, los varios cursos que había hecho.

No parecían haberlo hecho muy feliz.

Él dio unos golpecitos a un bolígrafo sobre su mesa, respiró hondo, claramente preparándose para decirle algo, con la vista fija en algún punto detrás de la oreja izquierda de Amber.

—Amber…, siento mucho… la forma en la que has sido tratada estas últimas semanas. Aunque es cierto que incumpliste las reglas, no fue necesariamente justo el que yo… actuara de forma tan… vigorosa.

—No, no lo fue.

Recordó el juramento que se había hecho en casa de Johnny: si conseguía salir de allí, les contaría la verdad a sus amigas.

Marco entrelazó los dedos.

—Me lo pusiste muy difícil, Amber, sobre todo cuando Freya presentó una queja formal. Te avisé de que no podías poner bajo vigilancia a su novio de esa manera, que tenías que parar. Él estuvo a punto de pedir una orden de alejamiento. Tuve que convencerlo de que no lo hiciera. —Amber abrió la boca para replicar, pero él siguió—. Y sé que creías estar haciendo lo correcto, proteger a tu amiga…

—Esto de pedir disculpas no se te da muy bien, ¿verdad? Lo estás convirtiendo en una bronca. —Amber se abanicó con la mano. El despacho de él parecía estar en llamas. O eso o se había puesto colorada. Colorada por el recuerdo de la cara de Freya cuando fue a casa de Amber y se encontró con el mural que estaba haciendo sobre las varias infidelidades de él. A Amber ni se le había ocurrido que, más que darle las gracias, Freya iba a enfadarse, a pedirle que se alejara de su vida para siempre—. Aunque es cierto que quizá tendría que haberte hecho caso, Marco. –Pronunciar esas palabras no la hizo sentirse tan mal como se había temido–. De haberte escuchado, Freya y yo aún seríamos amigas.

–No estarás diciendo que yo tenía razón… –Marco abrió los ojos como platos.

–Acordemos que los dos la cagamos, ¿de acuerdo? –Le ofreció la mano.

–De acuerdo. –Él se la estrechó.

–Bueno, ahora tengo que irme.

La silla de Amber rascó el suelo al empujarla ella hacia atrás.

Marco se levantó como impulsado por un resorte.

–De hecho, hay una cosa más…

–¿Qué? –Amber cogió su bolso.

Él se concentró en colocar bien una foto en su escritorio.

–En fin, esperábamos que… –Amber esperó en silencio–… que quizá desearas volver con nosotros.

Otro segundo de silencio. Dos.

–Interesante. –Se cruzó de brazos–. ¿Y cómo vas a justificarlo, dadas las acusaciones tan públicas hechas contra mí?

–Bueno… –Marco tomó un sorbo de té–. Esas acusaciones han sido retiradas, así que…

–¿Freya las ha retirado? –Se le empezó a dibujar una sonrisa en el borde de los labios.

–Sí –asintió él–. Después de que tuviéramos una pequeña… conversación.

Amber frunció el ceño.

–¿La hiciste retirarlas?

–No. –Le sonaron brevemente las monedas con las que jugueteaba en su bolsillo–. ¡Como si yo pudiese conseguir que haga nada…!

Freya debía de haberla perdonado. En lo más profundo de Amber empezó a brillar una lucecita.

Ahora él se dedicaba a darle vueltas a su vaso de plástico.

–Bueno, pues ¿qué te parece? Lo de volver.

Ella negó con la cabeza.

–No, gracias.

–¿Cómo?

Estaba claro que aquella no había sido una de las posibles respuestas que Marco esperaba.

–He dicho que no, gracias. –Se levantó–. Pero me alegro de que me lo hayas pedido. Significa mucho para mí.

Y se fue, dejándolo mirando a la silla vacía, rascándose la cabeza y preguntándose qué diablos acababa de suceder. Pero Amber no sentía la necesidad de dar explicaciones; solo necesitaba vivir su vida a su manera, y sentía que había acabado con todo aquello: los grises pasillos, el papeleo, los turnos con horarios de mierda, la falta de control. Ahora había probado la libertad y quería más. Quería poder actuar sin tener que seguir las reglas: ser una chica mala que hiciera cosas buenas.

Pasó con la cabeza bien alta por las lóbregas instalaciones, por el dispensador de agua siempre vacío, por la máquina de aperitivos que solo tenía Snickers, por la cocina con su olor permanente a sándwiches de atún.

¿Echaría de menos su antiguo trabajo? En la cocina estaba Freya. Amber se dio cuenta de que lo único que iba a extrañar era a ella.

Cogió una bolsita de té y la dejó caer en la taza con forma de sirena al lado de su amiga. Señaló la tetera.

–¿Queda agua para una más?

Freya miró al infinito.

–Sí. Es tu día de suerte. –Se la sirvió ella; era su equivalente a una bandera blanca–. ¿Quién diablos te ha dejado entrar aquí?

Amber sonrió.

–Tengo mis truquis.

–Eso parece. –Freya apretó su propia bolsa de té con una cucharilla–. Buen trabajo. Lo del caso, digo.

Su amiga asintió.

–Gracias.

–Y lo conseguiste sin mí, como sospechaba. –Echó los tradicionales tres terrones de azúcar en su taza y se apoyó en la mesa para tomar el primer sorbo. Miró a Amber, aún con una cierta prevención en sus ojos marrones–. Fue Marg, ¿verdad?

Amber asintió.

–Me ayudó.

–Pues que tengas suerte si ahora le debes un favor. –Freya miró al infinito–. Entonces, ¿qué, vuelves?

–Pues… –dejó su taza sobre la mesa y miró a los ojos a su excolega–… he dicho que no. Creo que es hora de probar cosas nuevas.

–¿Ah, sí?

–Sí.

Amber se dio cuenta de que se estaba poniendo nerviosa. La mirada oscura de Freya, la forma en que ladeaba la cabeza… Siempre había sido ella, desde que compartieron su primer Twix en un coche patrulla, desde que se saludaron por primera vez.

Sabía que ella nunca sentiría lo mismo, pero no importaba. Amber iba a seguir adelante, guardando muy bien el recuerdo dorado del ponche que compartieron una Nochevieja, tan bien como la carta que su madre biológica le había dejado doblada debajo de ella cuando la dejó en una parada de autobús y nunca regresó.

Respiró hondo.

–Solo quería decirte que lo siento.

Freya se quedó paralizada con una mano en el aire, camino de la lata de galletas.

–¿Que lo sientes?

–Sí –asintió Amber–. Lo siento. Todo. Vigilar a Dev sin consultártelo antes, no escucharte, no abandonar. –Suspiró–. Creí que te estaba ayudando, pero…

Freya negó con la cabeza.

–No, no ayudaste. Le quiero, Amber, y todas esas cosas que te inventaste casi nos hicieron separarnos.

–¡Eh, que no me inventé nada!

–Para. –Freya alzó una mano–. No volvamos a empezar.

Amber apretó los labios. Recordó el día en que su amiga había visto la pared llena de fotos de Dev, mapas, destinos, pistas. Todas las pruebas estaban ahí…, pero Freya no quiso verlas. Así es el amor.

–En fin… –Tiró el resto de su té en el fregadero–. Siento de verdad haberte herido. Te deseo lo mejor.

Con solo pronunciarlas, aquellas palabras le parecieron muy

inadecuadas para puntuar el final de una amistad tan larga como la de ellas dos, pero no tenía otras. Las palabras eran cosa de Clio; lo suyo era la acción.

Salió de la cocina y contempló aquella oficina abierta de la que ya nunca volvería a formar parte. El que había sido su escritorio ya estaba cubierto de papeles, y había un joven agente concentrado en la pantalla de su antiguo PC.

Se dio la vuelta.

—Adiós.

Saludó a Freya levantando una mano y se fue. Era la dueña de su propio destino. Salió con la cabeza bien alta.

Capítulo 62

Jeanie

Cuando Tan llegó de la compra ella lo estaba esperando.

—Creo que… —Ni siquiera lo saludó antes.

Le costó un segundo darse cuenta de que él le estaba diciendo exactamente lo mismo, al mismo tiempo.

—Tenemos que hacer algunos cambios.

Los dos rieron.

—Como dicen, las grandes mentes siempre piensan cosas parecidas, ¿eh?

Tan contempló la sala de estar, ordenada por una vez. No había juguetes tirados por el suelo. No había migas por toda la alfombra.

—¿Qué has hecho con los niños? No los habrás tirado también a la basura, ¿verdad?

—Que no cunda el pánico. —Ella sonrió—. No están. —Hizo un gesto como abarcando toda la casa—. Están con la nueva canguro. Tres mañanas por semana, empezando hoy.

—¿Y qué ha pasado con lo de la guardería?

—Demasiado pija. —Jeanie puso cara divertida de asco—. Así que los he sacado. Espero que no te importe. Tenías mucho trabajo, así que lo hice y listos. Quiero que Yumi y Jack estén con niños como ellos: niños con padres que trabajan y tienen muchos líos, padres que se pelean y se reconcilian; padres de verdad, no de los que tienen institutrices y castillos sino de los que tienen plastilina en la alfombra y juguetes tirados por las escaleras.

—Gracias a Dios. —Tan fue a meter una botella de leche en la nevera y volvió con Jeanie—. No me gustaba nada ir a dejarlos allá. Siempre me sentía como un pelacañas porque los nuestros no llevaban gorritos de Cartier.

—Pues dejarlos con la canguro ha sido como otro mundo. Me he sentido como si por fin hubiera hecho algo bien. Y, como sabes, eso vale su peso en oro.

Tan también sonrió. Se quitó las gafas y se frotó los ojos.

Ella lo cogió de la mano.

–¿Hoy trabajas en casa?

–Sí –asintió Tan–. Tengo un proyecto nuevo y necesito concentrarme. –Volvió a ponerse las gafas–. Ahora que hemos conseguido la donación yo voy a dirigir el equipo. Trabajaremos con el ayuntamiento para mejorar las condiciones de las viviendas sociales.

–¡Eso es fantástico, Tan! –Lo besó, e intentó no preocuparse cuando vio que él ponía cara de sorpresa. Quizá tuviese mal aliento. Quizá no le gustara el vestido que llevaba. Dio un paso atrás–. Entonces, ¿no van a despedirte, como creías?

–Hum…, no. –Se le pusieron coloradas las mejillas–. Más bien me han ascendido. Ahora me siento un poco tonto por haberme preocupado de esa manera. –Cogió la taza que le había regalado su mejor amigo cuando cumplió los cuarenta: mostraba los rostros de ellos dos, sonrientes, en un marco rojo brillante. Metió una bolsita de té–. ¿Quieres uno?

–Claro.

Jeanie se quedó a su lado, apoyada en la encimera.

Tan habló sin mirarla.

–Entonces, ¿te parece bien si hablo de lo de tu trabajo?

Ella se sintió culpable.

–Claro. Siento mucho haberte dado a entender que no podías.

–No lo hiciste, la verdad es que no. Es solo que yo no sabía si… si lo echabas de menos o no, así que me pareció más fácil dejarlo estar, no hablar del tema. –Echó agua hirviendo en las tazas–. No sé, por si estabas resentida con ellos o algo.

Jeanie le posó una mano en el hombro.

–Nunca he estado resentida con ellos, Tan.

–¿De verdad?

–Bueno, no mucho. –Soltó una risita–. Pero sí que echo de menos a… a mí misma. No a la que trabajaba sin parar y meaba en palitos cada diez minutos, obsesionada con quedarme embarazada; pero sí a la que sabía quién era ella misma.

–Vale. –Tan jugueteó con los dedos de ella–. ¿Y cómo hacemos volver a esa Jeanie? ¿Cómo puedo ayudarte?

Ella le dio un codazo cariñoso.

–No lo sé. Pero sí que estoy segura de que no quiero volver a mi antiguo trabajo. –Recordó su conversación con Lianne y sonrió–. Es demasiado intenso, y más con los críos.

Tan asintió.

–¿Y?

–Así que voy a mirar. A ver qué hay por ahí. ¿Te parece bien?

Él se quedó en silencio. Jeanie sintió un puntito de preocupación.

–¿Tan?

Silencio.

–¿Tan? –La preocupación se convirtió de repente en pánico–. Necesito hacerlo. No puedo seguir pasándome los días solo lavando y limpiando y no usando el cerebro excepto para inventarme cuentos para dormir. Lo entiendes, ¿verdad?

–Lo entiendo.

–Así que necesito hacer eso, encontrar algo que pueda hacer, ¿vale? –El corazón le latía a toda velocidad.

–Pues claro. –Tan le pasó los dedos suavemente por la mejilla–. Yo estoy contento de que mi Jean Jeanie haya vuelto.

Ella ya había empezado a abrir la boca para seguir intentando explicarse, pero la cerró de nuevo.

–¿En serio?

–La he echado mucho de menos.

–¿De verdad?

Miró a aquel hombre amable, el padre de los mellizos, el cocinero de platos complicados que dejaban la cocina perdida, el piloto de carreras en momentos de urgencias.

Su Tan.

Él sonrió.

–Bueno, ¿ahora podemos hablar de algo importante?

–¿Como por qué nunca te pones calcetines a juego?

–No. –Tiró de ella para acercársela–. De algo aún más importante.

Un beso. Tan suave que Jeanie deseó más.

333

–¿Sí? –Se había quedado sin aliento.

De repente él se echó al suelo.

–¿Estás bien? ¿Es tu tobillo de nuevo?

–Mi tobillo está bien.

–¿El dedo gordo?

–No, no es el dedo gordo, y, por favor, para con el listado de todas las cosas que me han dolido alguna vez; estoy intentando hacer algo romántico.

–¿Romántico? –Jeanie parpadeó, confusa.

Él se llevó una mano al bolsillo trasero.

–Jeanie… –Tenía la voz entrecortada, una expresión indefensa al alzar la vista hacia ella–. Jeanie, mi preciosa niña, ¿quieres…? –La mano le tembló al abrir la cajita de terciopelo–. ¿Quieres casarte conmigo?

Durante un momento la pregunta se quedó flotando en el aire. Jeanie se llevó la mano a la boca. Ahora él le mostraba el anillo, una aguamarina brillante engarzada en una banda de oro aún más brillante. El anillo de la abuela de Tan. Y él quería que Jeanie lo llevara.

–¿Jeanie?

La sensación de necesidad en el rostro de él le quitó el aliento. Aquel hombre lo sabía todo sobre ella y aun así la deseaba. Aquel hombre era el corazón de ella, el lugar al que acudir cuando deseaba sentirse feliz.

–Sí, por favor. Sí, por favor. ¡Me encantaría casarme contigo!

Y de repente estaba en el suelo a su lado, besándolo, riendo, llorando, sabedora de que aquel era su hogar, de que Tan era el hogar al que ella pertenecía.

–Mi Jeanie –dijo él con un hilo de voz mientras le ponía el anillo. Ella alzó el dedo. El amor la atravesaba como un viento feroz. Comprendió por fin que se había encontrado a sí misma. Para siempre.

Se apretaron el uno contra el otro, las manos en los cabellos, los brazos rodeando sus cuerpos, sus alientos acelerándose…, hasta que, cómo no, los interrumpió el teléfono.

–No contestes. –Él empezó a desabrocharle la blusa.

–Tengo que contestar.

Otro botón.

–Es nuestra única ocasión, Jeanie. Sin niños.

–Pero podría ser la canguro…

–Pero, pero…

–Voy a cogerlo, por si acaso.

–Qué rabia me da cuando tienes razón.

La soltó y fue hacia la ventana.

Sí, era la canguro. Diez minutos más tarde iban de camino a recoger a una Yumi que estaba vomitando. Llevaban medicamentos y un cubo. Durante todo el trayecto fueron cogidos de la mano, el anillo a salvo en el dedo de ella, la garantía del futuro que les esperaba.

Capítulo 63

9:15 h. 13 de febrero de 2023

Amber Admin @SaveClio
CAMBIO DE NOMBRE @BadGirls

AMBER: Damas, tenemos que hablar. Venid. Ya.

CLIO: Estoy en la caravana de al lado. No te morirías por mover el culo y venir tú.

JEANIE: Esto de la canguro es chuli. Voy.

AMBER: Clio: sí, me moriría. Jeanie: ya nadie dice chuli, joder. Nos vemos en diez minutos.

Capítulo 64

Clio

–Tengo una cosa para ti.

Bez metió la mano en el bolsillo y sacó un paquete de chicles.

–Hum…, gracias. –Clio puso cara de extrañeza–. Muy amable. En el futuro intentaré lavarme mejor los dientes, perdona.

–Ay, mierda, me he equivocado. –Se palpó otro bolsillo de la gruesa sudadera negra–. Aquí está. ¡Tachán! –Sacó una cajita–. Tu anillo.

Clio se sintió aliviada.

–Gracias.

La abrió y pasó la punta del dedo por los minúsculos diamantes. Volvía a tener el anillo, como debía ser. Lo contempló contra la luz y sonrió.

–Esto es media carrera de Nina. –Miró por la ventana, donde su hija daba una nueva capa de pintura verde a una de las caravanas–. ¿Cómo la ves? ¿Crees que está bien?

Él se encogió de hombros mientras descansaba los pies sobre la mesita.

–Tiene altibajos. Unos días está muy cabreada, otros se los pasa llorando en el baño. Pero nuestra Nina no se rinde. Eso nunca.

Clio asintió.

–Muy cierto.

Tomó un sorbo de su café. Su hija vio que la estaba mirando y se sacó uno de los AirPods del oído. Se acercó a hablarles a través de la ventana abierta.

–Dejad de preocuparos. –Alzó la brocha–. No voy a suicidarme ni provocarme heridas ni nada. Solo soy una adolescente que baila y pinta UN MILLÓN DE CARAVANAS porque mis padres malísimos quieren enseñarme que la violencia no es la respuesta. –Hizo un puchero–. Superadlo.

Les mandó un beso por vía aérea y volvió al trabajo.

Clio miró a Bez y sonrió.

–Está bien.

Él cogió otra galleta.

–Sí. Aunque ha sido una lección muy dura. Resulta que eso del primer amor no es tan maravilloso.

–No sé. –Le dio un codazo cariñoso–. A nosotros no nos fue mal, ¿no?

–Eso creo. –Sonrió–. Aparte de todas las peleas.

Clio se puso colorada, sabedora de que la mayoría las había iniciado ella. Se llevó un mechón de su pelo, ahora rosa, detrás de la oreja.

–Bueno, sí, aparte de eso.

Bez soltó una risita.

–Cambiemos de tema, ¿vale?

–Hacerla pintar las caravanas ha sido buena idea.

–Es cierto que tiene que aprender que la violencia nunca es la respuesta.

Clio suspiró dramáticamente y se llevó una mano al pecho.

–¿Ahora te has puesto en plan disciplina?

–Nunca es tarde para aprender. –Miró al suelo y dio un golpecito a la alfombra con la punta de la bota–. Mírate: tú misma vuelves a empezar a los cuarenta y cinco.

–¡Como si pudiese elegir!

–Por cierto, me estaba preguntando…

–¿Qué?

–¿Ya te acuerdas? –Bez subió la voz una octava.

–¿Que si me acuerdo de qué?

Él contestó a toda velocidad, casi como azorado.

–De algo sobre lo que pasó la noche en que mataron a Gary.

–No. –Clio negó con la cabeza–. Nada.

Bez puso cara de frustración.

–Ah. Bueno –se encogió de hombros–, no importa. No van a acusarte de falso testimonio, ¿verdad?

—No, lo retiraron. Mi médico escribió una carta alucinante en la que confirmaba que soy oficialmente incapaz de recordar nada de ese momento debido a la gran fluctuación de mis hormonas. —Mantuvo el tono ligero, aunque en realidad la carta la había deprimido; eso de la menopausia la hacía sentirse vieja de verdad—. Así que decidieron no seguir con la acusación. —Mientras hablaba retorcía los cordones del pantalón del chándal.

—Se lo puede llamar mentir, pero lo que hiciste por Nina fue increíble.

—Hice lo que pude.

Sonó un golpe en la ventana y apareció la cara de Amber.

—Dije diez minutos. Ven.

Y desapareció en la caravana de al lado, que de repente había decidido alquilar el fin de semana anterior, después de poner en venta su casa sin dar ninguna explicación. Desde la detención de Christian casi había desaparecido; solo asomaba para pedirle café a Clio o para darle una buena somanta al saco de boxeo que había colgado del tendedero.

—Será mejor que me vaya —Clio se puso en pie—, pero… ¿nos vemos más tarde?

Bez asintió.

—Me encantaría.

Mientras ella bajaba los escalones, Jeanie frenó su coche delante. Se la veía acalorada y feliz, con una cola de caballo y sus suaves rizos rodeándole el rostro.

—¡Pelo rosa! —Abrazó a Clio—. Me encanta.

—Necesitaba un cambio. —Dio una vuelta sobre sí misma para exhibirlo—. Ya tocaba pasar página, ¿no?

—Desde luego.

Clio notó que su amiga evitaba claramente mirar hacia la caravana de ella. Lo comprendió: el recuerdo del cadáver de Gary era demasiado fuerte. De hecho, desde entonces ella misma y Nina habían estado en la de Bez, e iban a mudarse a otra en cuanto reuniera las fuerzas para hacerlo.

Entraron abrazadas en la caravana de Amber. Vieron que su amiga ya la había pintado por dentro de un gris severo y había añadido unos cuantos accesorios: dos escritorios, una pizarra blanca enorme, un portátil y un archivador.

–Vaya, has conseguido darle una pinta horrorosa –rio Clio, dejándose caer en una de las dos sillas negras de cuero–. Te ha quedado igualita que la consulta del dentista.

Amber se apoyó en la mesa y se cruzó de brazos.

–Gracias.

–Bueno, ¿qué pasa? –añadió, impaciente.

–Estoy montando una agencia de detectives. –Cogió un bolígrafo y lo puso en perfecto ángulo recto con el teléfono negro a un lado del escritorio.

–¿Qué? –Jeanie tenía el codo sobre el alféizar de la ventana. Irradiaba una especie de brillo que solo podía significar que ella y Tan volvían a hacer el amor. Pero había algo más…

–¿Eso es un anillo? –Clio se levantó de repente–. ¿No iréis a…? Su amiga se puso colorada.

–Sí. –Extendió la mano hacia ella–. Se me ha declarado.

–¡Dios mío! –Clio volvió a abrazar a su amiga–. ¡Genial, una boda! ¡Podremos bailar y beber! ¡Me encantan las bodas!

De repente Jeanie puso cara de susto.

–Hostia, la boda… Voy a tener que invitar a mi madre.

Clio la apretó aún más fuerte.

–Yo te protegeré. Además, le va a encantar. ¿No hace años que quería que te casaras?

–Sí, pero…

Amber carraspeó. Fuerte.

–Jeanie, estoy supercontenta por ti, ya lo sabes, pero ¿podemos concentrarnos, por favor?

–¿En qué? –Clio dio una palmada–. ¡Va a casarse! ¿Qué puede ser más importante que eso?

–Lo dicho: que voy a montar una agencia de detectives. Y que quiero que trabajéis para mí.

Sus dos amigas se la quedaron mirando.

–¿Perdón?

–Ya me habéis oído. –Pasó una mano, como para limpiar algo, por el escritorio ya impoluto–. Hoy mismo he registrado el nombre: «Agencia de detectives Chicas Malas». Le idea me vino de lo que dijo Nina en el embarcadero y de las noticias del Sunshine Sands Online. Es un buen nombre, ¿no os parece?

Clio miró a Jeanie y señaló a Amber con el pulgar.

–¿La he oído bien?

–Creo que sí. –Fue hacia una de las sillas y se sentó pesadamente–. Yo no estoy preparada para algo así.

Amber hizo un ruidito con los dientes apretados, como reprendiéndolas.

–Quiero que trabajéis para mí, ¿habéis oído esa parte?

–Sí. –Clio echó su silla atrás, de forma que quedó en equilibrio sobre dos patas–. Pero no estoy segura de que sea una buena idea.

Amber soltó un suspiro.

–Clio, ahora que Gary está muerto resulta obvio que hundió Looking Good, así que necesitarás un sueldo, ¿no? –Después se volvió hacia Jeanie–. Y tú no quieres volver a Miracle Marketing. Necesitas flexibilidad, y lo que te propongo te vendrá perfecto. Vas a encargarte de las investigaciones en internet: ya sabes, seguir las redes, historiales *online*, esas cosas. Puedes acomodarte el horario según tus hijos.

A Jeanie le empezaron a salir manchitas en el cuello. Mala señal.

–Amber, no tienes por qué hacerlo. No quiero darte pena, que me ofrezcas un trabajo por lástima.

–No es eso. –Dio un golpecito en la agenda con uno de los veinte bolis Bic que guardaba en una taza de *Se ha escrito un crimen* en la punta superior izquierda del escritorio–. Vas a ser una detective brillante, y por eso quiero contratarte. Eres lista, decidida y no se te escapa nada, por no mencionar tu capacidad de ir más allá del deber para conseguir resultados. –A Jeanie se le iluminó la cara. A continuación Amber se inclinó hacia Clio–. Y tú puedes asumir cualquier papel, asumir cualquier identidad que necesitemos para resolver los casos.

La silla de Clio cayó con estruendo y volvió a quedar apoyada sobre las cuatro patas.

–¿Me pagarías por actuar? ¿A mí?

–Sí –asintió Amber–. Vas a hacerlo genial.

–Quizá.

Intentó con todas sus fuerzas no parecer impresionada. Tenía que hacerse la difícil un poco o su amiga le pagaría una miseria, la muy tacaña. Ella y Jeanie la habían visto regatear en los mercadillos de Marruecos durante un viaje de fin de semana: a la menor oportunidad iba a tenerlas a sueldo mínimo.

–Mirad, he vendido la casa para financiar esto, así que ya veis lo mucho que creo en la idea. Y en nosotras. –Amber se irguió del todo–. Bueno, ¿qué decís? ¿Os apuntáis?

Clio miró a Jeanie. Jeanie miró a Clio.

–¡Ay, mierda, me olvidaba! –Amber se interrumpió a sí misma. Se puso colorada, cosa que nunca sucedía–. Antes tengo que contaros una cosa. Sobre por qué me despidieron. Veréis…

Clio hizo un gesto con la mano, como apartando una mosca.

–Eso es historia antigua.

–No. –Negó con la cabeza–. Tenéis que escucharme. Hice algo malo y por eso me echaron. Fue más o menos como si… acosara a alguien. A Dev, el novio de Freya. Sospeché que estaba haciéndole algo que no debía, y así era, y yo quería proteger a Freya, pero… –Se detuvo–. En fin, que me prometí ser sincera con vosotras. –Se quedó con la vista fija en el suelo–. Nunca os había mentido antes, y me sentía fatal.

A Clio se le encogió el corazón. Abrió la boca, pero Jeanie se le adelantó.

–Me da igual –dijo, como si nada–. Si vieras que algo va mal en mi vida, espero que hicieras lo mismo. ¿No te parece, Clio?

Ella asintió.

–Yo misma no podría haberlo dicho mejor.

–¿En serio? –Amber levantó la cabeza. Una lágrima se le deslizaba por la mejilla.

–Ah, no. –Clio se puso en pie–. No es momento para llantos. Acabas de montar una agencia de detectives. Es un día para beber vino malo y bailar aún peor. –Se señaló el chándal–. Naturalmente, yo ya he venido vestida para la ocasión.

Amber se secó el rostro.

–Entonces, ¿es MI agencia o NUESTRA agencia?

Clio sonrió a Jeanie. Jeanie sonrió a Clio.

Amber las observó, como siempre las observaba, como siempre cuidaba de ellas.

–Me encantaría decir «sí»… –Jeanie avanzó hacia ella, dedicándole un guiño cómplice a Clio, que también dio unos pasos–. Pero antes queremos una cosa.

–Sellar el trato.

–Cimentar el inicio.

–¿Qué? –Amber pasó la vista de la una a la otra–. ¿Qué queréis?

Jeanie extendió los brazos.

–Abracémonos y somos tuyas.

Clio asintió.

–Un abrazo cortito.

–Yo… yo… –El rostro de Amber se llenó de pánico.

Jeanie ya estaba a su lado.

–La noche en que murió Gary nos abrazaste. Y también en la barca.

–¡Porque estuvisteis a punto de morir!

–Porque nos quieres. –Clio sonrió, con los brazos bien abiertos–. Ven con mamá.

–Dios mío. En fin, si es necesario…

También abrió los brazos, atrayendo a las dos hacia sí.

–Entonces, por mí sí –le dijo Jeanie al hombro.

–Y, por mi parte: ¡joder, y tanto! –Clio se apretó contra las dos, sus dos amigas, aquellas dos mujeres tan particulares y leales que le habían salvado la vida.

Amber se separó y volvió a la seguridad del escritorio.

–Bueno, ¿queréis que os cuente nuestro primer caso?

Clio volvió a sentarse.

–Pues claro.

La nueva jefa volvió la pantalla de su iPad en dirección a ellas.

–Es un caso de infidelidad. Marg, la prestamista que me ayudó y a la que pronto conoceréis, está convencida de que su pareja, Sam, un tío de veinticinco años, se está viendo con otra. Le debo una, así que acepté echarle un vistazo al asunto. Ah…, y vaya, ya tenemos otro caso más. Parece que me llegó en cuanto colgué nuestra web esta mañana. –Abrió el correo–. Un cantante de bodas, y muy guapo, por lo que parece, sospechoso de un robo. El novio quiere que investiguemos.

–A mí se me dan muy bien las bodas –afirmó Clio–. Me haré pasar por alguien y lo observaré detenidamente.

–Eso seguro…, hasta que te hayas tomado un *prosecco* o cuatro.

Clio hizo como si se pusiera seria.

–Bueno, tengo que mezclarme con los invitados, ¿no?

Amber miró al infinito.

–Lo que tienes que hacer es tu trabajo.

Su amiga alzó una mano con gesto dramático.

–No te pongas mandona, jefa. Al menos no desde el primer día.

–No soy mandona. Y, por favor, nada de «jefa».

A Clio se le iluminaron los ojos.

–Esto va a ser divertido. –Dio una palmada–. ¿Verdad?

–Verdad. –Jeanie asintió, alegre–. Bueno, ¿qué quieres que hagamos… –hizo una pausa de un segundo–, jefa?

Amber puso cara de desesperación, pero también estaba sonriendo.

–Pues…

Y así, repletas de emoción e ilusión, las investigadoras de la agencia de detectives Chicas Malas se pusieron manos a la obra.

Agradecimientos

En primer lugar, un enorme «gracias» a mi marido, Max, que a) no está muerto, y b) no se parece en nada a Gary. Muchas gracias también a Evie y a Aidan, por ser los mejores hijos del mundo (obviamente, estoy siendo del todo objetiva), y a mamá, a papá y a Richard por ser los *cheerleaders* más fieles de todos los tiempos. Sarah Turner: gracias por decirme que me pusiese a ello. Tamara Bathgate: gracias por escuchar, escuchar y escuchar aún más. Cressida McLaughlin, Jenny Ashcroft, Kim Curran y Freya Sampson: gracias por vuestro entusiasmo inicial. Cesca Major: no hubiese escrito el libro sin ESA llamada. Y Ali Lippiett: eres la mejor «pared de rebote»; sigamos dando paseos juntas.

Les estoy muy agradecida a Claire Pollard y Stuart Gibbon por ayudarme con la información sobre los procedimientos policiales, y a Ben Lippiett por los conocimientos compartidos sobre los embarcaderos. Muchas gracias a Anna Barrett, de the-writers-space.com por los consejos iniciales y los ánimos. A todos los que estéis escribiendo un libro: CONTAD CON ELLA EN VUESTRO EQUIPO.

Estoy en deuda con mi agente, Charlie Campbell, por tanta amabilidad, humor y decisión durante el proceso de hacer que las cosas sucedan, y con mi editora, Isobel Akenhead, por ser una mezcla tan brillante de sabiduría, consejos y DIVERSIÓN. Me encanta trabajar con vosotros dos. Gracias a Sam Edenborough y a todos los de Greyhound Literary, a la editora ojo-de-halcón Debra Newhouse, al corrector Gary Jukes y al alucinante equipo de Boldwood Books, especialmente a Amanda Ridout, Nia Beynon, Claire Fenby-Warren, Jenna Houston, Marcela Torres, Sue Lamprell, Ben Wilson y Leila Mauger.

Y, en último lugar pero no menos importante, te estoy muy agradecida a ti, encantador lector o lectora. Gracias por elegir este libro, y espero que os haya gustado tanto leerlo como a mí escribirlo. De ser así, por favor, no te cortes en recomendárselo a toda la gente que conozcas. ¡No te dejes ni uno!

Índice